La fille à la robe rayée

DE LA MÊME AUTEURE

La violoniste d'Auschwitz, Éditions Faubourg Marigny, 2021 ; J'ai lu, 2022.

La fille qui s'échappa d'Auschwitz, Éditions Faubourg Marigny, 2022 ; J'ai lu, 2023.

ELLIE MIDWOOD

La fille à la robe rayée

ROMAN

Traduit de l'anglais (États-Unis)
par Typhaine Ducellier

J'AI LU

TITRE ORIGINAL
The Girl in the Striped Dress

ÉDITEUR ORIGINAL
Bookouture, une marque de Storyfire Ltd,
Grande-Bretagne, 2021

À R. Je t'aime.

Introduction

La fille à la robe rayée est un roman inspiré de faits réels. Même si j'évoque plus en détail l'authenticité de certains personnages et événements dans la « Note concernant l'histoire » présente à la fin du livre, j'éprouve le besoin d'écrire cette courte introduction, car cette histoire diffère sensiblement de tout ce que j'ai appris au fil des ans concernant Auschwitz. J'ai lu d'innombrables mémoires et autres analyses historiques, qui pour la plupart portaient sur des prisonniers « classiques » et leur calvaire ; souvent, il s'agissait de récits de survie envers et contre tout, qui se déroulaient dans des baraques crasseuses et surpeuplées et dans des unités de travail extérieures, où des Kapos et des SS d'une infinie brutalité passaient leur temps à harceler et houspiller les détenus. Autrement dit, une extermination par le travail à laquelle ces prisonniers étaient chanceux d'avoir survécu. L'image que je me faisais d'Auschwitz se basait sur ces récits et ces travaux. Néanmoins, l'histoire de Helena est différente et je tenais à offrir à mes lecteurs·rices un rapide aperçu de son expérience à Auschwitz-Birkenau avant même le début du roman.

Au printemps de 1942, deux mille jeunes femmes en provenance de Slovaquie ont été déportées au camp de concentration d'Auschwitz. Parmi elles figurait Helena Citrónová. Peu de temps auparavant, un soldat SS blessé, Franz Wunsch, avait été transféré depuis le front est à Auschwitz après avoir été déclaré inapte au combat. Helena devait être envoyée à la chambre à gaz le 22 mars. Par chance, la veille, les camarades de Wunsch l'amenèrent dans leur baraque pour qu'elle chante une chanson à Franz, dont c'était l'anniversaire. D'après les témoignages de Helena et Franz recueillis après la guerre, il aima tant sa voix qu'il demanda que son exécution soit annulée. À la place, il l'inscrivit dans l'unité appelée Kanada, afin qu'elle soit sous ses ordres.

Les noms de famille des deux protagonistes ont été modifiés ; j'ai laissé inchangés presque tous ceux des figures historiques réelles qui ont travaillé ou été incarcérées à Auschwitz-Birkenau, à l'instar de leurs personnalités et de leurs agissements, que j'ai tenté de transposer au mieux en me basant sur les mémoires des survivants, des documents d'époque et divers travaux effectués par des historiens au fil des ans.

La majorité de l'action dans *La fille à la robe rayée* se déroule au sein de l'unité du Kanada, un complexe composé de plusieurs entrepôts réservés à la désinfection, au tri et au stockage. Le Kanada (dont j'ai préservé l'orthographe allemande d'origine) était surnommé ainsi par les prisonniers, car c'était là que les biens des nouveaux arrivants atterrissaient pour être triés, de telle sorte que l'unité débordait constamment de vêtements, de bijoux et de devises de différents pays. Les gens croyaient que le Canada était un pays riche et, étant donné que l'on pouvait tout trouver dans cette partie d'Auschwitz, elle a été baptisée ainsi. Une fois triées, les affaires étaient désinfectées puis expédiées vers l'Allemagne, tandis que l'or et les devises partaient à la Reichsbank. La plupart des personnes qui travaillaient là étaient des femmes et c'était l'une des unités les plus prisées de tout le camp : la tâche était facile et les prisonnières étaient autorisées à garder les cheveux longs, à s'habiller en tenue de ville et à se servir en nourriture et objets divers. Les détenues affectées au Kanada menaient une vie bien différente de celles du camp des femmes de Birkenau (les baraques des filles du Kanada se trouvaient au Kanada lui-même, séparées du camp principal). Elles avaient le droit de se doucher chaque jour et ne faisaient presque jamais l'objet de sélections, systématiques à Birkenau.

Voici ce que les survivants disaient du Kanada : « Les filles qui travaillent là ont de tout, du parfum, de l'eau de Cologne... et elles semblent sorties du dernier coiffeur parisien en vogue. À l'exception de leur liberté, elles possèdent tout ce dont une femme peut rêver. Elles connaissent également l'amour ; la proximité des hommes, aussi bien détenus que SS, rend cela inévitable... À dix mètres de leurs baraques, de l'autre côté des barbelés, s'élèvent les cheminées rectangulaires des fours crématoires qui fument constamment, brûlant les propriétaires de toutes les affaires que ces admirables créatures trient dans ces entrepôts. » (Simon Laks et René Coudy, membres de l'orchestre de Birkenau, *Hommes et femmes à Auschwitz* de H. Langbein, Tallandier, 2019.)

Kitty Hart, l'une des filles du Kanada, décrivit son expérience avec ces mots : « C'était un été magnifique. Le soleil brillait, il faisait chaud, et l'équipe de nuit, dont je faisais partie, avait du mal à trouver le sommeil durant la journée. En général, nous nous réveillions en début d'après-midi. S'il faisait beau, nous nous allongions dans l'herbe devant nos baraques, nous prenions le soleil et nous nous aspergions d'eau pour nous rafraîchir. Parfois, nous dansions et nous chantions. Nous avions même formé un petit groupe. Nous commencions à rire et à plaisanter à nouveau. Je passais des heures entières à lire des livres que ceux destinés à être gazés avaient emportés avec eux lors de leur déportation vers la Pologne. Notre situation était, à n'en pas douter, l'une des plus folles du monde. Tout autour de nous résonnaient les cris de la mort et de la destruction, s'élevaient des cheminées fumantes qui assombrissaient et polluaient l'air avec la suie et la puanteur des cadavres carbonisés. Je suppose que ce qui nous importait le plus à l'époque était de ne pas perdre l'esprit. C'est pour cette raison que nous riions et que nous chantions, même en étant à deux pas des flammes de l'enfer. Ce que le corps et l'âme sont capables d'endurer s'il le faut est stupéfiant. On peut s'habituer à tout ou presque. » (*Hommes et femmes à Auschwitz, op. cit.*)

Ce qui suit est l'histoire de Helena. Une fille du Kanada.

Chapitre 1

Allemagne, 1947

Sous la lumière jaune des plafonniers, le Dr Hoffman feuilletait le dossier de Franz Dahler sans prêter la moindre attention à l'agitation qui régnait autour de lui. Il comprenait pourquoi ses collègues de l'armée américaine étaient sur des charbons ardents : ce n'était pas tous les jours qu'on entendait parler d'un cas si curieux.

Depuis que le programme de dénazification avait été confié aux Allemands en mars de l'année précédente, les Américains n'étaient que trop heureux de jouer un rôle moins important dans les tribunaux et de les superviser au lieu de les présider. Ils avaient le sentiment de s'être acquittés de leur devoir avec les procès de Nuremberg ; ils avaient pendu les plus grands criminels. À présent, c'était aux Allemands de faire le tri parmi les leurs, entre ceux qui étaient coupables et... *ceux qui étaient moins coupables que d'autres*, se surprit à penser le Dr Hoffman.

En temps ordinaire, il n'aurait même pas été présent. Dans le cas de crimes de moindre envergure, le tribunal de dénazification n'exigeait pas d'expertise psychiatrique, mais uniquement le verdict du président, souvent rendu après un examen ridiculement rapide des preuves et une misérable audience de deux heures. Et encore, si l'accusé avait la chance d'obtenir deux heures de l'attention de la cour. Le système était si encombré que les présidents voulaient aller le plus vite possible. Des dizaines de prisonniers de guerre fraîchement libérés attendaient leur tour au garde-à-vous, prêts à brandir leurs assignations à comparaître.

Il était également tout à fait compréhensible que le département américain de la sécurité publique qui les supervisait ne blâme pas les présidents allemands d'être si prompts à déclarer des accusés « non coupables ». S'il était établi que l'inculpé n'avait pas participé à d'importants crimes de guerre ou à des crimes contre l'humanité, on le laissait partir avec une tape sur les doigts et une restriction d'employabilité. *Vous avez mis à sac une épicerie juive en 1938 et signalé le voisin de cet établissement à la Gestapo ? Pas de fonction publique pour vous pour l'instant, mon bon ami, mais de grâce, promenez-vous librement dans les rues, contrairement à l'épicier et à son voisin qui eux sont morts tous les deux, pas directement de votre main, mais avec votre collaboration tout de même. Cela ne fait pas de vous un criminel majeur ni même un criminel sujet à une incarcération. Simplement un suiveur ou quelqu'un qui n'avait de nazi que le nom, au mieux.*

Le Dr Hoffman se demanda dans combien de temps ces suivistes « exonérés » et autres nazis d'appellation retrouveraient le chemin de postes d'importance une fois que l'armée américaine laisserait l'Allemagne aux commandes de son propre pays. Il se demanda également si cela serait le cas de ce jeune homme qui, sur la photo en noir et blanc attachée à son dossier, fixait l'objectif d'un regard franc. Pour une raison quelconque et bien que ce fût son droit, il avait refusé d'avoir recours à un avocat, insistant sur le fait qu'il était parfaitement capable de se défendre lui-même. Le psychiatre écarta la photo pour examiner de nouveau l'*Arbeitsblatt* de Dahler, une fiche de renseignements qui figurait au début du dossier.

Nom de famille : Dahler
Prénom : Franz
Profession : Mécanicien
Ville : Munich
Adresse :

Le Dr Hoffman ignora le reste et reporta son attention sur le *Vermögensübersicht*, la déclaration de patrimoine fournie par Dahler. Elle ne comportait rien de notable, pas de biens immobiliers à son nom ; rien qu'une maison de famille en Autriche qui leur appartenait à sa mère et à lui et dans laquelle il ne résidait pas. Il y avait un peu plus de trois mille reichsmarks sur un compte bancaire dont il était titulaire. Pas d'œuvre d'art, pas de bijoux, pas d'or. Dans la section « animaux », Dahler avait inscrit : *Prinz, berger allemand*. Vraisemblablement, il s'était mépris quant au fait qu'il était censé indiquer les bêtes susceptibles de lui rapporter de l'argent, pas ses animaux de compagnie. Malgré lui, le Dr Hoffman se surprit à sourire sans malice, en proie à un amusement sincère.

Grade : SS-Unterscharführer, SS-Totenkopfverbände

Emploi en temps de guerre : Waffen-SS (déchargé pour blessure) ; Kommandoführer au camp de concentration d'Auschwitz ; Waffen-SS (constitué prisonnier de guerre par l'armée américaine)

Crimes de guerre ou crimes contre l'humanité : non accusé

Non accusé. Le Dr Hoffman referma le dossier et tapota distraitement sa poche, en quête de cigarettes. La plupart des anciens SS de grade relativement bas avaient écopé du même verdict, qui figurait sur le certificat que leur donnait le département américain de la guerre après leur libération des camps de prisonniers de guerre. Seuls les criminels les plus vils étaient condamnés. Du menu fretin comme Dahler avait certes (et indubitablement) du sang sur les mains, mais on ne les inculpait pas. On ne les acquittait pas non plus. Simplement, on ne les inculpait pas. Si le département de la guerre avait commencé à emprisonner chaque surveillant, jamais il n'y aurait eu assez de prisons ni de potences pour tous ces anciens nazis.

Ancien ou non, c'était un tout autre sujet, si le Dr Hoffman était tout à fait honnête. *L'audience simple de dénazification permettrait à Dahler d'obtenir son autorisation tamponnée, de trouver un nouveau travail qui serait encore mieux que le précédent et de vivre sa vie, tandis que ses victimes...*

Derrière ses lunettes à monture métallique, le psychiatre regarda l'horloge sur le mur. D'ici dix minutes, la séance commencerait. À chaque bouffée qu'il tirait sur sa cigarette, de petites pointes glacées semblaient lui perforer les poumons. L'impatience, peut-être. Contrairement au reste des officiers dans la pièce, il ne spéculait pas sur l'issue du procès ; il ne parlait pas du tout. En fait, il parlait rarement. Durant toute sa vie, il avait été un fervent observateur de la nature humaine, un scientifique qui prenait plaisir à étudier les traits de personnalité et les couches les plus complexes du psychisme.

Il avait découvert depuis longtemps que les mots avaient presque toujours pour objectif de dissimuler la vérité. Il préférait écouter l'intonation d'une voix, regarder de près des gestes instinctifs, remarquer les plus petites incohérences entre le contenu du propos et la manière dont il était dit, et c'était l'une des raisons pour lesquelles il était ici aujourd'hui.

Andrej Novák, un ancien prisonnier d'Auschwitz, insistait : *La justice doit être rendue, et pas ces foutaises puantes d'exonération, mais la vraie justice, celle d'avant la guerre*, pour reprendre ses paroles. D'après lui, cet accusé en particulier devait payer pour ses crimes plus que tout autre. Une fois de plus, le Dr Hoffman observa le Slovaque de près. Inutile d'être diplômé en psychiatrie pour remarquer l'agitation du jeune homme. Tel un maniaque, il faisait les cent pas, comme s'il était déterminé à user la moquette qui avait miraculeusement survécu aux bombardements et aux incendies. *Il faisait de la peine, quelque part ; si jeune et déjà brisé.*

— Je ne comprends pas. Pourquoi ne pas simplement l'arrêter et le jeter en prison ? siffla Andrej Novák entre ses dents dans un anglais à l'accent fortement marqué.

Une veine saillait sur son front. Âgé d'une vingtaine d'années, Novák était un beau jeune homme à l'air moitié rustre, moitié sombre caractéristique des personnes dans son genre : les survivants qui avaient vécu l'enfer et étaient désormais fermement décidés à infliger à leurs tortionnaires le même supplice que celui qu'ils avaient dû endurer. Des chasseurs de nazis dangereux et sinistrement héroïques, qui inspiraient à la fois la peur et le respect à quiconque les côtoyait.

— Ou plutôt le pendre, un point c'est tout. Il le mérite plus que n'importe qui.

— C'est un tribunal de dénazification, pas un lynchage dans le Far West, fit remarquer d'une voix neutre le lieutenant Carter, l'un des officiers du département de la sécurité publique.

Le nombre impressionnant de décorations qu'il arborait attestaient d'une bravoure sur le champ de bataille sans précédent depuis le Débarquement. Contrairement au Dr Hoffman, c'était un vrai soldat, pas un gratte-papier. Avec ses cheveux sombres et son air viril, Carter irradiait la force. En revanche, il laissait toute la partie intellectuelle aux bons soins de son collègue. Tout comme Hoffman se considérait comme un gratte-papier, Carter parlait de lui-même comme d'*un simple GI, sans grand diplôme*.

Carter était l'un des premiers officiers américains à mener des interrogatoires sur des criminels de guerre capturés au début de l'année 1945. Le Dr Hoffman, lui, offrait son opinion d'analyste sur lesdits criminels et signait les comptes rendus de Carter à destination de l'agence de renseignement, qu'il accompagnait de sa propre conclusion. Carter savait comment soutirer des réponses et le Dr Hoffman savait quand la réponse en question était un mensonge. Tout le monde pensait qu'ils formaient une bonne équipe.

— Je comprends qu'il s'agisse d'un sujet encore très sensible qui vous touche personnellement, mais...

— Personnellement ?

Novák fusilla Carter du regard.

— Il m'a fouetté à plusieurs reprises et a failli me jeter vivant dans un four crématoire ! Si ce n'est pas personnel, je ne sais pas ce qu'il vous faut ! Il a été détenu avec d'autres grands criminels dans un camp de prisonniers de guerre par vos propres officiers ! Ce qui m'échappe, c'est pourquoi ils ont abandonné les poursuites contre lui. C'est un meurtrier jusqu'à la moelle !

— Et c'est exactement pour cette raison que vous êtes ici, contra Carter, imperturbable. Votre statut de coplaintif et de témoin du ministère public va sans aucun doute nous aider à clarifier la situation. Cependant, nous devons nous en tenir à la procédure. Pour l'instant, c'est votre parole contre la sienne.

Novák était sur le point de répliquer quand Carter l'interrompit en levant en l'air ses grandes mains.

— Sans vouloir vous offenser... En ce qui me concerne, je vous crois. Néanmoins, il amène un témoin qui va s'exprimer pour étayer sa défense...

— Une femme dont il abusait systématiquement alors qu'elle était totalement à sa merci dans le camp et qu'il a forcée à l'épouser pour obtenir son certificat de dénazification !

Novák avait crié les derniers mots. Le Dr Hoffman se dandina d'un pied sur l'autre. Il était entièrement d'accord avec Carter : ce n'était pas une très bonne idée que de faire venir d'anciens détenus dans la salle d'audience. Travailler avec eux pour retrouver la trace de criminels de guerre était une chose (et dans ces cas-là, leur collaboration était inestimable). Mais les mettre face à leurs agresseurs... cela finissait toujours mal. En tant que psychiatre, il était intimement convaincu que moins les anciens prisonniers étaient en contact avec leurs anciens geôliers, mieux cela valait. Vivre dans l'obsession de cette haine qui les rongeait ne leur servait à rien. Cela ne faisait que les dévorer peu à peu de l'intérieur, tel le souvenir acide d'un passé sanglant.

Il n'avait pas toujours été de cet avis. Au contraire, au tout début de sa carrière « locale », lorsqu'il avait pris son poste en Allemagne en tant que jeune psychiatre idéaliste récemment diplômé et fougueusement désireux de venir en aide à son prochain, il était tout à fait persuadé que faire face à leurs anciens oppresseurs ne pouvait qu'aider les victimes. Mais après avoir été témoin de graves rechutes à la suite de grands progrès, et même de suicides, il avait fini par acquérir la conviction diamétralement opposée sur le sujet. Les cas de camp d'extermination, en particulier Auschwitz et Mauthausen, étaient les pires. Personne n'en était ressorti indemne.

— Je comprends ce que vous ressentez, assura Carter d'une voix plus douce. Mais le tribunal, c'est le tribunal. Pensez-vous réussir à contrôler vos émotions ? Je n'ai pas envie que la salle se transforme en cirque. Peut-être serait-il préférable d'utiliser votre témoignage écrit au lieu d'affronter M. Dahler ?

Il consulta l'horloge au mur à son tour.

— Il n'est pas trop tard pour changer d'avis. Vous n'avez pas la moindre obligation d'être présent lors de l'audience.

Novák prit une profonde inspiration et parut recouvrer son calme.

— Tout ce dont j'ai besoin, c'est que vous m'écoutiez.

— Et nous allons le faire. Mais croyez-vous être capable de fournir un témoignage neutre ?

La crispation des mâchoires de Novák n'échappa pas au Dr Hoffman. Néanmoins, le chasseur de nazis slovaque hocha lentement la tête.

— Oui, je crois. Il le faut. Pour *elle*. Sa place à lui est en prison, pour le restant de ses jours, là où il ne pourra plus lui faire de mal. C'est un menteur pathologique, un tueur de sang-froid et un violeur, qui a manipulé cette pauvre jeune femme jusqu'à faire d'elle une esclave, d'abord en tant que SS, et maintenant en tant qu'époux.

Il prononça le dernier mot avec une dérision palpable. Le Slovaque ne croyait pas une seconde qu'une ancienne prisonnière de camp d'extermination puisse épouser de son plein gré l'officier jadis responsable de son secteur. Le Dr Hoffman non plus, à vrai dire. Il avait rencontré de nombreuses femmes dont la voix tremblait encore quand elles évoquaient les SS. Deux ans après leur libération, elles avaient toujours les yeux exorbités par la peur que des mois d'abus avaient instillée en elles. Les doigts nerveusement agrippés à leurs jupes, elles parlaient de ces surveillants soit d'un ton fervent d'accusation, avec une haine presque palpable, soit en pleurant, la tête basse, terrifiées à la simple mention du nom d'un de leurs bourreaux.

Inutile de préciser que quand Carter avait déposé le cas de Dahler sur le bureau du Dr Hoffman et annoncé, de sa voix communément dénuée d'émotion : *Je pense qu'en tant que spécialiste, cela peut vous intéresser*, le psychiatre s'était retrouvé plus que déconcerté. Un ancien surveillant SS d'Auschwitz, convoqué au tribunal de dénazification pour passer en audience, souhaitait faire témoigner devant la cour sa femme, une ancienne prisonnière juive slovaque qui se trouvait sous ses ordres dans le camp. Dire que cela l'intéressait était un euphémisme.

— Monsieur Novák, si M. Dahler est reconnu coupable de tels crimes, je vous assure que nous ferons tout ce qui est en notre pouvoir pour lui faire endosser ses responsabilités, garantit Carter au Slovaque.

Ce dernier avait permis à la police militaire d'identifier de nombreux nazis. Carter hocha la tête en direction du psychiatre.

— C'est précisément pour cette raison que le Dr Hoffman est ici, continua-t-il. Il observera attentivement Mme Dahler pendant sa prise de parole. S'il découvre qu'elle a été forcée de quelque manière que ce soit de témoigner, nous placerons M. Dahler en détention, nous ajournerons le procès et nous nous entretiendrons avec elle en privé, là où il ne sera pas en mesure de l'influencer. Cela vous paraît-il acceptable ?

Le chasseur de nazis acquiesça, en apparence satisfait de ces arrangements. *Excellent timing, accessoirement*, songea le Dr Hoffman.

Un policier militaire ouvrit la porte de la salle de conférence et leur annonça qu'ils étaient attendus dans la salle d'audience.

*

* *

À l'instar des nombreuses autres salles qu'abritait le bâtiment, celle-ci était de modestes dimensions et encore en reconstruction après les dommages occasionnés par les derniers mois du conflit. Les murs étaient encore intacts, tout comme le sol. C'était l'aile ouest qui avait le plus souffert des pluies de bombes qui s'étaient abattues sur la ville au printemps 1945, et les plafonds blancs présentaient de multiples fissures, à la manière d'un soldat défiguré par la guerre.

Enfin, la porte s'ouvrit et toutes les personnes présentes se tordirent le cou. Un huissier de justice regarda dans le couloir et appela le nom de Franz Dahler. Andrej Novák se redressa sur son siège, le dos droit, dans une posture d'une rigidité presque surréaliste.

Un jeune homme franchit le seuil. Le Dr Hoffman le dévisagea, en proie à un accès de curiosité aussi soudain que prononcé. Un beau visage : un front haut, des traits ciselés et harmonieux, des yeux expressifs d'un bleu lumineux. Des cheveux bruns ondulés soigneusement ramenés en arrière. Au début, du fait de sa carrure, le Dr Hoffman n'aperçut pas sa femme, qui lui emboîtait le pas. Quand Dahler atteignit le devant de la salle, où une chaise avait été installée pour lui, elle sortit de son ombre, mais seulement après qu'il se fut tourné vers elle et l'eut prise par la main. Il ne la lâcha pas, même quand le président entra. Avant que l'audience démarre, il demanda l'autorisation de s'adresser à la cour.

Le président acquiesça.

— Le tribunal accepterait-il que ma femme s'assoie à côté de moi ?

Sa voix était étonnamment plaisante, avec un léger accent que le Dr Hoffman identifia comme venant d'Autriche.

— Les lieux bondés la rendent extrêmement anxieuse, en particulier quand elle est seule. Elle se sentirait bien plus à l'aise assise ici. De cette façon, je serais en mesure de lui tenir la main si jamais elle était… troublée.

Le Dr Hoffman observa Mme Dahler. C'était, à n'en pas douter, une très belle femme, avec des cheveux brillants d'un brun presque noir, des sourcils fins et des lèvres pulpeuses et bien dessinées qui devaient être superbes quand elle souriait, mais qui étaient à cet instant serrées. Sa posture était rigide dans son tailleur parfaitement coupé. Son expression était réservée, ses yeux baissés. Sa peau était d'une pâleur maladive, presque de la couleur des perles qui ornaient son cou.

Au moins, il l'a mise sur son trente et un pour l'occasion. La pensée se faufila dans l'esprit du psychiatre, qui prit soin de l'en chasser sur-le-champ. Il était là en tant qu'observateur objectif. Néanmoins, c'était difficile de ne pas juger après le plaidoyer passionné de Novák. *C'est un menteur pathologique, un tueur de sang-froid et un violeur, qui a manipulé cette pauvre jeune femme jusqu'à faire d'elle une esclave, d'abord en tant que SS, et maintenant en tant qu'époux.*

Le président s'adressa directement à elle.

— Madame Dahler, seriez-vous plus à l'aise près de votre mari, ou aimeriez-vous être assise seule ?

Le Dr Hoffman remarqua le tremblement presque imperceptible des doigts de Mme Dahler. Sans la regarder, Franz Dahler exerça une légère pression sur sa main. Aussitôt, elle leva les yeux vers le président.

— J'aimerais prendre place à côté de mon époux, s'il vous plaît, monsieur le Juge.

Sa voix était agréable, mais vaguement tendue. Son allemand était un peu haché, mâtiné d'un faible accent de l'Est.

Une seconde chaise fut installée près de celle où l'accusé était censé s'asseoir. Dahler attendit que sa femme prenne place et lui pressa brièvement l'épaule avant de l'imiter. Le Dr Hoffman ne vit pas son expression à ce moment-là, mais la réaction de Mme Dahler le surprit quelque peu. Au lieu de se recroqueviller de peur, comme la plupart des victimes d'abus dans une situation similaire, elle sourit chaleureusement à son mari, l'air éperdue de gratitude.

Pas de menace silencieuse, alors ? Le simple réconfort d'un mari inquiet ? Était-elle réellement anxieuse et se faisait-il sincèrement du souci pour elle ? Ou n'était-ce qu'un numéro soigneusement élaboré ?

La routine habituelle suivit.

— Accusé, levez la main droite et prêtez serment... Indiquez votre nom complet, je vous prie. Âge. Profession actuelle. Profession pendant la guerre. Avez-vous déjà été accusé de crimes de guerre ou de crimes contre l'humanité ? Quand le département américain de la guerre a-t-il autorisé votre libération ?

Dahler répondit avec calme et assurance. *Vingt-cinq ans. Mécanicien. Ancien surveillant SS dans le camp d'extermination d'Auschwitz. Avant cela, soldat SS. Déclaré inapte au combat à la suite d'une blessure et renvoyé du front est. Jamais accusé de crimes de guerre ou de crimes contre l'humanité. Relâché du camp de prisonniers de guerre le 14 décembre 1945. Épousé Helena le lendemain.*

Ce fut ainsi que le Dr Hoffman découvrit le prénom de Mme Dahler. *Helena*. L'ombre d'un sourire passa sur le visage de celle-ci lorsque son mari mentionna leur mariage. Le Dr Hoffman en prit note dans son carnet.

Une fois ces formalités effectuées, le président se tortilla sur son siège avant de s'adresser à l'inculpé.

— D'ordinaire, le tribunal aurait rendu un verdict basé sur les déclarations des témoins, les caractéristiques personnelles et les lettres fournies par le département de la guerre. Les rapports des officiers du camp où vous étiez détenu sont excellents. Cependant, M. Novák s'est constitué coplaintif et a exigé une investigation complète de vos crimes qui, à en croire le ministère public, s'inscrivent dans la catégorie des crimes contre l'humanité.

Si ces mots mirent Dahler mal à l'aise, il n'en laissa rien paraître au cours du silence pesant qui s'abattit sur l'assemblée.

Le président montra ensuite Andrej Novák du bout de son stylo.

— Connaissez-vous cet homme ?

Dahler se tourna vers l'ancien prisonnier et le Dr Hoffman scruta de près la réaction de chacun. Les traits de Novák étaient tordus par la furie. Il serrait les dents si fort qu'on voyait les muscles de sa mâchoire bouger sous sa peau luisante de transpiration. Il fixait l'ancien SS avec une haine affichée, prêt à se jeter sur lui si la moindre occasion se présentait.

Dahler, en revanche, n'eut aucune réaction. Il regarda le Slovaque avec un calme presque fascinant, avant de s'adresser au président et de prononcer la lettre A, puis une série de chiffres. Il parlait d'une voix si douce que le Dr Hoffman ne comprit pas exactement le numéro de prisonnier.

Les veines du cou de Novák semblaient près d'exploser. Le président fronça légèrement les sourcils.

— Pardonnez-moi, monsieur le Juge, reprit Dahler tandis qu'un sourire flottait sur son visage sans arriver jusqu'à ses yeux. Vous avez dû croire que je faisais une mauvaise plaisanterie. Je connais cet homme, en effet, mais j'ignore son nom. Je ne connais que son matricule. Nous ne connaissions presque aucun nom de prisonniers dans le camp. Nous ne les appelions que par le numéro qui leur avait été attribué lors de leur admission au camp. Celui tatoué sur leurs avant-bras.

À ces mots, Helena Dahler tira instinctivement sur la manche de sa veste. Le Dr Hoffman en déduisit que son tatouage devait la mettre mal à l'aise et qu'elle avait pour habitude de le cacher.

— Vous avez dit avoir rencontré votre femme dans le camp, intervint Hoffman en s'adressant directement à Dahler.

Ce n'était pas le protocole normal, mais il avait besoin de clarifier quelque chose.

— En effet.

— En quelle année ?

— Elle est arrivée par un convoi en provenance de Slovaquie le 21 mars 1942.

— Votre mémoire des dates est remarquable, jeune homme, constata le président.

Dahler baissa les yeux et réprima un sourire.

— C'est uniquement parce que c'était mon anniversaire, monsieur le Juge.

— Vous venez d'affirmer ne pas connaître les noms des prisonniers, mais uniquement leurs numéros, reprit le Dr Hoffman. Connaissiez-vous aussi votre femme uniquement par son numéro avant la libération du camp ?

Dahler gloussa comme si la question du psychiatre était incroyablement idiote.

— Bien sûr que non. D'ailleurs, j'ai tout de suite su comment elle s'appelait, car elle n'avait pas encore de numéro quand je l'ai rencontrée.

— Comment est-ce possible ?

— Parce que je devais mourir le lendemain, répondit Helena Dahler à la place de son mari avec un aplomb qui surprit grandement le psychiatre. Ils ne tatouaient pas les personnes destinées à la chambre à gaz dès leur arrivée. C'est Franz qui m'a sauvée. Et pas une fois il ne m'a appelée par mon numéro. Pour lui, j'ai toujours été Helena.

Chapitre 2

HELENA

Auschwitz, 21 mars 1942

Que fait-on lorsqu'on nous annonce qu'il ne nous reste que vingt-quatre heures à vivre ?

Dans mon cas, je me brossai les cheveux méticuleusement, comme me l'ordonna le Rottenführer Wolff, pour être jolie en dépit de mon statut de quasi-cadavre. Ce n'était pas une maladie qui allait bientôt m'emporter ; c'était une condamnation à mort pour un crime que je n'avais pas commis. J'étais prisonnière dans la pire des prisons, qui n'aurait dû exister que dans les pires cauchemars. Étais-je ici parce qu'on m'accusait d'avoir tué quelqu'un ? Non. Ceux qui étaient dans ce cas-là portaient un triangle vert sur leur uniforme. De fait, il arrivait parfois que des assassins ressortent après avoir purgé leur peine. En tout cas, c'était ce que l'on m'avait dit.

Ce matin-là, alors que mes compagnes et moi patientions sur le quai pendant que les SS décidaient quoi faire de nous, un homme en uniforme rayé nous expliqua la raison de l'attente. L'administration du camp rendait les honneurs à un Kapo qu'ils s'apprêtaient à renvoyer à la vie civile avec leurs meilleurs vœux, réhabilité. Apparemment, ce Kapo (un prisonnier superviseur qui était une sorte de fonctionnaire du camp, d'après ce que j'avais compris) avait tué sa femme avec un couteau de boucher dans un accès de jalousie, mais il avait fait preuve d'un tel zèle dans le cadre de son travail au camp qu'il avait gagné le droit d'être libéré plus tôt, sur ordre de Herr Kommandant en personne.

Inutile de préciser que le Kapo était allemand et que son crime n'était pas aussi impardonnable que le nôtre. Ce n'était qu'un meurtrier, alors que nous... Nous étions juives et notre mort était programmée dès que cette histoire de Kapo serait terminée, annonça d'une voix joyeuse un SS qui venait d'arriver. Mais ensuite, un autre apparut. Il toussa avec embarras et rapporta que les foutues parois de l'une des cheminées du crématorium avaient de nouveau cédé et que l'*Aktion* devrait attendre, le temps que le Sonderkommando les répare. De temps en temps, ils regardaient dans notre direction et penchaient la tête sur le côté, les yeux légèrement plissés, comme s'ils calculaient quelque chose. Peut-être que leurs esprits méthodiques évaluaient le nombre exact de balles nécessaires pour nous tous et la main-d'œuvre requise pour disposer de nos misérables corps tremblants.

Nous n'avions pas bougé de l'endroit où ils nous avaient rassemblées. Nous restions en rangs par cinq, petite armée d'ombres résignées qui se dissipaient déjà dans le néant. Un silence de mort régnait autour de moi. Les rares personnes qui parlaient s'exprimaient à voix basse. Notre convoi, le second en provenance de Slovaquie, se composait uniquement de jeunes femmes. Les SS discutaient ouvertement de notre sort ; en général, les femmes sont obéissantes, peu enclines à la révolte. Par conséquent, les soldats n'avaient rien à craindre. Tout ce que nous risquions de faire, c'était de grelotter de manière incontrôlable, livrées à nous-mêmes sur le quai couvert de neige, et de sentir le froid se répandre de nos orteils à nos cœurs pour les transformer en pierres insensibles, comme si nous étions toutes déjà mortes. Certaines pleuraient sans bruit, comme mon amie Cylka. Elle avait une bonne raison pour ça : son bébé était mort d'hypothermie pendant le voyage. Pour ma part, cette torpeur libératrice me convenait. L'attente interminable à l'approche de la mort était moins insoutenable de cette façon.

Nous n'avions toujours pas bougé lorsqu'un groupe de soldats SS accompagnés d'hommes en pantalon rayé, mais en veste de ville, avec des numéros cousus sur la poitrine, s'approcha à grandes enjambées de notre pathétique formation. Les hommes en pantalon rayé s'emparèrent de nos affaires en nous expliquant avec calme et rationalisme que nous n'en aurions bientôt plus besoin. L'un d'eux prit la valise que je tenais dans mon poing serré. Il m'adressa un bref regard chargé de pitié, mais je n'avais que faire de sa sympathie. Alors je regardai droit devant moi tandis que rage et impuissance se livraient bataille en moi, oblitérant toute autre pensée.

Distant et indifférent, le soleil brillait parmi des nuages épars, au-dessus des rangées de baraques qui s'étendaient devant nous. Une nuée d'oiseaux battait des ailes contre un pan de ciel bleu. Je suivis leur vol avec envie. J'aurais tant aimé en faire autant. Mais ils n'avaient pas envie de fuir ce lieu de mort et de misère : ils se rassemblèrent sur les lignes électriques au-dessus de l'une des baraques. Le bâtiment devait abriter la cuisine et, contrairement à nous, les oiseaux n'avaient rien à craindre des SS. Seule la clôture en fils barbelés semblait les rebuter. Après l'avoir examinée de près et remarqué un panneau avec une tête de mort et une inscription en allemand et en polonais (*Halt/Stoj*), j'en déduisis qu'elle devait être électrifiée.

Un autre officier en uniforme gris arriva et ordonna que toute personne capable de chanter, réciter des poèmes ou danser se signale immédiatement. Il arborait un air impatient et avait une cravache à la main. Les femmes hésitèrent un instant, mais quand il agita la cravache d'une manière indiquant clairement qu'il avait l'emportement facile, quelques-unes avancèrent à contrecœur d'un pas. Une femme me poussa en passant à côté de moi et je me retrouvai soudain séparée de Cylka et en face du SS que ses sbires en pantalon rayé appelaient Rottenführer Wolff. Il attrapa mon visage dans sa main gantée et me fit tourner la tête de chaque côté pour m'examiner, avec le plus grand professionnalisme. Mon châle glissa. Quand je voulus le remettre en place, il m'en empêcha.

— Vous avez de beaux cheveux, commenta-t-il d'une voix rauque qui trahissait son goût pour le tabac.

Il prit une de mes mèches entre ses doigts et acquiesça.

— *Ja.* Ça fera l'affaire. Viens.

Je n'arrivais pas à croire que tout cela s'était passé à peine quelques heures plus tôt.

Wolff amena les quelques femmes qu'il avait choisies dans une sorte d'entrepôt. Le hangar immense débordait d'effets personnels et de valises de toutes les tailles et toutes les couleurs, avec des noms et des lieux de déportation inscrits dessus à la craie. Je crois que c'est à ce moment que je compris que jamais je ne repartirais de cet endroit. Vivante, je veux dire.

Wolff écarta les bras dans un geste de bienvenue railleur.

— Bienvenue au Kanada, pays de toutes les richesses, proclama-t-il en affichant un sourire perfide. Profitez-en tant que vous le pouvez, mesdames, car vous n'allez pas rester, malheureusement.

Ses sbires avaient déjà ouvert nos bagages et fouillaient parmi nos vêtements soigneusement pliés. Ils séparaient les pulls des bas avec la même expression indifférente que celle que j'avais vue sur le visage d'un boucher tandis qu'il séparait la viande du gras.

Wolff s'assit au bord d'une table et alluma une cigarette.

— Ne faites pas cette tête, lança-t-il avec un nouveau rictus impitoyable. Vous devriez être honorées : tous vos vêtements vont être désinfectés et envoyés en Allemagne afin que les aryens puissent les porter. Vos cheveux aussi vont servir. Nos marins de la Kriegsmarine en feront bon usage dans leurs chaussettes et nos soldats de la Wehrmacht dans leurs bottes. Vous devriez être fières de faire des sacrifices pour le Grand Reich germanique. Et maintenant, montrez-moi un peu comment vous dansez et chantez.

Quand mon tour arriva, je lui annonçai calmement que je ne savais faire ni l'un ni l'autre. Puisqu'ils comptaient se débarrasser de nous de toute façon, je comptais au moins m'épargner cette ultime humiliation. Il ricana.

— Tu ne sais pas chanter ? Foutaises. Les Russkofs, du moins ce qu'il en reste, ont un proverbe que j'aime bien. *Si tu ne sais pas, on t'apprendra. Et si tu ne veux pas, on t'obligera.* À présent, prends ce tas de haillons et va te changer. Pour la peine, ce sera toi la star. Et ne sors pas avant que je vienne te chercher. Inutile que ceux-là s'excitent face à un spectacle qui n'est pas pour leurs yeux, conclut-il en regardant ses subalternes d'un air moqueur.

La cravache qu'il brandit pour souligner son propos ne me donna pas envie de tester sa patience beaucoup plus avant. Il la tenait avec beaucoup trop d'assurance pour qu'il ne s'agisse que d'une menace en l'air. Je pris les vêtements et la brosse à cheveux qu'il me tendait et me rendis dans la pièce qu'il m'indiquait.

Le temps s'étira. La nuit finit par tomber et j'étais toujours en train de me brosser les cheveux, dans un geste répétitif de folle à lier. À un moment, je crus que Wolff m'avait oubliée. Un silence inquiétant régnait partout autour de moi. Même les hommes de Wolff étaient partis depuis longtemps, et j'en étais reconnaissante, car certains d'entre eux étaient slovaques et je ne comprenais que trop bien ce qu'ils se racontaient pour rester dans l'ignorance quant à l'endroit où je me trouvais. On nous avait dit qu'on nous envoyait travailler dans des usines, voyez-vous. On ne nous avait pas informées que nous serions déshabillées, rasées, gazées et brûlées à notre arrivée. Ces hommes appartenaient à un Kommando spécial (le Sonderkommando) qui s'occupait de tout le processus, à l'exception du gazage, qui était du ressort des SS. J'avais appris que ces hommes étaient également des prisonniers. J'avais appris que l'un d'eux avait dû incinérer son oncle et ses petits cousins quelques jours plus tôt.

Soudain, j'entendis un bruit de pas sur les marches en acier au-dehors. La porte de la petite pièce s'ouvrit à la volée et je me levai d'un bond. Wolff alluma et me scruta attentivement tandis que je battais frénétiquement des paupières face au faisceau aveuglant de la lampe. Il pencha la tête d'un côté, puis de l'autre ; grimaça légèrement, comme si ce n'était pas lui qui avait sélectionné pour moi cette tenue ridicule, exigeant que je me rende *aussi présentable que si je m'apprêtais à rencontrer le Führer lui-même.*

Il décrivit un cercle autour de moi, l'air songeur.

— Eh bien, ça aurait pu être pire.

Il ajusta l'étole en fourrure couleur sable sur mon épaule. De faibles effluves de parfum en émanaient encore, l'odeur d'une autre femme qui était probablement morte, à présent, tout comme je le serais le lendemain.

— Puis-je poser une question ?

J'avais soigneusement assemblé des mots allemands en une phrase. Je détestais entendre ce tremblement dans ma voix, mais j'avais aussi découvert beaucoup de choses sur Wolff et je souhaitais à tout prix éviter de me le mettre à dos.

— *Ja ?*

— Qu'est-ce qui est attendu de moi, exactement ? m'enquis-je en montrant mon accoutrement.

Il avait choisi la robe rouge la plus voyante qui soit avec des chaussures assorties. Elles étaient trop petites d'une pointure et me meurtrissaient déjà les pieds. Je ne pouvais qu'espérer qu'il ne me demanderait pas de danser.

— Je croyais te l'avoir dit. L'un de nos camarades fête son anniversaire aujourd'hui et nous voulons lui faire une surprise. Normalement, on l'amènerait dans un cabaret ou quelque chose comme ça, mais étant donné que nous sommes ici, nous devons faire avec les moyens du bord.

À savoir, toi, achevèrent ses yeux à sa place.

J'étais trop terrifiée pour avouer que je ne connaissais rien aux cabarets, que je n'avais jamais mis les pieds dans ce genre d'établissements et que je ne connaissais pas les chansons que les femmes y chantaient.

— N'aie pas peur.

Son visage beaucoup trop proche du mien, il rit et me pinça malicieusement les joues pour amener un peu de roseur à mon teint cadavérique. Je me figeai et tentai de ne pas grimacer à son contact. Il était de bonne humeur ; son haleine sentait le schnaps. J'en déduisis que les autres femmes avaient déjà terminé leurs numéros. Je me demandai si elles étaient encore en vie ou si on les avait déjà éliminées, si les mêmes mains que celles qui me touchaient à cet instant avaient disposé d'elles.

— Tu n'auras qu'à lui chanter *Joyeux anniversaire* pendant qu'on apporte le gâteau. Tu connais cette chanson, j'imagine ?

Ses derniers mots étaient mâtinés d'une menace. *Tu as plutôt intérêt, vermine.*

— Oui. En allemand, et en slovaque aussi, répondis-je prudemment.

— Parfait. Fredonne-moi quelque chose. Je veux entendre ta voix.

J'inspirai profondément et commençai à chanter.

— Plus fort !

Son cri me fit sursauter. Il n'avait sans doute même pas voulu m'effrayer, mais il ne me fallait plus grand-chose. Je repris d'une voix plus forte, en m'appliquant autant que possible.

Il leva la main d'un geste abrupt pour me faire taire.

— Ça fera l'affaire. Chante exactement comme ça, et souris. Je veux que tu aies l'air contente. C'est un anniversaire, alors je n'ai pas envie de te voir plantée là avec une tête de pleureuse, tu m'as compris ?

— Oui.

— Tu dois répondre *Jawohl, Herr Rottenführer.*

— *Jawohl, Herr Rottenführer,* répétai-je docilement.

— Je présume qu'il est inutile de préciser que s'il n'est pas content de ta performance, tu seras sévèrement punie.

— Je comprends, Herr Rottenführer. Je ferai de mon mieux.

*
* *

Wolff me laissa devant les baraques des SS en m'indiquant qu'il viendrait me chercher le moment venu. Tremblante dans ma fine robe en soie, je rentrai la tête dans les épaules et tentai de dissimuler mon cou dans les plis de l'étole. L'air était si froid qu'il coupait le souffle. À chaque petite inspiration dans le vent hurlant, de minuscules aiguilles glacées semblaient perforer mes poumons. Une sentinelle passa avec un fusil accroché à l'épaule. Il s'arrêta à ma hauteur et me dévisagea avec perplexité. Au même moment, Wolff sortit et m'attrapa par le bras.

— C'est l'heure, annonça-t-il.

À présent, en plus du schnaps, il empestait également le brandy.

À l'intérieur, il faisait chaud et l'atmosphère était alourdie par l'odeur des cigarettes et des fumets de viande. Le brouhaha des conversations cessa dès que j'entrai dans la pièce. Wolff me poussa en avant vers l'un des SS, si brusquement que je lui tombai presque sur les genoux. Il portait une grossière couronne en papier que ses camarades avaient dû lui confectionner pour l'occasion. Il me fixa, déconcerté. Il semblait rougissant dans la lumière tamisée, du fait de l'alcool ou peut-être de ma proximité. Je me redressai rapidement et vis Wolff me fusiller du regard. Je plaquai promptement un immense sourire de façade sur le visage et me mis à chanter d'une voix forte, exactement comme il me l'avait ordonné. Deux de ses camarades apportèrent un gâteau. Bientôt, tous se joignirent à moi et ma voix se noya dans le rugissement des leurs.

Un tonnerre d'applaudissements retentit. Ils l'applaudissaient lui, bien sûr, pas moi.

Ensuite, j'interprétai une chanson dans ma langue maternelle. Le soldat qui fêtait son anniversaire était jeune et séduisant, comme la plupart d'entre eux. Séduisant et impitoyable et débordant de haine. Ses yeux étaient bleu pâle, ses cheveux noirs, comme son cœur. Soudain, il me sourit.

— Qu'est-ce que c'était ? s'enquit-il quand j'eus terminé.

— Une chanson d'anniversaire traditionnelle de Slovaquie...

Je m'empressai d'examiner l'insigne sur son épaule. C'était le même que Wolff.

— ... Herr Rottenführer.

— C'est joli.

Il y avait une certaine retenue dans ses mots. Rien d'étonnant. Ce ne devait pas être dans leurs habitudes de complimenter les juifs. Je le remerciai tout bas.

— Une autre, *bitte*, demanda-t-il.

Il avait une voix douce et un accent moins dur que ses homologues. Néanmoins, elle était encore plus autoritaire que celle de Wolff, sans qu'il ait besoin de hausser le ton. C'était la voix d'un homme habitué à donner des ordres et à se faire obéir sans protestation.

— Chante...

Il réfléchit quelques instants, puis nomma une chanson allemande que je ne connaissais pas. Il en cita une autre, mais je ne la connaissais pas non plus. Il finit par lever les mains en signe d'abandon.

— Dans ce cas, tu n'as qu'à choisir quelque chose que tu aimes. Ta chanson préférée, par exemple.

J'hésitai. Ma préférée était bien trop tragique (une femme dont le grand amour meurt) et totalement inadaptée aux circonstances. Néanmoins, mes lèvres s'entrouvrirent presque contre mon gré et la mélodie triste et envoûtante emplit la pièce. Bientôt, l'un des SS sortit un harmonica de sa poche et se mit à jouer pour m'accompagner. Il semblait aussi doué pour la musique que l'était Wolff pour les coups de cravache. À la fin du morceau, personne n'applaudit. Une vague tension flottait dans l'air, en plus des ronds de fumée de cigarette. Je sentis les yeux de Wolff braqués sur moi. À coup sûr, il était déjà en train d'imaginer la correction qu'il m'administrerait ensuite pour récompenser mon tour de force.

Soudain, celui qui fêtait son anniversaire me fourra dans les mains un morceau de gâteau enveloppé dans une serviette. L'odeur était si délicieuse que j'en eus aussitôt l'eau à la bouche. Je me rappelai à cet instant que je n'avais rien mangé depuis plusieurs jours.

— C'était très beau et tu as une très belle voix. Il faudra que tu reviennes chanter pour nous.

Je m'humectai les lèvres.

— Je crains que ce ne soit impossible, Herr Rottenführer. Tout notre convoi est liquidé demain. C'est ce qu'on m'a expliqué aujourd'hui. Mais je vous remercie pour vos compliments. Cela me réchauffe le cœur de savoir que je vous ai fait plaisir en ce jour si spécial. Je vous souhaite une vie longue et prospère.

Il pivota sur son siège.

— C'est vrai ? demanda-t-il à Wolff.

Occupé à dévorer une saucisse couverte de moutarde, ce dernier se contenta de hausser les épaules en guise de réponse.

— Je veux qu'elle soit exclue de l'*Aktion*, exigea l'autre avec une voix chargée d'autorité, ce qui était étrange étant donné qu'il avait le même grade que Wolff.

— Elle est déjà sur la liste.

— Dans ce cas, raye son nom. Je ne vois pas ce qu'il y a de compliqué là-dedans.

— Palitzsch a déjà signé les papiers.

— Je m'en contrefiche ! Qu'on enlève son nom de là. Pourquoi liquident-ils un convoi tout entier alors que nous manquons autant de personnel au Kanada ?

— Va plutôt poser la question au Vieux. C'est lui qui donne les ordres, pas moi.

Puis il retourna à son assiette.

Dans un coin, l'un des soldats offrait des cigares à ses collègues rassemblés autour de lui. Des sourires rassasiés flottaient sur leurs visages. Ils n'en avaient que faire que le destin d'un être humain se joue à cet instant entre deux de leurs camarades. Soudain, j'eus le tournis. Pendant un moment, le sol parut se dérober sous mes pieds. Les traits de celui qui fêtait son anniversaire se brouillèrent.

— Mais ne crois-tu pas que nous pourrions utiliser quelques femmes pour trier les vêtements ? Elles ne sont pas malades, si ?

Il se tourna vers moi d'un geste brusque.

— Es-tu malade ?

Je secouai la tête avec véhémence, le regard implorant. *Je suis en bonne santé, en excellente santé, et impatiente de me mettre au travail. Laissez-moi vous montrer quelle bonne travailleuse je fais. Je peux tout faire, Herr Rottenführer, absolument tout ce que vous voudrez !*

— Ils attendent un nouvel arrivage en provenance du protectorat demain, je pense, commenta Wolff d'une voix traînante. On m'a donné l'ordre de liquider le convoi d'aujourd'hui. C'est tout ce que je sais.

— Assigne-les à notre unité, elle et les autres. Je me charge de tout arranger avec Palitzsch.

Wolff le dévisagea comme s'il avait totalement perdu l'esprit, mais son camarade ne céda pas une once de terrain, soudain sévère et royal sous sa couronne en papier.

Enfin, Wolff hocha la tête, avec un certain respect.

— C'est bien parce que c'est toi qui me le demandes, Dahler.

À présent, je connaissais son nom. Rottenführer Dahler. Un tueur qui avait entendu mes prières désespérées et me sauvait la vie parce qu'il aimait ma façon de chanter. Il m'offrit un grand sourire rassurant, tel un monarque décidant à la dernière seconde de gracier un condamné à la potence. Les jambes tremblantes, je sortis des baraques. Une fois dehors, je recommençai enfin à respirer. *Demain, un tas de personnes vont mourir, mais je n'en ferai pas partie*. Une soudaine envie de crier s'empara de moi, mais je me fis bien vite taire en me fourrant dans la bouche un morceau de gâteau, que j'avalai en même temps que mes larmes et une peur incontrôlable. J'étais trop terrifiée pour y croire. Terrifiée que Wolff se saoule et oublie sa promesse. Terrifiée que Dahler change d'avis. Mais le matin arriva et avec lui, l'appel, lors duquel Wolff lui-même me fit signe de sortir des rangs qui se dirigèrent plus tard vers le block dont personne ne revenait.

— Hier, c'était l'anniversaire de Dahler, commenta Wolff en m'escortant vers ma nouvelle unité de travail. Aujourd'hui, c'est le tien.

Chapitre 3

Helena

Avril 1942

Encore une journée au Kanada. Je retournai une poche de manteau et mis au jour un étui à cigarettes. Je le soupesai dans ma main avant de réfléchir. Le mettais-je dans la boîte prévue à cet effet, située au milieu de l'entrepôt ? Tous les objets de valeur étaient placés à l'intérieur afin d'être examinés et répertoriés plus tard par le comptable, le Rottenführer Weber. L'étui était lourd, enveloppé d'un tweed anglais de bonne qualité. Parfois, nous évaluions mal ces choses-là et nous mettions du toc dans la boîte. Alors, nous recevions une correction. Pas de la part de Weber lui-même (c'était un bureaucrate, il ne se donnait pas la peine de lever la main sur qui que ce soit), mais de la part d'un Kapo à coup sûr. Ou de la part de Wolff, ce qui était encore pire.

La punition pour être surprise en train de lambiner, exactement comme j'étais en train de le faire à ce moment-là, était normalement beaucoup plus sévère, mais je restai tout de même plantée là comme une automate débranchée, à fixer la paume de ma main. Rochelle, ma collègue d'unité, me donna un coup de coude accompagné d'un regard pressant.

— Remue-toi, persifla-t-elle non sans s'être assurée qu'aucun Kapo ne risquait de nous voir bavarder. Qu'est-ce qui t'arrive, aujourd'hui ? Tu es à peine sortie de la tombe et tu prends déjà des risques ?

Quelques-unes d'entre nous avaient eu la chance de survivre grâce à l'insistance du Rottenführer Dahler à nous inclure dans son Kommando du Kanada. Cinquante, pour être exacte. Son autorité en la matière avait pris tout son sens quand j'avais découvert que Dahler était un Kommandoführer dans cette unité et avait les faveurs de son supérieur. Pourquoi ? Personne ne le savait vraiment. Certains prisonniers spéculaient que c'était parce que Dahler était le fils d'un gros bonnet ; d'autres supputaient qu'il savait tout simplement comment brosser le Rapportführer Palitzsch dans le sens du poil avec un pot-de-vin opportun ; d'autres étaient persuadés qu'il en savait trop sur un membre de l'administration. Dans tous les cas, ce qui était certain, c'était qu'il venait d'Autriche, que ce n'était pas un garçon déraisonnable, mais que raser les murs était la meilleure chose à faire lorsqu'il se mettait en colère, car il maniait la cravache avec une telle férocité que même le Rottenführer Wolff avait l'air d'un enfant de chœur en comparaison.

Enveloppée dans une sorte de brouillard, je me plongeai dans le tri d'une nouvelle pile, fouillant les poches sans conviction. C'était un drôle de travail que de chercher des objets de valeur et de trier les affaires de personnes qui étaient soit déjà mortes, soit condamnées à travailler ici jusqu'à mourir d'épuisement, de faim ou de maladie. Lors de mon deuxième jour, j'avais entendu une femme pousser un ricanement amusé. Elle venait juste de retrouver une de ses jupes parmi les tas qui submergeaient son poste de travail. Je n'avais rien trouvé qui m'appartenait pour l'instant parmi les montagnes de vêtements d'autres femmes qui n'avaient pas eu la même chance que nous. L'unité du Kanada était un drôle d'endroit, cela ne faisait aucun doute. Les journées de travail étaient interminables et les Kapos nous interdisaient de discuter. Toutes sortes de pensées finissaient donc par envahir nos esprits jusqu'à les abîmer.

— Vous ne vous rendez pas compte de la chance que vous avez, vous, les filles, nous avait dit tout bas un prisonnier du Kommando du Kanada le premier jour.

À l'instar des membres du Sonderkommando, les hommes du Kanada portaient des pantalons et des casquettes à rayures, mais aussi des vestes de ville taillées sur mesure avec des numéros et des triangles de différentes couleurs cousus sur la poitrine, du côté gauche. En outre, ils étaient rasés de près et certains portaient même des chaussures cirées par les occupants moins favorisés du camp, en échange d'un morceau de pain. Une guigne pour les hommes du Kanada, mais un festin à l'échelle des autres prisonniers. Bien qu'encore désorientées et totalement abasourdies par tout ce qui nous entourait, nous étions suffisamment intelligentes pour comprendre que cette unité vénérée était considérée comme une élite au sein de la hiérarchie complexe du camp. Dès que l'on avait besoin de se procurer quelque chose, c'était aux membres du Kommando du Kanada que l'on graissait la patte, que ce soit pour des chaussures, des sous-vêtements, une brosse à dents... n'importe quoi qui soit susceptible de rendre la vie des détenus un tant soit peu plus supportable.

Nous, les premières femmes, avions été désinfectées avec d'impitoyables produits chimiques avant de recevoir des robes à rayures. On nous avait autorisées à conserver nos cheveux, désormais couverts de fichus bleu marine. Pour les hommes du Kanada, nous étions encore des sortes de bêtes curieuses, quelque chose de nouveau et d'amusant. Il n'y avait pas du tout de femmes à Auschwitz auparavant ; par conséquent, ils ne nous malmenaient pas comme ils le faisaient avec les nouveaux arrivants aux yeux écarquillés. Au contraire, ils tiraient un certain plaisir à nous éduquer quant au fonctionnement du camp et à ses règles, aussi bien officielles qu'officieuses.

— Nous trions peut-être les affaires des morts, avait-il continué de la même voix douce. Mais au moins, nous avons un toit sur la tête, la possibilité de nous procurer de la nourriture et mille autres choses et surtout, on ne nous oblige pas à transporter des cailloux d'un tas à un autre pendant une journée entière avant de nous demander de les remettre sur le premier tas le lendemain. Eh bien, qu'est-ce que c'est que ces mines surprises ? Vous n'avez jamais entendu parler de cette pratique ?

Il afficha un petit sourire suffisant.

— C'est comme ça que les SS s'amusent. *Arbeit macht frei* et toutes ces foutaises. Si jamais ils n'ont pas de véritable tâche à vous confier, ils sont prêts à vous faire porter des pierres dans le simple but de vous occuper les mains ce jour-là. Alors oui, vous avez beaucoup de chance. Soyez reconnaissantes. C'est l'unité la plus réglo de tout le camp. Les gens se battent pour y entrer. Vous n'avez pas encore vu comment ça se passe pour les autres, conclut-il sur une note inquiétante.

À vrai dire, nous nous en sortions effectivement beaucoup mieux que le reste des prisonniers. Dès que les Kapos regardaient ailleurs (ou remplissaient leurs propres poches), nous en profitions pour nous emparer du moindre article comestible que nous trouvions et le dévorions dans l'instant. Parfois, nous le cachions dans les boîtes de conserve qui pendaient à nos ceintures pour le manger plus tard ou l'échanger contre des cigarettes, des médicaments ou même de l'alcool. J'avais trouvé une demi-tablette de chocolat suisse ce matin-là. Avec un petit sourire et la bouche qui salivait rien que de la savoir bien au chaud dans ma poche, je rêvais du moment, le soir, où je la dégusterais après le dîner, qui consistait en un quignon de pain au goût de sciure et un minuscule morceau de margarine. Quel dessert m'attendait là ! Je sentais presque le goût aigre-doux sur ma langue.

— *Achtung !*

En entendant la voix rauque de notre Kapo, je lâchai d'instinct le pantalon que j'étais en train de fouiller et me figeai, au garde-à-vous.

— Remettez-vous au travail.

Je reconnus la voix qui venait de donner l'ordre derrière moi. Mon sauveur. Le Rottenführer Dahler.

Du coin de l'œil, je l'observai évoluer entre les rangées interminables de tables où s'entassaient des montagnes de vêtements. Les Alpes d'Auschwitz. Je vis un homme rentrer la tête dans les épaules tandis que le Rottenführer passait à côté de lui ; Herr Kommandoführer avait dû lui administrer une rossée d'anthologie à un moment donné pour une raison quelconque. Les prisonniers développaient une mémoire de chien pour ces choses-là. De sa main gantée, Dahler extirpa un manteau de l'une des piles, l'inspecta sans grand intérêt et le reposa négligemment sur la table. Il se rapprocha de mon poste, examina vaguement le contenu de la boîte qui renfermait des livres et des documents avant de couler un regard dans ma direction.

Feignant de ne rien remarquer, je fouillai une énième poche, dont j'extirpai un mouchoir aux initiales SM brodées dans un coin. Une autre poche renfermait un paquet de Camel, des cigarettes américaines que Dahler fixa avec un intérêt manifeste. J'envisageai de les placer dans la boîte correspondante, mais en sentant ses yeux toujours braqués sur moi, je lui tendis le paquet d'un geste hésitant.

Il m'offrit un sourire incertain. Garda le silence quelques secondes.

— C'est interdit, finit-il par dire. Mais merci quand même.

Je réprimai à peine un haussement d'épaules indifférent et lançai ma trouvaille dans la boîte.

Il s'attarda près de mon poste. Je m'appliquai à l'ignorer totalement. Il s'éclaircit la gorge une fois, puis deux. Soupira, avec ce qui ressemblait à un fond de mauvaise humeur.

— As-tu trouvé quoi que ce soit de... spécial, aujourd'hui ? se décida-t-il enfin à demander.

Je le dévisageai pendant un moment tandis que je réfléchissais. J'avais extrait des affaires de quelqu'un une poupée de porcelaine à la tête cassée qui m'avait rappelé mon premier jour au Kanada. On venait juste de nous raser le pubis et les aisselles ; nous avions la peau à vif et étions humiliées après la fouille effectuée par les médecins SS en quête d'objets de valeur (dans les endroits les plus intimes, bien sûr, sinon où ?). La solution de chlorure de calcium dont on nous avait aspergées nous brûlait si violemment les yeux qu'il nous avait été impossible de les ouvrir pendant plusieurs minutes. On nous avait ensuite escortées jusqu'à notre nouvelle unité de travail dans nos nouveaux uniformes, le long d'un étroit passage bordé de barbelés. Une colonne de femmes à laquelle nous appartenions encore la veille marchait dans la direction opposée, les yeux hagards, leurs teints pâles brouillés par les larmes et la résignation. Un spectacle absolument pathétique qui fendait le cœur. Les regards envieux qu'elles nous lançaient nous poussèrent à nous détourner d'elles, honteuses.

Soudain, un bébé se mit à pleurer, sans doute affamé et sale depuis son arrivée, ou plus vraisemblablement depuis que sa mère était montée à bord de ce maudit train. Le bébé criait et criait et l'un des surveillants qui escortaient la colonne devait avoir la gueule de bois ou simplement être de mauvaise humeur sans raison particulière. Quel que fût son problème, nous le vîmes arracher l'enfant hurlant des bras de sa mère, l'attraper par les pieds et lui fracasser le crâne avec une violence sauvage contre un fourgon garé sur le bord du chemin. Le camp tout entier avait dû entendre l'abject craquement.

La poupée que j'avais trouvée un peu plus tôt avait le même aspect que le bébé après que le surveillant l'avait laissé tomber à terre, à une différence près : la tête de la poupée était vide à l'intérieur.

Néanmoins, je doutais que cette anecdote s'inscrive dans la catégorie des choses *spéciales* que le Rottenführer avait à l'esprit.

Je sortis l'étui à cigarettes qui m'avait déconcertée de sous une pile de manteaux et le lui montrai.

— Je ne suis pas sûre que ce soit de l'or ou non, Herr Rottenführer. C'est assez lourd, mais...

Je m'interrompis soudain quand ses doigts effleurèrent les miens alors qu'il s'emparait de l'étui. Ils s'attardèrent plus longtemps que nécessaire et je dus me retenir pour ne pas retirer ma main d'un geste brusque.

Dahler l'inspecta attentivement, allant jusqu'à l'ouvrir pour examiner la doublure en daim d'un brun sombre. Il sourit en constatant qu'il contenait encore quelques cigarettes et s'empressa de les mettre dans son propre paquet.

— C'est permis dans ces cas-là, précisa-t-il.

Comme si j'allais aller trouver le Kommandant du camp afin de lui signaler qu'un Kommandoführer avait volé quelques cigarettes au Reich.

— Je dirais que c'est de l'argent, avec une finition dorée. Tu peux le mettre dans la boîte. Weber s'en occupera plus tard.

— Merci, Herr Kommandoführer. Je ne voudrais surtout pas compliquer la tâche du Rottenführer Weber.

Il hocha la tête, mais au lieu de partir, il resta là. En sa présence, sous son regard insistant, je me sentais comme un animal en cage dans un zoo que les visiteurs scrutaient avec curiosité. Je prenais un grand plaisir à me rendre au zoo lorsque j'étais enfant, mais maintenant que j'étais une esclave en captivité, la perspective me répugnait.

— As-tu trouvé de la nourriture aujourd'hui ?

Pendant un instant, la terreur s'empara de moi. Elle était donc là, la raison de tous ces bavardages. J'aurais dû m'en douter, j'aurais dû flairer la ruse soigneusement et cruellement élaborée. Il avait dû me voir empocher le chocolat et jouait avec moi depuis le début ; il m'avait fait baisser la garde pour mieux administrer sa punition. Je me sentis pâlir notablement et me demandai s'il prévoyait simplement de me corriger, ou de m'envoyer à la chambre à gaz avec le prochain groupe. La cheminée du four crématoire était réparée depuis longtemps et tournait comme une véritable usine, non-stop, jour après jour. À coup sûr, il n'aurait aucun mal à me trouver une petite place dans l'*Aktion* programmée plus tard dans la journée. À cette idée, je fus presque soulagée. Au moins, tout cela prendrait fin. Je serais seule, abandonnée à jamais au calme et à la tranquillité.

— Une demi-tablette de chocolat suisse, Herr Rottenführer, répondis-je d'une voix relativement dénuée d'émotion.

J'étais résignée, prête à faire face à mon destin. Prête à ce qu'il me libère. Un sourire aux lèvres, je sortis mon butin de ma poche et le lui montrai. Quelque part derrière moi, j'entendis quelqu'un pousser une exclamation étouffée de surprise. Tous devaient croire qu'il allait me massacrer à présent, et ils n'avaient pas tort.

— Tu l'as gardée ?

Avant de me laisser une chance de répondre, il me sourit.

— Tu as bien fait. Tu peux garder la nourriture entamée que tu trouves. Le Reich n'en a pas besoin.

Là-dessus, il s'éloigna à pas lents en sifflotant. Un silence abasourdi régnait autour de moi.

Rochelle finit par retrouver la parole en premier.

— Est-ce que ça vaut pour nous tous ?

Le Kapo lui assena un coup violent sur l'épaule.

*

* *

Il était encore tôt, 6 heures du matin, je dirais. Un vent humide balayait le camp, soufflant entre les baraques, comme si lui aussi était coincé et cherchait la sortie. Nous étions immobiles pour l'*appel* du matin, le silence uniquement troublé par le doux bourdonnement du courant dans les clôtures électrifiées. En général, l'affaire prenait toujours un temps fou, mais ce jour-là, nos souffrances s'éternisaient davantage encore, car les chiffres de notre Blockälteste et de notre Blockschreiberin ne tombaient pas juste.

De la neige fondait sur mes joues, mais pas sur celles de la femme que ma compagne de couchette Esther et moi tenions par les bras. Elle était morte pendant la nuit (entre nous deux) et à présent, nous devions la porter jusqu'à la fin de l'*appel*. Alors, seulement, nous serions autorisées à la jeter sur la pile des cadavres, afin que les convoyeurs l'emmènent ensuite au crématorium. En mon for intérieur, je remerciai Dieu que son corps d'épouvantail ne soit pas plus lourd. Il était juste froid.

Comme la neige. Et comme la neige, il disparaîtrait bientôt, sauf qu'au lieu de tomber du ciel, il s'y envolerait.

Le Rottenführer Wolff était de plus en plus agacé par la Blockälteste Irma, qui ne cessait de vérifier ses listes encore et encore. Elle avait été nommée doyenne de notre block uniquement parce que son père était un Volksdeutsche, ce qui semblait la qualifier pour porter un brassard rouge avec une étiquette blanche et un numéro de block, signe de supériorité absolue sur nous autres, juives. Je la vis tirer sur son brassard pour le remonter d'un air angoissé, comme si elle se maudissait soudain d'être porteuse d'une telle responsabilité.

Ce matin-là, Irma semblait incapable de localiser trois des femmes de son block. Elles ne figuraient pas parmi les mortes que tenaient les autres ; elles n'avaient pas non plus crié le *Présente* de rigueur lorsqu'elle avait énoncé leurs numéros. Wolff jeta et écrasa son troisième mégot avec humeur. Il s'agissait forcément d'une erreur administrative ; c'était impossible qu'elles se soient enfuies. Il n'y avait nulle part où s'échapper, ici. Des kilomètres de barbelés électrifiés nous entouraient, des centaines d'hommes nous surveillaient, avec leurs chiens, leurs fusils et leurs bottes renforcées en acier qui faisaient si mal lorsqu'elles entraient en contact avec nos côtes... Le seul moyen de s'échapper était la mort ou la folie. Je me demandais avec une indifférence froide laquelle m'emporterait en premier.

Esther, une femme à l'air triste et aux yeux invariablement vides et baissés, avait déjà succombé à cette folie collective qui régnait à Auschwitz. Peu après notre arrivée, elle avait commencé à parler toute seule, à voix basse. Jusque tard dans la nuit, elle fixait la couchette au-dessus de la nôtre et chuchotait des choses à des personnes qu'elle seule voyait. Je n'en avais touché mot à personne, mais parfois, je tombais moi-même dans une espèce d'absence inexplicable alors que je travaillais ou faisais la queue pour la soupe de navets. Seuls le coup de coude d'une prisonnière ou la matraque d'un Kapo pouvaient me ramener à cette odieuse réalité.

La plupart d'entre nous flottions dans une sorte de rêve éveillé, bien que le mot *cauchemar* eût été plus adapté. Nous étions dans un endroit dont nous ne sortirions que par la cheminée ; un endroit où chaque personne était seule et où il était impossible de compter sur la moindre sympathie. Au contraire, la faiblesse de l'esprit, tout comme celle du corps, était tournée en ridicule et conspuée à la fois par les détenteurs du pouvoir et par les anciens, qui avaient survécu jusque-là uniquement parce qu'ils avaient éteint tout ce qu'il y avait d'humain en eux.

Auschwitz était un monde où la question *Qu'est-il arrivé à mon frère et mon père ?* était accueillie avec un rire sadique et cruel suivi de la réponse crue d'un Kapo : *Ils toussent tous les deux ; ils ont avalé un peu trop de gaz, tu comprends.* Auschwitz était un monde où la mort était si commune qu'aussi grotesquement odieux que cela puisse paraître, elle s'était transformée en une chose ordinaire et banale, une fatalité à laquelle tous s'attendaient. La souffrance humaine perdait toute signification ici. Chacun se préoccupait tant de sa propre survie qu'envisager de faire preuve de charité envers autrui était impossible. C'était pour cette raison qu'Irma la demi-juive faisait déjà tourner sa matraque dans sa main, prête à cogner sur nous, entièrement juives. Si elle ne retrouvait pas les absentes, elle recevrait vingt-cinq coups de fouet sur les fesses et l'arrière des cuisses devant nous toutes en guise de punition, et le Rottenführer était tristement célèbre pour avoir la main lourde.

Le Rottenführer Weber fut mandé hors de son bureau bien chaud afin de résoudre le problème. Il apparut que les trois prisonnières manquantes avaient été réaffectées comme infirmières au service de l'un des médecins SS et qu'Irma avait tout simplement oublié de rayer leurs noms de sa liste. Honteuse devant les SS dont elle souhaitait si désespérément s'attirer les faveurs, elle nous renvoya rapidement et se racheta en administrant une correction magistrale à notre Blockschreiberin Vera, *dont l'unique responsabilité était de rappeler le transfert à Irma*. Naturellement, la secrétaire de block ignorait tout de l'ordre de transfert, mais elle encaissa les insultes et les coups avec résignation. Wolff grommela *Pauvre conne* entre ses dents avant de s'éloigner en trombe. À cause de leur erreur, il avait faim et froid dans son manteau trempé par la neige, et se trouvait par conséquent extrêmement mécontent.

Nous laissâmes tomber notre chargement au-dessus de la pile de cadavres déjà rigides et nous dirigeâmes vers notre unité de travail. Esther murmurait de nouveau. Je touchai ma bouche pour m'assurer que je n'étais pas également en train de marmonner quelque chose. Mais non, j'avais les lèvres closes. Je n'étais pas encore folle, ou du moins le croyais-je...

*

* *

Dahler était de nouveau là qui effectuait sa ronde, comme s'il cherchait quelque chose. Ou *quelqu'un*. Je me dissimulai derrière une montagne de peaux de mouton, de manteaux de fourrure et d'imperméables. J'aurais voulu m'enterrer dessous comme je le faisais avec ma petite sœur quand nous jouions à cache-cache. Mon endroit préféré était le panier de linge. Jamais elle ne m'y avait trouvée. Si j'en faisais autant, me trouverait-il ? Bien sûr que oui. Ils nous trouvaient toujours et nous faisaient sortir de nos cachettes. N'était-ce pas de cette façon que nous atterrissions tous ici ?

Enfin, il me repéra. Avec un grand sourire qui illuminait son visage rasé de près, il se dirigea ouvertement vers moi, sans faux-semblants cette fois.

— Tu n'es plus au même endroit, fit-il remarquer.

— La Kapo m'a postée ici, mentis-je.

Il hocha la tête et inspecta la pile devant moi. Les Alpes d'Auschwitz étaient plus hautes que jamais. Un nouveau convoi venait d'arriver dans la matinée. Pendant un moment, il resta là, à m'observer travailler.

— As-tu…, commença-t-il sans me regarder.

Il s'interrompit. Examina la manche d'un manteau qui dépassait du tas.

— Est-ce que tu te plais au Kanada ?

Je le dévisageai avant d'aussitôt me reprendre et de baisser les yeux. Il fallait être folle à lier pour contrarier l'homme grâce auquel je ne m'étais pas envolée en volutes par la cheminée.

— C'est la meilleure unité de travail du camp, Herr Rottenführer, répondis-je prudemment avant de placer une veste en cuir à la doublure en soie sur le tas correspondant.

Dans quelques jours, elle serait désinfectée et expédiée en Allemagne, et un Herr Schmitt quelconque se pavanerait fièrement dedans, avec à son bras sa femme, également vêtue d'un manteau subtilisé à une juive assassinée.

— Je ne crois pas avoir eu l'occasion de vous remercier de nous avoir assignées ici. Nous vous en sommes toutes très reconnaissantes.

Mes mots parurent lui procurer une immense satisfaction. Il rayonnait presque, à présent.

— Avec plaisir. J'ai aussi spécifiquement demandé aux médecins de ne pas vous raser la tête durant la désinfection.

Il fixa mon fichu bleu.

— Tu as de si beaux cheveux, c'eût été dommage de les couper. Je suis content qu'ils m'aient écouté. Cela m'a coûté, bien sûr, ajouta-t-il dans un murmure de conspirateur.

Il laissa échapper un éclat de rire un tantinet nerveux avant de reprendre son air sérieux.

— Les travailleurs dont je suis responsable n'interagissent pas vraiment avec le reste des prisonniers du camp et les conditions de vie ici sont bien meilleures, alors ils n'ont pas de poux. J'ai dû promettre aux médecins que cela ne changerait pas. C'est pourquoi, tout comme les hommes, vous aurez du temps tous les jours pour inspecter vos vêtements et vos cheveux. Je tiens à ce que l'unité reste propre. Nous ne voulons pas d'une épidémie de typhus ici, n'est-ce pas ?

— Bien sûr que non, Herr Rottenführer. Merci de prendre soin de nous.

Il se rapprocha. Pendant un moment, nous restâmes bien trop près l'un de l'autre. Chaque fois que je bougeais, le bas de son manteau en laine effleurait la peau nue de mon mollet. Sous la faible lumière des néons fixés au plafond, il semblait solennel et pensif.

— Je ne veux pas qu'il t'arrive quoi que ce soit, chuchota-t-il afin que personne d'autre que moi ne l'entende.

Sans que j'aie le temps de me rendre compte de ce qu'il se passait, il plaça quelque chose dans ma main, referma mes doigts dessus et s'éloigna à la hâte. Ce ne fut que lorsqu'il eut quitté l'entrepôt que j'ouvris le poing. Il m'avait glissé un petit mot. Mon corps tout entier se mit à trembler quand je lus le message qu'il contenait.

Je suis amoureux de toi.

Je le relus une fois, deux fois, incapable de croire à une telle audace. Tout remonta alors en moi : la colère, le ressentiment, la rage impuissante qui rendait folle. Comment osait-il ? Dans ce cimetière où nous creusions nos propres tombes jour après jour, dire ça à une juive qu'il verrait littéralement partir en fumée un jour prochain ? C'était le responsable de l'unité de travail qui triait au quotidien les affaires des morts. Comment osait-il ne serait-ce que songer au mot *amoureux* dans cet endroit ? Comment avait-il l'impudence de sous-entendre qu'il était capable d'éprouver quoi que ce soit ?

Je demandai à la Kapo la permission d'aller aux latrines. Elle me jaugea d'un regard glacial, mais me fit néanmoins signe qu'elle était d'accord. À pas raides, au bord de la crise de nerfs, je me dirigeai vers les toilettes.

L'installation était des plus sommaires, avec deux rangées de trous, une puanteur insupportable et un gardien qui surveillait le temps que nous passions à l'intérieur, hommes et femmes confondus. Deux prisonniers étaient assis, qui me tournaient le dos. Je déchirai rapidement le papier et le jetai dans un trou, là où était sa place. Si seulement j'avais pu déchirer et jeter le souvenir de la même manière...

Amoureux.

Chapitre 4

HELENA

Le froid qui régnait dans les baraques sans chauffage nous tirait hors du lit avant les cris d'Irma, notre doyenne. À la mi-avril, l'administration du camp décréta que c'était du gaspillage d'utiliser les poêles la nuit, mais compensa en entassant davantage de gens dans les baraques. *La chaleur corporelle*, expliqua le Rottenführer Wolff avec un air de grand sage. Avec des températures qui chutaient en dessous de zéro, nous nous réveillions gelées et tremblantes les unes à côté des autres dans nos couchettes, en dépit des pulls volés au Kanada et pour lesquels nous avions essuyé des coups de matraque dans les côtes. Néanmoins, nous nous fichions bien des hématomes tant que l'on ne nous confisquait pas nos larcins. Par ce froid, c'était tout ce qui comptait.

Ce jour-là, nous étions dimanche, sorte de jour de congé. Au lieu de nous rendre dans nos unités de travail, nous avions la chance de passer la journée à nettoyer nos baraques et leurs alentours. Le petit déjeuner nous était servi plus tard, et froid. Les pieds enveloppés dans du papier journal pour nous offrir un semblant d'isolation, nous nous dandinions patiemment d'un pied sur l'autre sur le sol glacé en attendant que la Blockälteste Irma distribue les balais. Une nouvelle se cogna contre moi sans même s'en rendre compte. Elle était trop absorbée par ses efforts pour attraper du bout du doigt ce qui restait de petit déjeuner dans sa boîte de conserve. J'examinai son visage encore inconnu.

— D'où viens-tu en Slovaquie ? demandai-je dans ma langue maternelle.

Comme si ma question la faisait sortir d'un état de transe, elle releva les yeux et m'offrit un sourire hésitant avant de secouer la tête.

— Tchèque ? tentai-je alors, cette fois en allemand, langue officielle du camp.

— Non. Je suis d'ici. Polonaise, précisa-t-elle avec une grimace éplorée.

C'était une maladie commune parmi les nouveaux arrivants, ce mal du pays intense et insoutenable. La simple mention de sa ville d'origine suffisait à faire éclater quelqu'un en sanglots.

Je hochai la tête. Donc, ils avaient commencé à déporter aussi des femmes polonaises. Apparemment, le camp de concentration enrichissait chaque mois son patchwork de nations. Si j'avais prêté davantage d'attention au contenu des journaux que je fourrais dans mes bottes quand la Kapo avait le dos tourné, je l'aurais su bien plus tôt. Mais Auschwitz nous avait depuis longtemps enseigné de nouvelles priorités. La chaleur primait sur l'information et, en outre, la lecture était strictement interdite. Je n'avais pas envie de croupir au cachot pendant trois semaines pour avoir essayé de découvrir comment se passait la guerre pour les Allemands. Pour savoir qui gagnait, il suffisait de voir le nombre de convois qui se déversaient sur le quai et les montagnes grandissantes d'effets personnels que nous mettrions des années à trier.

Autour de moi, des grommellements se faisaient entendre et l'impatience se lisait sur les visages aux lèvres pincées, bleuies par le froid. De la buée sortait de ma bouche tandis que je soufflais sur mes mains. Nous souhaitions toutes qu'Irma se dépêche avec ses balais, car les balais signifiaient balayer, et balayer signifiait se réchauffer. Or, nous avions déjà froid après l'ersatz de café qui ne nous offrait ni énergie ni nutriment, mais faisait se tordre de faim nos estomacs.

Néanmoins, un changement vint perturber la routine dominicale. Irma arriva avec une pile de cartes et une poignée de stylos qu'elle se mit à distribuer. Mystifiées, nous les observâmes en les retournant dans nos mains. Un côté de la carte présentait des lignes et un espace pour un timbre. L'autre dépeignait un beau paysage avec de joyeux fermiers qui travaillaient la terre. *Waldsee*, annonçaient les lettres gothiques. Pas Auschwitz.

— Écrivez à vos familles, ordonna Irma tandis qu'elle parcourait les rangs dans ses nouvelles bottes hautes.

La rumeur racontait qu'elle avait enfin réussi à s'attirer les grâces des SS hommes en dépit de son statut racial douteux et qu'elle profitait désormais des privilèges dont s'accompagnait un tel poste. Tout dans sa contenance le reflétait ; elle arborait quasiment la même démarche que les surveillantes SS qui avaient récemment commencé à arriver de Ravensbrück. Nous les avions seulement aperçues de loin ; des créatures à la mise soignée et aux visages figés, qui paradaient avec un air de dédain absolu. Étrangement, on nous avait épargné de tomber sous le coup de leur juridiction. Le Rottenführer Wolff, qui ne cessait de lorgner sur elles, avait eu l'extrême amabilité de nous expliquer qu'elles étaient là pour superviser les unités de travail extérieures, sur le chantier du camp des femmes en cours de construction à Birkenau. *Les femmes du Kanada étaient à lui*, avait-il ajouté avec un clin d'œil libidineux. Cela continuait de me déconcerter, le plaisir qu'il tirait du fait d'avoir un harem comme le nôtre sous ses ordres. Jamais il ne nous aurait touchées, nous, *les sales juives*, et pourtant, sa satisfaction salace était visible. Non pas que nous nous en plaignions ; au moins, nos superviseurs étaient des ennemis familiers. Nous avions entendu dire que les femmes SS fouettaient quiconque posait les yeux sur elles. Nous, nous ne nous faisions corriger que pour une bonne raison. Du point de vue de nos supérieurs, en tout cas.

— Écrivez ce que je vous dicte, continua Irma. *Chers Machin et Machine, tout va très bien ici à Waldsee. Le travail n'est pas trop dur et nous sommes très bien nourris. Venez nous voir bientôt. Bien à vous,* et votre nom.

Quelques têtes se levèrent, comme pour s'assurer que nous l'avions bien entendue. Un sentiment d'horreur nous coupa le souffle, plus glacé encore que les frimas d'avril. Livides d'angoisse, nous échangions des regards perdus. *Écrire de telles choses à nos familles !* La faim et l'épuisement émoussaient peut-être nos sens, mais nous étions encore suffisamment alertes pour y voir clair dans cette mascarade. *Ils veulent que nous les attirions dans cet enfer en faisant semblant d'être une de ces femmes souriantes qui agitent la main depuis l'un de ces champs dorés où nous sommes censées travailler.* Ils avaient même représenté un soldat allemand au milieu de cette fourberie. Il n'avait pas de cravache attachée à la ceinture et son expression était la bienveillance incarnée. L'artiste avait également omis de peindre son fusil, car il était seulement là pour superviser. *Nous sommes tous amis, ici. Vous devriez vraiment venir voir par vous-mêmes.*

La peur irrépressible qui m'agitait se reflétait sur les traits tendus de mes camarades. Prudemment, l'une des femmes leva la main dans laquelle elle tenait son stylo.

— Blockälteste Irma, permettez-moi de vous signaler un élément, je vous prie. Je n'ai plus personne chez moi à qui écrire.

Irma balaya son objection avec une nonchalance incroyable.

— Dans ce cas, écrivez à vos amis. À vos voisins, à votre rabbin si ça vous chante ! Tout le monde doit envoyer une carte.

Elle avait oublié sa moitié juive pour fermement se concentrer sur sa moitié Volksdeutsche avec une efficacité effarante. Je me mordis la lèvre et détournai le regard de sa chevelure impeccablement coiffée. Qui étais-je pour la juger ? Après tout, n'essayait-elle pas de survivre, comme nous toutes ? Pour y parvenir, il existait certainement des moyens qui n'impliquaient pas de se retourner contre les autres détenues, mais voilà l'effet que produisait la moindre once de pouvoir en ce lieu. Au moins, d'après ce que je pouvais voir, Irma était de loin la moins corrompue. En outre, elle ne persécutait personne ouvertement et n'essayait pas de monter les prisonnières les unes contre les autres, un passe-temps qu'affectionnaient particulièrement certaines Kapos et doyennes de block.

Elle fixa notre groupe pitoyable et, soudain, le fantôme d'un voile de sympathie adoucit ses traits.

— Si vous êtes arrivées ici avec quelqu'un et que…

Elle s'humecta les lèvres et lança un regard nerveux vers la porte.

— Vous pouvez écrire aux membres de votre famille ou à vos amis *qui ne sont plus là*.

Ce conseil implicite fit renaître l'espoir dans nos cœurs gelés. Souriantes et débordantes de gratitude, nous nous mîmes au travail telles d'obéissantes petites écolières. J'étais venue seule, sans ma famille, mais j'avais une amie avec moi dans le train, alors ma carte s'adresserait à elle. La femme qui *n'était plus là*.

« Chère Cylka... » Ma main était mal assurée et les mots sortaient avec incertitude, vacillants. Nous n'avions plus l'habitude d'écrire. Seulement de travailler et de mourir.

J'invoquai son esprit depuis les profondeurs de ma mémoire. *Elle est là, qui rit de son beau rire, alors que nous revenons de l'école. Nous avons quinze ans et deux garçons nous suivent, exactement cinq pas derrière nous. Ils ont commencé à faire ça quelques jours plus tôt et la situation continue d'amuser follement Cylka. Ils ne nous adressent jamais la parole et ne se parlent qu'entre eux, tout bas, timidement, à l'exception de l'« Au revoir ! Et à demain » qu'ils nous lancent avant que nous entrions dans notre immeuble. Un an plus tard, l'un d'entre eux trouvera le courage de m'embrasser sur la joue et je passerai des nuits entières sans dormir, à m'imaginer que je suis amoureuse de lui.*

« Tout se passe bien ici, à Waldsee. »

Elle est là, dans sa robe de mariée. Elle me serre fort dans ses bras, les yeux brillants de larmes. « L'an prochain, c'est à ton mariage que nous danserons », dit-elle avant de m'embrasser sur les deux joues. Mais l'année suivante, la guerre commence et ma famille m'envoie vivre avec nos amis non juifs. C'est plus facile pour moi de me faire passer pour l'une de leurs filles ; contrairement à Cylka ou à ma sœur aînée Róžínka, je ne suis pas encore mariée et je n'ai pas d'enfant. Ils cachent mon passeport et se procurent de faux papiers pour moi, en échange d'une somme d'argent faramineuse que mon père verse à je ne sais quel escroc. Cela m'achète environ deux ans de liberté.

« Le travail n'est pas trop dur et nous sommes très bien nourris. »

Elle est là, à bercer le plus jeune de ses enfants tandis que nous attendons à la gare, surveillées par des soldats allemands. Le train à bestiaux arrive. À l'intérieur de notre wagon, il n'y a qu'un seul seau avec de l'eau. On nous dit qu'une fois que nous aurons bu toute l'eau, nous n'aurons qu'à nous en servir pour faire nos besoins. Nous n'avons pas encore vu Auschwitz ni ses latrines ; nous n'avons pas encore été déshabillées et forcées à écarter les jambes tandis que les mains d'un inconnu nous rasent le pubis. Nous avons encore notre dignité et notre pudeur ; nous sommes timides et tentons de nous retenir le plus longtemps possible. Ce n'est que lorsque l'une de nous n'en peut plus qu'elle se dirige vers le « coin seau » et marmonne des « Excusez-moi, s'il vous plaît », pendant qu'une autre femme tient un manteau devant elle pour lui offrir un semblant d'intimité. Bientôt, le seau commence à déborder et le surplus se renverse et éclabousse tout autour. Il en émane une puanteur révoltante, mais les gardiens qui voyagent avec nous refusent de nous laisser le vider, en dépit des supplications et des cris qui scandent que l'air est irrespirable à l'intérieur.

« Viens vite me voir. »

Elle est là, sur le quai du camp, à bercer le plus jeune de ses enfants mort d'hypothermie pendant le voyage. Un officier longe la plateforme, flanqué de deux hommes étrangement vêtus, et nous ne pouvons nous empêcher de le fixer, comme hypnotisées. Royal et immaculé, son uniforme taillé sur mesure lui va à la perfection. Sa main gantée de cuir m'attrape par le menton et il m'entraîne à sa suite, laissant Cylka et son enfant mort avec le reste des femmes. Le Rottenführer Wolff.

« Bien à toi, Helena. »

J'écrivis l'adresse d'une main désormais assurée. Ils n'attribuaient pas de numéro aux personnes qu'ils gazaient dès leur arrivée. Par conséquent, ils ne sauraient jamais que Cylka était morte. Par-dessus mon épaule, Irma grogna son assentiment avant de s'emparer de ma carte postale.

*
* *

L'heure du dîner. Je fixai ma misérable noisette de margarine et mon morceau de pain, avant de commencer à lécher distraitement l'une et mâcher l'autre, aussi lentement que possible. Le dîner était le repas le plus nourrissant de la journée. Le matin, nous ne recevions qu'une lampée d'ersatz de café, et pour le déjeuner, une soi-disant soupe de navets. À ce stade, j'avais appris qu'il fallait se placer vers le milieu de la file lorsqu'on nous la distribuait. Si on faisait la queue trop tôt, on ne recevait que l'eau située sur le dessus des deux énormes chaudrons. Si on était en bout de rangée, les chaudrons risquaient d'être vides, auquel cas il fallait attendre jusqu'au soir avec la faim chevillée au corps. Au milieu, en revanche, on pouvait parfois espérer obtenir un morceau de carotte ou un oignon, en plus du bouillon de légumes. Un véritable festin ! Néanmoins, tous ces repas misérables ne faisaient que nous ouvrir l'appétit, sans jamais nous rassasier.

Mon estomac gargouillait toujours lorsque je grimpai dans une couchette pour m'allonger près des sœurs Anna et Katarina, récemment arrivées. Elles aussi venaient de l'ancienne Tchécoslovaquie, mais de la partie tchèque. Les ongles d'Anna étaient encore vernis. Je n'avais cessé de les scruter avec une fascination envieuse pendant le dîner, comme un morceau de vie perdu depuis longtemps. Katarina pleurait constamment ; un médecin SS l'avait déflorée pendant la « fouille » obligatoire *et désormais, jamais Jozef n'accepterait de l'épouser. Qui aurait voulu d'une femme impure ? Comment lui expliquer ?*

Le même médecin SS avait aussi fourré ses doigts recouverts de latex en moi lors de mon premier jour, mais contrairement à elle, je ne nourrissais aucun espoir de ressortir d'ici vivante. *Qui en a quelque chose à faire que je ne sois plus vierge, techniquement parlant ? Certainement pas moi.* Mais je ne le lui dis pas. Je me tournai simplement vers elle et lui glissai dans la main un biscuit, que j'avais trouvé un peu plus tôt dans une poche de pantalon. Elle poussa un hoquet de surprise et ses pleurs redoublèrent tandis qu'elle se confondait en remerciements. Elle me faisait de la peine. Même si j'avais très envie de garder ce biscuit pour plus tard, elle en avait davantage besoin que moi. D'après ce que j'avais entendu, elle avait été transférée dans l'une des unités de travail extérieur et tout le monde savait ce que cela signifiait en matière d'espérance de vie. Deux mois avec de la chance, et c'était sans compter sur la malaria, le typhus ou les mauvaises grâces de l'un des superviseurs.

Elles discutaient à voix basse, comme le font toutes les sœurs. Róžínka et moi parlions comme ça, allongées côte à côte. Ma sœur m'avait terriblement manqué après son mariage et son déménagement et c'était encore pire désormais. De temps en temps, et en particulier le dimanche soir, la sensation de solitude devenait si insupportable qu'elle donnait envie de hurler à la lune comme un loup. Comment était-ce possible de se sentir esseulé dans un endroit aussi surpeuplé ? C'était très simple : quand l'on n'avait personne à qui parler, que l'on ne voyait aucun visage familier vers lequel se tourner, aucun sourire amical pendant toute la journée. Les gens mouraient bien trop vite ici. Par conséquent, c'était trop dangereux de se faire des amis.

Soudain, les traits du Rottenführer Dahler se matérialisèrent dans mon esprit. C'était l'une des rares personnes à me sourire ici. Je fermai les yeux et m'efforçai de m'endormir. Plutôt faire des cauchemars que voir son sourire. Plutôt mourir que lui sourire en retour.

Chapitre 5

HELENA

Une autre semaine passa. Les Alpes d'Auschwitz menaçaient de s'effondrer. Des camions, souvent une vingtaine d'un coup, arrivaient chaque jour en provenance du quai où de nouveaux convois ne cessaient de déverser leur chargement humain. Le Kommando des transports se contentait de hausser les épaules d'un air d'excuse quand nous gémissions à la vue d'un énième véhicule qui s'approchait pour vomir son contenu à nos pieds. Si cela continuait ainsi, nous n'allions pas tarder à nous noyer sous tous ces vêtements.

La veille, le Kommandant Höss, le commandant du camp, était venu inspecter notre unité. Il avait traversé l'entrepôt comme il aurait traversé un vaste océan, examinant les montagnes d'affaires, les poussant du bout de sa cravache ; il avait secoué la tête avec une mine désapprobatrice face aux SS en général et au Rottenführer Dahler en particulier, exigeant la construction de nouveaux entrepôts et l'ajout d'un Kommando de nuit en plus d'un autre de jour. Il avait plu le jour précédent. Par manque de place, les effets avaient été laissés dehors et formaient désormais de pathétiques tas trempés dont émanait une vague odeur de transpiration et de coton mouillé. Un tel gâchis (d'autant plus que tout cela était destiné aux aryens, après tout) avait généré une immense frustration chez le Kommandant Höss.

Après avoir lancé un dernier *Réglez ça ! En attendant, tous les congés sont annulés !* aux officiers, il s'éloigna au pas de charge en compagnie du Schutzhaftlagerführer Aumeier. Non loin de moi, un Kapo rentra la tête dans les épaules. Un silence tendu s'installa dans le hangar, en même temps qu'un brouillard naissant. Tout le monde pouvait entendre la respiration du Rottenführer Wolff, même nous, docilement alignées par cinq derrière les hommes du Kommando. Le Kommandant se défoulait sur les SS, qu'il tenait pour coupables de ce bazar ; les SS, eux, se vengeaient sur les Kapos (à coups de cravache, cette fois). Après cela, ce serait notre tour. Les Kapos n'avaient pas pour habitude d'épargner ceux qui leur attiraient des problèmes auprès des SS et c'était toujours notre faute, en fin de compte. Nous échouions à atteindre les quotas. Nous étions paresseuses. Nous ne travaillions pas assez dur. L'impossibilité même de s'acquitter de cette tâche, quand bien même nous aurions œuvré sans répit nuit et jour, semblait ne traverser l'esprit d'aucune des personnes constituant cette chaîne de commandement.

Je serrai les poings et me préparai mentalement à une volée de coups de matraque.

Comme on était en droit de s'y attendre, ce fut Wolff qui explosa en premier dès que la voiture du Kommandant Höss eut franchi les grilles.

— Tas de porcs sans cervelle ! cria-t-il en brandissant sa cravache. Vous mériteriez que je vous dévisse la tête !

Le premier coup atterrit sur l'épaule du Kapo le plus proche, qui se laissa aussitôt glisser au sol et se couvrit la tête de ses mains tandis que Wolff le cognait sans merci.

— Raclures ! Qu'est-ce que vous croyez, que vous êtes ici en vacances ? Je vais vous montrer comment on travaille, sales feignasses !

Alors que Dahler se tournait vers notre Kapo Maria, elle saisit sa matraque pour commencer à l'utiliser sur nous avant de lui laisser le temps d'utiliser sa cravache sur elle. *Mieux vaut leur peau que la mienne*, raisonnait-elle sans doute. C'était compréhensible.

Pendant les quinze minutes qui suivirent, les SS passèrent la frustration de leur privation de congés sur les Kapos, qui nous arrosèrent de coups en retour. Dans cette compétition disciplinaire, le regard de Dahler croisa le mien tandis qu'après avoir reçu la punition de rigueur, je me palpais les côtes dans l'espoir que Maria, dans son excès de zèle, n'en ait pas fêlé une. Il laissa sa cravache suspendue au-dessus du dos d'un malheureux (que je ne voyais pas bien, car Maria m'avait aussi frappée à la tempe), avant de l'abaisser lentement. Je détournai le regard. *Je vous en prie, ne vous interrompez surtout pas à cause de moi, Herr Rottenführer.*

Je sais que vous êtes agacé par cette histoire de congés annulés et nous, les juives, méritons notre châtiment, immondes raclures fainéantes que nous sommes.

À pas lents et mal assurés, je regagnai mon poste et me remis au travail sans attendre l'ordre de la Kapo. Mes oreilles tintaient encore. Du coin de l'œil, j'aperçus Dahler qui avançait vers moi, hésitant. Je pivotai afin de lui tourner le dos. Jamais je ne me serais cru capable de haïr quelqu'un à ce point dans ma vie. Je ne détestais même pas Maria pour la rossée qu'elle venait de nous administrer. Au moins, elle était honnête. Lui, en revanche... Je n'arrivais même pas à le regarder. Mon corps tout entier tremblait de haine. Elle coulait dans mes veines, transformant mon sang en acide. Si j'avais eu une arme entre les mains à cet instant, je lui aurais tiré dessus sans la moindre hésitation.

*

* *

Se voir privés de congés devait constituer une menace particulièrement efficace pour nos superviseurs, car au bout d'un mois seulement, ils avaient fait ériger de nouveaux entrepôts pour agrandir l'unité du Kanada. À l'intérieur, des bureaux avaient été installés pour les SS, sur ordre spécial du Kommandant Höss.

— Dès que moi ou l'un de mes adjoints venons ici, nous voulons vous voir occupés soit à superviser vos équipes, soit à vous acquitter de tâches administratives. Quiconque sera absent de son poste sans en avoir demandé l'autorisation à un officier supérieur sera transféré à un endroit où on le fera travailler. Le front est, par exemple, pour ceux qui n'apprécieraient pas leur affectation actuelle.

Depuis, nous avions constamment les SS sur le dos. Ils faisaient des rondes, cravachaient les mains qui ne travaillaient pas assez rapidement à leur goût et distribuaient des coups pour le moindre objet mal trié ou la moindre pièce découverte dans la poche d'une veste déjà placée dans la pile destinée à la désinfection.

À mon soulagement, le Rottenführer Dahler m'évita pendant un temps. Néanmoins, il ne tarda pas à se rapprocher de nouveau, tentant de capter mon regard, passant tout près de mon poste, donnant des instructions d'une voix soudain presque agréable, sur le ton de la requête plutôt que de l'ordre. Ses simagrées étaient presque amusantes. J'aurais presque pu y croire, s'il ne s'était pas montré sous son vrai jour lors de cette fameuse inspection un mois plus tôt.

Plus il tentait d'attirer mon attention, plus je l'ignorais. Il finit par perdre patience. Me fut transmis l'ordre de me présenter dans son bureau par notre Kapo, la blonde et diabolique Maria, une Reichsdeutsche dénuée de la moindre empathie, en comparaison avec notre doyenne de block Irma qui affichait parfois un semblant de sympathie. Les Allemandes portant le triangle noir des antisociales (des prostituées, autrement dit) avaient commencé à être assignées aux postes de Kapo. Maria était l'une d'entre elles et elle prenait un grand plaisir à nous humilier autant que possible grâce à cette nouvelle hiérarchie injuste dans laquelle une prostituée allemande valait bien plus qu'une physicienne juive, et dans laquelle un triangle vert de criminel aryen avait davantage de pouvoir que celui, rouge, d'un prisonnier politique. Nous, les juifs, étions le dernier maillon de la chaîne alimentaire. Nos vies ne valaient rien du tout. Nous étions jetables et on nous le rappelait chaque jour qui passait, parfois à chaque heure dans le cas de Maria, avec un coup ou avec une insulte.

Devant la porte du Rottenführer Dahler, j'essuyai mes paumes soudain moites sur ma jupe avant de frapper. Après avoir reçu la permission d'entrer, j'ouvris et franchis le seuil.

Dahler était derrière sa machine à écrire, un grand sourire aux lèvres. Je posai sur lui un regard froid.

— Vous vouliez me voir, Herr Rottenführer ?

— En effet. Ferme la porte et assieds-toi, s'il te plaît.

Il se leva et alla jusqu'à se donner la peine d'approcher une chaise pour moi. J'y pris place et lissai le tissu de ma jupe. Des ronds de fumée grise s'élevaient d'une cigarette abandonnée dans un cendrier. Je l'examinai et crus reconnaître le motif gravé dans le cristal. Cela venait de notre unité, c'était certain.

— Comment se passe le travail ? s'enquit-il sans se départir de son sourire.

— Même avec le second Kommando de nuit, nous sommes toujours en retard sur notre programme, répondis-je avec honnêteté.

Pourquoi me poser une telle question ? Il passait ses journées ici. Il devait bien voir que les camions déversaient leurs chargements plus vite que nous les triions.

— De nouveaux convois arrivent chaque jour. Il nous est tout bonnement impossible de...

— Oui, oui, je sais, m'interrompit-il avec un geste impatient de la main.

— Si vous ne gaziez pas tout le monde, vous pourriez recruter davantage de travailleurs, marmonnai-je entre mes dents avant de me rendre compte de ma stupidité.

De fait, un froncement de sourcils remplaça son expression amène.

— Je ne gaze personne, rétorqua-t-il d'un ton glacial.

— Je parlais des SS en général, Herr Rottenführer. Je vous prie de m'excuser pour ce malentendu.

Il se frotta le front, agacé. De toute évidence, la conversation ne prenait pas la tournure qu'il avait prévue.

— Je sais que vous êtes débordés, reprit-il en semblant se forcer à paraître conciliant. Un second camp, Birkenau, est en cours de construction en ce moment même. Un second Kanada va y être installé. Ne t'inquiète pas, d'ici quelques mois, tout ira beaucoup mieux.

Ils n'avaient pas pour habitude d'être aimables avec nous ; pour n'importe quel SS, être affable avec un juif était un talent qui s'acquérait, et Dahler n'était pas un foudre de guerre en la matière.

— C'est pour cette raison que je souhaitais te voir. J'imagine que tu ne serais pas contre un peu de répit, avec tout ce tri ?

Il pencha légèrement la tête sur le côté.

Je le dévisageai, inexpressive.

— Je veux que tu me fasses les ongles.

Je crus l'avoir mal entendu. Face à mon silence ébahi, il répéta sa requête, pensant sans doute que je n'avais pas compris.

— J'aimerais que tu me les limes, afin que je puisse te regarder pendant quelques minutes.

Je n'arrivais pas à croire à une telle audace de sa part. Il m'adressa un sourire aussi éclatant qu'enfantin, visiblement ravi de sa proposition. Les traits figés, je me levai lentement de ma chaise.

— Hors de question.

Sa bonne humeur parut fléchir, mais il ne s'en départit pas tout à fait.

— Je te demande pardon ?

De toute évidence, il était inconcevable qu'une juive lui refuse quelque chose.

— J'ai dit *Hors de question*, répondis-je.

Je tremblais de tous mes membres.

— Savez-vous que vous avez frappé si violemment un homme après l'inspection de Herr Kommandant que le Rottenführer a dû abréger ses souffrances plus tard ce jour-là d'une balle dans la tête ? Vous êtes un assassin et je préfère mourir plutôt que vous toucher. Ne me convoquez plus jamais dans votre bureau, pour une manucure ou pour aucun autre motif.

À présent, si vous voulez bien m'excuser, je dois retourner travailler.

Les pieds de sa chaise crissèrent bruyamment sur le sol. Soudain, il était debout, et il était furieux.

— Non, je ne t'excuse pas ! Rassieds-toi immédiatement ! Je ne t'ai pas encore dit de partir !

Sans me retourner, je continuai à avancer vers la porte.

— Si tu sors de cette pièce, je te jure que je te tire dessus ! hurla-t-il.

Vaincue par une curiosité morbide, je tournai lentement sur moi-même. De fait, son arme était bel et bien braquée sur moi. Je lus tout dans ses yeux : la fierté masculine blessée, la certitude de sa supériorité d'aryen, l'indignation, la colère… et la peur que je lui désobéisse. Je rebroussai chemin, étrangement calme en dépit du fait que seul son bureau nous séparait et qu'il visait ma poitrine. Sa main ne tremblait pas. C'était la main assurée d'un homme habitué à appuyer sur la détente.

— Il y a quelque temps, vous m'avez écrit *Je suis amoureux de toi*, Herr Rottenführer. Seulement, ce n'est pas de l'amour. L'amour ne peut jamais être forcé, uniquement mérité. On le donne librement, on ne l'arrache pas par la force ou sous la menace. Vous ne savez pas comment aimer, tous autant que vous êtes. Vous n'avez pas de cœur et je m'apprête à vous le prouver. Je vais sortir de ce bureau, car je refuse de vous regarder une seconde de plus. Faites ce que votre fierté de SS vous ordonne.

Là-dessus, je tournai les talons et traversai de nouveau la pièce, prête à entendre un coup de feu d'un instant à l'autre. D'une main tremblante, j'attrapai la poignée, ouvris la porte et sortis, saine et sauve. Ce ne fut qu'une fois de retour à mon poste que l'angoisse me submergea, jaillissant de mes yeux pour tomber sur une collection d'imperméables et de vestes en cuir. Le printemps fleurissait au-dehors et les nouveaux arrivants n'étaient pas très couverts.

Le soir, alors que le Rottenführer Dahler effectuait sa dernière ronde avant de nous renvoyer à nos baraques pour la nuit, il s'arrêta près de moi et me dit tout bas :

— Tu as voulu prouver que j'avais tort, mais c'est moi qui finirai par prouver que tu te trompes.

J'eus toutes les peines du monde à m'endormir cette nuit-là. J'étais absolument incapable de comprendre ce qui s'était passé entre nous.

Chapitre 6

HELENA

Le Rottenführer Weber, le comptable du Kanada, émergea de son bureau (ce qui constituait un événement en soi) pour nous ordonner de travailler plus vite. Des convois arrivaient chaque jour, il avait pris du retard auprès de la Reichsbank et *tous ces effets ne vont pas se trier tout seuls*. Les Alpes d'Auschwitz ne cessaient de croître. Désormais, ce n'étaient plus seulement des vêtements, des chaussures et des objets de valeur. Il y avait aussi des poupées, des ours en peluche ou encore des prothèses. Les membres du Sonderkommando les apportaient ici depuis l'antichambre des « douches » et les entassaient sans autre forme de cérémonie afin que nous les triions également. La plupart d'entre nous préférions soudoyer Maria plutôt que d'avoir à nous acquitter d'une tâche aussi morbide.

Certains murmuraient encore des prières. Mais le plus souvent, la majorité avait abandonné sa foi. Un jour, j'avais entendu quelqu'un dire qu'Auschwitz était un endroit si atroce que

Dieu lui-même avait décidé de ne pas y venir. J'étais on ne peut plus en accord avec cette phrase.

Wolff effectuait ses rondes d'un pas paresseux, en bayant aux corneilles. Il avait dû passer le week-end dans le bordel le plus proche, pour ne pas changer. La rumeur disait que le sujet l'intéressait grandement. La rumeur disait également que Weber, pour sa part, dédaignait ce lieu de perdition et lui préférait le club d'échecs des SS. La rumeur disait aussi que parmi les trois superviseurs, Dahler était le plus cruel lorsqu'il piquait une crise ; *le parfait antisémite à la cravache assassine.* Je ne l'avais pas revu depuis notre dispute. Son bureau restait vide. Je commençais à nourrir l'espoir que quelqu'un avait surpris notre conversation et l'avait signalée, à la suite de quoi il avait été expédié sur le front est.

Tu prends tes désirs pour des réalités, Helena.

Soudain, il était là, à congédier d'un geste la Kapo qui nous tenait au garde-à-vous avant de nous faire signe de nous remettre au travail, sans prononcer un mot. Il était étonnamment pâle ce jour-là, austère et peu enclin aux bavardages, apparemment. Il montra une pile qu'une prisonnière triait puis tapota sur sa montre, sous-entendant qu'elle n'allait pas assez vite. Au lieu d'une cravache, il avait une bouteille Thermos à la main.

Il me surprit en train de l'observer et je détournai aussitôt le regard. Il ne vint pas me voir tout de suite, mais continua tranquillement sa ronde jusqu'à arriver à ma hauteur. Il ouvrit la bouche pour me parler, mais se mit à tousser à la place.

Sa quinte dura longtemps et malgré moi, je m'approchai de lui. Le sifflement dans sa poitrine était horrible à entendre. Je voulus aller chercher un médecin, mais il m'attrapa par le poignet et secoua énergiquement la tête tout en tentant de reprendre son souffle. Wolff sortit de son bureau et dévisagea son camarade avec une stupéfaction évidente.

— Qu'est-ce que tu fais ici au juste, espèce d'idiot ? Tu es censé te reposer à l'infirmerie !

Il le tirait déjà par la main, mais le Kommandoführer du Kanada se dégagea et ouvrit sa bouteille Thermos. Mes narines frémirent en reconnaissant la divine odeur d'un bouillon de poulet dont il prit lentement quelques gorgées.

— Je vais bien, assura-t-il en s'essuyant la bouche d'un revers de main. Ça me fait davantage de bien de marcher un peu que de rester alité.

Il avait la voix cassée, des cernes qui semblaient dessinés au charbon tant ils étaient sombres, et il était si essoufflé que certains des mots qu'il prononçait étaient à peine audibles. Wolff croisa les bras sur sa poitrine.

— J'ai vu bon nombre d'idiots au cours de ma vie, mais tu remportes la médaille d'or, déclara-t-il d'un ton incrédule.

— Arrête de me faire la leçon devant mes subordonnés, protesta Dahler. Tu sabotes mon autorité.

— Le médecin sait-il que tu es ici ? continua Wolff sans se laisser impressionner le moins du monde.

Dahler hésita un instant avant de répondre :

— Oui.

— Donc, il n'est pas au courant.

Une autre violente quinte de toux secoua Dahler, si bien que Wolff recula en faisant la grimace. Il prenait grand soin de sa santé et n'avait certainement pas envie d'attraper les microbes de son collègue.

— Le bouillon va me remettre sur pied en un rien de temps.

— Si tu le dis. En attendant, dégage et retourne à l'infirmerie avant de contaminer tout le monde.

— Puisque je te dis que…

— Tu y vas tout seul ou tu préfères que je te signale ? Personne n'a besoin d'attraper ta peste.

— Ce n'est pas contagieux, expliqua-t-il en tentant de sourire. C'est une pneumonie fongique, pas la typhoïde.

Il avait le contour des yeux rougi, et l'éclat vitreux de ses pupilles indiquait sans doute possible qu'il avait de la fièvre.

— Je me fiche comme d'une guigne de ton diagnostic. Sors d'ici, ordonna Wolff en montrant la porte.

Dahler se dandina d'un pied sur l'autre et lança une œillade dans ma direction. Wolff suivit son regard, se tourna vers lui et haussa les sourcils. Dahler inclina la tête sur le côté de manière presque imperceptible. Un échange silencieux eut lieu entre eux. Enfin, Wolff poussa un énorme soupir et reprit le chemin de son bureau.

— Si tu n'es pas parti dans cinq minutes, je t'emmène moi-même en te traînant par la peau des fesses.

Le petit rire de Dahler ne tarda pas à se transformer en une nouvelle quinte de toux. Il but de nouveau et je déglutis, l'eau à la bouche. À en juger par le fumet, son bouillon n'avait rien à voir avec notre misérable « soupe ».

— Comment se passe le travail ? parvint-il finalement à articuler.

— Tout va bien, répondis-je distraitement, incapable de quitter sa bouteille Thermos des yeux.

Soudain, toutes mes pensées tournaient autour de mon estomac vide. C'était comme si le reste du monde avait cessé d'exister.

— Nous sommes plus occupés que d'habitude, mais c'est une bonne nouvelle pour vous. Cela signifie davantage de vêtements pour le peuple allemand.

Il fut sur le point de dire quelque chose, avant de se raviser. Il me dévisagea attentivement et posa sa bouteille sur ma table.

— Nous sommes heureux de contribuer à l'effort de guerre, ajoutai-je.

Je ne savais même plus ce que je racontais. Tout ce que je savais, c'était que l'odeur du poulet qui émanait du récipient en métal pourtant fermé me faisait saliver comme un chien devant un os. Nous tentions désespérément de préserver un semblant de dignité dans cet endroit, mais la faim constante était une obsession. Nous n'avions qu'un seul désir, qui nous consumait : trouver quelque chose de comestible, faire quelque chose pour obtenir quelque chose de comestible, voler un morceau de quelque chose de comestible. Des réflexes qui surpassaient le peu de fierté qui nous restait.

— Tu fais de l'excellent travail, commenta Dahler d'une voix hachée.

Je faisais une telle fixation sur sa soupe que je ne l'entendis pas la première fois qu'il ajouta, après une pause et dans un très bas murmure :

— Tu m'as manqué, Helena.

Je relevai brusquement la tête, confuse. Avais-je bien compris ?

— Ta coiffure est très jolie aujourd'hui, continua-t-il en me couvant d'un regard tendre.

Je me surpris à effleurer la tresse couronne que je m'étais faite ce matin-là, gênée et touchée à la fois. Nous subissions constamment un tel harcèlement de la part des Kapos et des surveillants que le moindre mot gentil nous réchauffait aussitôt le cœur.

— Merci, Herr Rottenführer, répondis-je avec sincérité.

— Je suis venu te voir…

Il fut de nouveau interrompu par une quinte encore pire que les précédentes. Je tendis la main vers lui, guidée par le désir instinctif d'aider quelqu'un qui souffrait, mais je la retirai immédiatement. M'ordonnant à moi-même de ne pas penser à son contenu, j'entrepris de dévisser le couvercle de sa bouteille Thermos.

— Vous feriez mieux de ne plus parler, Herr Rottenführer.

Que pouvais-je bien en avoir à faire de sa santé ? Que son état s'aggrave. Qu'il meure. Qu'ils meurent tous. Et pourtant, en dépit du bon sens, j'éprouvais de l'empathie pour lui, simplement parce qu'il avait cessé d'être l'homme à la cravache l'espace de quelques instants pour n'être qu'un homme malade, qui tenait à peine debout tant il avait de la fièvre. Il était bien plus faible que moi et cette inversion du rapport de force faisait que je parvenais à avoir de la peine pour lui.

— Vous allez vous rendre encore plus souffrant que vous ne l'êtes déjà.

Un sourire apparut sur son visage livide.

— Tu es si gentille. Si prévenante.

— Le Rottenführer a raison. Vous devriez retourner à l'infirmerie.

Son sourire s'évanouit. Il me fixa longuement.

— As-tu peur de tomber malade à cause de moi ? Comme je l'ai dit, ce n'est pas contagieux.

— Ce n'est pas ça. Simplement, je ne veux pas que votre état empire, c'est tout.

Il sembla réfléchir quelques instants, avant de céder.

— Bien. Un jour de plus au lit ne pourra pas me faire de mal, je suppose. Raccompagne-moi, veux-tu ?

Je le suivis et lançai un regard en direction de la Kapo. Étrangement, Maria m'offrit un hochement de tête enthousiaste. Escorter l'officier SS malade pour s'assurer qu'il ne lui arrive rien en chemin constituait indubitablement un devoir honorable à ses yeux.

Un soleil pâle et tiède brillait au-dessus des entrepôts du Kanada. Le vent agitait la cime des arbres. Une rafale particulièrement violente fit frissonner le Rottenführer Dahler, qui remonta le col de son manteau. Je resserrai mes bras autour de moi pour empêcher le froid de se glisser sous le pull que je portais par-dessus ma robe rayée. Nous marchâmes un moment en silence. Je remarquai qu'il boitait légèrement et mettait son poids sur sa jambe droite. Il prenait sans doute soin de le dissimuler en temps habituel, mais devait être trop affaibli par sa pneumonie pour se souvenir de sauver les apparences du parfait chevalier teuton. Soudain, il paraissait terriblement humain, facilement accessible, presque inoffensif.

Nous arrivâmes au coin d'une baraque vide dont la porte était ouverte, certainement pour aérer les lieux avant le retour des équipes extérieures. Tout à coup, il m'attrapa par le bras et m'entraîna à l'intérieur avant de fermer rapidement la porte sur nous. En une seconde, l'illusion avait volé en éclats. Aussitôt alarmée, je reculai pour m'éloigner de lui, mais me heurtai à un mur derrière moi.

L'ancienne Helena voulut crier. Il n'y avait qu'une raison pour laquelle les surveillants désiraient se retrouver seuls avec des jeunes femmes dans cet endroit, et l'ancienne Helena n'aurait pas hésité une seconde à lui arracher les yeux avant même de le laisser la toucher.

Mais la nouvelle Helena était plus intelligente que ça. Si je criais, il aurait une excuse pour m'assommer, faire ce qu'il voulait me faire au départ et me tirer une balle en pleine tête ensuite, pour tentative d'évasion ou toute autre désobéissance du même acabit. J'avais entendu parler des victimes de « tentative d'évasion » auparavant. Je savais comment les autorités menaient leurs affaires ici.

J'envisageai de lui tourner le dos pour ne pas le voir, mais décidai finalement de le regarder dans les yeux. Je regrettais amèrement ces quelques minutes fugaces lors desquelles j'avais ressenti un semblant de sympathie à son égard.

Pendant un moment, ce fut un combat de regards. Il ne bougeait pas et moi non plus. Puis il me tendit subitement sa bouteille Thermos, que je fixai avec stupéfaction.

— Tiens. Je n'avais pas besoin que tu me raccompagnes. J'ai réussi à traverser tout seul un champ de bataille entier avec un genou criblé d'éclats d'obus, expliqua-t-il en souriant.

Donc, il avait combattu sur le front. À en juger par son expression, c'était un souvenir douloureux.

— J'ai bien vu comment tu la regardais. J'ai pensé que tu devais avoir faim. Vas-y, prends-la, insista-t-il.

J'obéis en hésitant et ôtai le couvercle.

— Attends une seconde. Certes, je ne suis pas contagieux, mais...

Sans finir sa phrase, il sortit un mouchoir de sa poche et essuya le goulot pour le nettoyer avant que je boive. Ce simple geste me toucha profondément.

— Merci, Herr Rottenführer, chuchotai-je si bas que je m'entendis à peine.

La bouteille était tiède et le bouillon lui-même était une véritable manne. J'avalai quelques gorgées avec avidité. *Délicieux.* Mes papilles gustatives explosaient tandis que je continuais à boire goulûment, incapable de m'arrêter, jusqu'à me rendre compte qu'il n'y en aurait bientôt plus pour lui. Au prix d'un effort surhumain, j'arrachai mes lèvres du goulot et me léchai les coins de la bouche avec gourmandise.

— Merci, murmurai-je de nouveau.

Quel cadeau. De son propre chef, un sourire reconnaissant se forma sur mon visage. Je fixai Dahler avec ce qui aurait presque pu passer pour de la tendresse.

Il me reprit la bouteille et la secoua.

— Tu n'as pas terminé, constata-t-il avec surprise.

— Je voulais qu'il en reste pour vous. J'ai essayé de n'en boire que la moitié. Je suis désolée si j'en ai pris plus que ça...

— Quelle sottise !

Il rit et toussa et rit de nouveau.

— C'est pour toi. J'irai en rechercher à la cantine. Tu crois qu'on ne nous nourrit pas, ici ?

La chaleur me monta aux joues, née du bouillon, d'une infinie gratitude et d'un profond sentiment de honte. J'avais imaginé des horreurs alors qu'il voulait uniquement me donner à manger. Incapable d'affronter son regard, je fermai les yeux et finis ce qui restait. Il récupéra le Thermos, visiblement satisfait.

Je tentai de trouver mieux à lui dire qu'un malheureux *merci*.

— Comment pourrais-je..., commençai-je avant de baisser les yeux.

C'était bien plus difficile que ce que je croyais. Je ne voulais pas l'offenser ni le mettre en colère, sauf que je n'avais pas la moindre idée de ce qui était susceptible de le mettre en colère. Mon silence ? Mes mots ?

— Si je peux faire quoi que ce soit pour vous remercier...

Il m'interrompit en secouant résolument la tête.

— Je n'ai pas besoin que tu me rendes de services. Je t'ai donné du bouillon parce que tu avais faim, pas parce que...

Il agita la main avec agacement.

— Prends-tu toujours la nourriture que tu trouves au Kanada ? Manges-tu à ta faim ?

Je prenais la nourriture. Simplement, je distribuais presque tout aux prisonnières plus affamées que moi.

— Oui, Herr Rottenführer.

Il m'examina d'un air sévère, comme s'il se doutait que je mentais.

— Franz, lâcha-t-il tout à coup à voix basse.

Je le dévisageai.

— Je m'appelle Franz, répéta-t-il avant d'ouvrir la porte. Retourne aux baraques, tu n'es pas assez couverte. Une personne malade suffit amplement.

— Merci, Herr Rottenführer, ânonnai-je une fois de plus comme un disque rayé.

Il m'adressa un sourire chaleureux.

— As-tu déjà oublié mon prénom ?

J'ouvris la bouche, me rendis compte qu'avec la meilleure volonté du monde, j'étais incapable de l'appeler par son prénom, et me sauvai avant qu'il ait le temps de me retenir.

Chapitre 7

HELENA

Dans une valise en cuir couverte de nombreux timbres étrangers (son propriétaire avait dû être un véritable globe-trotteur avant d'effectuer ce dernier voyage dont personne ne revenait jamais), je trouvai un journal. Je m'assurai que personne autour ne m'observait, puis parcourus les gros titres en diagonale. La publication était rédigée en allemand, la nouvelle langue officielle de mon ancien pays. La Tchécoslovaquie avait cessé d'être fière et indépendante, tout comme nous avions cessé d'être ses citoyens. Le couteau nazi l'avait coupée en deux, avec d'un côté la Slovaquie et de l'autre le protectorat du Reich, afin que les Allemands puissent désormais se « protéger » de nous, les étrangers. Nous devions être exterminés pour garantir la survie de leur nation supérieure. L'excuse officielle dont ils usaient pour justifier le génocide de masse.

Il ne ressortit rien de bon de ma lecture de surface. La guerre se passait bien pour les Allemands ; la production explosait dans tout le protectorat ; les garçons des Jeunesses hitlériennes et les SS souriaient sur les photos en noir et blanc, près de leurs homologues de la Hlinkova Garda, la milice slovaque. Il n'était même pas possible de les différencier, tous les mêmes dans cette masse haineuse en uniforme et en bottes. Déçue, je jetai le journal dans la boîte dont le contenu serait plus tard emporté afin d'être brûlé par Dayen, l'un des hommes du Sonderkommando.

Je n'avais jamais réussi à savoir si Dayen était son prénom ou son nom de famille. Brun, terriblement maigre, avec d'épaisses lunettes et des manières délicates, il ne touchait jamais les richesses dont regorgeait le Kanada, car il disait que *ce n'était pas kasher*. Il passait ses journées devant l'entrepôt à attiser le feu en marmonnant tout bas entre ses dents. Un jour, alors que je déposais dehors un énième carton débordant de diplômes, de certificats de naissance, de photographies, de talmuds et de décorations militaires que leurs propriétaires ne porteraient plus jamais avec fierté, je surpris les mots familiers du kaddish. Certaines personnes racontaient qu'il était rabbin en Pologne.

Les surveillants apportèrent les chaudrons de soupe de navets. Au signal de Maria, nous nous mîmes en rang pour recevoir notre ration de la mi-journée. Quand tout le monde fut installé par terre pour manger, j'offris mon déjeuner à Olga, une Tchèque qui venait juste de débarquer avec le dernier convoi en provenance du protectorat et qui avait échappé par miracle au même destin que ses camarades de voyage. La plupart avaient fini dans la chambre à gaz, et ensuite dans le ravin derrière celle-ci, quelques heures à peine après leur arrivée.

Alors que j'observais les Kapos qui donnaient des instructions aux nouvelles prisonnières affectées à notre unité plus tôt ce matin-là, le Rottenführer Dahler s'arrêta dans la section à laquelle j'étais affectée ce jour-là et se redressa de toute sa taille, l'air fier de lui. Il était presque remis de sa pneumonie.

— J'ai fait part à mes supérieurs de tes inquiétudes quant au manque de main-d'œuvre et ils ont accordé la permission d'épargner la vie de ces femmes, annonça-t-il. Tu avais raison concernant le fait de gazer tous les convois dès leur arrivée. C'est contre-productif. Nous avons besoin de travailleurs pour l'effort de guerre, pas de cadavres.

Je me crispai en mon for intérieur, mais me forçai à sourire. Après tout, d'une certaine façon, il avait bel et bien aidé ces femmes à échapper à la mort. Et je lui en étais reconnaissante.

— Je suis heureuse de constater que vos supérieurs vous ont écouté, Herr Rottenführer.

Mes mots eurent l'effet escompté : il me sourit de toutes ses dents.

— Tu sais, si tu as des idées pour… améliorer la production, n'hésite jamais à m'en faire part. Je suis certain que si les suggestions sont bonnes et concrétisables, Herr Kommander donnera son accord.

J'examinai les nouvelles recrues, escortées à leurs postes de travail respectifs par les Kapos.

Ces dernières étaient dans leur élément, tout particulièrement en présence de leurs supérieurs SS.

— Bienvenue à Auschwitz, commencèrent-elles.

Pleines de suffisance et animées d'un dédain cruel, elles fixaient la masse de corps tremblants alignés devant elles.

— On vous a envoyées ici pour y crever. N'importe qui ouvrant la bouche sans y avoir été invité, n'importe qui semant le désordre partira par la cheminée encore plus tôt que prévu. Quiconque sera surpris en train de voler sera envoyé au Block 11 et fera connaissance avec le chef du département politique Grabner et sa « cellule debout », et plus tard avec le mur de la mort. Quiconque sera surpris en train de lambiner, y compris en restant aux latrines plus longtemps que la durée autorisée, recevra une correction et l'interdiction d'aller aux toilettes pour le reste de la journée.

Maria, notre Kapo, avait une aversion toute particulière pour les femmes qui utilisaient leur « semaine du mois » comme excuse pour se rendre aux latrines plus souvent que les autres. Très peu d'entre nous avaient encore leurs règles ; l'angoisse, la malnutrition et le bromure qu'ils ajoutaient à la nourriture (si on en croyait la rumeur) avaient depuis longtemps mis un terme à nos cycles. Néanmoins, Maria était convaincue qu'il en allait de son devoir de rappeler aux nouvelles placées sous ses ordres qu'elles feraient mieux d'oublier tout privilège dont aurait pu se targuer le sexe féminin. *Les femmes n'existent pas ici*, se plaisait-elle à répéter. *Il n'y a que des travailleurs utiles ou des bouches à nourrir inutiles.*

— Je ne saurais que trop vous recommander de ne pas vous souiller, ou vous atterrirez dans une unité extérieure en un clin d'œil, là où nos nez délicats n'auront pas à supporter votre puanteur.

Près de moi, le Rottenführer Dahler s'éclaircit la gorge. Je me tournai vers lui, une chemise en soie à la main. Les initiales de son infortuné propriétaire étaient brodées sur la poche de poitrine et gravées sur les boutons de manchettes. *Mauvaise pile ?* Je laissai mon geste en suspens et le dévisageai, inquiète.

Le dos tourné aux Kapos, il s'adressa de nouveau à moi :

— As-tu des suggestions ? Je pourrais les soumettre au Rapportführer Palitzsch afin qu'il les examine. Je dois aller à la Kommandantur tout à l'heure pour lui apporter un compte-rendu.

Je me retrouvais coincée entre le SS avec ses propres desseins et des femmes jeunes, sans défense et terrifiées au-delà du possible. S'il les avait déjà sauvées du gazage, pour quelque motif que ce fût, autant profiter de sa générosité.

— Eh bien, je...

Soudain, les mots moururent dans ma gorge et ma détermination m'abandonna.

— Vas-y, je t'écoute, m'encouragea-t-il avec un bref sourire.

— Étant donné que la plupart d'entre nous vivons dans les mêmes baraques et que vous, je veux dire les officiers, êtes à notre contact, je pense qu'il serait bénéfique pour tout le monde d'installer des douches que nous pourrions utiliser à la fin de notre journée de travail, Herr Rottenführer. Les baraques surpeuplées donnent toujours lieu à des épidémies de poux et nous savons tous qu'ils sont porteurs de toutes sortes de maladies…

Actuellement, un misérable robinet rouillé nous fournissait un filet d'eau tout aussi rouillé qui ne nous aidait en rien à rester propres entre nos douches hebdomadaires. Nous étions couvertes d'une pellicule de saleté cinq ou six jours par semaine, nos vêtements empestaient la sueur et l'air était irrespirable pendant la nuit.

— Et peut-être pourrions-nous obtenir de nouveaux uniformes à la place de ces robes… Nous les portons à même la peau et elles sont rêches comme du papier de verre.

Soudain, je me rendis compte que j'avais porté ma main à ma poitrine endolorie et la laissai retomber aussitôt. Nous souffrions toutes d'irritations, à tel point que nos tétons saignaient, mais ce n'était sans doute pas une remarque appropriée à faire à un SS.

Je m'empressai de m'excuser. Dahler secoua la tête avec le même empressement (*Non, je t'en prie, ne sois pas désolée*) puis rougit jusqu'à la racine des cheveux. Aussi mal à l'aise que lui, je m'excusai de nouveau et me maudis intérieurement avant d'inspecter un costume afin de me donner une contenance. J'avais depuis longtemps oublié que j'étais une femme et à présent, je m'en souvenais tout à coup. J'étais une femme et lui était un homme qui se tenait près de moi, un homme qui s'était retrouvé seul avec moi dans une baraque quelques jours plus tôt et m'avait dit son prénom. Mes mains tremblaient.

— Tu n'as aucune raison de t'excuser, insista-t-il après un silence.

Sa voix était aussi mal assurée que mes gestes.

— Je ne m'étais pas rendu compte que... Je tenterai d'en toucher un mot à mes supérieurs.

— Merci, Herr Rottenführer.

De lourdes pièces d'or tombèrent de l'ourlet que je venais de découdre au niveau d'une épaulette. Je posai les ciseaux que nous avions le droit d'utiliser dans ce cadre précis et collectai les pièces dans ma paume.

Après avoir lancé un bref regard alentour, il en prit deux et les glissa dans ma poche.

— Achète-toi quelque chose, me murmura-t-il.

Puis, d'une voix plus forte afin d'en faire profiter les autres prisonnières et les Kapos :

— Allez, presse-toi un peu. Inutile que tu comptes cet argent, c'est le travail de Weber. Va donc le déposer dans l'urne au lieu de traîner.

Il me poussa très légèrement dans le bas du dos en direction de la boîte destinée à recueillir les objets de valeur. Je continuai à sentir le contact de sa main longtemps après son départ.

Je décidai de garder l'une des pièces. Avec l'autre, je m'achetai un morceau de fromage, un autre de saucisse et un gâteau auprès des hommes du Sonderkommando. Je partageai la saucisse avec Olga, la nouvelle, ainsi que ma soupe.

Elle me dévisagea, stupéfaite.

— Tu ne vas pas manger ça ? Où t'es-tu procuré de la viande ?

Elle mordit dedans et dévora sa part en quelques bouchées.

Je ne lui répondis pas et allai m'asseoir plus loin, contre le mur de l'entrepôt. À l'écart des autres, je dégustai un peu de fromage. La soupe de navets, concoctée à base de pelures de pommes de terre moisies, donnait la dysenterie, alors je préférais l'éviter chaque fois que j'en avais l'occasion. Le fromage était excellent, qualité supérieure, encore frais et incroyablement parfumé. Et pourtant, il me laissa un drôle de goût en bouche, sans doute parce qu'il avait été acheté avec l'argent de mes compatriotes volé par un SS. Je me demandai si mon père l'aurait mangé. Non. Jamais de la vie. Il aurait préféré mourir de faim à petit feu, comme le faisait Dayen en récitant sans cesse le kaddish pour tous ceux qui disparaissaient dans les cheminées et dont les souvenirs partaient en fumée également. Mon père était une personne respectable. Moi, pas tant que ça, à première vue. Je fixai ce qui restait du fromage dans ma main, me le fourrai dans la bouche et me léchai le bout des doigts.

Chapitre 8

Allemagne, 1947

Helena se tut. Pendant un long moment, le seul bruit interrompant le silence total et inquiétant fut celui du porte-mine du Dr Hoffman sur le papier. En observant le couple devant lui, il constata que Dahler restait de glace et parfaitement serein, une attitude étrange compte tenu des circonstances. Les joues pâles de Helena avaient légèrement rosi, mais elle avait l'air absente, perdue quelque part dans le temps et l'espace. Un klaxon hurla au-dehors, aigu et impatient. Helena sursauta. Elle balaya la salle du regard avec lenteur, comme si elle découvrait un environnement inconnu. Enfin, elle posa les yeux sur ses mains croisées. Elle battit plusieurs fois des paupières et fronça les sourcils en examinant ses ongles. Elle paraissait surprise de les trouver soigneusement manucurés et vernis.

Non sans mal, elle reprit la parole.

— En été, nous avons été transférées…

Elle marqua une nouvelle pause, comme si elle ne parvenait pas à assembler les mots pour former une phrase, tragiquement perdue dans la toile de souvenirs dont elle aurait de toute évidence aimé s'extraire. Et pourtant, sa volonté, la détermination entêtée qui brillait dans ses sombres pupilles hantées forçaient l'admiration du Dr Hoffman. *Ce dut être comme ça pour elle à Auschwitz*, songea-t-il. *Elle s'est obstinée à continuer après en avoir vu d'autres périr ; c'est malheureux qu'à présent, elle s'en veuille d'être pourvue d'une telle volonté.*

Les rares fois où son visage trahissait la moindre émotion, on pouvait y lire la culpabilité d'avoir survécu. Il aurait aimé s'entretenir en tête à tête avec elle, ne serait-ce que pendant une heure. Il aurait aimé lui dire qu'elle n'avait pas à se blâmer de quoi que ce soit. C'étaient les SS qui étaient coupables, pas elle. Elle n'avait rien fait de mal en acceptant l'argent de Dahler. Il n'y avait rien de répréhensible à manger ce que cet argent avait permis d'acheter. La nuit, les gens rongeaient des morceaux de chair qu'ils venaient de découper dans les cuisses d'un prisonnier récemment décédé ; il avait rencontré ce genre de cas lors de ses deux années passées à interviewer des survivants en Allemagne. La faim et la soif, les estomacs gonflés ravagés par les crampes, l'obsession insoutenable pour la nourriture, tout cela réduisait à la folie les personnes aux valeurs morales les plus irréprochables et aux professions les plus nobles. Qui pouvait blâmer une prisonnière d'avoir accepté des rations salvatrices de la main de l'ennemi ?

— … transférées à Birkenau.

Helena avait retrouvé sa voix. Un pâle rayon de soleil illuminait son visage, entouré par le halo sombre de ses cheveux.

— C'est là que j'ai rencontré Andrej, acheva-t-elle tout bas.

Novák releva la tête quand il entendit son nom. *Son prénom.* Son regard, si dur et brillant de colère un peu plus tôt, était soudain empli d'une émotion tacite. Il se pencha en avant, comme pour inciter Helena à le regarder dans les yeux, mais elle tendit la main vers son mari. Dahler la prit dans la sienne et la serra de manière protectrice. L'expression de Novák redevint sombre et impénétrable et il baissa les yeux. Le Dr Hoffman laissa son stylo en suspens au-dessus de sa page, incertain.

— Est-ce exact, monsieur Novák ? demanda le président.

— C'est exact, oui, confirma le Slovaque.

Lui aussi semblait réticent à l'idée d'évoquer l'été en question.

— On m'a affecté à la construction des baraques du futur Kanada 2, puis sélectionné pour intégrer le Sonderkommando. C'était en août 1942. Une partie du Kommando du Kanada 1 a été transféré dans les baraques qui étaient déjà terminées, et Helena en faisait partie.

— Les hommes et les femmes n'étaient-ils pas strictement séparés à Birkenau ? interrogea le lieutenant Carter d'un air étonné.

— En temps normal, oui. Il y avait le camp des hommes et le camp des femmes ; des Kommandos d'hommes et des Kommandos de femmes. Mais étant donné que le Sonderkommando jouissait de privilèges spéciaux et avait accès à l'unité du Kanada, où nous apportions les vêtements récupérés avant le gazage, nous avions souvent l'occasion d'échanger quelques mots avec les femmes qui les triaient. Parfois, nous troquions de la nourriture et d'autres choses, quand les SS n'étaient pas là, bien sûr. Il y avait aussi des hommes au Kanada, mais ils œuvraient dans des entrepôts séparés.

— Et c'est ainsi que vous avez fait la connaissance de Mme Dahler ? s'enquit le président.

— Non. Si. Enfin... Je l'ai connue... pardon, je l'ai *vue* pour la première fois quand M. Dahler était en train de la frapper devant la chambre à gaz. J'étais de service ce jour-là, ce qui signifie que je devais escorter les nouveaux arrivants vers les deux centres d'extermination et leur expliquer quoi faire. Ils n'avaient pas la moindre idée de là où ils allaient. Les SS qui les encadraient leur assuraient qu'ils allaient prendre une douche. C'étaient les hommes du Sonderkommando qui restaient avec eux jusqu'à la fin.

Il s'interrompit quelques instants. Une ombre subtilement agressive obscurcit son visage ; l'accusation à peine voilée s'entendait dans sa voix, tremblante d'indignation. Il gardait son regard fixé sur Dahler tout en parlant. *Écoutez ce que vous nous avez fait faire. Souvenez-vous de tous les crimes que vous avez commis, de tout le sang que vous avez sur les mains.*

— Il y avait deux chambres à gaz à l'époque à Birkenau, le Bunker 1 et le Bunker 2, surnommés « la petite maison rouge » et « la petite maison blanche ». C'étaient deux fermes blanchies à la chaux avec des toits en chaume. Personne n'aurait pu soupçonner qu'un endroit en apparence si inoffensif soit le théâtre de telles horreurs. Les fermes étaient tout ce qui restait du village de Brzezinka, démoli avant la création de Birkenau. L'administration les avait transformées en chambres à gaz temporaires en attendant que la construction du nouveau crématorium soit achevée.

L'atmosphère dans la salle se tendit, comme si une vague menace flottait dans l'air. Pendant un moment, Novák regarda droit devant lui, maussade.

— Tout était organisé de manière très intelligente. Les gens étaient affamés, assoiffés et épuisés après leur voyage en train et les SS leur promettaient de la soupe chaude et du café après les douches. Ils leur disaient aussi qu'ils resteraient en quarantaine pendant deux semaines avant d'être assignés à leurs unités de travail respectives et que leurs vêtements allaient être désinfectés. Certains SS particulièrement inventifs allaient jusqu'à demander leur profession aux déportés. *Oh, vous êtes menuisier ? C'est formidable. C'est exactement ce que nous cherchons. Et vous ? Couturière ? C'est notre jour de chance ! C'est pile ce dont nous avons besoin. Venez me voir après la douche et je m'assurerai de vous assigner à une unité qui corresponde à vos compétences.* C'était répugnant à entendre. Inutile de préciser que toutes ces personnes étaient gazées dans les vingt minutes, professionnels expérimentés ou non. Leurs corps étaient ensuite enterrés dans des ravins derrière ces deux bunkers. Mais pendant l'été 1942, un nouveau problème est survenu. Ces corps ont commencé à gonfler tandis qu'un soleil de plomb craquelait la terre. L'odeur qui s'en dégageait était atroce. Quand un liquide noir s'est mis à remonter à la surface et à polluer les nappes phréatiques alentour, les SS nous ont ordonné de répandre du chlorure de chaux au-dessus des fosses communes. Et quand ils ont constaté que cela ne changeait rien, ils nous ont ordonné de les déterrer et de les brûler. C'était en automne de la même année.

Le président s'éclaircit la gorge. À côté de lui, le lieutenant Carter but une gorgée d'eau. Même le Dr Hoffman sentit un nœud se former dans sa poitrine face à la description froide et violemment réaliste à la fois du procédé d'extermination. Il se demanda comment faisait Novák pour porter au quotidien le poids des horreurs dont il avait été témoin et auxquelles il avait participé, bien que contre son gré. Certains hommes du Sonderkommando avaient dû escorter des connaissances et même des membres de leur propre famille dans les chambres à gaz. Pas étonnant que le Slovaque fût si agité dès lors qu'il s'agissait de l'audience de Dahler. Le Dr Hoffman pouvait aisément comprendre les sentiments qu'il nourrissait à l'égard de l'ancien SS.

— Vous avez déclaré avoir vu l'accusé frapper Mme Dahler, est-ce exact ? continua le président en s'efforçant de contrôler ses émotions.

— Oui. J'étais avec un groupe d'hommes qui se dirigeaient vers le Bunker 1. Helena, pardon, *Mme Dahler,* corrigea Novák avec un dégoût visible, se trouvait devant nous avec un groupe de femmes en route pour le Bunker 2. La moitié de son groupe était déjà à l'intérieur. Elle essayait d'entrer quand M. Dahler l'a attrapée par la nuque et l'a tirée sur le côté. Ensuite, il y a eu une sorte d'altercation entre eux. Je n'entendais pas ce qu'ils disaient, mais j'ai vu qu'elle pleurait et qu'elle le suppliait. Après, il l'a jetée à terre et il a commencé à la rouer de coups de cravache en l'insultant. *Sale juive de merde ; tu m'as désobéi, une fois de plus ; j'en ai plus qu'assez de toi ; tu mériterais une balle en pleine tête, espèce de salope...* Ce genre de choses. Ça, je l'ai entendu parce qu'il criait. Un des officiers supérieurs, le Hauptscharführer Moll, a fini par intervenir et dire à M. Dahler de l'emmener ailleurs s'il voulait continuer à la frapper, mais d'arrêter de se donner en spectacle devant les nouveaux arrivants. Moll lui-même était un sadique de première catégorie, mais il tenait à éviter tout mouvement de panique chez les prisonniers et M. Dahler les agitait dangereusement avec ce passage à tabac public.

Pendant toute la tirade de Novák, le Dr Hoffman examina attentivement Dahler. Pas un muscle de son visage ne bougeait. Il restait d'un calme fascinant.

À l'évocation d'une violence, l'absence de la moindre réaction ou émotion est caractéristique de personnes souffrant de psychopathie, nota le psychiatre sur son carnet, avant d'ajouter un grand point d'interrogation à la fin de sa phrase. Avec la meilleure volonté du monde, Dahler n'avait pas le profil typique d'un psychopathe. Et plus le praticien observait le couple face à lui, plus toute cette affaire le déroutait.

— Accusé, la scène que M. Novák vient de nous décrire a-t-elle bel et bien eu lieu ? demanda le président.

Dahler sembla hésiter quelques instants.

— Oui, finit-il par répondre d'une voix douce.

Soudain, sa femme se pencha en avant sur sa chaise.

— Monsieur le Juge, puis-je clarifier un point ?

— Je vous en prie, madame Dahler.

— Ce que M. Novák décrit est certes exact, mais il a mal interprété ce qu'il a vu.

— Avec tout le respect que je vous dois, madame Dahler, j'ai du mal à comprendre comment il est possible de mal interpréter une agression. Soit l'accusé vous a frappée ce jour-là, soit il ne vous a pas frappée. Les faits sont les faits.

— Il y était obligé. Autrement…

Soudain, elle bafouilla et ne trouva plus ses mots. Une subite détresse se lut dans ses yeux, une obscure panique.

— Autrement, le Hauptscharführer Moll m'aurait envoyée à la chambre à gaz avec ma sœurRóžínka. En agissant de la sorte, mon mari nous a sauvées toutes les deux.

La salle fut plongée dans le silence pendant un long moment. Le Dr Hoffman entendait sa propre respiration.

— Pourriez-vous nous expliquer cela, madame Dahler ?

— Oui, monsieur le Juge. Je ne veux pas que vous teniez mon mari pour responsable de choses qui échappaient à son contrôle. Vous verrez par vous-même que c'était la seule solution possible dans cette situation. M. Novák a raison, Moll était un sadique de première catégorie. Franz a dû me corriger devant lui afin de m'éviter un traitement pire encore.

— Très bien, madame Dahler. Nous vous écoutons.

Chapitre 9

HELENA

Birkenau, été 1942

En dépit de l'heure matinale, le soleil brûlant cognait impitoyablement. Escortées par les SS et les Kapos, nous traversions des couloirs de barbelés électrifiés en direction de nos nouveaux quartiers. En tout cas, une partie de notre Kommando, à savoir uniquement les femmes. Les hommes, eux, restaient à Auschwitz.

À la frontière entre les deux camps, un officier SS plus haut gradé nous ordonna de nous arrêter. Une sorte de sélection était en cours près des grilles que franchissaient les unités de travail extérieur chaque matin. Au son de la musique de l'orchestre qui jouait sa marche matinale habituelle, deux SS aux épaules ornées des insignes brillants du corps médical isolaient des hommes d'un groupe de travail et les faisaient se mettre en rang à l'écart des autres.

— Déshabillez-vous !

Aussi lentement que possible, les pathétiques squelettes gris entreprirent de retirer leurs haillons. Les rayures de leurs uniformes étaient à peine visibles sous toutes les couches de crasse qui les recouvraient.

— Plus vite ! Allez ! Magnez-vous ! cria l'un des médecins avec impatience.

Aussitôt alarmées, nous lançâmes des regards inquiets et suppliants en direction de nos superviseurs. Pendant quelques instants, ils observèrent la scène avec des expressions d'ennui poli. Ce ne fut que lorsque nos piétinements et nos murmures devinrent trop bruyants pour passer inaperçus qu'ils eurent pitié de nous.

— Inutile de vous en faire, commenta le Rottenführer Dahler à voix basse. Ce sont des *musulmans*, ils peuvent à peine marcher et encore moins travailler.

Impossible de répondre quoi que ce soit à cela. La maigreur extrême de ces prisonniers nous plongea dans un silence aussi pétrifié qu'impuissant. Sous leur peau fripée et calleuse d'une teinte cadavérique, leurs os étaient si saillants que le fait qu'ils parviennent ne serait-ce qu'à tenir debout relevait d'un phénomène aussi incompréhensible que miraculeux. Leurs têtes rasées avaient perdu tout aspect humain : une parade pathétique de crânes où étaient plantés des yeux dans lesquels brillait encore l'espoir de déjouer le destin à la dernière seconde. En bout de rangée, l'un d'eux attrapa son uniforme en boule sur le sol et entreprit de le remettre tout en fixant les médecins occupés à noter les numéros des prisonniers qu'ils avaient sélectionnés. Une bien triste tentative de tromper la Grande Faucheuse, mais il avait encore en lui le désir de se battre. La volonté entêtée de survivre animait encore ses yeux tombants, contractait encore sa mâchoire. Un Kapo à triangle vert s'en rendit compte et lui tomba aussitôt dessus, rouant de coups de matraque la pauvre créature, jusqu'à ce que l'homme ne soit même plus capable de se couvrir de ses bras squelettiques dans un effort futile pour parer les coups. Après s'être assuré qu'il était mort, le Kapo rejoignit ses responsables SS et ôta sa casquette avant de leur rapporter « l'incident ». Sans la moindre émotion et sans un seul regard en direction du prisonnier qui venait d'être assassiné, un médecin inscrivit son numéro à côté des autres. Le reste de ces malheureux fut forcé de grimper à bord d'un camion qui prit aussitôt le chemin d'Auschwitz et les Kommandos d'unités extérieures reçurent l'ordre de se remettre en route. Toute l'affaire avait été rondement menée en moins de dix minutes.

Nous reprîmes notre marche en silence. Une fois les groupes dispersés, les membres de l'orchestre du camp rangèrent leurs instruments. Ils étaient ridicules dans leurs uniformes blanc et rouge. Derrière moi, plusieurs femmes reniflaient discrètement.

— Arrêtez de pleurer pour eux, réprimanda le Rottenführer Wolff, agacé par ce qu'il considérait comme un étalage inconvenant d'empathie. Si nous continuons à gaspiller de la nourriture pour prolonger leurs misérables existences, cela signifie que de bons travailleurs tels que vous auront faim. C'est ça que vous voulez, tas de vaches débiles ?

Le Rottenführer Dahler passa du côté où je me trouvais. Bientôt, il vint à la hauteur de ma rangée et marcha près de moi, le regard fixé droit devant lui. Je n'arrêtais pas de toucher mon foulard, un geste nerveux que j'étais incapable de contrôler après avoir assisté à une telle scène. Comme nous étions épargnées au Kanada ! Comme nous étions aveugles face à la misère du reste du camp, dans notre petit paradis ! Désormais, nous étions soudain terrifiées d'en être arrachées, terrifiées à l'idée de finir comme ces hommes, affamées et exploitées jusqu'à ce que non seulement nos corps, mais aussi nos âmes se délitent, jusqu'à devenir des cadavres ambulants pour qui la mort serait une délivrance bienvenue.

Soudain, je n'arrivais plus à respirer. Une sueur froide coulait le long de mon dos, comme si tous mes pores exsudaient la peur. Je plaquai ma main sur ma bouche pour étouffer un sanglot. Pleurer malgré l'interdiction explicite était le meilleur moyen d'obtenir un aller simple pour la chambre à gaz.

Pendant un moment, je ne sentis plus le sol sur lequel je marchais. Je voyais uniquement la manche grise de l'uniforme du Rottenführer Dahler qui se balançait en rythme d'avant en arrière. Il ne prononçait pas un mot, ne trahissait pas la moindre émotion. À une seule reprise, sa main effleura la mienne, *accidentellement*, sans aucun doute. Je risquai un bref regard dans sa direction et plusieurs têtes se tournèrent aussitôt, animées d'un véritable instinct de troupeau. Il regardait droit devant lui et ses traits détendus, presque sereins, instillèrent un semblant de sécurité en nous. Nous nous sentîmes plus calmes, sans doute le résultat de la manipulation psychologique dont nous étions les victimes dans le camp. Nous avions appris à faire confiance à ces hommes, comme des animaux à leur chien de troupeau. C'étaient toujours les ennemis, bien sûr, une espèce étrangère qui pouvait nous tuer comme bon lui semblait, mais qui ne nous laisserait pas tomber dans la gueule des loups du corps médical... ou du moins, c'était ce que nous croyions.

Cela valait mieux.

Mieux valait leur faire confiance plutôt que n'avoir confiance en personne.

Nous dûmes marcher pendant un certain temps, car nos nouvelles baraques se trouvaient tout au bout de Birkenau, entourées de pins et donnant sur de vastes champs verdoyants qui s'étendaient à perte de vue. La route était piétinée et poussiéreuse. De chaque côté étaient alignés un nombre insoutenable de bâtiments. Au loin, le Kommando de travail ferroviaire se tuait à la tâche pour finir la nouvelle voie ferrée. L'air empestait le goudron, l'huile et la transpiration.

Des voitures nous dépassaient ; des fourgons ornés de croix rouges ; des patrouilles à moto composées de SS en uniforme ; et nous, nous marchions encore et encore, le long des baraques et des entrepôts, nous passions devant des prisonniers décharnés aux yeux enfoncés dans leurs orbites et aux joues creusées, nous passions devant la misère et la mort. Certains se redressaient encore à la vue des SS, mais la plupart avaient depuis longtemps perdu la force de relever la tête. Nous constatâmes au bout d'un moment que ces *musulmans* portaient des robes à rayures. Comme nous. Je me sentis devenir livide, à l'instar de mes voisines.

— Ce doit être le camp des femmes, commenta l'une d'elles à voix basse, l'air incrédule.

Nous les examinâmes plus attentivement, mais avec la meilleure volonté du monde, c'était impossible de reconnaître des femmes dans ces misérables silhouettes. Mêmes yeux, mêmes crânes rasés, mêmes peaux grises et doigts osseux tendus dans notre direction à travers les fils barbelés, comme les extrémités transparentes de spectres. Seules leurs robes les différenciaient des hommes que nous avions vus un peu plus tôt. Davantage de têtes commencèrent à se tourner vers les SS, alarmées. *Vous ne nous emmenez pas là-bas, si ?*

— Regardez bien ! cria Wolff en les montrant du bout de sa cravache. C'est là que vous finirez si vous continuez à jouer les feignasses. Regardez bien et enfoncez-vous bien dans le crâne une bonne fois pour toutes la chance que vous avez d'être avec nous !

Au lieu de lui obéir, nous détournâmes les yeux, tremblant à l'idée que nous pourrions tout à fait être à leur place si le hasard en avait décidé ainsi. Wolff n'avait pas tort. Nous étions chanceuses comparées à ces mortes-vivantes. Certes, nous étions maigres, mais nous avions toujours forme humaine. Nous avions le droit de garder nos cheveux et de porter des chaussures, au lieu de trébucher dans des sabots en bois à peine tenus par des sangles, ou de marcher pieds nus comme la moitié d'entre elles. Les fantômes du camp des femmes suivaient notre procession de leurs yeux vides tandis que nous étions trop honteuses pour les regarder. Nous nous sentions coupables face à elles, comme si nous les avions trahies.

— Il y aura aussi des douches.

Je me tournai vers Dahler. Il ne parlait à personne en particulier, mais je savais que c'était à moi que ses mots étaient destinés.

— Derrière l'entrepôt, pour le moment.

Malgré moi, un sourire rayonnant se dessina sur mes lèvres. *Il y aura des douches !* Je mourais d'envie de lui demander si nous aurions le droit de les utiliser chaque jour ou si nous devrions respecter un certain emploi du temps, mais il était interdit de s'adresser à un SS sans y avoir été invité au préalable. Irma, avec son brassard rouge qui proclamait *Senior – Block 1*, était juste devant moi, et elle n'hésiterait pas un instant à m'administrer une correction à coups de matraque si j'ouvrais la bouche sans en avoir reçu la permission.

Dahler sembla deviner mes pensées, car après une pause, il clarifia son propos :

— Vous pourrez vous laver aussi souvent que vous le souhaitez. De fait, il serait même préférable pour nous que vous fassiez votre toilette quotidiennement. Nous n'avons pas besoin de poux dans notre unité.

— *Ja*, douchez-vous tous les jours, mesdames.

Naturellement, le mot *mesdames* dans la bouche de Wolff était chargé de dédain.

— À moins que vous ne préfériez finir comme ces vaches là-bas, ajouta-t-il avec un nouveau hochement de tête en direction du camp des femmes. Il n'y aura pas de mochetés au crâne rasé dans notre Kommando. Si vous attrapez des poux, je m'assurerai personnellement que vous brûliez avec les autres.

Lorsque nous arrivâmes à destination, enfin, les Kapos nous rassemblèrent pour un dernier appel avant de nous mettre à l'œuvre. À l'intérieur et entre les entrepôts à la construction encore inachevée s'entassaient des montagnes d'affaires. Devant les postes de travail, des hommes vêtus de vestes taillées sur mesure s'affairaient. Que des « anciens numéros », à en juger par les insignes sur leurs poitrines. Ils avaient sans doute obtenu une place ici en soudoyant les SS. Leurs corps bien nourris, leur peau saine, leurs montres, leurs cheveux gominés et leurs chaussures bien cirées indiquaient leur appartenance à l'élite du camp qui savait comment « organiser » des choses. Dans un silence abasourdi, nous les observâmes en attendant que les Kapos nous aient toutes affectées à nos différents postes.

Les différences entre les deux Kanadas ne tardèrent pas à se manifester. Le procédé pour « organiser » ici avait quasiment des allures d'opération industrielle bien huilée.

— Quelqu'un a besoin de savon français ?

Un homme répétait son offre en boucle tandis qu'il parcourait l'entrepôt d'un bout à l'autre sous un prétexte quelconque.

— Je peux te donner du cirage en échange, répondit une voix étouffée non loin de moi.

— Quel genre ?

— Du bon. Ça vient de Hollande. Il sent aussi bon que du parfum.

— Parfum français, parfum français, chuchota un autre prisonnier en effectuant la même ronde que son homologue dix minutes plus tôt.

Un murmure monta d'un poste de tri dans le coin.

— Je te l'achète pour cinq dollars.

— Dix et pas un centime de moins. Tu vas le revendre à un SS pour vingt dollars, espèce d'escroc. Tu me prends pour un idiot ?

— Huit dollars et une paire de bas.

— En soie ?

— En nylon ! Crétin.

— Je te retourne le compliment. Comme tu voudras ! Mais c'est du vol, si tu veux mon avis.

Comme des biches aux yeux écarquillés dans la lumière des phares, nous fouillions distraitement les vêtements étalés devant nous tandis qu'ils marchandaient en se donnant de grands airs de courtiers de Wall Street. Le plus incroyable, c'était que les Kapos faisaient semblant de ne rien voir de ce marché noir éhonté. Ils faisaient quasiment exprès de détourner le regard lorsque les biens changeaient de mains. Enfin, après un bref coup d'œil à la ronde, une des filles s'empara de sous-vêtements qu'elle cacha dans sa robe. Une autre chipa une montre, pendant que deux autres se remplissaient les poches de nourriture. Les anciens numéros, qui nous avaient entièrement ignorées au départ, nous adressèrent bientôt de grands sourires.

Je fus incapable de résister aux sous-vêtements que je trouvai parmi les affaires d'une pauvre femme. À côté de moi, l'ancien qui avait échangé son savon français contre une boîte de sardines laissa échapper un ricanement amusé. Je rougis furieusement et feignis de l'ignorer.

— Tu peux prendre quasiment tout ce que tu veux ici, me dit-il. Simplement, n'oublie pas la règle d'or du Kanada : les Kapos et les surveillants doivent avoir leur part du gâteau. Si tu ne leur graisses pas la patte, ils te feront tomber pour vol en un rien de temps.

Je pris soin de transmettre le message à mes camarades. Dans la soirée, notre Kapo Maria quitta l'entrepôt avec, pour la première fois, le sourire aux lèvres. Ses poches bien pleines ne passèrent pas inaperçues lorsqu'elle s'éloigna de notre formation, nous laissant sous la responsabilité d'Irma.

Les SS nous rejoignirent. Une cravate en soie brillait doucement au cou de l'uniforme du Rottenführer Wolff. Le Rottenführer Dahler mâchait du chewing-gum à la manière d'un acteur américain tout droit sorti d'un écran de cinéma. Tous deux semblaient ravis de leurs nouvelles affectations, loin de la surveillance et du harcèlement constant du Kommandant Höss. Ici, ils étaient nos maîtres et nos dieux et, pour l'instant, les choses prenaient bonne tournure pour nous par la même occasion du fait de tant de laxisme.

— Nous avons une autre surprise pour vous, annonça le Rottenführer Wolff d'un ton joyeux.

Je le soupçonnais d'avoir déniché une bouteille d'alcool de qualité supérieure parmi les affaires des morts. À présent que la boisson avait fait son effet, sa bonne volonté n'avait plus de limite.

— Vous allez vous rendre à l'entrepôt principal block par block et vous trouver des tenues convenables. Assez de ces accoutrements. Dégottez-vous des chemisiers et des pantalons, de préférence, et aussi des chaussures confortables. Gardez vos foulards, par contre. On ne veut pas de vos cheveux dans les vêtements triés. Ne me remerciez pas, bande de traînées. Allez-y, maintenant ! Arrangez-vous un peu et faites-vous belles !

Sans Irma qui nous poussait déjà en enfonçant sa matraque en bas de notre dos à grand renfort de *Los, los, los !*, nous aurions cru à une blague d'ivrogne.

— Déshabillez-vous et déposez vos robes dans le coin, là-bas, indiqua Irma en nous montrant où laisser nos uniformes.

Une fois nues, on nous accompagna en hâte jusqu'aux douches. Elles n'avaient rien d'exceptionnel : les cabines en métal étaient sombres et miteuses, avec les pommeaux qui dépassaient de tuyaux courant le long des murs et un sol en béton. L'eau était glacée, mais nous étions trop enchantées d'être en mesure de nous laver pour que cela nous dérange. Au moins, nous pouvions nous débarrasser de notre crasse ! C'était paradisiaque, ni plus ni moins.

Chaque block se vit accorder quelques minutes, rien de plus. Après une toilette rapide, mais vigoureuse, Irma nous renvoya dans l'entrepôt. Là, nues, la peau et les cheveux encore ruisselants, nous fûmes autorisées à sélectionner des chemisiers, des pantalons et même des sous-vêtements parmi des piles déjà triées et désinfectées prêtes à être expédiées en Allemagne. Un prisonnier nota méticuleusement la quantité exacte de tout ce que nous prenions.

— Habillez-vous et dépêchez-vous ! cria Irma.

Deux minutes plus tard, elle nous chassa vers la sortie, non sans avoir eu l'obligeance de nous laisser extraire des poches de nos vieilles robes tout ce que nous avions « organisé » durant la journée. Les femmes du Block 2 étaient déjà à la porte, qui attendaient leur tour.

Ce ne fut qu'une fois dans notre nouvelle baraque, alors que nous admirions nos nouvelles tenues et que nous nous vantions d'avoir fait la plus grande razzia, que les froncements de sourcils remplacèrent les sourires. Les commentaires joyeux laissèrent place à un silence pesant. Toutes ces affaires provenaient de proches assassinés. Comment pouvions-nous avoir l'indécence de célébrer une chose pareille ?

Chapitre 10

HELENA

Maria appela mon numéro tout en montrant un bâtiment auquel il manquait encore une partie de la toiture. Les charpentiers donnaient du marteau en continu tandis que je me dirigeais vers la zone où l'on m'avait affectée, en compagnie de quelques autres femmes.

— Vous êtes de désinfection aujourd'hui ! aboya Maria avec ses grands airs professionnels habituels. Le Sonderkommando vous dira quoi faire.

Nous regardâmes autour de nous, anxieuses. Il n'y avait que d'interminables cordes à linge étendues d'un mur à l'autre telles des toiles d'araignée, et aucun vêtement. Les hommes du Sonderkommando ne tardèrent pas à arriver, accompagnés de leur Kapo qui serait notre superviseur pour la journée. Nous étions depuis longtemps accoutumées à leur présence, même si nous n'étions pas autorisées à communiquer ouvertement avec eux. Ils entrèrent en piétinant lourdement le sol avec leurs éternelles bottes en caoutchouc noir ; personne n'en parlait, mais nous savions tous qu'ils devaient laver au jet les cadavres des personnes gazées à l'intérieur des bunkers avant de les en sortir pour les enterrer ou les incinérer. Après cela, ils nettoyaient la chambre à gaz elle-même afin qu'elle soit impeccable pour l'arrivée des nouvelles victimes, mais personne ne parlait de ça non plus. La mort et la nourriture étaient deux sujets tabous dans les discussions du camp, et à raison.

Toujours aussi efficace, le Sonderkommando se mit en devoir d'organiser le poste de travail.

Le Kapo, un homme aux cheveux noirs avec un triangle rouge de prisonnier politique, commença à nous donner des ordres de sa voix grave.

— Mesdames, voici des gants en caoutchouc pour vous. Chacune prend un des paniers que les gars viennent d'apporter. Vous prenez les cheveux et vous les lavez d'abord dans cette solution pour les débarrasser de toute huile et de tout parasite susceptibles de s'y trouver. Ensuite, vous les rincez à l'eau claire et les accrochez sur ces cordes à linge pour les faire sécher. S'ils sont trop courts, alors vous les étalez sur ces journaux.

Bien que s'exprimant en allemand, le Kapo avait un fort accent polonais, et comme la plupart d'entre nous étions slovaques, nous échangeâmes des regards incertains. Nous avions dû mal comprendre, ou alors il avait dû se tromper et confondre le mot *cheveux* avec un autre. Ou peut-être était-ce un terme d'argot du Sonderkommando qui désignait autre chose ?

Après tout, ils appelaient bien les cadavres les *macchabées* et toute la contrebande les *biens non kasher*...

Ce ne fut que lorsqu'il nous donna l'ordre de nous mettre au travail (*Eh bien, alors, allez, chacune attrape un panier, ça ne va pas se laver tout seul*) que nous comprîmes qu'il parlait littéralement. Nous risquâmes un regard à l'intérieur des paniers et constatâmes qu'ils étaient remplis de cheveux. Blonds, gris, bouclés, tressés, longs, permanentés, roux, teints... l'incarnation de la féminité, entièrement rasée. La vision nous fit frissonner d'horreur. Nous avions l'habitude de trier et désinfecter des vêtements, mais là, c'était une tout autre histoire.

— Allez, au travail ! ordonna le Kapo du Sonderkommando en nous poussant doucement dans le dos. Ne soyez pas si délicates. Au moins, ce ne sont pas des dents, ajouta-t-il sur un ton de quasi-excuse.

Deux des prisonniers sous ses ordres nous montrèrent rapidement ce qui était attendu de nous. Leurs gestes étaient précis et professionnels, presque mécaniques et entièrement dénués d'émotions.

— Ne nous en veuillez pas, murmura l'un d'eux pendant que Maria était occupée à discuter avec le Kapo polonais. En temps normal, c'est nous qui nous chargeons des tontes et de la désinfection des cheveux après le gazage, mais il y en a eu tellement au cours des derniers jours que nous n'avons pas assez de main-d'œuvre. La moitié d'entre nous passent leurs journées dans les fosses communes ; tous ces macchabées remontent à la surface et les SS ont dit qu'on devait…

— Pas de bavardages !

Le cri du Kapo mit abruptement fin à la discussion.

Les mains tremblantes dans nos gants en caoutchouc, nous manipulâmes des cheveux de femmes toute la matinée. Lorsque l'heure du déjeuner arriva et, avec elle, les responsables de block avec les chaudrons de soupe, notre groupe ne parvint même pas à les regarder. Non loin de nous, les hommes du Sonderkommando mangeaient tranquillement. Nous les observâmes avec ce qui ressemblait à de la jalousie. Ils étaient habitués. La mort ne les touchait plus, tout simplement. Ils avaient inventé des surnoms pour elle et en plaisantaient chaque jour, pour réussir à affronter la journée, pour ne pas perdre la raison, pour se désensibiliser au point où leurs corps fonctionnaient comme des automates tandis que leurs pensées étaient ailleurs, très loin d'ici, loin des montagnes de cadavres qu'ils rinçaient, rasaient, brûlaient et enterraient chaque jour. C'était la seule solution. Personne ne pouvait les blâmer de réussir à avaler leur soupe.

*

* *

L'homme avait le teint hâlé, une imposante carrure et le visage sournois typique du profiteur ; il portait un maillot de corps blanc, un pantalon noir et les bottes en plastique noir désormais familières. Il n'avait pas le crâne rasé et une raie bien nette divisait ses cheveux soigneusement ramenés en arrière. Il siffla doucement à mon intention tandis que j'empilais les paniers à l'extérieur des baraques. Pendant un moment, je restai plantée là, indécise. Les alentours de l'entrepôt étaient déserts ; la plupart des prisonniers travaillaient à l'intérieur, à l'abri de la chaleur. Personnellement, la canicule écrasante de midi m'était égale. Car ici, je pouvais être seule avec moi-même pendant au moins une ou deux heures. À force d'être constamment entourées, nous finissions par exécrer la compagnie d'autrui. Certaines femmes prenaient le risque d'aller se cacher dans les latrines la nuit dans le seul but de s'isoler, de ne plus entendre les voix des autres, de pouvoir s'écouter penser. Un tel luxe était pour ainsi dire impossible à obtenir dans le camp, mais j'avais trouvé un allié plein de bonne volonté en la personne du Rottenführer Dahler.

— Mais bien sûr.

Il m'avait donné sa permission à la seconde où j'avais proposé de trier les tas grandissants de bagages à l'extérieur.

— Simplement, prenez soin de ne pas attraper une insolation. Si vous avez trop chaud, rentrez aussitôt.

Après un torrent intarissable de *Jawohl* et de *merci*, j'avais presque couru vers la lumière aveuglante du début d'après-midi, un grand sourire aux lèvres.

Le type du Sonderkommando siffla de nouveau. Je tournai la tête et plaçai la main en visière sur mes yeux pour les protéger du soleil et fixer l'homme d'un regard méfiant. Il me fit signe d'approcher, mais je refusai d'abandonner mon poste pour le marché douteux qu'il avait à coup sûr l'espoir de conclure ici.

Il leva au ciel ses bras musclés et hâlés d'un air exaspéré et disparut derrière les baraques. Moins d'une minute plus tard, il réapparut avec un matelas roulé sous un bras et un oreiller sous l'autre.

— Intéressée ? me cria-t-il, visiblement agacé par mes manières timides.

J'écarquillai les yeux de surprise. *Un matelas ? Un tel luxe était impossible à « organiser » ici, assurément !* Je regardai son butin avec convoitise tandis qu'il le posait sur le sol fraîchement balayé.

— Alors ? insista-t-il en jouant avec l'oreiller. Le rembourrage est en duvet. Qualité supérieure.

Je fis un pas dans sa direction.

— Et le matelas ?

— En coton, je dirais. Épais. Léger comme une plume. Tu n'as qu'à venir voir par toi-même.

La seconde suivante, je m'assis dessus pour le tester, gloussant comme une écolière. Le prisonnier du Sonderkommando tapota l'oreiller avant de le poser sur mes genoux.

— Tu vois ? Doux comme un nuage. Tu vas dormir comme un bébé avec ça, tu peux me croire sur parole. Et rien ne vaut une bonne nuit de sommeil pour les gens qui font notre travail, pas vrai ? Nous avons tous des matelas semblables dans nos baraques. Ils font une sacrée différence, fais-moi confiance.

C'était un excellent vendeur, aucun doute à ce sujet. Et je serrais déjà l'oreiller contre ma poitrine, refusant de m'en séparer. Plus de paillasse misérable si fine que les planches mal assemblées des couchettes s'enfonçaient dans nos silhouettes osseuses la nuit. Je collai ma joue à l'oreiller puis y enfouis mon visage en imaginant le délice que ce serait de m'endormir sur un tel nuage de douceur chaque soir.

J'étais convaincue. Et je n'avais même pas honte.

— Qu'est-ce que tu veux en échange ?

— De l'alcool de première qualité, autant que tu peux t'en procurer. Pour ce soir.

— Ce soir ?

— Oui. C'est l'anniversaire d'un SS et l'un de ses camarades tient à lui offrir une fête inoubliable. Mets les bouteilles dans un de ces paniers que tu étais en train d'empiler et apporte ton tas derrière l'entrepôt de désinfection à la fin de ta rotation.

Il hocha la tête en direction du bâtiment d'où les vêtements nettoyés, repassés et pliés étaient expédiés en Allemagne chaque matin.

— Comment vais-je réussir à faire sortir autant de bouteilles ?

Il plissa légèrement les yeux. Son sourire sournois était de retour.

— Ça, c'est ton problème. Il paraît que tu as ton propre SS au Kanada. Tu n'as qu'à lui demander la permission.

— Tu es fou ? Jamais il n'acceptera ! Une bouteille, peut-être, mais un panier plein ? Il me mettra une balle dans la nuque lui-même !

— Dommage pour toi. C'est un bon matelas, ceux de ce genre-là ne sont pas faciles à trouver.

Il tapota son trésor avec affection.

Je fis la moue et lançai un regard en direction de l'entrepôt, avant de reporter mon attention sur le matelas. L'homme se rapprocha. Je serrai plus fort l'oreiller contre ma poitrine.

— Il ne te dira pas non. Demande gentiment. Fais-lui un sourire. Tu peux bien risquer de sourire à un SS en échange d'un matelas, non ?

— Comment suis-je censée ramener ça dans ma baraque sans me faire prendre ?

— Ça, je m'en occupe. La livraison est gratuite. Dis-moi simplement quelles sont ta baraque et ta couchette. J'ajouterai même des draps et une couverture pour toi pour faire bon poids.

Je le fixai, abasourdie. S'il était en mesure de faire des promesses pareilles, cela signifiait qu'il savait quelles pattes graisser.

— Je vais essayer.

Après le déjeuner (même la soupe était différente, ici, faite de pommes de terre et non pas de navets pourris), je frappai à la porte du bureau du Rottenführer Dahler.

— Oh.

Je marquai une pause sur le seuil en voyant une assiette fumante devant lui.

— Je vous prie de bien vouloir m'excuser. J'ignorais que vous étiez encore en train de manger, Herr Rottenführer. Je reviendrai quand vous…

— Non, non, ne dis pas de bêtises.

Il avait déjà bondi sur ses pieds.

— Entre, assieds-toi. Que se passe-t-il ?

L'espace d'une seconde, je songeai qu'il était peut-être offensé à l'idée que je vienne le trouver seulement quand j'avais besoin de quelque chose. Néanmoins, à en juger par sa question et sa tête penchée sur le côté qui indiquait un réel intérêt, je compris qu'il s'était depuis longtemps résigné à cette dynamique entre nous. Cela prêtait presque à croire que c'était son idée depuis le début, venir à bout de mes réticences à force de gentillesse. Il avait dit qu'il finirait par me prouver que j'avais tort, et il semblait s'entêter à vouloir tenir sa promesse. *Tu veux des douches ? Je vais te donner des douches. Tu veux de nouveaux vêtements ? Je vais te donner de nouveaux vêtements. Tu as faim ? Prends toute la nourriture que tu veux, je ferai en sorte que les Kapos ne disent rien. Tu veux travailler toute seule ? Reste dehors jusqu'à attraper un coup de chaleur. Je te laisserai faire tout ce que tu voudras, tout ce qui est en mon pouvoir, si cela veut dire que tu continues à venir me voir pour me demander toujours plus de services.* Voilà ce que je lisais dans ses yeux bleus. Aujourd'hui, ils brillaient avec une telle passion que je trouvai soudain impossible de soutenir son regard.

Je baissai les yeux et décidai d'observer son assiette à la place. C'était de la soupe, mais différente de la nôtre, avec des morceaux de viande et même de la ciboule qui flottait à la surface dans de petits cercles jaunes de gras. Il interpréta mal mon attitude, car il poussa légèrement son assiette vers moi.

— As-tu faim ?

Je secouai la tête, surprise de constater que c'était la vérité. En tout cas, je n'étais plus affamée comme à Auschwitz, où la vision de son repas m'aurait aveuglée et empêchée de me concentrer jusqu'à me rendre incapable d'aligner deux pensées cohérentes. Ici, au Kanada de Birkenau, le vol était une pratique si commune que nous quittions l'unité chaque soir avec les poches pleines de nourriture. À tel point que nous commencions à avoir d'autres préoccupations. Nous étions bien habillées, nous prenions une douche par jour… D'animaux, nous redevenions des êtres humains.

— Un homme du Sonderkommando m'a offert un matelas, annonçai-je en le sondant du regard.

— En échange de… ?

— D'alcool. Une caisse entière, pour être exacte. Pour ce soir.

Je me mordis la lèvre et me préparai au pire. Après tout, il était craint pour son tempérament et il était impossible de prédire sa réaction face à une requête aussi insolente.

À ma surprise, un sourire ironique se forma sur ses lèvres.

Face à mon air confus, il secoua la tête avec bonne humeur.

— Quelle fouine, ce Voss ! C'est l'anniversaire d'un de leurs SS du crématorium. Il aurait pu me demander, mais il savait qu'il aurait dû me payer. Alors il a fait en sorte de trouver un autre moyen tordu typique d'un escroc comme lui pour se procurer cet alcool gratuitement. Que dis-tu de ça ?

Son sourire restait plaqué sur son visage. Je décidai qu'il était plus sage de l'imiter.

— C'est bien pour toi, néanmoins, continua-t-il. Tu gagnes un matelas dans cette affaire. Où dois-tu le retrouver ?

— Derrière le bâtiment de désinfection.

— Bien. J'enverrai un prisonnier à ta place.

Je le fixai, confuse. N'étais-je pas une prisonnière, moi aussi ?

— Tu ne vas pas porter une caisse d'alcool, c'est beaucoup trop lourd, clarifia-t-il.

Je le remerciai tout bas puis, après un moment d'hésitation, je sortis une montre au cadran en or de ma poche. Un peu plus tôt, j'avais cherché quelque chose de convenable à lui offrir.

— Merci encore, Herr Rottenführer, répétai-je en la faisant glisser vers lui sur son bureau.

Il se crispa aussitôt et se redressa, visiblement offensé.

— Crois-tu que je fasse ça pour en tirer un profit quelconque ? Reprends-la, ordonna-t-il en la poussant avec indignation. Je n'en veux pas.

— Il ne s'agit pas d'un pot-de-vin, Herr Rottenführer.

— Ah bon ? Parce que ça en a tout l'air, rétorqua-t-il d'un ton glacial.

— C'est un cadeau. Pour vous, précisai-je.

Pendant quelques secondes, il me dévisagea sans un mot, en proie à la plus grande confusion.

— Un cadeau ?

— Oui. Vous me donnez toujours des choses. À présent, je peux enfin vous donner quelque chose en retour. Ce n'est pas un paiement, c'est un... geste. Pardonnez-moi, je vous prie. Mon intention n'était certainement pas de vous offenser.

Je me passai la main sur le front, nerveuse, tandis que je cherchais les bons mots dans mon allemand encore rudimentaire.

— Si vous l'acceptez, je me sentirai mieux. Ça me donnera le sentiment que je peux offrir quelque chose. Les gens se sentent mieux quand ils sont en mesure d'offrir quelque chose aux autres.

Il me dévisagea longuement.

— Oui, tu as raison, finit-il par dire.

Sa voix avait une intonation étrangement mélancolique, comme si je venais de lui rappeler une vérité universelle dont il avait oublié l'existence.

— C'est vrai. Donner est plus agréable que prendre.

Il ôta sa montre de SS et plaça la nouvelle sur son poignet.

— Aide-moi, s'il te plaît.

Je savais qu'il s'agissait d'une petite ruse pour que nous nous effleurions, même brièvement. J'eus envie de lui demander en plaisantant qui l'aidait d'habitude, mais je me ravisai.

— Voilà, Herr Rottenführer.

J'ajustai même sa manchette.

— Elle vous va très bien.

— Oui, dit-il en examinant le résultat avec un énième sourire. Merci. Je la porterai tout le temps.

Dahler s'occupa de tout, comme il l'avait promis. Cette nuit-là, je dormis sur mon nouveau matelas recouvert de draps, la tête sur un oreiller rembourré en duvet d'oie. C'était un véritable paradis, à tel point que j'en oubliai presque que tout cela avait appartenu à des personnes assassinées. J'aurais presque pu oublier que nous survivions uniquement parce que d'autres étaient exterminés par milliers.

Mais quel choix avions-nous, en réalité ? Nous laisser mourir de faim, porter des guenilles et ne pas nous laver par solidarité ? Cela ne ferait que nous transformer en *musulmans* et donner davantage de gens à tuer aux SS. Non, nous étions fermement décidés à survivre à cet enfer, ne serait-ce que pour raconter au monde les horreurs qui y prenaient place. Si cela impliquait de marchander des effets de personnes décédées, qu'il en soit ainsi. Si je périssais un jour, je serais ravie que quelqu'un échange mes « richesses » pour un morceau de pain, si cela lui offrait une journée de vie supplémentaire. Cela ne me porterait aucunement préjudice qu'un autre juif subsiste grâce à ce qui resterait de moi. Cela me blesserait bien plus qu'un aryen en bénéficie. Voilà à quoi ressemblait la vie dans le camp. Nous faisions ce que nous avions à faire pour survivre.

Chapitre 11

HELENA

Le vent balayait les champs depuis deux jours, apportant la puanteur suffocante de la mort et de la putréfaction. Le Kommando du Kanada en souffrait davantage que les autres prisonniers, étant donné que nos baraques et notre unité de travail n'étaient qu'à une courte distance des charniers. Même nos superviseurs SS commencèrent à grommeler leur mécontentement d'avoir à respirer chaque jour le même air putride.

— Il faut vraiment qu'ils fassent quelque chose concernant les macchabées, dit Wolff. C'est de pire en pire.

Il cracha à terre et plissa les yeux en direction des deux bunkers derrière lesquels se trouvaient les fosses communes.

Le Rottenführer Dahler, lui, préférait masquer l'odeur pestilentielle avec des cigarettes. Dès qu'il avait fini d'en fumer une, il en allumait une autre.

— As-tu envie d'être le héros qui aborde bravement le sujet avec Moll ? demanda-t-il à son camarade avec une pointe de moquerie.

Wolff ne répondit pas, mais son expression parlait pour lui. Même les SS évitaient d'avoir affaire au redouté Hauptscharführer, qui régnait sur le Sonderkommando et était le responsable officiel de la plupart des opérations d'extermination qui avaient lieu dans les deux bunkers. Contrairement à l'Obersturmführer Hössler, beau parleur aux bonnes manières, surnommé à raison *Moïse le Menteur* du fait de sa capacité à apaiser jusqu'aux plus angoissés parmi les nouveaux arrivants, Moll était un meurtrier sadique qui tirait un plaisir pervers de la souffrance d'autrui. Nous autres, membres du Kommando du Kanada, ne le connaissions que de réputation, mais sa malfaisance devait être sans limites si ses actions mettaient mal à l'aise nos superviseurs SS, qui n'étaient pas du genre à rechigner au moment de faire usage de la violence.

C'était le début du mois de septembre et il régnait une chaleur inhabituelle et même étouffante pour cette période de l'année. Toutes les portes de l'entrepôt étaient ouvertes pour créer un courant d'air à l'intérieur. Tandis que le nouveau comptable, le Rottenführer Gröning, était occupé à inventorier les devises étrangères dans son bureau, Wolff et Dahler préféraient traîner entre les postes de travail, par ennui ou dans l'espoir de trouver quelque chose de valeur à empocher pour l'envoyer à leur famille ensuite. Nous fûmes d'abord suspicieuses à l'encontre du remplaçant de Weber (le moindre changement dans le camp était synonyme de danger pour nous), mais nous nous aperçûmes bientôt qu'il n'était pas bien différent de son modeste prédécesseur. Tout comme lui, il était blond et très jeune. L'intelligence se lisait dans ses yeux bleus rehaussés de lunettes ; il n'était pas très bavard et préférait travailler dans son bureau plutôt que traîner dans l'entrepôt avec ses camarades SS. De fait, c'était à peine si nous apercevions sa haute silhouette, sauf quand il allait et venait avec sa mallette remplie d'argent ou que l'une de nous devait apporter les objets de valeur dans son bureau. Il affichait alors invariablement une politesse indifférente typique du bureaucrate que rien n'intéresse à l'exception des chiffres et du club de sport du camp. À en croire la rumeur, en tout cas.

Wolff étouffa un bâillement. Notre tri monotone le barbait et, par malchance pour lui, il n'y avait rien de curieux ni de précieux ce jour-là. Les derniers arrivants venaient d'un ghetto, d'après ce que l'on nous avait dit. Leurs objets de valeur avaient depuis longtemps été échangés contre de la nourriture. Ils n'avaient rien à offrir à notre Kanada.

— C'est l'heure d'inspecter le périmètre, annonça-t-il après avoir consulté sa montre à gousset avec un air d'aristocrate.

Le bijou était en or, avec un beau cadran et une longue chaîne dorée aussi épaisse qu'un doigt. Certes, il n'avait pas le gilet adapté pour l'attacher, en conséquence de quoi il le gardait dans sa poche, ignorant le fait qu'un accessoire si bourgeois allait totalement à l'encontre de ses idéaux très néo-germaniques.

À l'instar de la nouvelle montre du Rottenführer Dahler, celle de Wolff provenait des richesses du Kanada. Il avait jeté l'ancienne dans la boîte prévue à cet effet depuis belle lurette, sans même essayer de faire preuve de discrétion. Les montres collectées étaient ensuite envoyées à Sachsenhausen pour être réparées, avant d'être acheminées au front à destination des soldats.

Wolff se dirigea vers la sortie. Dahler marqua une pause pour finalement le suivre avec réticence. Au cours des semaines précédentes, il avait passé son temps à flâner près de mon poste. Il faisait de très courtes remarques en passant, presque toujours concernant le travail (il y avait bien trop de monde pour avoir un semblant de véritable conversation) et se risquait parfois à déposer un anneau en or, un dollar ou un biscuit.

Dernièrement, il était devenu de plus en plus imaginatif avec ses cadeaux et les choses les plus bizarres atterrissaient dans les poches de mon pantalon noir. Je restai d'abord perplexe devant un petit poudrier rond en nacre avec un miroir à l'intérieur. Ce n'était pas un objet coûteux et il n'avait pas vraiment de valeur sur le marché noir. Puis je compris qu'en le voyant, il avait dû se rappeler que les femmes aimaient avoir un poudrier dans le monde normal. Je le remerciai chaleureusement dans un murmure lorsque je le revis. C'était, de fait, un très joli cadeau.

Un autre jour, il réussit à introduire dans l'entrepôt un coquelicot, qu'il avait glissé dans le costume qu'il m'ordonna d'inspecter, car il avait l'air d'être *de bonne qualité. Il doit y avoir des objets de valeur dissimulés à l'intérieur.* Il y avait, sans le moindre doute, quelque chose de précieux camouflé non pas dedans, mais en dessous. Je fis tourner la fleur (*une fleur !* Je n'en avais pas vu depuis des mois !) entre mes doigts et affichai un grand sourire, avant de me dépêcher de cacher ses pétales de luxueux velours rouge dans ma poche pour les mettre sous mon oreiller plus tard. Du coin de l'œil, je vis Dahler s'empresser de dissimuler un sourire, lui aussi, visiblement très heureux de l'effet que produisait son petit geste.

Aujourd'hui, avec Wolff dans les parages, il n'avait aucune excuse pour s'approcher de mon poste. Il dut donc se contenter de lancer un dernier regard plein de mélancolie dans ma direction avant de se mettre en route avec son camarade. Je me rendis alors compte que j'avais extirpé quelque chose de familier d'une valise que les hommes du Sonderkommando venaient de déposer. Les pas des SS résonnaient encore sur le béton tandis que je retournai le vêtement d'enfant dans l'espoir de trouver la preuve que je me trompais. Mais il n'y avait aucune erreur possible. J'y avais brodé de mes mains cette tête d'ours avant de l'offrir à ma sœur Róžínka pour son fils qui venait de naître.

Ce sera mon cadeau pour lui pour son premier anniversaire, lui avais-je dit en berçant son beau bébé tandis qu'elle le fixait en souriant comme une jeune mère pleine de fierté.

C'était en août 1941. Mon neveu avait un an tout pile et c'était son tee-shirt que j'avais entre les mains. Il était soigneusement plié, avec d'autres vêtements d'enfants, les siens et ceux de sa grande sœur, dans la valise étiquetée du nom d'épouse de Róžínka. À côté se trouvait la robe préférée de ma sœur, repassée et pliée avec soin, elle aussi.

Une vague de terreur glacée me submergea. *Ma sœur était dans le camp. Ma sœur était parmi les personnes en route pour les chambres à gaz.* Ma peau se couvrit d'une sueur froide. Avant d'avoir le temps de comprendre ce que je faisais, je me mis à courir vers la sortie, suffocante, redoutant que mes nerfs lâchent d'une seconde à l'autre.

— Tu crois que tu vas où, comme ça ?

Le cri de Maria ne m'arrêta pas, pas plus que la main d'Irma qui tenta de m'attraper par le bras tandis que je la dépassais au pas de charge. J'échappai de justesse à son emprise et partis en direction de l'étroit passage entouré de fils barbelés qui menait aux deux bunkers.

Róžínka, ma sœur adorée ! N'écoute pas Moïse le Menteur, ne te déshabille pas, ne rentre pas dans les douches, répétais-je comme une incantation tandis que les battements de mon cœur résonnaient en moi dans un vacarme assourdissant.

Bientôt, je rattrapai les nouveaux arrivants. Tandis que je cherchais désespérément ma sœur, le discours habituel de Moïse le Menteur, alias l'Obersturmführer Hössler, emplit mes oreilles.

— Ceci n'est pas une colonie de vacances, mais un camp de travail, expliquait-il d'une voix mesurée tandis qu'il parcourait les rangs, de sa douce voix distinguée qui ne manquait jamais d'instiller un sentiment de sécurité chez les nouveaux déportés. Tout comme nos soldats qui risquent leur vie sur le front, vous devrez travailler ici pour la prospérité d'une nouvelle Europe. Nous offrons une chance à chacun d'entre vous. Nous veillerons sur votre santé et vous fournirons un emploi bien rémunéré…

Je tournais frénétiquement la tête en tous sens et tendais le cou pour repérer ma sœur au milieu de toutes ces femmes. Ma sœur qui écoutait les mensonges révoltants de Hössler et marchait droit vers sa mort, bercée par les fausses promesses rassurantes de ce monstre.

— Après la guerre, nous évaluerons chaque personne en fonction de son mérite et la récompenserons en conséquence.

Moïse le Menteur continuait de dérouler son tissu d'inepties tandis qu'une partie des femmes entraient docilement dans le bâtiment.

— Il y a un vestiaire dans les douches. Tous vos vêtements doivent être désinfectés. C'est pour votre sécurité : nous tenons à éviter les épidémies et toute mort inutile. Pouvez-vous vous déshabiller, et déshabiller vos enfants également, je vous prie ? Nous procéderons à la désinfection pendant que vous vous lavez et vous rendrons vos vêtements ensuite, avant de vous distribuer de la soupe et du café ou du thé. Oh, tant que j'y pense : pour les diabétiques qui n'ont pas droit au sucre, veuillez vous signaler au personnel après la douche.

Il avait l'air si convaincant que j'en frémis. J'aurais presque pu douter du destin qui attendait les groupes qui disparaissaient dans la gueule sombre des deux bunkers. Ils avaient même séparé les hommes des femmes. Et je ne trouvais toujours pas ma sœur !

Elle devait déjà être à l'intérieur, en train de dévêtir ses enfants et de les rassurer avec la promesse de soupe et de thé chaud faite par le gentil officier. Alors que j'étais prête à me précipiter à sa suite (sans trop savoir exactement ce que je ferais une fois dans le bâtiment ni comment je pourrais sauver Różínka et mes neveu et nièce d'une mort atroce), une main m'agrippa fermement par la nuque et m'extirpa de la colonne.

— Qu'est-ce que tu fabriques ici ? siffla une voix dans mon oreille.

Ce n'était ni Maria ni Irma, mais le Rottenführer Dahler. Il avait l'air à la fois fou de rage et absolument terrifié.

— Ma sœur est là, murmurai-je alors que des larmes roulaient sur mes joues. Herr Rottenführer, s'il vous plaît, laissez-moi la rejoindre.

— Hors de question, répondit-il entre ses dents du ton le plus catégorique. Si tu entres là-dedans, tu meurs avec elle. Retourne au travail avant que quelqu'un d'autre te voie.

Ses craintes étaient justifiées. L'Obersturmführer Hössler nous observait déjà avec un intérêt non dissimulé, sans doute curieux de ce qui se passait. Dahler me tirait à l'écart des rangs. Agitée par des sanglots incontrôlables, je m'agrippai à sa veste et enfonçai les talons dans le sol, déterminée à ne pas faire un pas de plus.

— Herr Rottenführer, aidez-la, je vous en supplie, l'implorai-je.

Je ne voyais plus rien ni personne, rien d'autre que son visage, inflexible et inébranlable. Il regardait quelque part derrière moi, les sourcils froncés.

— Hössler arrive, grommela-t-il.

Je sentis l'étreinte de son poing toujours serré autour du col de mon chemisier se relâcher. Ses yeux passèrent de Hössler au bunker, puis revinrent sur Hössler avant de se fixer sur moi.

— Franz, s'il vous plaît !

Pour la première fois, je l'appelai par son prénom dans l'espoir que cela le touche d'une façon ou d'une autre et le fasse changer d'avis.

— Sauvez ma sœur ! Je ferai tout ce que vous voudrez... Tout, sans poser de questions ; tout ce que vous me direz de faire, je le ferai. Vos désirs seront des ordres et j'obéirai sans réserve. Plus jamais vous n'entendrez le moindre mot de protestation. Je serai votre fidèle servante. Mais pitié, je vous en supplie, aidez-la !

Il hésita pendant un moment interminable, son regard impuissant fixé sur un point derrière moi.

— Je vais essayer, finit-il par concéder. Dis-moi son nom, vite.

— Różínka Feldman. Elle a deux jeunes enfants avec elle...

— Ça, c'est un tout autre problème. Les enfants ne peuvent pas vivre ici. *Scheiße !* Moll nous a vus !

Il me fixa avec un air désespéré, presque tragique.

— Helena, pardonne-moi, s'il te plaît. Ce salaud ne se contentera jamais de…

Il ne finit pas sa phrase et me jeta au sol. Recroquevillée à ses pieds, j'aperçus Hössler et Moll qui se dirigeaient vers nous.

— Pauvre conne !

L'intonation de Dahler avait changé comme par magie. Ce n'était plus un chuchotement désemparé, mais des cris enragés ; le premier coup de cravache fut bien réel.

— Ce n'est pourtant pas compliqué de comprendre mes ordres !

Un autre coup atterrit près du premier, me brûlant à travers mes vêtements.

— Je devrais te cogner jusqu'à t'en faire cracher toutes tes dents, sale abrutie de juive !

La douleur irradiait partout où sa cravache me lacérait. Je n'avais jamais été fouettée, *réellement fouettée*, auparavant, et je saisissais désormais pourquoi la cravache et le bâton constituaient les punitions les plus redoutées parmi les prisonniers. Chaque coup semblait traverser la peau jusqu'à l'os. Pourtant, j'encaissais la correction en silence, enfonçant mes doigts de plus en plus profondément dans la terre et fixant l'entrée du bunker, où les femmes étaient immobiles, sans doute horrifiées par le spectacle qui se déroulait sous leurs yeux.

— Rottenführer !

Le Hauptscharführer Moll fut le premier à arriver à notre hauteur. Il attrapa Dahler par le poignet.

— Qu'est-ce que vous foutez, bordel ? Abruti !

Il siffla ces mots entre ses dents tout en s'emparant de la cravache que Dahler avait à la main. L'espace d'une seconde, je crus qu'il allait la retourner contre son subalterne.

— Vous avez complètement perdu la tête, ou quoi ? Voulez-vous que ces deux mille personnes paniquent et commencent à courir dans tous les sens ? Qui va les contrôler dans ce cas-là ? Nous ne sommes que quinze SS à superviser l'*Aktion*, et un misérable nombre d'hommes du Sonderkommando. Avez-vous pensé à ça, espèce de sombre crétin ?!

— Mes excuses les plus sincères, Herr Hauptscharführer. C'est l'une de mes employées. Je l'ai envoyée chercher une partie des affaires, mais au lieu de ça, elle a décidé d'aller à l'intérieur pour rendre visite à son petit ami du Sonderkommando. J'ai pourtant prévenu cette garce de faire attention, mais ces salopes de juives ne comprennent que les coups de cravache, apparemment.

— Bien sûr que c'est tout ce qu'elles comprennent. Mais la prochaine fois, faites-moi le plaisir d'emmener cette traînée ailleurs pour lui administrer la punition, au lieu de faire ça devant ces gens. Si l'un d'eux commence à courir, tous les autres en feront autant et il nous faudra la journée pour les rattraper et restaurer l'ordre. Essayez un peu de les faire entrer dans ce foutu bunker après ça.

J'étais toujours roulée en boule à terre, entourée par trois paires de bottes. Hössler était aussi avec nous, à présent. Moll l'assura aussitôt que tout était sous contrôle.

— Mesdames et messieurs, s'il vous plaît, avancez ! insista Hössler avec un grand sourire aux lèvres. Il n'y a rien à voir ici. Cette femme a volé quelque chose et nos SS prennent toujours la chose très à cœur quand quelqu'un essaie de dérober la propriété du Reich. Elle va regagner son unité de travail, à présent. Entrez dans les douches, je vous prie ! La soupe va refroidir.

— Herr Hauptscharführer, il me semble qu'une autre travailleuse de mon Kommando est ici, dit Dahler à Moll avec un regard appuyé. M'autorisez-vous à aller la chercher ? C'est un excellent élément.

— Dépêchez-vous. À l'avenir, ne les corrigez plus avec ce truc pour gosse, dit-il en rendant sa cravache à Dahler. Ils sont immunisés, maintenant. Alors que la canne, en revanche… Ça, ça leur apprend à obéir. Et la prochaine fois que je vois vos sales juives par ici, je les envoie au gazage, excellents éléments ou pas. Compris ?

— *Jawohl, Herr Hauptscharführer.*

— Rompez.

Figée par la peur, j'attendis à l'endroit où Dahler m'avait laissée. Ce ne fut que lorsqu'il réapparut avec ma sœur sur les talons que je trouvai la force de me remettre debout, les joues baignées de larmes de soulagement et de joie.

Alors qu'il nous escortait vers l'entrepôt, je lui murmurai mes plus ardents remerciements : *le sauveur, le protecteur, l'âme la plus généreuse qui soit*. C'était de la folie de prononcer de tels mots, j'en avais conscience ; et pourtant, j'étais submergée par une émotion si indescriptible, une gratitude si grande qu'elle balayait le peu de sens commun qu'il me restait. Tout ce que je savais, tout ce qui comptait, c'était qu'il m'avait ramené ma sœur. Il l'avait sauvée, pour moi. À cet instant, je n'avais plus mal aux endroits où il m'avait frappée. Soudain, je le vénérais presque.

Il accompagna Róžínka jusqu'à mon poste de travail et lui expliqua rapidement quoi faire. Puis il montra Maria du doigt :

— Ta Kapo mettra ton nom sur la liste et te conduira aux douches tout à l'heure. Il faut que j'emmène ta sœur à l'infirmerie.

Il lança un regard inquiet à mon chemisier, qui commençait à se tacher de sang aux endroits où la cravache m'avait lacérée.

— Et mes enfants ? demanda Róžínka.

Elle retint son souffle en attendant la réponse.

Dahler ouvrit la bouche pour lui dire de ne plus s'en faire pour eux, mais je lui pris la main et la serrai dans la mienne dans un geste implorant. *Ayez pitié d'elle. Elle vient d'arriver. Elle ne survivra pas à la vérité, pas tout de suite...*

Il garda le silence quelques instants, avant de pousser un profond soupir. Il parvint à s'accrocher un sourire au visage.

— Avez-vous vu les fourgons de la Croix-Rouge garés devant les douches ?

Les fourgons en question alimentaient les chambres en gaz, mais elle ne le savait pas encore.

— Des infirmières vont emmener tes enfants dans un *Lager* spécial qui se trouve ici, dans le camp. Nous allons bien nous occuper d'eux.

— Quand pourrai-je leur rendre visite ?

— Bientôt. Plus tôt tu rempliras ton quota, plus tôt tu seras en mesure de les voir.

Elle lui offrit un grand sourire et se mit à l'ouvrage avec un enthousiasme et une bonne volonté aussi louables que déchirants.

Chapitre 12

HELENA

Il ne me conduisit pas à l'infirmerie, mais dans une drôle de baraque blanchie à la chaux à laquelle je n'avais jamais prêté attention auparavant. Dès que nous passâmes les portes, le médecin prisonnier bondit sur ses pieds et se mit au garde-à-vous, propulsé par un réflexe instinctif instillé par des mois de soumission à la cravache des SS. C'était un homme d'environ quarante ans, avec un air d'intellectuel, des cheveux devenus gris trop tôt et une étoile de David cousue sur sa blouse blanche. Je regardai avec une infinie nostalgie un livre qu'il devait être en train de lire et était resté ouvert sur son bureau. *Je donnerais n'importe quoi pour pouvoir lire, ne serait-ce que quelques minutes par jour ! Rien que pour oublier cette horreur, rien que pour me perdre pendant quelques instants précieux...*

Près de moi, le Rottenführer Dahler s'éclaircit la gorge, comme s'il cherchait par où commencer.

— J'ai besoin que tu examines une de mes travailleuses.

Le médecin attrapa ses lunettes par leurs fines branches en métal et les chaussa. Ses yeux inquisiteurs passèrent de lui à moi, puis de nouveau à lui.

Dahler se dandina d'un pied sur l'autre.

— Oui, elle, indiqua-t-il.

— Dois-je chercher quelque chose en particulier, Herr Rottenführer ? demanda le praticien.

Son allemand était correct, mais mâtiné d'un léger accent. Il reporta son attention sur moi.

— Oui, euh... Examine son dos. Je pense qu'elle a besoin de soins.

Les yeux du médecin s'attardèrent à peine sur la cravache de Dahler. *Inutile d'expliquer quoi que ce soit, Herr Rottenführer. J'ai l'habitude.*

Pour la première fois, il s'adressa directement à moi.

— Pouvez-vous vous asseoir ici et ôter votre chemisier ?

Je m'exécutai, le dos tourné aux deux hommes, et entrepris de retirer mon haut. Le sang avait déjà coagulé à certains endroits et je grimaçai en tirant sur le tissu collé à ma peau. Néanmoins, je ne fis pas un bruit, contrairement à l'un d'eux, dont l'exclamation étouffée de surprise semblait indiquer que ce qu'il voyait était tout sauf agréable. Bien qu'ignorant de qui elle émanait, une telle réaction m'étonna. Tous deux auraient pourtant dû être coutumiers de ce genre de spectacle.

— Eh bien..., commença le médecin d'un ton incertain. Je peux nettoyer les lésions, au moins pour empêcher qu'elles s'infectent.

— C'est tout ce que tu as en magasin ? Pour faire ça, je n'avais qu'à l'envoyer prendre une douche. Quel genre de docteur es-tu ?

— Je suis pathologiste, Herr Rottenführer, répondit calmement le prisonnier.

Je me rendis alors compte que j'étais installée sur une table d'autopsie encore humide d'avoir été passée au jet.

— En temps normal, j'aurais désinfecté les plaies, appliqué des compresses trempées dans du vinaigre afin d'absorber la chaleur des lésions, puis je lui aurais dit de rester au lit plusieurs heures avant de nettoyer de nouveau ses plaies et de les bander. Mais j'imagine que vous souhaitez simplement vous assurer qu'elle ne saigne pas trop abondamment et qu'elle est apte au travail ?

— Qu'est-ce que tu en sais, *Mistbiene* ?

Tout à coup, Dahler était furieux.

— Je t'ai dit de la soigner. Alors, fais ce qu'il faut ! Soigne-la comme tu soignerais ta femme !

— Ma femme a été gazée à son arrivée, Herr Rottenführer, rétorqua le médecin de la même voix froide et dénuée d'émotion.

Je tournai la tête vers Dahler. L'espace d'un instant, je crus qu'il allait gifler le détenu pour avoir parlé de manière déplacée, qui plus est d'un sujet qu'il était strictement *verboten* de discuter dans le camp et encore plus avec les officiers SS. Néanmoins, Dahler perçut mon regard suppliant et expira lentement, comme pour reprendre son calme.

— Mes condoléances, lâcha-t-il après une pause. À présent, occupe-toi d'elle, veux-tu ?

— *Jawohl, Herr Rottenführer.*

Le médecin inclina la tête avec respect, se dirigea vers l'armoire à pharmacie et y prit le matériel et les produits nécessaires.

— As-tu tout ce qu'il te faut ? Autrement, je peux aller chercher ce qui manque à l'infirmerie des SS si tu...

Dahler hésita avant de continuer. Une telle préoccupation vis-à-vis du bien-être d'une détenue était bien trop suspecte et le médecin le dévisageait déjà avec un intérêt non dissimulé.

— Merci pour votre offre généreuse, Herr Rottenführer, mais j'ai tout ce dont j'ai besoin. Les blocks d'expériences et de dissection du Dr Thilo sont parfaitement approvisionnés.

— Peux-tu lui donner quelque chose pour la douleur ?

Cette fois, le pathologiste écarquilla les yeux, absolument perplexe.

— C'est une excellente travailleuse, murmura Dahler comme pour se justifier.

L'homme ajouta un flacon d'aspirine aux bandages et au reste des fournitures, et m'en fit avaler deux cachets amers. Après ça, il se tourna de nouveau vers Dahler. *Satisfait ?* semblaient demander ses iris gris. La condamnation se lisait toujours dans son regard, en dépit de la tentative du médecin de dissimuler ses émotions. *Tout cela n'aurait pas été nécessaire si vous n'aviez pas causé tous ces dommages au départ.*

Dahler resta dans la pièce, même quand je m'allongeai sur la table d'autopsie en glissant ma chemise sous moi pour protéger ma peau du métal froid. Je préférai ne pas penser à qui (ou à *ce qui*, pour être exact) avait été là avant moi. À la place, je me concentrai sur les mains délicates du médecin.

— Vous n'êtes pas obligé de rester si vous avez du travail, Herr Rottenführer, risqua-t-il.

Son ton était aussi respectueux que possible, mais il était évident qu'il ne supportait pas la présence du bourreau juste à côté de sa victime.

— Je vais la garder ici jusqu'à ce soir. Une fois que j'aurai pansé ses lésions, je la ramènerai moi-même à sa baraque, si cela vous convient. Je ne veux pas gâcher votre temps précieux. Je sais combien les officiers sont débordés.

En dépit de sa politesse froide, la pique était là. Dahler contourna la table afin de venir devant moi. Le front appuyé sur mes mains croisées, je relevai la tête pour le regarder. Il ouvrit la bouche pour prendre la parole, puis parut se rappeler la présence du médecin. Un masque impénétrable recouvrit ses traits.

— Donne-lui davantage d'aspirine si elle t'en demande. Ou mieux encore, de la morphine si elle souffre beaucoup. Achètes-en au Sonderkommando si tu n'en as pas.

En guise d'au revoir, il glissa quelques dollars dans la poche du praticien stupéfait avant de quitter la pièce à la hâte.

Une bonne minute s'écoula avant que le pathologiste s'adresse à moi dans ma langue maternelle.

— Entretenez-vous une relation avec cet homme ?

— C'est le superviseur de mon unité de travail, répondis-je.

— C'est tout ?

— C'est tout.

— Et pourquoi vous a-t-il battue ?

Je cherchai une bonne raison à lui donner. Je dus réfléchir trop longtemps, sans doute, car il finit par ricaner tout bas.

— Pour rien, donc. Comme d'habitude.

Je souris malgré moi, heureuse de cette interaction des plus ordinaires en dépit des circonstances qui m'avaient amenée ici. C'était si agréable, si rafraîchissant... Pendant quelques instants, je me persuadai presque que j'étais une patiente normale qui consultait un médecin normal pour une raison tout à fait banale. Le gentil docteur parlait même ma langue ! Dans mon esprit, nous étions de retour en Slovaquie. Le fantasme était à son paroxysme.

— Vous envoient-ils souvent des gens avec ce genre de blessures ? demandai-je.

Il garda le silence pendant un moment avant de me répondre.

— Vous êtes la première.

Je tournai la tête vers lui pour voir s'il plaisantait. Il finit de tamponner la dernière plaie ouverte avec du coton trempé dans de l'alcool, qu'il plaça ensuite avec les pinces qu'il venait d'utiliser dans un conteneur en métal. Son regard croisa le mien. Il était tout à fait sérieux.

— En temps normal, les seuls patients vivants que je vois ici sont soit des SS dont j'ai la charge de m'occuper, soit les hommes du Sonderkommando, soit...

Il se reprit rapidement avant de divulguer une information qu'il avait clairement l'interdiction de mentionner à quiconque.

— Qu'importe. Je vais vous appliquer les compresses et vous verrez, d'ici ce soir, vous serez comme neuve. Je vous recommande vivement de dormir sur le ventre pendant quelques nuits. Vous êtes du Kanada, pas vrai ? C'est ce que j'ai pensé en voyant vos vêtements. Êtes-vous seulement deux par couchette dans vos baraques, comme ceux du Sonderkommando ?

Quand je répondis par l'affirmative, il hocha la tête avec satisfaction.

— Tant mieux. Ce genre de passage à tabac peut être une condamnation à mort pour n'importe quel détenu normal, à cause des risques d'infection dus aux conditions d'hygiène désastreuses. Mais vous ne devriez pas avoir de problème. Croyez-vous que votre superviseur vous autorisera à revenir demain afin que je vérifie que la cicatrisation s'effectue correctement ?

— Je ne peux pas vous l'affirmer avec certitude, mais je pense que oui.

— Je le pense aussi. Il était sacrément penaud en vous amenant ici. Qu'avez-vous bien pu faire pour provoquer une telle réaction chez lui ? Refuser ses avances de SS ? s'enquit-il avec un sourire cynique.

Je détournai le regard, mal à l'aise.

— Non.

— Si je ne les connaissais pas mieux que ça, je dirais qu'il avait presque l'air coupable.

— Il m'a trouvée à un endroit où je n'aurais pas dû être, offris-je en guise de justification.

— Avec un prétendant ? insista-t-il, les yeux pétillants de malice cette fois. Je comprends que cela l'ait contrarié.

— Avec ma sœur.

Je ne lui devais aucune explication, mais les mots m'échappèrent sans que j'aie le temps de les retenir.

— Elle était en train d'être acheminée vers la chambre à gaz. Il l'a sauvée.

Aussitôt, son sourire espiègle disparut. Il m'observa dans un silence abasourdi.

— S'il vous plaît, ne le dites à personne, murmurai-je en baissant les yeux.

— Bien sûr, mon petit.

Je sentis sa main me caresser le sommet de la tête dans un geste tout paternel. Je me demandai s'il avait une fille, et si elle avait péri en même temps que sa femme.

— Reposez-vous, maintenant. Qui sait quand l'occasion se présentera de nouveau, pas vrai ?

*

* *

Un raclement de gorge me réveilla. J'avais dû m'endormir après que le médecin m'avait enveloppée d'une couverture et laissée seule, allongée sur la table. Un homme se tenait debout à côté de moi. L'esprit encore embrumé par le sommeil, je relevai la tête et battis plusieurs fois des paupières pour y voir plus clair. Il devait avoir une vingtaine d'années, vingt-cinq ans tout au plus. Sa casquette de prisonnier laissait entrevoir des cheveux bruns coupés très court. Il avait des yeux marron chaleureux et portait la tenue typique du Sonderkommando : un pantalon à rayures, une chemise de ville, une veste de bonne qualité avec son numéro brodé sous l'étoile jaune, et des bottes en caoutchouc. Il me sourit timidement.

— Pardon de te réveiller. Le SS qui t'a frappée m'a demandé de t'apporter ça.

Il sortit un chemisier propre de sous sa veste.

— Peux-tu me donner l'ancien ? Il m'a dit qu'il était fichu et qu'il fallait que je couse ton matricule et une étoile sur le nouveau.

Sans un mot, j'extirpai mon chemisier ensanglanté de sous ma poitrine et le lui tendis. Il me remercia et s'assit en tailleur à même le sol, avec les deux vêtements sur les genoux.

Après l'avoir observé pendant quelques instants, ma curiosité l'emporta.

— Comment sais-tu que c'est lui qui m'a frappée ?

— Je l'ai vu, expliqua-t-il sans relever les yeux de sa tâche.

Pour un homme, il fallait reconnaître qu'il maniait l'aiguille avec une certaine dextérité.

— Il dégaine toujours sa cravache beaucoup trop vite, si tu veux mon avis. Toutes les doyennes de ton Kommando savent qu'il vaut mieux se faire oublier quand il pique une crise.

— Il n'est pas si terrible que ça, objectai-je tout bas.

— Pas si terrible ? répéta-t-il.

Il haussa les sourcils avec incrédulité et s'esclaffa.

— Comparé à qui ? Hitler ?

Je ne pus retenir un sourire.

— Comparé au Rottenführer Wolff. Ou à l'Hauptscharführer Moll.

— Tu marques un point, concéda-t-il avec un autre grand sourire. Mais ça n'excuse pas ce qu'il a fait. Frapper une femme avec une cravache comme s'il s'agissait d'un animal...

Il secoua la tête et lança un regard en direction de la couverture qui dissimulait mon dos.

— Ça va. Je n'ai pas si mal que ça. Le médecin a nettoyé et pansé les plaies et il m'a donné des cachets pour la douleur.

— Il n'en reste pas moins un enfoiré sadique de SS, un point c'est tout, conclut-il abruptement d'une voix soudain endurcie.

Je ne le contredis pas.

Quand il reprit la parole, son intonation s'était radoucie.

— Je m'appelle Andrej, au fait.

— Helena.

Je lui tendis la main. Il la prit et la serra en me souriant chaleureusement.

— Ton nouveau chemisier est presque prêt. Et si tu as besoin de quoi que ce soit, notre baraque est juste à côté. Tu n'as qu'à dire que tu cherches Andrej Novák, ou donner un petit mot avec ce qu'il te faut inscrit dessus. Je ferai en sorte de te le procurer.

— C'est très généreux de ta part, Andrej. Merci.

— On doit bien se serrer les coudes si on veut survivre, pas vrai ?

Il coupa le fil avec les dents, lissa le tissu du bout des doigts et se leva.

— Tiens. Je suis ravi de t'avoir rencontrée, Helena.

Moi aussi, Andrej. Prends soin de toi et merci pour ton aide.

Il me fit un clin d'œil avant de s'en aller.

Chapitre 13

Allemagne, 1947

— C'est comme ça que j'ai fait la connaissance de M. Novak, conclut Helena Dahler d'une voix douce.

Ce long témoignage avait dû être fatigant. Tandis qu'elle se livrait, elle avait regardé partout à l'exception des juges assis face à elle. Le Dr Hoffman se revit soudain à l'université ; lui non plus n'avait pas supporté de regarder ses professeurs lorsqu'il avait dû présenter sa thèse. Il avait eu beaucoup trop peur d'oublier quelque chose s'il le faisait. L'attention du public avait cette capacité très étrange d'anéantir l'assurance d'une personne au moment le plus crucial. À cet égard, les sols et les murs semblaient bien plus sûrs. Ils ne jugeaient jamais. Ils se contentaient d'être là, stables, immobiles et impartiaux, et peut-être était-ce pour cette raison que Freud, père de la psychanalyse, suggérait que les patients s'allongent sur un divan et observent le plafond, au lieu de les forcer à regarder le praticien dans les yeux.

Le greffier du tribunal se laissa aller contre son dossier pour prendre une pause bien méritée. Pour la première fois, Carter se tortilla sur sa chaise. Il venait sans doute de se rappeler qu'il n'avait pas fumé depuis le début de l'audience et avait désormais l'air prêt à sacrifier sa vie pour une Camel. Le Dr Hoffman en profita pour examiner le couple pendant un moment. Il fallait reconnaître que Helena était plutôt calme pour une survivante de camp d'extermination. Sa voix ne la trahissait pas en tremblant, même lorsqu'elle narrait un épisode aussi émouvant que le fait de voir sa sœur se faire emmener à la chambre à gaz. Elle n'avait pas fléchi non plus en racontant son propre passage à tabac.

Le visage de Dahler était resté impassible pendant presque toute la prise de parole de sa femme. Un léger voile avait obscurci ses traits lorsqu'elle avait décrit la correction. De toute évidence, il n'aimait pas qu'on lui rappelle cet épisode, et encore moins devant la cour.

— Bien sûr, mon mari s'est excusé un nombre incalculable de fois après cet incident…, ajouta Helena après coup, peut-être pour ne pas contrarier son époux.

Andrej Novák renifla avec mépris et leva les yeux au ciel.

Le président le fixa.

— Monsieur Novák, étiez-vous au courant des circonstances de cet incident ? Saviez-vous que la sœur de Mme Dahler était concernée ?

— Non. Helena ne m'a pas donné de détails à l'époque, ce qui m'a incité à croire que c'était M. Dahler qui avait inventé toute l'histoire et entraîné sa femme à la raconter avec conviction au cas où quiconque poserait des questions. Je savais que sa sœur était dans le camp, mais Helena ne m'a jamais dit que Dahler l'avait sauvée de la chambre à gaz.

— Vous n'avez pas vu l'accusé ressortir du bunker avec la sœur de Mme Dahler ?

— Non. J'étais déjà à l'intérieur du second bunker pour maintenir l'ordre. Je l'ai seulement vu frapper Helena, rien de plus.

Le président échangea un regard avec le lieutenant Carter. Pendant ce temps, le Dr Hoffman examinait Dahler avec la plus grande attention. Il restait d'un calme olympien, sans se défendre des accusations que Novák proférait contre lui. *Une admission silencieuse de sa culpabilité ? Autrement, que peut bien signifier le fait d'ignorer de la sorte les affirmations de Novák ?* Pourtant, pour le psychiatre, quelque chose ne tournait pas rond.

— Vous n'avez qu'à interroger ma sœur, intervint Helena Dahler à voix basse. Elle est ici. Elle s'est déplacée à ma demande, afin de clarifier toute allégation douteuse. Mon mari l'a incluse sur la liste de témoins qui a été validée. Nous avons soumis sa déclaration sous serment, mais elle est venue en personne de Palestine au cas où vous souhaiteriez la questionner.

— Je ne vois pas pourquoi nous n'interrogerions pas Mme Feldman. C'est toujours son nom, n'est-ce pas ?

Helena hocha la tête. Le président reprit la parole :

— Nous avons encore des points à éclaircir dans le cadre de votre témoignage, madame Dahler, et nous tenons à entendre de nouveau M. Novák. Si le temps nous fait défaut aujourd'hui, alors nous entendrons Mme Feldman demain sans faute.

Helena Dahler acquiesça de nouveau et se remit à fixer ses mains.

Le procureur appela son témoin. Andrej Novák était visiblement ravi de comparaître à la barre.

— Monsieur Novák, vous avez également affirmé que l'accusé avait fait usage de sa cravache sur vous, est-ce exact ?

— Oui. C'est arrivé peu après cet épisode, à la fin du mois de novembre, si mes souvenirs sont bons. À ce moment-là, une partie de notre Sonderkommando incinérait les cadavres que les SS nous ordonnaient de déterrer et de brûler dans des fosses à ciel ouvert. La substance la plus immonde suintait du sol dans lequel ils étaient enterrés et les SS ne voulaient pas que cela contamine l'eau ou provoque une épidémie dans le camp. C'était pour eux qu'ils avaient peur, bien sûr, pas pour les détenus. Je me rappelle mes camarades disant que Moll pressait tout le monde avec sa cravache, comme un contremaître avec des esclaves. Ils devaient se dépêcher de finir, car les températures commençaient à chuter pendant la nuit et la terre était de plus en plus difficile à retourner au petit matin. Alors ça devait être à ce moment-là, car c'est là qu'on m'a donné l'ordre de rejoindre cette partie du Sonderkommando.

— Pourriez-vous décrire les circonstances exactes à la cour ?

Le Slovaque réfléchit quelques instants, comme pour organiser ses pensées.

— Helena était très malade à l'époque. Au début, c'était juste un rhume, mais comme vous pouvez l'imaginer, on ne soignait pas ces choses-là dans le camp, et son rhume s'est vite aggravé et transformé en infection pulmonaire. J'avais facilement accès à l'entrepôt du Kanada du fait de mon travail avec le Sonderkommando. Avant ma mutation, je faisais partie du Kommando de transport. Tous les jours, nous apportions au Kanada les effets personnels laissés dans les antichambres des chambres à gaz, alors ce n'était pas compliqué de faire passer des médicaments pour Helena. Nous venons tous les deux de Slovaquie, vous comprenez. Nous avions beaucoup de choses en commun et c'était agréable de discuter dans notre langue maternelle au milieu de tous ces aboiements en allemand, la langue que l'on nous obligeait à utiliser dans le camp. En quelques semaines, nous sommes devenus amis, disons. Nous n'avions pas le droit de nous parler, mais nous trouvions toujours le moyen d'échanger quelques mots quand les Kapos avaient le dos tourné. Un jour, M. Dahler nous a surpris en train de discuter et, apparemment, cela lui a profondément déplu étant donné qu'il considérait Helena comme sa propriété.

Il s'interrompit un instant pour fusiller Dahler du regard.

— Ce qui m'a le plus mis en rage dans toute cette histoire, ce n'est même pas qu'il m'ait battu pour ça. C'est qu'en dépit de toutes les ressources dont il disposait, il n'ait pas levé le petit doigt pour l'aider alors qu'elle était malade comme un chien. Et par-dessus le marché, il m'a ordonné de ne plus jamais m'approcher d'elle. Il se fichait comme d'une guigne qu'elle meure, tant que son orgueil était sauf.

— Pourriez-vous nous raconter ce qui s'est passé exactement entre vous et M. Dahler ? demanda le procureur. Qu'a-t-il fait ?

— Devant Helena, il n'a rien fait du tout, déclara Novák en regardant Dahler d'un air narquois. C'est une des raisons qui font que j'ai averti la cour quant à sa véritable nature. M. Dahler a toujours été extrêmement fourbe. Il savait qu'une personne aussi sensible qu'Helena serait horrifiée s'il me frappait devant elle. Alors il m'a donné l'ordre de le suivre et c'est seulement lorsque nous nous sommes retrouvés dans un champ loin derrière les deux bunkers qu'il a commencé à me rouer de coups de cravache. Puis il a eu recours à ses poings, sans doute parce que la cravache ne lui procurait plus suffisamment de sensations, j'imagine.

— Étiez-vous seuls dans ce champ ?

— Non. Il m'a amené près des ravins où les corps déterrés étaient incinérés. Une partie de mon Sonderkommando était là, avec quelques officiers SS qui supervisaient l'opération, mais inutile de dire qu'aucun n'a prêté la moindre attention à un SS qui cognait un juif. C'était tellement banal que ça n'impressionnait ni n'intéressait personne.

— Que s'est-il passé ensuite ?

— Après m'avoir battu, il a sorti son arme et s'est placé au-dessus de moi avec un sourire aux lèvres. Il m'a traîné jusqu'au bord de la fosse, m'a attrapé par le col pour me forcer à regarder dedans et m'a dit : *Alors, raclure, dis-moi ce que je devrais faire, maintenant : te tirer une balle d'abord et te jeter dans la fosse, ou te jeter alors que tu es encore vivant ?* J'étais terrifié qu'il mette sa menace à exécution, alors je l'ai supplié de me laisser la vie sauve. Il a fini par me relâcher, me décocher un dernier coup de pied dans le ventre et me dire : *À partir de maintenant, tu es affecté à cette partie du Sonderkommando. Tu brûleras ces macchabées jusqu'à ce que les fosses soient vides et après ça, tu brûleras les morts dans les fours que nous sommes en train de construire. Tu brûleras des corps jusqu'à en crever ou jusqu'à ce que le glas sonne pour ton Sonderkommando.* Tous les quatre ou cinq mois, ils exécutaient tous les membres du Sonderkommando, n'en gardant que quelques-uns pour former les nouveaux. Ils ne voulaient pas qu'il y ait de témoins de leurs crimes. Je suppose que M. Dahler espérait qu'il en serait de même pour moi. Il m'a aussi prévenu que s'il me revoyait en train de parler à Helena, il ne me demanderait pas si je préférais atterrir vivant ou mort dans le bûcher.

Le président dirigea son attention vers l'accusé.

— Les faits que M. Novák vient de rapporter à la cour sont-ils exacts ?

— Pas tout à fait. Je l'ai effectivement frappé et j'ai effectivement demandé au Kommandoführer Hössler de l'affecter à la partie du Sonderkommando qui était responsable des crémations. Mais je ne l'ai jamais menacé avec mon arme ni menacé de le jeter dans l'un des bûchers. C'est un mensonge éhonté, conclut-il sèchement.

— Bien sûr que vous allez prétendre que c'est un mensonge, rétorqua Novák d'une voix haineuse. Vous ne voulez surtout pas que votre femme découvre la vérité sur toutes les horreurs dont vous vous êtes rendu coupable.

— Je n'ai aucun secret pour ma femme et ce que vous venez de décrire ne rentre certainement pas dans la catégorie des choses que *j'ai* faites.

En dépit de la politesse froide de son intonation, sa façon de regarder Novák en disait long.

— Je n'ai jamais protesté quand ce qui a été rapporté était exact. Je n'essaie pas de me faire apparaître sous un meilleur jour, mais je ne vais pas rester assis là sans rien dire à vous écouter débiter des mensonges. Si vous racontez quelque chose qui n'est pas vrai, j'en informerai la cour. Je suis navré si une telle posture vous contrarie.

— Cela ne me contrarie pas, assura Novák d'une voix mielleuse. Bien au contraire : c'est vous qui devrez vous regarder dans le miroir pour le restant de vos jours en sachant quels crimes vous avez commis contre de pauvres innocents.

Le Dr Hoffman se concentra sur le couple devant lui. Helena se raidit visiblement, tandis que Dahler inspirait profondément, comme pour garder le contrôle de ses émotions. Il ne tarda pas à redevenir l'incarnation de la politesse indifférente. Le Dr Hoffman eut presque envie d'applaudir une telle maîtrise de soi.

— Je suis tout à fait conscient du rôle que j'ai joué dans l'Holocauste, Herr Novák, commença Dahler avec un débit lent, comme s'il mesurait soigneusement ses mots. Je sais que ma participation et sa qualification de crime contre l'humanité me pèseront pour toujours sur la conscience, conscience qui ne sera jamais tranquille. Je n'ai nullement l'intention de nier ma responsabilité dans ce mécanisme collectif qui a causé la mort de millions de victimes innocentes. Est-ce que je regrette le rôle que j'ai joué ? Absolument. Cela étant dit, je ne vais pas endosser la responsabilité d'actes dont je ne suis pas l'auteur. J'espère que vous respecterez cette cour autant que moi et que vous agirez en conséquence, à savoir : en disant la vérité. Autrement, toute cette procédure n'a pas le moindre intérêt. De plus, si nous parlons de jeter des gens dans des bûchers, alors c'est vous qui êtes coupable de ce crime, pas moi.

Toutes les têtes se tournèrent vers le Slovaque, qui devint livide.

— Quels mensonges propagez-vous à présent, Herr Dahler ?

L'accent mis sur la formule de politesse allemande n'échappa pas au Dr Hoffman. Il était un peu surpris que Novák ne s'adresse pas à Dahler en utilisant son grade militaire. Il s'était presque attendu à un coup de ce genre de la part du Slovaque.

Dahler haussa les épaules, blasé.

— Ce ne sont pas des mensonges, mais des faits. N'étaient-ce pas vous et vos camarades qui avez poussé un surveillant SS vivant dans l'un des fours crématoires pendant l'une de vos révoltes ?

Un silence inquiétant envahit la pièce. Le Dr Hoffman entendait sa propre respiration. Le rouge monta aux joues de Novák, les transformant en taches cramoisies.

— Savez-vous combien de personnes il a tuées ? Cet homme le méritait ! cria-t-il.

Il tremblait de tous ses membres. Dahler, lui, restait l'illustration du sang-froid.

— Là encore, vous mentez. Ce surveillant n'avait rien d'un officier comme Moll, par exemple. C'était l'un de ces gardiens apathiques qui se fichait totalement de ce qui se passait autour de lui tant que le travail était fait. Il était bien trop indifférent pour frapper qui que ce soit et en retirer le moindre plaisir sadique. Simplement, il était là, seul avec vous, et vous avez sauté sur l'occasion de vous venger sur au moins une personne qui portait l'uniforme que vous détestiez tous tellement. Appelons un chat un chat, Herr Novák. Vous avez tué un homme innocent ; vous l'avez condamné à une mort atroce dans un four. Naturellement, c'est ma parole contre la vôtre désormais, mais à en juger par les faits, entre vous et cet homme que vos amis et vous avez brûlé vivant, c'est vous qui êtes encore là pour raconter l'histoire. C'est donc vous, le tueur sadique, pas moi. Je ne vous ai pas jeté dans un bûcher, autrement, nous ne serions pas en train d'avoir cette conversation.

— Comment osez-vous me traiter de tueur ? Vous qui avez porté l'uniforme SS et envoyé des millions de personnes à la mort, vous qui avez sauvagement frappé la femme pour qui vous prétendez avoir des sentiments, comment osez-vous me traiter de tueur sadique ?!

Le président joua du marteau pour rappeler Novák à l'ordre.

— Nous ne sommes pas dans un cirque, monsieur Novák. Je vous demanderai de vous calmer, je vous prie. De fait, je pense qu'il est dans l'intérêt de tous de faire une petite pause. L'audience est suspendue. Je vous retrouve tous ici dans une heure exactement.

Chapitre 14

La cafétéria était un lieu sans prétention, mais elle était ouverte, et c'était tout ce qui importait aux membres de la cour et de la police militaire américaine, exténués. La silhouette d'un aigle était encore discernable sur l'un des murs en dépit du blanchiment à la chaux effectué l'année précédente par les prisonniers de guerre allemands avec les misérables ressources mises à leur disposition. Le lieutenant Carter et le Dr Hoffman déjeunaient en silence, chacun perdu dans ses pensées. Depuis la fin du conflit, ils avaient dû traiter des centaines de dossiers de dénazification et pourtant, jamais ils n'étaient tombés sur un cas pareil.

Andrej Novák toucha à peine à sa nourriture. Au lieu de ça, son regard alternait entre le psychiatre et l'officier de police militaire tandis que son agitation grandissait.

— Vous n'allez quand même pas croire ce nazi, si ? finit-il par dire quand il en eut assez du silence. Vous avez bien compris qu'il a lavé le cerveau de sa femme pour qu'elle dise toutes ces choses, n'est-ce pas ?

Le lieutenant Carter arrêta de mastiquer et se tourna vers le Dr Hoffman, qui posa sa fourchette. Avec le Slovaque à leur table (il avait le droit de s'asseoir avec eux en tant que plaignant), il pouvait dire adieu à un repas tranquille. *Autant crever l'abcès.*

Le Dr Hoffman se tortilla sur sa chaise, mal à l'aise. Un torrent d'accusations s'abattrait sur lui après ce qu'il s'apprêtait à dire, mais il était là pour observer et donner un verdict.

— Je ne crois pas que ce soit ce qu'il ait fait, confia-t-il à voix basse.

— Ah bon ?

Carter le dévisagea avec curiosité. Il prenait la nouvelle beaucoup mieux que le Slovaque, qui s'affala sur son siège dans un mutisme aussi abasourdi que furieux. Mais Carter était depuis longtemps habitué à se fier aux opinions du psychiatre concernant les criminels de guerre les plus gradés, alors qu'aux yeux de Novák, le Dr Hoffman n'était qu'un énième Américain en uniforme et à lunettes incapable de faire la différence entre un SS et un enfant de chœur. Le spécialiste n'avait pas encore eu le temps de s'attirer le respect du Slovaque. Par conséquent, un tel manque de confiance était tout à fait compréhensible.

— Non, répéta le Dr Hoffman. Si je me base sur l'attitude que j'ai observée, j'ai la conviction profonde que Mme Dahler n'a pas été influencée pour ce témoignage. Elle ne semble pas avoir appris un discours. Il est facile d'identifier ce genre de cas. Le ton est guindé, la personne se répète souvent, comme pour s'assurer de bien se faire comprendre ; il n'y a pas d'émotion, on ne s'éloigne jamais du sujet. En résumé, ça ressemble à une récitation apprise par cœur. L'histoire qu'a racontée Mme Dahler était sa propre histoire. Je ne crois pas que M. Dahler ait orienté ses propos. Cependant…

— Je n'en reviens pas que vous gobiez ses mensonges ! interrompit Novák, qui avait retrouvé l'usage de la parole.

Il leva les mains au ciel dans un geste désespéré avant de les laisser retomber sur ses genoux, impuissant.

— Je vous avais prévenu que c'était un fourbe ! Un véritable hypocrite. Sa place est sur la potence ! Cette femme est une victime ! Tout ce qu'il fait, à commencer par ses simagrées de *Peut-elle s'asseoir à côté de moi ?*, c'est de la manipulation pure et simple ! Vous êtes psychiatre, comment pouvez-vous ne pas vous en rendre compte ? Il l'a terrifiée au point de la soumettre ! Et vous savez quoi ? Peut-être que vous avez raison et qu'il n'a pas eu besoin de la préparer pour cette audience. Elle est si effrayée qu'elle n'imagine même pas dire un mot contre lui ! Il lui fait peur et il ne fait que l'utiliser pour obtenir ce maudit certificat de dénazification ! Qui sait ce qui se passe chez eux ? Et vous envisagez de le laisser repartir en homme libre, libre entre autres de la tourmenter jusqu'à la fin de ses jours ? Cela dit, si vous lui accordez le certificat, il n'aura plus besoin d'elle et peut-être qu'il abrégera ses souffrances. Vous êtes conscient qu'il risque de la tuer, n'est-ce pas ?

Un faible sourire étira lentement les lèvres du Dr Hoffman. La sécurité de Helena Dahler passionnait le Slovaque. À moins que ce ne soit surtout Helena elle-même qui le passionne.

— Je doute qu'il la tue, monsieur Novak.

L'ancien détenu croisa les bras sur sa poitrine d'un air de défi.

— Eh bien pas moi. Pas une seconde. Parce que je le connais. Je connais son vrai visage. Alors que vous, vous ne voyez que celui qu'il veut bien vous montrer.

— Pardon de vous interrompre, mais j'ai entendu un « cependant », si je ne me trompe pas, intervint Carter pour sauver son collègue de la diatribe fervente de Novák.

Le Dr Hoffman sourit à l'officier, reconnaissant.

— Comme je l'ai déjà dit, je ne crois pas que Mme Dahler ait été influencée dans le cadre de son témoignage. Cependant…

Il regarda Carter, qui lui sourit à son tour.

— … quelque chose ne va pas chez Helena.

— Comment ça ?

— Psychologiquement, précisa le Dr Hoffman, les yeux rivés sur les ruines à l'extérieur.

La vue par la fenêtre (miraculeusement remplacée) était la même que partout ailleurs en Allemagne. Des décombres et des éclats d'ancienne vie ; de pathétiques piles de gravats gris témoins d'une gloire passée. Tout avait été balayé le long des artères principales et soigneusement entassé au bord de la chaussée. La ville était comme une coquille vide, même si tout le monde faisait mine que tout allait bien alors qu'elle continuait à s'écrouler dès que les brigades de déblaiement avaient le malheur de tirer sur la mauvaise brique.

Les visages des personnes qu'il avait récemment interrogées (les victimes, et non pas les criminels) se matérialisèrent devant les yeux du Dr Hoffman. Elles aussi étaient comme ça : une façade normale en apparence, mais dès qu'il réveillait le mauvais souvenir ou posait la mauvaise question, la personne vacillait, s'effondrait et se désintégrait. Trop de dégâts structurels internes. Il faudrait des années pour les reconstruire, si toutefois c'était possible.

— Vous voulez bien développer ?

La voix de Carter le sortit de sa rêverie. Il regarda son carnet, mais ne l'ouvrit pas pour consulter ses notes. Il parut pensif et perdu pendant quelques instants, comme s'il ne savait pas trop par où commencer.

— Certaines de ses réactions face à certains événements sont très étranges. Par exemple, lorsqu'elle décrivait la correction qu'il lui a administrée et ce qui s'est passé ensuite… avez-vous remarqué qu'elle a répété ne presque pas avoir eu mal, mais avoir été bouleversée par un profond sentiment de gratitude ? Elle minimise la souffrance éprouvée et encense Dahler pour sa bonne action. J'entends bien qu'il a sauvé sa sœur, mais… si on observe les choses de manière logique, c'est à cause de lui et de ses compatriotes que sa sœur a atterri dans ce camp au départ. La réaction d'une personne normale serait une colère contenue, une condamnation silencieuse, définitivement une détresse émotionnelle et physique... Mais au lieu de cela, Mme Dahler déclare l'avoir quasiment aimé à ce moment-là.

— Parce que c'est lui qui lui a demandé de dire ça ! s'écria Novák au comble de la frustration.

Plusieurs têtes se tournèrent dans leur direction, mais la majorité des personnes présentes ne leur prêta pas attention. De telles manifestations étaient monnaie courante dans cet endroit ; les avocats et les procureurs eux-mêmes y étaient particulièrement enclins.

Le Dr Hoffman secoua la tête.

— Je doute que ce soit de son fait. Je crois fermement qu'elle a bel et bien éprouvé de l'amour pour lui, mais c'est le pourquoi qui m'échappe encore.

Carter but une gorgée de café.

— Quand vous dites que quelque chose ne va pas chez elle sur le plan psychologique, cela signifie-t-il qu'elle est inapte à comparaître en tant que témoin, ou...

— Oh non, elle est on ne peut plus apte, s'empressa de répondre le Dr Hoffman. Elle n'est pas instable d'un point de vue clinique, mais... elle souffre clairement d'un trouble dissociatif quelconque.

Un sourire ironique apparut sur le visage de Carter.

— Dont vous, le diplômé de Stanford, ignorez la nature exacte.

— J'en ai bien peur, admit le médecin. Je vais essayer de reformuler pour être plus clair.

Imaginez que je sois un médecin du XIXe siècle qui vient de diagnostiquer un début de septicémie chez un patient. Je sais que quelque chose ne va pas, mais je n'ai pas la moindre idée de la cause de l'infection ni de comment la soigner. De nos jours, nous blâmerions une bactérie, donnerions de la pénicilline au malade et il serait comme neuf en deux semaines tout au plus. Mais il y a cent ans, j'aurais été totalement impuissant. Je crains fort qu'il en aille de même avec Mme Dahler. Je vois bien qu'il y a un problème, mais je ne parviens pas à l'identifier. Il n'existe pas d'antécédents de ce genre où une victime défend de son plein gré son agresseur et va jusqu'à parler d'amour vis-à-vis de son bourreau. C'est du jamais-vu. Je ne comprends pas ce comportement et je n'ai pas la moindre idée de sa cause et encore moins de comment soigner ce trouble. En admettant qu'il soit soignable et qu'un traitement soit bénéfique à Mme Dahler.

— Pourquoi ne le serait-il pas ?

— Parfois, un psychiatre peut empirer une situation au lieu de l'améliorer. Les thérapies de conversion forcée pour les homosexuels constituent un parfait exemple. Ces thérapies ne changent en rien leur nature, mais causent un nombre effroyable de suicides. Parfois, il vaut mieux laisser les choses en l'état si le patient ne souffre pas de la situation.

Carter haussa les sourcils, profondément incrédule.

— Vous voulez dire qu'elle en pâtirait si on la séparait de Dahler ?

Le Dr Hoffman réfléchit longuement avant de répondre.

— Ça ne m'étonnerait pas. Elle semble dépendante de lui dans des proportions malsaines. Elle cherche sa main chaque fois qu'elle bute sur un mot. Il a lui-même affirmé qu'elle préférait être assise à côté de lui. Au début, j'ai cru qu'il disait cela uniquement pour la contrôler, mais ensuite, j'ai remarqué qu'elle y tenait réellement. Et sa manière d'entrer dans la salle… À première vue, j'ai cru qu'il s'agissait du schéma typique de l'agresseur qui, en n'autorisant pas la victime à entrer en premier, lui rappelle une nouvelle fois où est sa place. Mais à présent, je pense que c'est elle qui l'a voulu ainsi. Elle *se cachait* derrière lui. Elle souffre clairement de problèmes liés à son internement dans le camp, notamment d'une anxiété sociale aiguë, de dépression et peut-être même d'une certaine forme de psychose liée à ses traumatismes. De ce fait, elle ne voit pas Dahler comme un agresseur, mais comme un protecteur. J'ignore pourquoi. Voilà. Vous en savez autant que moi.

— Peut-être le considère-t-elle de cette façon, car c'était la seule personne qui la faisait se sentir en sécurité dans le camp ? suggéra Carter. Une sécurité certes relative, mais tout de même.

Le Dr Hoffman hocha lentement la tête.

— C'est l'impression que j'ai, moi aussi. Je crois que si cet autre SS qu'elle a mentionné, Gröning, avait été gentil avec elle, elle aurait projeté ces mêmes sentiments sur lui. Ou alors sur Weber, l'ancien comptable. Ou sur n'importe qui doté d'un quelconque pouvoir de décision susceptible d'influencer son sort et celui de sa sœur.

— Comme notre ami Novák ? plaisanta Carter.

Aussitôt, le Slovaque devint cramoisi, ce qui confirma les soupçons du Dr Hoffman quant à la véritable nature de ses sentiments.

— M. Novák n'avait pas le droit de vie ou de mort sur les détenus. Non, je ne parle que des SS. Pas même des Kapos, mais d'un officier qui portait l'uniforme.

— Alors elle n'aime pas vraiment son mari ?

Le Dr Hoffman pencha la tête sur le côté et se mordilla la lèvre.

— Je crois qu'elle *pense* qu'elle l'aime, à la manière d'un schizophrène convaincu qu'il est entièrement composé de cristal. C'est ainsi qu'il voit la réalité, et toutes les heures de thérapie du monde ne parviendront jamais à le persuader du contraire. Je suppute qu'elle s'est persuadée qu'elle l'aimait, car cela l'aidait à survivre. Puis ce mensonge dans lequel elle s'est enfermée de son plein gré a fini par devenir sa réalité. Serait-elle tombée amoureuse de lui dans des circonstances normales ? Je n'en ai pas la certitude. Tout cela n'est que de la théorie, bien sûr, se hâta-t-il d'ajouter en adressant un petit sourire d'excuse à Carter. Je ne suis pas en mesure de diagnostiquer une pathologie que la psychiatrie moderne n'a jamais observée auparavant. Et si ça se trouve, peut-être qu'elle l'aime sincèrement et que je cherche une maladie là où il n'y en a pas.

Il s'arrêta net lorsqu'il aperçut Franz Dahler qui escortait sa femme à l'intérieur de la cafétéria. La main fermement posée dans le bas de son dos, Dahler lui indiqua une table libre dans le coin le plus reculé.

— Pourquoi ne vas-tu pas t'asseoir pendant que je nous achète quelque chose à manger ? demanda Dahler en allemand. Sauf si tu préfères faire la queue avec moi ?

Au milieu du vacarme, le Dr Hoffman peinait à déchiffrer ce qu'ils se disaient. Helena répondit à voix bien trop basse pour que le médecin saisisse ses paroles, mais sa repartie fit rire Dahler, dont les dents blanches brillèrent sous la lumière crue des plafonniers.

— D'accord. Veux-tu aussi de la choucroute s'ils en ont ? Et quelque chose de sucré ? Un café comme d'habitude ?

Alors, le regard de l'Autrichien se posa sur la table que le Dr Hoffman partageait avec Carter et Novák. Il salua le psychiatre (qui était le seul à lui faire face) d'un hochement de tête quelque peu embarrassé et murmura quelque chose à Helena. Elle se tourna vers le Dr Hoffman, lui adressa un petit signe de la main et se précipita vers la table du fond, où elle s'assit face au mur. Le praticien sourit pensivement devant un choix si étrange. Dahler s'approcha du petit groupe et offrit le même sourire d'excuse aux trois hommes, dont deux l'observaient avec curiosité tandis que le troisième le fixait avec une haine non dissimulée.

— Je suis navré. Elle est un peu timide. Elle craignait que vous ne nous proposiez de nous attabler avec vous et elle a été entourée de suffisamment de monde pour aujourd'hui. Elle préfère la compagnie du mur et de ma sale tête.

Le Dr Hoffman sourit, bienveillant.

— Je comprends tout à fait qu'elle ait besoin de repos.

— Je suis navré, répéta Dahler avant d'indiquer sa montre et de se diriger à pas rapides vers le comptoir.

Le Dr Hoffman eut l'impression qu'il serait resté là à s'excuser encore et encore s'il en avait eu le temps.

Carter ricana doucement, stupéfait.

— Qui l'eût cru ? Le chevalier teuton au visage de marbre est en réalité capable de sourire.

— Si mes souvenirs sont bons, Otto Ohlendorf, qui a annihilé toute la population juive du sud de l'Ukraine et de la Moldavie, souriait aussi lorsque vous l'avez interrogé, intervint Novák.

— C'est vrai, reconnut le psychiatre.

Le Slovaque le regarda d'un drôle d'air, surpris par cet aveu concédé si facilement. Le Dr Hoffman se contenta de hocher la tête à plusieurs reprises, songeur, avant de répéter tout bas :

— C'est vrai.

Chapitre 15

HELENA

Auschwitz-Birkenau, novembre 1942

Le Rottenführer Gröning fit ses adieux au fraîchement promu Unterscharführer Dahler avec force sourires et tapes dans le dos. Ils étaient devenus très bons amis en quelques mois à peine, sans doute parce que Dahler avait beaucoup plus de choses en commun avec le nouveau comptable qu'avec son homologue Wolff. Entouré par les détenus souriants du Sonderkommando, Gröning aida son camarade à ajuster sur ses épaules son sac à dos, plein à craquer de tout ce que les détenus avaient placé à l'intérieur le matin même. *L'Unterscharführer n'était pas au courant, bien sûr. Ce serait la surprise lorsqu'il ouvrirait son sac dans le train. De la part du Kommando, avec toute notre affection ; ainsi, à son retour, il glissera un mot en notre faveur à Voss et nous ne serons pas envoyés à la chambre à gaz quand nous atteindrons la date de péremption des quatre mois.*

Quand les SS en service dans le camp normal partaient en permission, c'était avec une tenue de rechange et un seul colis alimentaire que le camp était dans l'obligation de leur fournir. Les superviseurs du Kanada et du Sonderkommando, eux, partaient en permission comme des rois. Ils ployaient sous le poids des biens volés aux personnes assassinées et de toutes sortes de douceurs, tout en faisant mine de ne pas avoir la moindre idée de ce que leurs prisonniers avaient mis dans leurs poches et leurs sacs à dos et cousu dans la doublure de leurs uniformes. Personne n'en parlait. Mais c'était ainsi.

Je les observai se dire au revoir depuis mon poste de travail, en proie à une panique subite. L'Unterscharführer Dahler était encore là et pourtant, je ressentais déjà son absence, comme dans un violent éclair de lucidité. Méfiante, je regardai autour de moi dans un effort futile pour me convaincre que tout allait pour le mieux dans le meilleur des mondes. Les « anciens matricules » avaient interrompu leurs transactions pour mieux les reprendre dès que les deux SS auraient quitté l'entrepôt. Les autres filles continuaient à trier les vêtements ; Maria, brassard de Kapo au bras et matraque à la ceinture, attendait que ses chefs partent pour se remettre à bavarder avec les prisonnières affectées à la cuisine ce jour-là. Après le déjeuner, le Rottenführer Gröning sortirait de son bureau avec une boîte remplie de devises étrangères et irait fumer une cigarette à la porte en attendant l'arrivée du véhicule qui devait l'emmener à la Kommandantur. Les hommes du Sonderkommando continueraient à décharger les valises empilées sur un énième camion pour les entasser devant l'entrepôt. Les choses suivraient leur cours ordinaire et banal. Simplement, Dahler emporterait avec lui le sentiment de sécurité qui m'habitait. Je balayai de nouveau les lieux d'un regard frénétique, soudain consciente que je n'avais personne vers qui me tourner s'il arrivait quoi que ce soit.

Comme s'il devinait mon malaise, l'Unterscharführer Dahler croisa mon regard et m'offrit un hochement de tête à peine perceptible avant de glisser quelque chose à l'oreille de Gröning. Son collègue me dévisagea à travers ses lunettes et acquiesça avec raideur. Ils échangèrent une poignée de main et s'en allèrent, Dahler en direction de la fourgonnette qui le conduirait à la gare et Gröning dans son bureau. Tout à coup, je ne trouvai plus ma respiration. Jamais de ma vie je ne m'étais sentie aussi seule et abandonnée, en dépit de la présence de Różínka près de moi.

Elle ne perçut pas ma détresse, de la même manière qu'elle ne percevait rien de ce qui se passait autour d'elle. Ce jour-là, elle travaillait armée de son assiduité habituelle ; après tout, elle avait la plus grande motivation possible. *Herr Unterscharführer lui avait dit que si elle travaillait suffisamment dur, il l'autoriserait à rendre visite à ses enfants chéris. Peut-être que lorsqu'il reviendrait de permission et que la Kapo Maria lui rapporterait tous les efforts qu'elle avait fournis…*

— Quels enfants ? Tu as perdu la tête ?

Pour la malchance de Różínka, Maria entendit la litanie coutumière qu'elle se murmurait à elle-même, et l'Unterscharführer Dahler n'était plus là pour faire ravaler à la Kapo son rire froid et moqueur.

— Tes enfants nourrissent les vers de terre depuis des mois, maintenant, pauvre débile de *Scheiß-Jude* ! Le Sonderkommando incinère ce qui reste d'eux dans les fosses. Tu sais, celles qui sont dans le champ derrière les bunkers.

Pendant un instant, Różínka perdit l'usage de la parole. Paralysée, elle fixa la Kapo en battant des paupières comme un hibou hébété.

— Mais Herr Unterscharführer a dit que...

— Herr Unterscharführer a menti !

Tout le monde se figea à ce cri.

Au bord des larmes, mais refusant de croire aux paroles cruelles de Maria, Różínka murmura :

— Mais pourquoi aurait-il...

— Parce que les SS adorent inventer des bobards de ce genre pour se moquer de vous. Ils trouvent ça drôle de voir vos têtes après.

Sans un mot, anesthésiée par le chagrin, Różínka regagna son poste à pas lents et se remit au travail. Elle n'ouvrit plus la bouche de toute la journée. Le soir, pour la première fois, elle refusa sa ration de pain. Une semaine plus tard, je me réveillai en pleine nuit et constatai qu'elle n'était pas de son côté de notre couchette. Au mépris du règlement, je sortis de notre baraque en trombe et la rattrapai juste à temps pour l'empêcher d'atteindre les barbelés vers lesquels elle se traînait avec détermination. De toute évidence, sa grève de la faim ne la tuait pas assez vite. Elle avait donc décidé que la clôture électrifiée ferait bien mieux l'affaire.

Je la plaquai au sol, dans la neige, et m'allongeai au-dessus d'elle.

— Qu'est-ce que tu fabriques ?! murmurai-je en me retenant pour ne pas crier. À quoi tu joues, au juste, espèce de... de...

Tout à coup, je fus incapable de prononcer une autre syllabe.

Puis les larmes se mirent à couler. Les miennes, pas les siennes. Je sanglotais en caressant ses cheveux noirs parsemés de fils gris. Ce fut seulement à cet instant qu'elle s'immobilisa et cessa de ramper vers son suicide. Nous étions juste à côté du mirador, dans la zone de mort qu'éclairaient de puissants projecteurs. Le règlement du camp ordonnait aux gardiens de tirer sur tout prisonnier qui y pénétrait. Mais le surveillant de garde, qui fumait avec la tête penchée sur le côté se contenta de nous lancer un regard triste, tandis que le canon de sa mitraillette était pointé vers le sol. Je me souvins avoir entendu Dahler dire qu'ils avaient commencé à enrôler des hommes plus vieux pour remplacer les jeunes SS après que ces derniers avaient été envoyés sur le front est. Il finit par nous faire signe de nous lever et de déguerpir avant que nous ayons tous les trois des ennuis. Je me demandai s'il avait des filles de nos âges.

Après cet incident, Różinka continua à s'affamer tout en s'entêtant à refuser de m'adresser la parole. Certes, elle était vivante grâce à l'intervention de l'Unterscharführer Dahler, mais désormais, c'était comme si une partie d'elle-même était morte avec l'annonce de la mort de ses enfants. Elle s'autocondamnait, rejetant toute nourriture et bougeant comme un automate en attendant que toute trace de vie abandonne son corps, qui dépérissait chaque jour un peu plus. Par le biais d'Andrej, mon nouveau contact au sein du Sonderkommando, je parvins à me procurer des cachets dont il affirmait qu'ils pourraient aider ma sœur. Ils abrutirent suffisamment ses sens pour la dissuader de retenter de s'électrocuter, mais ils ne pouvaient rien faire pour une mère dont le cœur avait été réduit en charpie avec une telle violence. Elle restait assise près de moi, le regard dans le vague, avec entre ses mains inertes sa gamelle vide dont elle avait versé le contenu dans la mienne.

Je mangeai ma soupe, relevée par le sel de mes propres larmes. Le silence qu'elle m'opposait était atroce. Sans doute aurais-je fait preuve de davantage de bonté en la laissant mourir avec ses enfants, mais j'étais une sœur égoïste qui ne supportait pas la perspective de me retrouver seule dans cet endroit. Le mépris qu'elle affichait à l'encontre de mon individualisme n'avait rien d'étonnant.

— Różinka, il faut que tu manges quelque chose, lui dis-je à voix basse. Sinon, ils t'enverront à la chambre à gaz. C'est bientôt la désinfection mensuelle. Si le médecin te trouve trop maigre, il mettra ton nom sur la liste et ce sera fini pour toi. Plus personne ne pourra t'aider, pas même l'Unterscharführer…

Je bafouillai au moment de prononcer le nom familier. *Il n'est même pas là, pauvre cloche. Tu aurais dû l'apprécier davantage tant qu'il était encore dans le camp. Qui d'autre ici en aura quelque chose à faire si tu meurs demain ? Absolument personne.*

J'agrippai ma gamelle pour sentir le contact de quelque chose de tangible, de solide ; pour ne pas avoir le sentiment que le sol se dérobait sous moi.

Ma sœur m'adressa un regard glacial.

— L'Unterscharführer Dahler ? Peut-être que j'aurais préféré ça. Est-ce que cette possibilité t'a au moins effleuré l'esprit ?

Je la dévisageai, incrédule.

— Comment peux-tu dire une chose pareille ?

— Tu n'as pas d'enfants. Tu ne peux pas comprendre, déclara-t-elle d'une voix dénuée d'émotion avant de se détourner de moi.

— C'est vraiment élégant de ta part de me jeter ça au visage, rétorquai-je amèrement.

De nouveau, les larmes menaçaient de couler.

— Tu as changé, Lena.

— On peut remercier le camp pour ça, assenai-je avec une aigreur redoublée.

— Comploter de la sorte avec un SS, derrière mon dos…

— Personne n'a comploté contre toi ! Il a simplement inventé cette histoire de *Lager* pour enfants à ma demande, pour te rendre la vie un peu plus facile au début ! Aurais-tu préféré apprendre la nouvelle de sa bouche de la même façon qu'avec Maria lors de ton premier jour ici ? Comme ils le font avec les nouveaux arrivants, quand ils leur montrent les cheminées des fours crématoires et leur disent de faire signe à leurs parents en train de disparaître en fumée ? Aurais-tu trouvé ça plus clément ?

— La clémence, c'eût été de me laisser avec mes enfants afin que je puisse les serrer dans mes bras pendant qu'ils mouraient, comme n'importe quelle mère devrait le faire. Vous m'avez privée de ces derniers instants. Et vous les leur avez volés à eux aussi.

Un coup de poignard en pleine poitrine m'aurait fait le même effet. J'étouffai un sanglot. Je ne pleurais presque jamais ici, mais à ce moment-là, je sentis la déferlante arriver. Je croyais m'être habituée à tout ça, à l'isolement et à la solitude insupportables au milieu de foules sans visages, à la peur constante de la mort qui vous glaçait jusqu'aux os à la moindre occasion, à cette sauvagerie qui incitait un jeune homme à dérober la ration de pain de son père, tout ça pour se faire surprendre par un Kapo et se faire matraquer à mort avec son père, à la corruption qui était la seconde langue officielle du camp après l'allemand, et à l'espoir qui périssait chaque jour dans les chambres à gaz avec chaque nouveau convoi et nous laissait un goût de cendre dans la bouche.

L'envie de pleurer me submergeait par vagues à présent. Elle m'étranglait et me meurtrissait la gorge comme du fil barbelé. Ma propre sœur ne voulait plus avoir affaire à moi. Je n'avais plus personne dans ce monde hostile.

Franz. Quand cette pensée détestable et inopportune s'insinua dans mon esprit, je me tirai les cheveux, comme pour arracher ce songe de ma tête.

— Je suis désolée de lui avoir demandé de te sortir de là, Róžínka.

Je m'essuyai le visage d'un revers de manche et me mis debout.

— Pardon d'avoir été si égoïste. Vas-y, laisse-toi mourir à petit feu, comme ça je n'aurai pas seulement perdu mes neveux, mais aussi ma sœur, juste sous mon nez. Laisse-moi toute seule ici. C'est ce qu'une bonne sœur ferait.

Je l'abreuvai de méchancetés alors que j'aurais dû la supplier de me pardonner, mais le camp annihilait toute logique et toute générosité. Néanmoins, elle m'attrapa par la manche avant que j'aie le temps de me diriger vers mon poste de travail et elle me serra dans ses bras. Des larmes ruisselèrent sur mes joues. Tout mon corps était secoué par des sanglots.

— C'est moi qui devrais m'excuser, finit-elle par dire dans un soupir. J'aurais dû penser à toi. Bien sûr que je ne vais pas t'abandonner, ma pauvre petite chérie.

Elle n'avait que dix ans de plus que moi, mais je restais sa petite chérie. C'était ma seconde mère, mon amie la plus proche, et j'avais failli la perdre. À deux reprises.

— Je vais recommencer à manger, je te le promets.

Elle m'embrassa sur le foulard bleu que je portais autour de la tête. Blottie contre elle, je surpris Maria en train de nous observer d'un air moqueur, animée d'un dédain cruel.

*
* *

Nues et vulnérables dans le bâtiment de désinfection, nous attendions notre tour, pitoyable garnison de corps dévêtus. Pendant que nos vêtements étaient aspergés de produits chimiques quelconques qui ne manquaient jamais de provoquer des démangeaisons et des irritations insupportables, nous faisions la queue devant des hommes armés de ciseaux pour notre rituel mensuel. C'était la troisième fois pour Różínka (elle était obligée de se soumettre à la procédure depuis que son nom apparaissait officiellement sur la liste du Kommando du Kanada), et elle ne parvenait toujours pas à contrôler les émotions que faisait surgir en elle une telle humiliation. C'était comme ça que l'on distinguait les nouvelles des anciennes. Les premières couvraient leurs poitrines de leurs bras et étaient rouges de gêne. Les secondes avaient l'habitude. La présence des médecins, les surveillantes SS qui nous pressaient, leurs homologues masculins qui traînaient là pour le plaisir d'assister à ce spectacle qui les amusait follement… Les femmes du Kanada étaient bien nourries comparées aux autres. Nous avions le droit de garder nos cheveux. Par conséquent, nous restions attirantes à leurs yeux.

Quand mon tour arriva, j'avançai docilement jusqu'à un triangle rouge, un prisonnier politique. Je levai les bras et sursautai lorsque le métal froid effleura mes aisselles. En quelques instants, c'était terminé.

— Écartez les jambes, s'il vous plaît.

À en juger par son accent et ses bonnes manières, il devait certainement appartenir à l'intelligentsia polonaise. Malgré moi, je souris amèrement. Un professeur d'université ou autre chose du même acabit, qui devait raser le pubis de filles juives. Cette triste situation semblait le mettre aussi mal à l'aise que nous.

Je venais juste de rejoindre la queue devant les portes portant la mention *Douche et désinfection* lorsque l'un des trois médecins SS présents m'appela. Je ne connaissais pas son nom, mais je savais parfaitement qui il était. Il ne laissait jamais passer une occasion d'effectuer des *fouilles corporelles* sur les détenues qui attiraient son regard. De telles fouilles avaient un sens avec les nouvelles arrivées susceptibles d'avoir dissimulé des objets de valeur, mais avec nous, ce n'était qu'une lubie qui lui procurait du plaisir sexuel. C'était la seule explication possible, car jamais il n'avait trouvé quoi que ce soit sur les femmes du Kanada.

Je regardai droit devant moi tandis qu'il m'agrippait par les hanches avec ses mains couvertes de gants en caoutchouc froid et qu'il enfonçait en moi ses doigts inquisiteurs. Je dus rassembler toute la détermination dont j'étais capable pour ne pas grimacer pendant cet examen aussi invasif que révoltant. Un simple battement de cils aurait pu être interprété comme un manque de respect à l'égard de la race maîtresse, or les médecins avaient droit de vie ou de mort ici. Les contrarier de la sorte était le meilleur moyen de se voir offrir un aller simple pour la chambre à gaz, et nous le savions toutes. De plus, bercé par l'illusion nourrie par l'endoctrinement et la propagande, il croyait peut-être que c'était pour nous un grand honneur que de nous faire toucher de manière aussi intime par un aryen. Pour rester en vie, nous prétendions que c'était le cas.

Quand il en eut enfin terminé avec moi, je m'éloignai avec soulagement. Un autre détenu, un médecin juif cette fois, me frictionna la tête et le pubis avec une solution de chlorure de calcium. Après m'être frottée copieusement en faisant fi de mes yeux irrités, je me sentis un tant soit peu lavée du contact du médecin SS. Malgré moi, mes pensées voyagèrent de nouveau vers Dahler. S'il y avait bien une chose qu'il n'avait jamais faite, c'était abuser de moi, en dépit des sentiments parfaitement clairs qu'il nourrissait. Jamais il ne m'avait touchée de manière irrespectueuse ni forcée à faire quoi que ce soit.

Je baissai les yeux sur mon corps tremblant de froid après la douche et fus tout à coup bouleversée par un désir fou qu'il revienne, un désir si fort qu'il me coupa le souffle. Je tentai de déglutir le nœud désormais logé dans ma gorge, en vain. Des larmes brûlantes jaillirent de mes yeux tandis que j'enfilai mon chemisier chaud qui empestait le désinfectant. Jamais je n'avais pleuré de la sorte auparavant. Maintenant, je passais mon temps à ça.

Różínka se rapprocha de moi pour me consoler, marmonnant tout bas des insultes à l'encontre du médecin, mais ce n'était pas lui qui était à l'origine de mes sanglots et de ma détresse. Je voulais que Franz rentre.

Franz, Franz, Franz. Je répétai son nom comme une incantation dans ma tête, mais aucun son ne franchit mes lèvres scellées. Jamais Różínka ne m'aurait pardonné pareil aveu.

Chapitre 16

Helena

L'*appel*. Un brouillard en provenance du nord. Le café, froid longtemps avant que nous puissions le boire dans l'espoir de réchauffer nos corps tremblants. Un nouveau surveillant SS qui demandait quelque chose à Wolff. Wolff qui levait les yeux au ciel et faisait signe à Maria de gérer le problème qui, de toute évidence, ne le concernait pas. Au Kanada, rien ne le concernait, sauf quand il s'agissait de piller les possessions des personnes fraîchement assassinées.

Au regard malveillant que Maria me lança après un bref échange avec le nouveau SS, j'aurais dû me douter qu'elle mijotait quelque chose.

— Toi, *Scheiß-Jude* !

C'était son dernier petit surnom affectueux en date. Quand l'Unterscharführer était encore ici, c'était juste *toi*. Son absence se faisait sentir dans de minuscules détails qui n'avaient pas réellement d'importance, mais qui piquaient tout de même au vif par leur cruauté totalement superflue.

— Viens ici. Plus vite, tu veux ? Feignasse !

J'accélérai le pas.

— J'ai un travail pour toi.

Je me mis docilement au garde-à-vous. Le nouveau SS m'examina des pieds à la tête.

— Est-ce qu'elle est propre ? demanda-t-il à Maria d'un air soupçonneux.

— *Jawohl, Herr Rottenführer*. Elles sont traitées contre les poux la dernière semaine de chaque mois à titre préventif et n'importe laquelle surprise en train de se gratter est aussitôt expulsée. Ces femmes sont propres.

— Tu comprends l'allemand ? s'enquit-il en s'adressant directement à moi.

— *Jawohl, Herr Rottenführer*.

Il hocha la tête avec satisfaction et me fit signe de le suivre. Nous marchâmes quelque temps en silence (moi trois pas derrière lui), jusqu'à ce qu'il en ait marre ou qu'il décide qu'après tout, il pouvait tout aussi bien m'informer de ma nouvelle mission.

— Normalement, ce sont les Témoins de Jéhovah qui travaillent dans les quartiers des officiers, mais ces crétins fanatiques refusent de toucher quoi que ce soit en lien avec l'armée. Une histoire de croyances ou je ne sais quoi. Même le Kommandant n'arrive pas à les faire rentrer dans le droit chemin. Enfin bref. Tout ça pour te dire que c'est toi qui vas devoir nettoyer l'uniforme, les bottes, la ceinture et le holster du Hauptscharführer Moll.

En entendant le nom tant redouté, l'horreur me vrilla l'estomac. Moll, le sadique ; Moll, le tortionnaire ; Moll, la terreur du Sonderkommando, qui avait un jour battu un détenu à mort simplement parce que celui-ci avait eu l'audace de donner une tape sur le museau de son berger allemand, berger allemand que Moll lui-même avait lancé sur un prisonnier un peu plus tôt ce jour-là, uniquement parce qu'il s'ennuyait et avait envie d'un peu de distraction.

Le SS continuait à deviser avec flegme. Il ne pouvait pas remarquer ma pâleur cadavérique, étant donné qu'il marchait devant moi.

— Il faut brosser l'uniforme, cirer les bottes, huiler la ceinture et le holster. Je te donnerai tout ce dont tu as besoin.

Lorsque nous atteignîmes les quartiers de Moll, c'était à peine si je parvenais à maîtriser les tremblements de mon corps. J'avais entendu beaucoup trop d'histoires à son sujet. C'était un homme qui tuait pour le plaisir, et je devais huiler sa ceinture !

J'avais du mal à respirer. Le ciel au-dessus de ma misérable tête n'était plus un ciel, mais le couvercle d'un cercueil qui se refermait sur moi avec indifférence.

— Herr Rottenführer.

Pathétique murmure dans le vent de novembre. J'étais prête à river mes pieds au sol et à le supplier de m'envoyer aux carrières s'il le voulait, mais pas dans cette fosse aux serpents. J'aurais préféré passer mes journées à retourner la terre avec une pelle ou à transporter des briques jusqu'à m'effondrer d'épuisement plutôt qu'affronter le diable incarné.

Mais c'était inutile de l'appeler. Il ne m'entendait pas.

Les baraques des SS étaient vides et silencieuses, à l'exception de quelques prisonniers qui s'affairaient consciencieusement, produits d'entretien et piles de linge dans les bras. Certains étaient chaussés des mêmes bottes brillantes que les SS, le plus haut signe de distinction parmi l'élite du camp. Après l'épidémie de typhus, les SS regardaient avec méfiance quiconque entrait dans leurs baraques. Seuls les « anciens matricules » étaient jugés dignes d'un tel honneur. Presque aucun d'entre eux ne portait d'uniforme à rayures, et tous avaient bonne mine.

Moll aussi doit être au travail avec son unité, très loin d'ici, dans ce champ derrière les bunkers, essayai-je de me persuader tandis que je mettais un pied devant l'autre. Soudain, c'était comme si toute la Pologne était dépourvue d'oxygène. Je tentais de respirer profondément, mais mes poumons restaient vides alors que je passais le seuil de ses quartiers privés.

Nous traversâmes un long couloir. Au fond, le SS frappa à la porte et je manquai défaillir de terreur. Moll était là. Il n'y avait plus aucun espoir.

— Herr Hauptscharführer, la fille du Kanada est ici. Puis-je la faire entrer ?

Un *Ja* paresseux résonna à l'intérieur.

Si le SS ne m'avait pas poussée dans le dos, je n'aurais jamais franchi le seuil. Le surveillant me dépassa, salua son supérieur et demanda la permission d'*arranger le nécessaire*. À mon grand soulagement, Moll m'ignora totalement, absorbé par les papiers qui jonchaient son bureau.

— Viens ici.

Je me dirigeai vers l'autre extrémité de la vaste pièce aussi vite que possible, la tête enfoncée dans les épaules dans une tentative de me rendre toute petite et invisible. Le SS me tendit une brosse.

— Commence par l'uniforme.

Il m'indiqua la veste et le pantalon. Il observa mes gestes hésitants avant de grogner d'un air exaspéré face à mon incompétence et d'attraper ma main.

— Pas comme ça ! Tu n'arriveras jamais à enlever les peluches si tu le caresses comme un chat. Inutile d'être délicate. Des coups de brosse vigoureux, tu m'as compris ?

Il fit aller ma main de haut en bas en exerçant une forte pression sur le tissu gris.

— À ton tour.

Je l'imitai du mieux que je pus. En constatant qu'il ne me fracassait pas le crâne avec sa matraque, j'en déduisis que mon travail devait être satisfaisant.

— Sais-tu cirer des bottes ou faut-il que je te montre comment faire ?

— Je sais cirer des bottes, Herr Rottenführer.

— Sais-tu comment huiler le cuir ?

— Ce n'est quand même pas compliqué, bordel !

Le cri irrité de Moll me fit lâcher ma brosse. Cette fois, je n'échappai pas à une tape derrière la tête de la part du SS, accompagné d'un *Pauvre idiote* grommelé entre ses dents.

— J'ai un rapport à rédiger et c'est impossible de se concentrer avec vous deux qui cancanez comme deux foutues commères ! Laisse-la. Si elle n'est pas complètement stupide, elle se débrouillera toute seule. Autrement, dommage pour elle. Il faudra en trouver une autre.

— *Jawohl, Herr Hauptscharführer.*

L'homme claqua des talons et prit congé. Je le regardai partir avec jalousie. Il pouvait échapper à l'ire de Moll, mais moi, je n'étais qu'une simple esclave, et jetable par-dessus le marché. Je me dépêchai de me remettre au travail, ne serait-ce que pour ne pas penser à la menace voilée que contenaient les mots *Il faudra en trouver une autre*.

Moll n'avait pas encore trente ans, et déjà des centaines de morts sur la conscience. Ses traits lui allaient parfaitement : un visage rubicond et brutal d'ancien éleveur de porcs, que les SS avaient réorienté vers l'abattage humain plutôt que porcin avec une facilité déconcertante. Ses cheveux d'un blond vénitien étaient ramenés en arrière, dégageant son front parsemé de taches de rousseur. Ses sourcils bas dissimulaient ses petits yeux cruels, dont on racontait que l'un était un œil de verre. Jamais je ne l'avais vu d'assez près pour être en mesure de savoir si c'était la vérité. Rares étaient les personnes à l'avoir fait, et plus rares encore étaient celles qui étaient toujours en vie pour en parler.

Ce matin-là, il fumait et jurait entre ses dents après chaque bouffée. De très mauvaise humeur, il lâcha un énième juron avant d'attraper le téléphone.

— Pauvre abruti. Où suis-je censé dégotter trois cents nouvelles recrues pour le Sonderkommando ?

La pointe de son stylo éraflait rageusement le papier.

— *J'imagine que la présence de témoins ne vous arrange pas, Hauptscharführer ?* reprit-il d'une voix moqueuse. *Vous comprenez la situation, j'en suis sûr. Moi-même, je me contente de suivre le protocole.*

Un coup de poing bruyant sur le bois me fit sursauter. Un verre de brandy vide à la main, il écouta la réponse de son interlocuteur et renifla avec dédain.

— Comme s'ils allaient se faire gazer de leur plein gré. Je vais devoir demander une nouvelle putain de section. Trois cents neuneus à faire venir en train. Sur ces trois cents, environ un tiers se foutra en l'air après avoir traîné ses parents par les chevilles hors de la chambre à gaz. Je devrai trouver un nouveau groupe et l'amener ici. Et c'est le problème de qui ? Herr Kommandant ? Certainement pas. Herr Kommandant *se contente de suivre le protocole*. Connard. Et qui va devoir se salir les mains ? Le Hauptscharführer Moll, à tous les coups. Mettons tout ça sur le dos de Moll. Moll a les épaules. Moll réglera tout ça vite fait, bien fait.

Il soupira. S'agita sur son siège. Soudain :

— Toi !

Je faillis sauter au plafond. Je pivotai pour lui faire face, la brosse serrée contre ma poitrine.

— Tu vas nettoyer cet uniforme encore longtemps ? Il est propre. Cire les bottes, maintenant.

— Oui, Herr Hauptscharführer.

J'avais déjà repéré l'emplacement du cirage et de la brosse dans le coin de l'armoire. Je m'en emparai et me figeai dès que je réalisai que le SS qui m'avait escortée ici n'avait pas préparé les bottes. Elles n'étaient pas dans l'armoire. Elles n'étaient pas non plus près du sofa luxueux ni de la table basse adjacente.

Moll était toujours occupé à prendre des notes tout en s'entretenant au téléphone, mais l'attente devenait interminable. *Dès qu'il se rendra compte que je ne suis pas en train de travailler, c'en sera fini de moi.* Je m'éclaircis la gorge et fis un minuscule pas en avant.

— Je suis navrée de vous interrompre, Herr Hauptscharführer, mais je ne trouve pas les bottes…

Après un au revoir rapide et un *Heil Hitler*, il raccrocha. Le regard noir qu'il posa sur moi me donna envie que le sol s'ouvre sous mes pieds et que la terre m'engloutisse dans la seconde. Je me sentis rougir jusqu'à la racine des cheveux tandis que j'attendais sa réponse. Lui semblait attendre que je *devine* où étaient les bottes. Ou alors il aimait me torturer avec son silence, tout simplement.

— Es-tu vraiment débile à ce point ? finit-il par demander en détachant chaque mot.

En dépit de ma détermination à rester imperturbable, des larmes brûlantes me montèrent aux yeux.

— Approche.

J'obéis et me postai devant son bureau.

— Viens près de moi et mets-toi à genoux.

En proie à une terreur indescriptible, j'allai m'agenouiller près de son fauteuil. Une fraction de seconde plus tard, une main m'attrapa par les cheveux et me força à baisser la tête.

— Tu ne vois toujours pas les putains de bottes, pauvre conne ?!

Il plaqua mon visage contre le cuir noir. Pour ne pas perdre l'équilibre, je m'accrochai à ses jambes par réflexe. Il me donna un coup de pied en pleine poitrine pour me repousser, comme il l'aurait fait avec un chien. Je dus faire tous les efforts du monde pour ne pas porter ma main à l'endroit où j'avais mal.

— Je vous prie de bien vouloir me pardonner de vous avoir touché, Herr Hauptscharführer.

Je rampai pour m'emparer de la boîte en fer qui contenait le cirage, puis me mis en devoir de l'appliquer sur le pied qu'il faisait généreusement dépasser de sous son bureau pour me faciliter la tâche.

Tout à coup, il m'agrippa de nouveau par les cheveux et me scruta attentivement.

— Ta tête me dit quelque chose. Es-tu déjà venue ici ?

— Non, Herr Hauptscharführer.

— Où est-ce que je t'ai déjà croisée, alors ?

— Je travaille au Kanada, Herr Hauptscharführer.

— Naturellement.

Naturellement. Sans quoi, j'aurais eu le crâne rasé et il n'aurait pas été en mesure de me tenir de la sorte.

— Où est-ce que je t'ai vue, bon sang ?

J'ouvris et refermai la bouche sans oser lui dire la vérité. Mais à en juger par son rictus, c'était inutile. Il venait de se rappeler à quelle occasion nous nous étions rencontrés.

— *Ach*, tu es la traînée du Sonderkommando, je me souviens à présent. Ton superviseur SS était supposé te donner le bâton pour ça.

— *Jawohl, Herr Hauptscharführer.*

Il approcha son visage du mien. Il y avait quelque chose de bizarre dans ses yeux d'un bleu délavé, dont l'un, terrifiant, ne cillait jamais. Il s'humecta les lèvres à la manière d'un serpent.

— T'a-t-il punie comme il se doit ?

Je risquai un bref regard dans sa direction.

— Oui, Herr Hauptscharführer.

Il se redressa, le souffle soudain entrecoupé par l'excitation. Il ne voulait pas seulement une réponse, mais des détails. Je poursuivis :

— Vingt-cinq coups, comme vous l'aviez ordonné, et plusieurs coups supplémentaires de sa propre initiative. Il m'a également privée de nourriture jusqu'au lendemain.

À en juger par son sourire carnassier, c'était exactement ce qu'il avait espéré entendre.

— Est-ce que tu vas encore voir ton petit ami du Sonderkommando en douce ?

— Non, Herr Hauptscharführer.

— Il t'a donné une bonne leçon, pas vrai ? Comment s'appelle-t-il ?

— Unterscharführer Dahler, Herr Hauptscharführer, m'empressai-je de répondre.

C'était étrangement agréable de prononcer son nom, comme s'il s'agissait d'une formule magique capable de me protéger du mal.

— Et oui, c'était une bonne leçon.

— Dahler, c'est ça. Il s'est montré impitoyable, comme il se doit.

Moll n'avait que sept ou huit ans de plus que Dahler et pourtant, il rayonnait comme un père fier de son fiston.

— Ce morveux ira loin, crois-moi.

Enfin, il me lâcha les cheveux. La mention du nom de Dahler semblait l'avoir mis de bonne humeur.

— Pourquoi fraierais-tu avec le Sonderkommando, de toute façon ? Il n'y a pas plus répugnant qu'eux. Tu les as bien regardés ? Ils traînent un macchabée d'une main et mangent de l'autre. Ils se moquent bien de savoir si c'est un de leurs parents qu'ils incinèrent. Cela te plaît vraiment d'être avec eux ?

Je secouai lentement la tête. Ses suppositions me donnaient de nouveau envie de pleurer, d'humiliation cette fois.

— Pourquoi, dans ce cas ? Parce qu'ils te donnent à manger ?

Je hochai la tête, dans le seul but de mettre un terme à l'interrogatoire.

— Encore une prête à faire n'importe quoi pour de la nourriture. Une Allemande ne se rabaisserait jamais de la sorte.

Une Allemande ne serait pas enfermée contre son gré dans un camp de concentration. Et celles qui le sont sont des Kapos, des privilégiées situées bien au-dessus de nous autres, « vermine juive ». Et qu'importe qu'il s'agisse d'anciennes prostituées ou de meurtrières. Naturellement, je gardai ma repartie pour moi.

Moll tapa du pied pour m'indiquer de me remettre au travail et lui-même se replongea dans l'écriture de son rapport sans plus me prêter attention. Néanmoins, il me jeta un paquet de cigarettes quand j'eus terminé d'huiler sa ceinture et son holster. Je le remerciai à voix basse et ne m'autorisai à pleurer qu'une fois sortie de son bureau, tandis que je suivais le même SS, revenu me chercher pour me ramener dans mon unité.

— Où étais-tu ? Que s'est-il passé ? Est-ce que quelqu'un t'a fait du mal ?

Różínka tenta désespérément de me soutirer des détails pendant le déjeuner, mais je me limitai à secouer la tête en silence tandis qu'un flot ininterrompu de larmes ruisselait sur mes joues.

J'étais sûre d'une chose : je ne voulais jamais retourner là-bas. Connaissant Maria et son sadisme, je lui offris donc un sourire rayonnant le lendemain dès qu'elle suggéra que je me rende de nouveau chez Moll. Je lui assurai que j'étais enchantée de me porter volontaire pour une tâche si agréable, d'autant plus que l'Hauptscharführer Moll m'avait traitée avec la plus grande gentillesse. Il m'avait même offert du pain et des cigarettes en échange de mes bons et loyaux services ! Elle me fusilla du regard et poussa une autre fille vers le SS de la veille. La fille ne revint jamais des quartiers de Moll. Le lendemain, le SS vint en chercher une nouvelle.

Maria réussissait toujours à se venger.

— Tu comptes les jours qui te séparent du retour de Herr Kommandoführer, sale truie ? Ne te donne pas cette peine. Il a demandé à être transféré sur le front ; il a dû en avoir assez de vos sales tronches.

Après m'avoir jeté ces mots au visage avec la même méchanceté vicieuse que lorsqu'elle avait annoncé la mort de ses enfants à ma sœur, elle s'éloigna, satisfaite.

Je levai la tête vers le ciel mauve, parsemé de nuages neigeux. Le couvercle s'était refermé pour de bon, à présent. Tout ce qui me restait à faire, c'était mourir.

*

*   *

Avec ses immenses yeux verts et ses traits ciselés presque féminins, le garçon ressemblait à un elfe sorti d'un conte de fées. Il n'avait pas le crâne rasé, mais les cheveux séparés par une raie bien nette au milieu. Il devait avoir quinze ou seize ans tout au plus, mais son regard était celui d'un vieil homme éreinté qui en avait vu beaucoup trop pour son âge. Nous le connaissions tous : c'était le *Pipel* du Kapo Schwartz, son serviteur attitré qui offrait au Kapo sa beauté, sa fraîcheur et son innocence en échange d'une vie meilleure. Le garçon n'était pas homosexuel, mais le Kapo l'était, et le garçon ne voulait pas se contenter de soupe de navets et de pain au goût de sciure. Il espérait ressortir vivant de cet endroit. Pour cela, il fallait de la nourriture et un protecteur et Schwartz le protégeait, plus ou moins. Ce n'était pas un cas unique. Les surveillants SS feignaient de ne rien voir à condition que les Kapos les soudoient suffisamment.

— C'est bien toi, Helena ? De Slovaquie ? Tiens, c'est pour toi, dit-il de sa voix qui n'avait pas encore mué.

Il me tendit un colis puis sortit promptement de notre baraque.

Je finis ce qui restait de mon dîner (ce jour-là, Róžínka et moi avions réussi à exfiltrer du saucisson et des biscuits salés qui constituaient notre festin du soir), puis je fis tourner le paquet entre mes mains, perplexe. Mon nom y était inscrit, à côté d'un nombre incalculable de timbres ornés du visage de Hitler dans différentes nuances de bleu. Sauf que personne ne m'envoyait jamais rien. Róžínka se rapprocha et effleura le papier brun.

— Qu'est-ce que c'est ?

— J'ai peur de l'ouvrir, admis-je.

— Ton nom est marqué dessus. Peut-être que ça vient de la Croix-Rouge ?

Nous avions effectivement reçu des colis de la part de la Croix-Rouge le mois précédent, mais celui-ci n'y ressemblait pas du tout. L'adresse de l'expéditeur avait été délibérément arrachée, sans doute par quelqu'un à l'intérieur du camp.

Enfin, je déchirai le papier et découvris une boîte ornée de motifs de Noël. Il était encore un peu tôt pour ça, mais ils vendaient sans doute déjà ces choses-là en Allemagne. La boîte était entourée d'un ruban rouge attaché en un joli nœud.

Różínka et moi échangeâmes un regard stupéfait. S'agissait-il d'une blague ?

Lentement, je défis le nœud et soulevai le couvercle. Une odeur délicieuse nous enveloppa instantanément, incitant nos voisines qui se reposaient à se lever de leurs couchettes. Cernée par une foule de curieuses, je sortis un biscuit de la boîte. Il y en avait tout un tas, soigneusement empilés les uns au-dessus des autres. Un mot avait été glissé entre les gâteaux. Różínka se dépêcha de s'en emparer pour le cacher dans sa poche tandis que je me mettais en devoir de distribuer le contenu à mes camarades exaltées. Ce ne fut qu'après avoir mangé et répondu par des haussements d'épaules à leurs questions et à leurs regards inquisiteurs (*Non, je n'ai pas la moindre idée de qui ça vient*) que je demandais à Różínka de me donner le mot.

Tu me manques.

Le message ne disait que ça, en allemand et en caractères d'imprimerie, car l'expéditeur n'avait pas voulu prendre le risque que quelqu'un reconnaisse son écriture. Je plaquai une main tremblante sur ma joue et me penchai en avant, secouée par d'incontrôlables sanglots silencieux.

— Qui t'a envoyé ça ? murmura Róžínka.

Sa voix était d'une froideur peu commune.

Qui t'a envoyé un colis venu d'Allemagne ? Telle était la véritable question, qu'elle n'osait pas poser sans doute par peur de la réponse.

— Franz, chuchotai-je. L'Unterscharführer Dahler.

Un silence pesant et interminable s'ensuivit.

— Pourquoi l'appelles-tu par son prénom ?

— Parce qu'il m'en a donné la permission.

Le visage toujours enfoui dans mes mains, je la sentis plus que je ne la vis s'écarter de moi, stupéfaite. Soudain, elle ne reconnaissait plus sa sœur.

Soudain, je ne me reconnaissais plus moi-même.

Le lendemain matin, je frappai à la porte du Rottenführer Gröning, chargée ce jour-là de lui apporter les boîtes qui renfermaient les objets de valeur et les devises étrangères. Il m'ordonna de m'asseoir et d'attendre tandis qu'il les ouvrait. D'après le protocole, lui seul, en sa qualité de comptable, en avait les clés. Je l'observai qui séparait soigneusement les devises de chaque pays en piles bien nettes et ne pus m'empêcher d'être impressionnée par le nombre de nationalités présentes au sein du camp. Il y avait des dollars américains et des marks allemands, des złotys polonais et des francs français. Gröning les additionna au moyen de la machine qui trônait sur son bureau et inséra les valeurs dans les étroites colonnes de son registre de comptabilité.

Tout à coup, sans lever les yeux, il demanda :

— Le garçon t'a-t-il donné le colis ?

Je restai interdite l'espace de quelques secondes, avant de me reprendre.

— Oui, Herr Rottenführer. Merci.

— Ça ne venait pas de moi.

— Je sais, Herr Rottenführer. Merci de l'avoir fait parvenir jusqu'à moi. J'imagine bien que cela n'a pas dû être facile.

Il n'eut aucune réaction, si ce n'est ouvrir la seconde boîte afin de séparer les alliances, les diamants et l'argent.

Je me mordillai nerveusement la lèvre inférieure avant de trouver le courage de lui poser la question qui me tourmentait.

— Herr Rottenführer, est-ce vrai que…

Gröning releva les yeux et ajusta ses lunettes. Soudain, les mots me manquèrent.

— Oui ? Je t'écoute.

— Est-ce vrai qu'il a demandé à être transféré ? murmurai-je d'une voix à peine audible, les yeux baissés.

— Oui. Moi aussi. Nos requêtes ont été refusées, annonça-t-il abruptement. Pas de front pour nous. Pas même le front est. Il n'est pas éligible à cause de son genou et je peux à peine voir le bout de mon nez sans mes lunettes.

J'osai le regarder. Profitant de sa bonne disposition, je décidai de poser une autre question.

— Pourquoi souhaiter être envoyé au front, Herr Rottenführer ? N'est-ce pas mieux d'être ici ? Plus sûr ?

— Plus sûr, oui. Mieux ? J'en doute.

— Pourquoi ?

Il me dévisagea comme si je venais de dire quelque chose d'incroyablement idiot.

— Réfléchis. Crois-tu vraiment que quiconque ait envie de voir *ça* tous les jours ? demanda-t-il avec un vague geste circulaire.

Soudain, je compris pourquoi il ne sortait presque jamais de son bureau. Il se redressa comme s'il en avait trop dit et poussa les boîtes vides dans ma direction.

— Tu peux y aller.

Chapitre 17

HELENA

Comme la plupart des gens qui n'avaient aucun succès personnel duquel s'enorgueillir, Maria était fière de sa nationalité. Elle n'était pas dotée de capacités intellectuelles notables (ni même moyennes) et n'avait aucun talent, à l'exception de celui d'inventer de nouvelles manières de nous rendre la vie plus difficile. Elle tirait également une immense fierté de ses cheveux blonds, qu'elle portait en tresses royalement enroulées autour de sa tête, très certainement pour que son allure *majestueuse*, pour reprendre ses mots, corresponde à l'idéal néo-germanique. Elle était aussi particulièrement fière de ses hanches que *n'importe quelle Allemande en âge de procréer lui enviait*. Elle-même n'avait pas d'enfant et n'était pas mariée (nous soupçonnions son ancienne profession d'avoir quelque chose à voir là-dedans), mais même l'ironie de cette contradiction ne l'avait jamais empêchée de nous regarder de haut lorsqu'elle circulait parmi les rangs des *misérables maigrichonnes* que nous étions, tel un navire de guerre au milieu de frêles bateaux à voile.

Ce pathétique exemple de médiocrité (à savoir une employée de ferme devenue prostituée) était d'après le nouveau Reich supérieur aux professeurs, physiciens, chanteurs d'opéra, journalistes et tout autre être humain décent du simple fait de son « sang aryen supérieur ». C'était pitoyable et injuste pour eux, mais également pour Maria elle-même. Après la chute inéluctable du Grand Empire allemand, elle se retrouverait sans rien du tout, à l'exception de ses illusions brisées d'avoir été quelqu'un fut un temps, même si ce n'était que dans un camp, même si ce n'était qu'à cause de son brassard de Kapo, même si ce n'était que parce qu'un fou avait décidé qu'une prostituée allemande bête et méchante valait mieux que la plus brillante et la plus accomplie des juives.

Maria était la personne que je détestais et plaignais le plus au sein du camp. Elle aurait pu faire usage de sa place pour nous aider, mais elle préférait nous humilier pour son bon plaisir. Elle appartenait à cette catégorie de gens obligés de rabaisser les autres pour parvenir à s'élever. Le Rottenführer Wolff nous fouettait seulement quand *les circonstances l'exigeaient*, durement certes, mais rapidement et sans joie. Maria, en revanche, affichait la sournoiserie revancharde typique des femmes naturellement sadiques qui aiment avilir sans raison.

Des centaines de landaus de toutes les formes et toutes les couleurs s'étaient accumulés dans l'entrepôt du Kanada au cours des deux mois précédents. Un convoi en provenance d'Allemagne devait arriver pour les emporter à destination du Reich et Maria nous avait fait nous mettre en rangs dehors pour les trier dans le froid glacial, en nous empêchant de nous munir de vêtements chauds. Je doutais que le Rottenführer Wolff nous eût autorisées à sortir sans être bien couvertes. Tout SS qu'il fût, il savait ce qui était bon pour lui et s'assurait toujours que nous étions non seulement propres, mais aussi en bonne santé. Mais il était encore dans son bureau en train de manger son déjeuner et, par conséquent, Maria pouvait faire ce que bon lui semblait.

— Pas le temps d'aller dans votre baraque chercher vos manteaux, mes petits agneaux.

Emmitouflée dans un épais manteau complété d'une écharpe pour faire bon poids, elle sourit en passant nos rangs en revue.

— Si vous remuez vos croupions fainéants assez vite, vous n'aurez pas froid. Et maintenant, magnez-vous avant que je vous aide à trouver vos jambes.

Ce soir-là, la moitié de notre « Kommando des landaus » s'essuyait le nez avec sa manche. Le lendemain matin, la plupart d'entre nous se réveillèrent avec de la fièvre. Non pas que cela changeât quoique ce fût à notre quotidien. Dans le camp, un rhume impliquait simplement de travailler de toute façon, au lieu de rester au lit et de boire du thé avec du miel.

Je travaillai donc en dépit de ma fièvre, mais les entrepôts mal chauffés et les courants d'air constants n'arrangèrent en rien ma santé déjà fragile. Après plusieurs jours, l'infection gagna mes poumons pour se transformer en bronchite. Rien de plus sérieux à craindre, si j'avais de la chance.

— Avec une toux pareille, tu ferais mieux de passer à l'infirmerie, commenta le Rottenführer Wolff en m'observant de près tandis que j'avais du mal à respirer.

De mes yeux enflammés et larmoyants, je lui adressai un regard suppliant. L'infirmerie était ce que tout le monde redoutait le plus. Les gens y allaient pour mourir, pas pour se faire soigner.

Je me forçai à arborer un sourire rayonnant, qui craquela mes lèvres desséchées.

— Je vais très bien, Herr Rottenführer. Ce n'est rien de grave. Encore un jour ou deux, et il n'y paraîtra plus.

Il me dévisagea d'un air suspicieux.

— Fais en sorte que ce soit le cas.

Naturellement, ce ne le fut pas. Mon état eut même plutôt tendance à empirer. Je ne savais pas ce qui m'avait contrariée le plus au cours des jours précédents, ne pas réussir à respirer sans m'étrangler, ou empêcher le reste de la baraque de dormir la nuit. Aucune des filles ne se plaignait ni ne me signalait, ce dont je leur étais profondément reconnaissante, mais dissimuler ma maladie dans la journée n'était pas si facile, particulièrement en présence du Rottenführer Wolff.

Alors que j'étais assise à terre et que j'essayais de faire entrer un peu d'air dans mes poumons, je vis ses bottes se diriger vers moi.

— Tu es incapable de respirer, et encore moins de travailler. Je ne sais pas quelle cochonnerie tu as attrapée, mais je n'ai pas besoin que tu contamines tout le monde. Va à l'infirmerie. Allez.

Il poussa mon épaule du bout de sa cravache pour m'inciter à me lever. Je parvins à me mettre debout, mais pas à m'arrêter de tousser dans mon poing fermé. Même avec la meilleure volonté du monde, ma quinte de toux était incontrôlable.

— File, je t'ai dit ! Et ne reviens pas tant que le médecin n'est pas certain que tu es guérie.

La gorge en feu et les yeux pleins de larmes, j'attrapai le premier manteau que je trouvai dans une pile et quittai l'entrepôt d'un pas mal assuré. Il neigeait dehors. De lourds nuages appesantissaient le ciel, si bas qu'ils semblaient risquer de s'empaler sur les barbelés électrifiés. Je restai plantée là un moment, indécise. Tout ce que je savais de l'infirmerie où œuvraient les médecins SS, c'était que très peu de patients en ressortaient vivants. Mais peut-être me soigneraient-ils si j'avais quelque chose à leur offrir en échange. Je glissai la main dans la poche de mon pantalon et frottai entre mes doigts la pièce d'or que l'Unterscharführer Dahler m'avait donnée quelque temps plus tôt. C'était à la fois ridicule et terrifiant qu'un événement aussi banal que consulter un médecin puisse aussi bien vous sauver la vie que causer votre mort.

Ils pouvaient prendre mon argent et inscrire quand même mon nom sur la liste.

Ils pouvaient prendre mon argent et me soigner, surtout si je sous-entendais que cette pièce n'était pas la seule que j'avais.

Ils pouvaient me dénoncer pour tentative de corruption au service politique.

Je frémis dans le froid et lançai un regard nostalgique en direction de l'entrepôt. Il m'était impossible d'y retourner (le Rottenführer Wolff avait été très clair à ce sujet) et j'étais trop lâche pour me faufiler dans nos quartiers et rester cachée en croisant les doigts dans l'espoir d'un miracle. Avec mes toux, je ne tiendrais pas dix minutes sans être découverte.

En proie à de violents tremblements qui, cette fois, n'avaient rien à voir avec le froid, je pris le chemin de l'infirmerie. Au loin, le camp des femmes se dressait. Quelques prisonnières creusaient sans but dans le sol gelé sous la supervision d'un surveillant SS vêtu d'un épais manteau gris. Le souffle de son berger allemand formait de petits nuages de buée. Dès que mon regard se posa sur les détenues, je me maudis de m'être plainte de mon sort. Leurs jambes étaient nues sous leurs robes rayées, de même que leurs pieds chaussés de sabots en bois mal maintenus par une lanière en cuir. Comme si elles lisaient dans mes pensées, elles se tournèrent vers moi et examinèrent mon manteau, mon pantalon en laine et mes bottes chaudes avec une tristesse infinie dans les yeux. Elles m'enviaient, sans savoir que je les enviais aussi, car elles ne toussaient pas, elles. Sous les gros flocons moelleux qui atterrissaient délicatement sur le sommet de ma tête, je me traînai vers l'infirmerie.

— Hé ! Helena !

Je me figeai en entendant la voix familière, pivotai sur moi-même et souris malgré moi. C'était Andrej, mon ami du Sonderkommando. Lui-même s'était trouvé une belle veste en peau.

— Où vas-tu ? s'enquit-il.

Il pressa le pas pour arriver à ma hauteur, mais maintint une certaine distance entre nous. Nous n'étions pas supposés nous parler.

— À l'infirmerie.

Son sourire disparut aussitôt.

— Tu es malade ?

— Une bronchite, je crois. J'espère.

Il jura en slovaque entre ses dents.

— Va consulter *notre* médecin, veux-tu ? J'essaie de venir te voir plus tard.

— C'est un pathologiste…, fis-je remarquer.

— Quelle importance ? protesta-t-il tout bas tandis que nous passions devant un mirador. Il est juif, comme nous. Ce qui veut dire qu'il ne réglera pas ton compte au premier coup d'œil comme ces nazis de l'infirmerie. Ils soignent leurs patients avec une injection de phénol dans le cœur. J'imagine que ce n'est pas ce que tu souhaites comme traitement, si ?

Je ralentis, hésitante. Devais-je obéir à l'ordre de Wolff ou suivre le conseil d'Andrej ? Ce dernier dut percevoir mon incertitude, car il me rejoignit, me prit par le coude et m'entraîna tout droit vers la baraque qui abritait la salle de dissection où le médecin slovaque avait ses quartiers. Les hommes du Sonderkommando connaissaient la règle universelle du camp : agir avec naturel, marcher avec détermination, et tout irait bien. Avec la même assurance inébranlable, il m'escorta à l'intérieur, salua le praticien et affirma que mon superviseur lui avait ordonné de m'accompagner.

Le médecin posa le rapport qu'il était en train de rédiger, ôta ses lunettes et me scruta attentivement. Je vis qu'il me reconnaissait.

— Est-ce le même superviseur que celui qui vous a amenée ici la dernière fois ?

Je souris et secouai la tête.

— Non. Un autre. Je tousse beaucoup.

— Oh. C'est embêtant.

— Oui, ça l'est, confirmai-je avant d'être prise d'une autre quinte.

Le médecin écouta ma respiration sifflante. Ses sourcils froncés et ses lèvres pincées parlaient pour lui. Andrej sembla le comprendre sans un mot.

— Faut-il que je cherche quelque chose en particulier ?

— Un sirop pour la toux serait utile, mais je doute que vous trouviez ça parmi les...

— Les SS en ont plein, l'interrompit calmement Andrej.

Le praticien était sur le point d'objecter, mais Andrej balaya sa protestation.

— Ce n'est pas du vol, ne vous en faites pas. Je connais quelqu'un qui peut m'en vendre pour quelques dollars.

— Si vous le dites.

— Je vais voir ça tout de suite.

Le médecin sortit un stéthoscope de la sacoche en cuir à la doublure en soie où son nom était brodé (étonnamment, ils l'avaient autorisé à la conserver), me fit signe de remonter mon chemisier et écouta ma poitrine pendant une bonne minute. *Toussez. Respirez par la bouche. Expirez...*

— Ce n'est pas bon, mais ce n'est pas mortel non plus, finit-il par annoncer. Cela m'a tout l'air d'une mauvaise bronchite. Vous avez beaucoup de glaires.

Il me dévisagea pendant quelques instants en tapotant un tas de documents du bout de son stylo, pensif.

— Nous pourrions prendre le risque de vous faire passer une radio.

— Faut-il aller à l'infirmerie pour ça ?

— J'en ai bien peur.

— Est-ce vrai qu'ils administrent des injections de phénol aux malades, là-bas ?

— Pas systématiquement, répondit-il d'un air hésitant. Cela dépend du médecin.

— Dans ce cas, je ne veux pas y aller.

— Il vaudrait mieux s'assurer que ce n'est effectivement qu'une bronchite.

— Je n'irai pas, répétai-je en fixant le bout de mes pieds.

— Très bien. Alors, espérons qu'il s'agit d'une bronchite. Votre superviseur s'attend-il à ce que vous reveniez bientôt ?

Je secouai la tête. J'aurais plutôt eu tendance à dire que le Rottenführer Wolff préférait ne pas me voir revenir du tout.

— J'ai une chambre ici. Pourquoi ne pas vous y reposer pendant que je travaille ? Et le soir, vous retournez dans votre baraque. Nous pouvons faire ça tous les jours jusqu'à ce que vous alliez mieux. Herr Doktor ne vient presque jamais. Le plus souvent, ce sont les secrétaires médicaux qui apportent les corps. Des gars dignes de confiance qui savent garder un secret.

Je lui pris la main et la serrai dans un déferlement de gratitude.

— Merci, docteur.

Il se contenta de m'adresser un sourire mélancolique et de me tapoter la main. Peut-être avait-il une fille de mon âge qui était morte ici.

Chapitre 18

HELENA

Au bout d'une semaine, j'étais de retour dans mon Kommando. Jamais auparavant je n'aurais cru être si enchantée de revoir l'entrepôt, jamais auparavant je n'avais plié les vêtements avec un enthousiasme si ardent, pour faire étalage de ma bonne volonté face au supérieur qui était peut-être en train de m'observer. *Je suis de retour parmi les vivants et je peux de nouveau me rendre utile !* Même le Rottenführer Wolff réprima ses commentaires dédaigneux et m'autorisa à garder avec moi la bouteille de sirop que le médecin m'avait donnée (en tout cas d'après la version que je lui avais offerte et qu'il avait acceptée).

Andrej parvint à échanger sa place avec quelqu'un dans son Kommando et me rendait désormais visite chaque fois qu'il arrivait avec les camions et déchargeait les valises que nous devions trier. Chaque jour, en plus du sirop, il réussissait à me glisser quelques pastilles à la menthe ou des bonbons français pour adoucir mes maux de gorge. Qu'importait combien je le suppliais d'accepter une forme quelconque de paiement pour ses services, dont certains (je le savais bien) lui coûtaient cher, il refusait jusqu'à la plus petite babiole.

— Rétablis-toi, c'est ce que tu peux m'offrir de mieux en échange, affirmait-il simplement avec un sourire timide et les yeux baissés.

Ce jour-là, il m'apporta davantage de bonbons. Un nouveau transport avait dû arriver de France. J'étais en train de le remercier lorsqu'il porta sa main à sa casquette et la retira avant de se mettre au garde-à-vous.

Je pivotai sur moi-même et un sourire radieux se forma sur mes lèvres à la vue d'un SS vêtu d'un manteau gris. L'Unterscharführer Dahler était de retour.

Mais il ne me sourit pas en retour. De fait, il ne m'accorda même pas un regard. Ses yeux étaient rivés sur Andrej.

— On papote au lieu de travailler ? s'enquit-il en le fixant d'un air narquois.

Mon sourire s'évanouit jusqu'à disparaître. Soudain, j'avais de nouveau peur de lui, comme au début. Il n'était plus Franz, à ce moment, mais *l'homme à la cravache*. Je le vis en tripoter le manche de sa main gantée.

— Suis-moi, ordonna-t-il méchamment à Andrej. On va aller faire un petit tour dans la forêt.

Il s'éloigna en trombe sans l'attendre.

Andrej me lança un regard teinté de tristesse et d'adieux silencieux, et s'éloigna au trot pour le rattraper. Je fis un pas vers lui, mais compris bien vite que cela ne servait à rien. Qu'importait si ma mémoire floue se l'était représenté à travers un filtre romantique au cours des dernières semaines : l'Unterscharführer Dahler était lunatique et imprévisible au possible et, tout à coup, j'étais loin de le croire incapable de se débarrasser d'Andrej dans les bois. Allez savoir ce qu'il avait bien pu s'imaginer en me voyant discuter avec lui, un sourire amical aux lèvres.

Mes soupçons se confirmèrent lorsqu'il revint un peu plus tard.

— Dans mon bureau ! aboya-t-il en passant devant mon poste de travail.

Dès que je franchis le seuil, il ferma la porte à clé. La fureur se lisait dans ses yeux.

— C'est comme ça que tu me remercies après tout ce que j'ai fait pour toi.

Il ne s'agissait pas d'une question, mais d'une accusation mêlée à une condamnation. Un exemple typique de justice rendue à la manière nazie. Qu'il était grand et élancé dans ce manteau, impérieux et absolument terrifiant !

— Tu es trop fière pour toucher mes *mains d'assassin*, mais ça ne te gêne pas de toucher celles d'un porc du Sonderkommando qui trimballe des cadavres hors des chambres à gaz à longueur de journée. *Ça*, ça ne te répugne pas. *Ça*, ça te paraît acceptable, car c'est une victime des maudits nazis et que ce simple postulat fait de lui quelqu'un de bien. Un véritable martyr et un homme choisi par Dieu situé au-dessus de tout. Le rêve de toute femme, en somme !

Tout son corps tremblait de rage. Du coin de l'œil, je le vis serrer les poings. Je commençai à trembler également, mais de peur qu'il me frappe.

— Alors ? Tu n'as rien à dire ? beugla-t-il.

Il n'avait pas à contrôler le volume de sa voix. Crier sur les détenus n'allait pas à l'encontre du règlement du camp.

Avec la meilleure volonté du monde, j'étais incapable de prononcer le moindre mot. J'avais envie de lui demander s'il avait tué Andrej ou s'il l'avait simplement frappé (il avait ôté ses gants et ses jointures étaient à vif), mais je n'osai pas.

Mon silence fut des plus mal accueillis.

— Je t'ai posé une question !

Je me collai à la porte. Mon dos était trempé de sueur.

— Je suis malade, Herr Unterscharführer.

— Tu m'as tout l'air d'aller très bien, rétorqua-t-il en m'examinant d'un regard glacial.

— J'ai une mauvaise toux. Andrej m'apportait tout simplement des médicaments.

Je sortis un petit flacon de sirop de ma poche et le lui montrai, ainsi que les bonbons. Il regarda le tout d'un air soupçonneux.

— Le Rottenführer Wolff m'a ordonné de me rendre à l'infirmerie, mais…

Je n'achevai pas ma phrase. Il savait parfaitement ce que signifiait l'infirmerie pour les prisonniers.

— Il n'y a rien d'autre, Herr Unterscharführer. Étant donné qu'il travaille dans le Sonderkommando, il peut arranger ce genre de choses. Vous comprenez certainement…

— Oh oui, *je comprends certainement*, répéta-t-il d'un ton moqueur. Je comprends surtout que ces rats volent tout ce qu'ils peuvent au Reich.

Je fixai la montre que j'avais moi-même volée pour la lui offrir, mais ne commis pas l'erreur stupide de lui faire remarquer que ses camarades et lui se servaient à l'envi parmi les affaires des juifs qu'ils exécutaient.

— Et comment l'as-tu dédommagé pour tout ce dérangement ? Ces porcs ne font rien gratuitement.

Il croisa les bras sur sa poitrine, un rictus cruel et sardonique aux lèvres. Je pouvais supporter beaucoup de choses venant de lui : les cris, le mépris, la froideur. Mais pas ces insinuations dégoûtantes. Des larmes brûlantes me montèrent aux yeux.

— Tu peux arrêter tout de suite ce petit numéro. Les pleurs ne fonctionnent pas avec moi.

— Bien sûr, répondis-je avec amertume. Pourquoi fonctionneraient-ils ? Vous êtes au-dessus de toute émotion humaine, vous, la race maîtresse.

Le barrage avait cédé et, soudain, je ne parvenais plus à retenir le flot d'accusations qui se déversait de ma bouche.

— Tout ce que vous savez faire, c'est être cruels. C'est pour cette raison que vous êtes incapables de voir le bon chez les autres. Parce que vous en êtes entièrement dépourvus.

— Entièrement dépourvus ?

Il pâlit et recula d'un pas, comme si je l'avais giflé.

— Tu as la mémoire bien courte. Après tout ce que j'ai fait pour toi.

— Non, je n'ai pas la mémoire courte ! Je vous ai attendu comme un chien. Chaque heure de chaque jour dans cet enfer, je n'ai pas arrêté de penser à vous et à la gentillesse dont vous aviez fait preuve envers moi. Chaque fois que Maria me réprimandait, je pensais à vous et ses mots perdaient instantanément leur pouvoir. Quand j'ai dû aller dans les quartiers du Hauptscharführer Moll pour nettoyer son uniforme et qu'il a commencé à me malmener, devinez à qui je le comparais, en pensant à quel point vous étiez différent ? Même lorsqu'un médecin SS a effectué sur moi une fouille révoltante pendant la désinfection, j'ai tenu, car je me répétais que vous alliez bientôt revenir et qu'un seul regard de vous suffirait à effacer tous ces affreux souvenirs. Alors non, Herr Unterscharführer, je n'ai sûrement pas la mémoire courte. Il ne s'est pas écoulé une minute sans que je pense à vous, pas une seconde sans que j'espère vous revoir. Et désormais, vous êtes de retour et je le regrette amèrement, car vous avez détruit ce que je commençais à éprouver pour vous. Vous feriez tout aussi bien de m'emmener dans les bois et de me tuer comme vous l'avez fait avec Andrej. Je ne survivrai pas seule ici.

Pendant un moment, il me laissa pleurer en silence. Il était visiblement honteux de son comportement puéril et ne savait pas quoi me répondre. Je fus prise d'une quinte de toux et, l'espace d'un instant, je souhaitai presque qu'un vaisseau sanguin explose dans mon poumon et me tue. Je ne pouvais supporter l'idée que la seule et dernière personne en qui j'avais confiance me tourne le dos avec une telle cruauté.

— Tu es vraiment malade.

Soudain inquiet, il posa une main dans mon dos tandis que l'autre cherchait le flacon dans ma poche.

— *Gott*, cette toux est absolument horrible. Bois.

Il plaça la bouteille presque de force entre mes lèvres. J'avalai quelques gorgées et attendis que le médicament fasse effet en continuant de pleurer sans bruit.

— Je ne l'ai pas tué.

Je levai les yeux vers lui. Il semblait plus calme, désormais.

— Je ne l'ai pas tué, répéta-t-il. Je lui ai juste donné quelques coups sur le museau et interdit de s'approcher de mon Kommando.

— De moi.

— Oui, de toi.

— Il essayait simplement de m'aider. Il n'a même pas voulu d'argent en échange.

— C'est parce qu'il est intéressé par autre chose.

Le rictus était de retour, mais au moins, il n'était pas méchant comme auparavant.

— Vous vous faites des idées.

— J'ai bien vu comment il te regarde.

— Herr Unterscharführer, vous ne pouvez pas contrôler la façon dont les gens regardent les autres.

— Non, mais je peux contrôler les gens en tant que tels et ce qui leur arrive s'ils me désobéissent.

— Voilà, c'est exactement ce que je dis !

La crise était passée. Je n'avais plus peur de lui. En revanche, j'étais infiniment déçue. Il n'était pas différent des autres. Il était exactement comme eux.

— Vous êtes cruel et égoïste et vous vous croyez supérieur simplement à cause de votre sang aryen ! Vous traitez les personnes comme des objets que vous pouvez contrôler !

— Qu'est-ce que c'est que ces inepties ?

— Des inepties ? Expliquez-moi en quoi il s'agit d'inepties, Herr Unterscharführer. Regardez-vous : vous êtes fou de rage, car j'ai osé sourire à quelqu'un d'autre que vous. N'est-ce pas la preuve que vous me considérez comme votre propriété ? Je ne sais pas pourquoi vous vous donnez tant de mal avec toutes ces simagrées. Les cadeaux et les mots gentils... Vous n'avez pas à me faire la cour. Je ne suis pas allemande. Je ne suis pas un être humain à vos yeux. Vous voulez que je vous appartienne, mais vous n'avez pas besoin que je partage vos sentiments pour ça. Faites comme vos camarades. Prenez ce que vous voulez ; ce n'est pas comme si vous risquiez d'être puni pour ça. Vous êtes les maîtres du monde. Nous sommes les esclaves. Vous avez été très clair à ce sujet et j'ai une dette envers vous pour ma sœur, de toute façon.

Il s'écarta, horrifié.

— Qu'est-ce que tu racontes, enfin ? Qu'est-ce que c'est que ça, une espèce d'invitation à abuser de toi ?

— Vous n'avez pas besoin d'invitation.

— Je ne mérite pas que tu me parles de cette façon.

— Moi non plus.

Le silence envahit la pièce. Pendant longtemps, il resta immobile, jusqu'à tourner les talons et aller se poster à la fenêtre. À ma grande surprise, je le vis s'essuyer les yeux.

C'était la dernière chose à laquelle je m'attendais.

— Herr Unterscharführer...

Je fis un pas hésitant vers lui.

— Pardonnez-moi, je vous prie. Ce n'est pas ce que je voulais dire.

— Au contraire.

Bien que froide, son intonation était également mâtinée de la souffrance d'une personne blessée à mort.

En mon for intérieur, je maudis ma langue bien pendue. Mais comment imaginer qu'un cœur battait sous cet uniforme ? Et que les paroles d'une juive étaient susceptibles de l'affecter à ce point ?

— Je suis heureux que tu m'aies dit tout ça, continua-t-il, le regard fixé sur un point à l'horizon. À présent, je sais exactement ce que tu ressens pour moi. Tu peux y aller. Je ne t'incommoderai plus.

— Vous ne savez rien du tout, Herr Unterscharführer.

— Je sais que tu me trouves cruel et horrible.

Je soupirai.

— Cruel, oui. Que pourrais-je dire d'autre ? Tout comme un couteau coupant ne se vexerait pas qu'on le traite de couteau coupant, un homme cruel ne devrait pas se vexer d'être qualifié de la sorte, autrement, il n'a qu'à se comporter autrement. La différence, c'est que le couteau n'a aucun pouvoir, tandis que l'homme, lui, est parfaitement capable de choisir comment il veut agir. Mais je suppose que ce n'est pas votre faute ; la sensibilité, la compassion et la compréhension sont depuis longtemps considérées comme des vertus non allemandes par les gens de votre espèce.

— Quelle espèce ?

— Les SS.

— Nous ne sommes pas tous pareils, grommela-t-il, sur la défensive. Je suis loin de ressembler à Moll.

— C'est vrai. Et c'est justement pour ça que ça me contrarie autant quand vous vous comportez comme lui alors que je sais que vous pouvez être si différent.

Il se tourna vers moi, un air tragique sur le visage.

— Je veux seulement que tu m'aimes. Est-ce trop demander ? Me trouves-tu réellement si répugnant que ça ?

— Non. Bien sûr que non. Mais… regardez-nous : tout ceci n'a rien d'une relation normale entre un homme et une femme. J'ai peur de vous toucher. J'ai même peur de vous parler parfois, car je ne sais pas comment vous allez réagir.

Il battit des paupières, abasourdi.
— Je te fais peur ?
Je faillis rire en guise de réponse.
— Est-ce si surprenant ?
— Je trouve, oui.
Je haussai les épaules.
— Vous êtes un officier SS. Nous avons tous peur de vous.
— Sottises.
Il franchit à grands pas la distance qui nous séparait, attrapa mes mains et les plaça sur ses joues. Il avait encore les yeux humides.
— Voilà. Tu vois ? Je suis en chair et en os, comme toi. Je ne suis qu'un être humain normal sous cet uniforme.
Voilà. C'est exactement ce que vos propres dirigeants semblent incapables de s'enfoncer dans le crâne, Herr Unterscharführer.
Il retira lentement ses mains dans l'espoir que les miennes restent sur son visage de mon plein gré, mais je les laissai aussitôt retomber. L'instant était des plus étranges et je ne savais pas quoi penser. Sa peau était étonnamment douce, mais cela me semblait contre-nature de le toucher. C'était toujours un officier SS.
Il dut sentir ma réticence, car il semblait soudain vulnérable et hésitant.
Au bout d'un moment, il reprit la parole.
— Pendant ma permission, je n'avais qu'une envie : revenir et te serrer dans mes bras. Puis-je te serrer dans mes bras quelques instants, Helena ?
J'aurais pu jurer qu'il retenait son souffle en attendant ma réponse.

Je hochai la tête, bien trop vite. Si vite qu'il crut qu'il s'agissait de la réaction instinctive de déférence typique d'une prisonnière et qu'il ne bougea pas.

— Tu n'es pas obligée d'accepter pour me faire plaisir. Jamais je ne ferais quoi que ce soit contre ta volonté. Si tu ne veux pas, cela ne changera rien entre nous. Je continuerai à te protéger et à prendre soin de toi.

— Vous pouvez me prendre dans vos bras. À vrai dire, j'ai l'impression que si les mères du Reich avaient davantage cajolé leurs fils, nous n'en serions pas là aujourd'hui.

Le spectre d'un sourire passa sur son visage. À en juger par son expression, je ne devais pas être loin de la vérité.

— Est-ce que ta mère te cajolait beaucoup ? me demanda-t-il.

— Tous les jours. Chaque fois qu'elle le pouvait.

Il passa lentement ses bras autour de moi et appuya son menton sur le sommet de ma tête. Ne sachant trop que faire des miens, je les laissai pendre le long de mon corps. Il ne protesta pas et ne sembla pas s'en offusquer.

— On m'a éduqué différemment, admit-il à voix basse. Dès le plus jeune âge, on attendait de nous que nous soyons de petits soldats. Pas d'affection, rien d'autre qu'une discipline stricte. Quand j'ai fait une chute à vélo et que je me suis foulé la cheville, mon père m'a battu à coups de ceinture. Pas parce que j'étais tombé et que je m'étais fait mal, mais parce que j'avais pleuré. Je n'ai plus jamais pleuré devant lui après ça, et ce jusqu'à ce qu'il meure au combat l'an dernier.

— Quel âge aviez-vous ?

— Dix-neuf ans.

— Non. Quand vous êtes tombé de vélo.

— Huit ans.

Que répondre à ça ? Tout à coup bouleversée, je passai mes bras autour de sa taille. Il retint son souffle et je crus qu'il allait s'étrangler de joie face à cette démonstration inattendue de tendresse. Pendant quelques instants, nous restâmes là sans parler, sans même bouger, émerveillés de constater à quel point il était follement agréable de s'étreindre de la sorte dans cet enfer où toute émotion était réprimée et où l'amour partait en fumée dans des cheminées de fours industriels.

Le soupir qu'il laissa échapper parut faire écho à mon ressenti. Il frotta délicatement sa joue contre mes cheveux.

— Si seulement nous pouvions rester comme ça toute la journée.

Je ne le contredis pas.

Il me caressa doucement le dos.

— Je n'aime pas ce sifflement quand tu respires. As-tu vu un médecin, au moins ?

— Le pathologiste slovaque chez qui vous m'aviez emmenée.

— Qu'a-t-il dit ?

Je lui offris un faible sourire.

— Rien. Il m'a conseillé de boire tous les sirops que je pouvais trouver et de croiser les doigts pour que ce ne soit pas le typhus.

— As-tu des taches rouges sur le torse ?

— Non. Je vérifie chaque jour.

— Mais tu as de la fièvre.

— Pas très élevée. Elle avait baissé hier, mais elle est revenue aujourd'hui.

— Des douleurs abdominales ?

Les SS étaient tous formés à l'identification des premiers symptômes du typhus. Je lui fus reconnaissante de ne pas s'écarter de moi alors qu'il n'était pas totalement exclu que j'en sois atteinte.

— Sûrement des crampes d'estomac.

— Tu as perdu du poids pendant mon absence, constata-t-il en m'étudiant d'un air préoccupé.

— Je n'avais pas beaucoup d'appétit.

— Ça va aller, Leni, ne t'en fais pas.

Malgré moi, ce surnom affectueux me toucha au plus profond de moi-même, même s'il ne s'agissait que du raccourci allemand de mon prénom.

— Je vais m'occuper de tout, ne t'inquiète pas. Je suis de retour, maintenant, et tant que je serai là, il ne t'arrivera rien.

Chapitre 19

HELENA

Les médecins SS arrivèrent à l'improviste avant même l'appel du matin et commencèrent leur ronde habituelle pour vérifier l'état de santé des patientes. Les femmes du Kanada avaient bien meilleure allure que le reste de la population générale du camp. Néanmoins, ils traquaient tout de même la gale, les plaies ou la moindre quinte de toux suspecte chez quiconque était suffisamment stupide pour tousser devant eux. Comme moi.

— Soulève ton chemisier.

L'esprit encore embrumé par le sommeil et la fièvre, j'obéis sans protester et sans me méfier.

Le SS se hâta de reculer.

— Typhus. Dehors. Tout de suite. Deux semaines de block de quarantaine pour toute la baraque.

Incrédule, j'examinai ma poitrine et mon ventre. Hier, ma peau était une page blanche. Aujourd'hui, c'était une carte de points rouges. La soudaineté du changement me donna le tournis. *Et d'un coup, un jour tu es en vie, et le lendemain...*

Je n'ai pas le souvenir qu'on m'ait emmenée à l'extérieur.

J'étais étrangement calme quand l'aide-soignant m'indiqua le camion orné d'une croix rouge qu'ils utilisaient pour conduire les détenus aux chambres à gaz. Je regrettai de ne pas avoir l'occasion d'échanger mes chaussures avec celles de Różínka, dont les sanglots résonnaient encore à mes oreilles tandis que je grimpais dans le véhicule. Mes bottines étaient bien plus chaudes que les siennes pour affronter l'hiver auquel elle avait encore une chance de survivre. Je regrettai également de ne pas être en mesure de dire au revoir à l'Unterscharführer Dahler, mais les officiers se réveillaient rarement avant l'appel. Quelqu'un le préviendrait plus tard de ce qui m'était arrivé. J'espérais qu'il trouverait en lui la bonté de veiller sur ma sœur après ma mort.

Le trajet, bref, s'effectua dans un silence morbide. Tout le monde savait où nous allions et personne ne soufflait mot ni ne versait une larme. Je faisais presque figure d'étrangère parmi le groupe d'uniformes à rayures et de visages émaciés, mais personne ne fit attention à moi. L'instant suivant, les SS et les membres du Sonderkommando nous ordonnaient de descendre. L'un d'eux me reconnut et me serra la main avec empathie tandis qu'il escortait notre pathétique procession en direction du bunker familier.

— N'aie pas peur. C'est une bonne journée. Le temps est sec, alors ce sera vite fini. Assieds-toi juste en dessous des trappes dans le plafond et prends de grandes inspirations. Tu perdras connaissance en un rien de temps et tu ne souffriras pas.

Je le remerciai et le suivis à l'intérieur. C'était réconfortant d'être entouré de visages familiers au moment de vivre ses derniers instants. Hommes et femmes durent se déshabiller. Profitant d'un moment où aucun SS ne regardait dans ma direction, je fis discrètement signe au détenu du Sonderkommando d'approcher et pressai dans sa paume une pièce d'or. Celle que m'avait donnée l'Unterscharführer Dahler avant de partir en permission et que je n'avais pas utilisée, mais gardée comme une espèce de talisman.

— Peux-tu ramener mes bottes à ma sœur Różínka, s'il te plaît ? Elle travaille au Kanada, elle aussi…

— Je sais qui est ta sœur. Ne t'inquiète pas, elle les récupérera.

Il recula à la hâte et fit mine de donner des ordres à d'autres prisonniers.

Bientôt, nous fûmes tous nus, un troupeau de corps gris et décharnés. J'étais la seule à avoir des cheveux. L'un des hommes du Sonderkommando demanda à son supérieur SS s'il ne valait pas mieux me raser la tête d'abord. L'officier agita la main avec langueur.

— Plus tard, au crématorium, répondit-il en étouffant un bâillement. Les dents et ça, c'est pareil. Laisse-les s'occuper de ça. Ce n'est pas de notre ressort.

La porte de la chambre à gaz s'ouvrit et le Sonderkommando entreprit de nous y faire entrer. Le calme avec lequel tout le monde avançait vers la mort était surréaliste. Peut-être car, contrairement aux nouveaux arrivants, nous savions que toutes les protestations et les supplications de l'univers n'y changeraient rien. Ou peut-être parce que nous étions tout simplement si épuisés par notre calvaire incessant que nous nous rendions face à notre destin, que nous accueillions presque avec soulagement.

N'aie pas peur. Ça sera vite fini.

Néanmoins, au dernier moment, j'attrapai l'homme du Sonderkommando que je connaissais par la manche.

— Est-ce que quelqu'un a déjà survécu ? Au gazage, je veux dire.

Il me dévisagea comme si j'avais perdu l'esprit.

— Je demande seulement pour être sûre... Est-ce que c'est possible que je perde seulement connaissance et qu'ensuite... dans le four crématoire... ? Ma plus grande peur est d'être incinérée vivante, expliquai-je face à son air perplexe.

Il me sourit doucement. Il avait la carrure d'un ours et le regard le plus triste qui fût, empli de chagrin.

— Personne n'a jamais survécu. Mais si tu veux, je peux te briser la nuque avant qu'ils te mettent sur la table de chargement. Pour être sûr.

Je lui offris un sourire chaleureux.

— Oui. Pour être sûr. Merci.

Je le lâchai à contrecœur.

La chambre était plongée dans l'obscurité. Je levai la tête et repérai quelques trappes carrées dans le toit, qui laissaient passer des rais de lumière et à travers lesquelles les SS diffuseraient bientôt le gaz. Je m'assis pile en dessous de l'une d'elles et me remémorai les conseils que l'homme m'avait donnés. *Prends de grandes inspirations. Tu perdras connaissance en un rien de temps et tu ne souffriras pas.*

Je fermai les yeux et attendis que les SS ordonnent aux hommes du Sonderkommando de sortir pour verrouiller la porte hermétique.

— Helena ! Helena Kleinová !

Surprise d'entendre quelqu'un crier frénétiquement mon nom, je ne songeai même pas à bouger, jusqu'à ce que le groupe autour de moi s'écarte et que l'Unterscharführer Dahler apparaisse devant moi. Il avait les cheveux en bataille, l'uniforme de travers et pas de manteau. Il était d'une pâleur mortelle et une peur panique se lisait dans ses yeux.

— Te voilà !

Essoufflé comme après un sprint, il m'attrapa par le poignet et me fit me mettre debout sans ménagement.

— Lève-toi ! Et sors de ce piège à rats. Tout de suite !

L'un des SS responsables de l'*Aktion* lui bloquait l'accès à la porte.

— Où l'emmenez-vous ? demanda-t-il en nous scrutant tous les deux avec suspicion.

— Elle n'est pas censée être ici. Vous n'avez donc pas vu ses vêtements ? Pourquoi ne m'avez-vous pas prévenu qu'une membre de mon Kommando était là ?

L'autre homme ouvrit et referma la bouche, visiblement déstabilisé par les remontrances de Dahler.

— Dans ce cas... que fait-elle ici ?

— Elle s'est sauvée dans l'espoir de se suicider avec votre aide, évidemment, espèce de Sherlock au rabais !

Dahler me tira en avant, de telle sorte que j'étais pile devant l'officier. Je portai mes mains à ma poitrine, pas tant par modestie que pour couvrir l'éruption causée par le typhus.

— Est-ce qu'elle a l'air de quelqu'un qui n'a pas passé la sélection, d'après vous ? Regardez-la ! Elle fait deux fois la taille de ces gens !

Il exagérait, mais je n'avais pas l'air d'un squelette sur pattes, effectivement.

Mais l'officier n'était toujours pas convaincu. Ses yeux brillaient dans la semi-obscurité de la chambre à gaz.

— Pourquoi quelqu'un pourrait-il bien vouloir se faire gazer ?

— Son petit ami a cassé sa pipe il y a quelques jours. Elle est contrariée.

— C'est la vérité, Herr Unterscharführer, intervint l'homme du Sonderkommando que je connaissais pour aider Dahler.

Les deux officiers étaient du même grade. Cela expliquait la défiance entre l'un et l'autre.

— Je l'ai vue. Elle s'était assise juste en dessous d'une trappe pour en finir plus vite.

Après m'avoir maudite entre ses dents, le second officier finit par s'écarter pour nous laisser sortir.

— Où sont tes vêtements ? demanda Dahler d'un ton sévère en prenant soin de me dissimuler de la vue des autres.

Lui aussi devait avoir peur que quelqu'un remarque les taches rouges.

Je montrai du doigt le portemanteau où j'avais laissé mes affaires.

Sous les regards insistants de ses camarades SS, il se mit à crier.

— Je devrais t'obliger à marcher toute nue jusqu'à ta baraque après le numéro que tu viens de faire !

Il me poussa d'un geste brusque.

— Va t'habiller, et plus vite que ça ! Et mets-toi une bonne fois pour toutes dans la tête qu'ici, c'est nous qui décidons combien de temps tu restes en vie, pas toi !

La porte de la chambre à gaz se referma et le verrou tourna dans un bruit sourd. Les mains tremblantes, je me vêtis à la hâte sous les yeux des SS et de l'équipe du Sonderkommando.

— Vous auriez mieux fait de la laisser là-dedans si elle tient tant que ça à mourir, lança l'autre Unterscharführer à Dahler.

— C'est une spécialiste en textiles dans mon unité. Qui va faire le travail à sa place ? Vous ? rétorqua Dahler d'un air moqueur.

Quelques SS s'esclaffèrent. Alors que je boutonnais mon chemisier, l'un d'eux fit signe au subalterne placé sur le pas de la porte donnant vers l'extérieur. À son tour, il fit signe à quelqu'un sur le toit. Quelques instants plus tard, l'agitation gagna l'intérieur de la chambre. Ce furent d'abord des quintes de toux, puis des cris tandis que des poings cognaient de l'autre côté de la porte métallique. Puis des pleurs et des supplications frénétiques se firent entendre. L'Unterscharführer chargé du gazage consulta sa montre, avec l'air de s'ennuyer ferme.

— Où les emmenez-vous ensuite ? s'enquit l'Unterscharführer Dahler en hochant la tête en direction de la chambre à gaz.

— Au crématorium.

— Je croyais que le four n'était plus en service à cause de la cheminée ? N'est-ce pas la raison des bûchers à ciel ouvert des derniers mois ?

— Ils l'ont réparé en attendant que la construction des nouveaux soit finie.

— Ces monstruosités près de mes entrepôts du Kanada ?

Son homologue acquiesça.

— Ça va être de véritables installations industrielles. Il y aura deux niveaux, avec le bunker et le monte-charge pour transporter les corps de la chambre à gaz en bas à l'incinérateur en haut. J'ai vu les plans, ajouta-t-il avec vantardise. Cinq fours, avec trois chambres chacun. Il y aura même un bureau pour le Kommandoführer.

Il parlait d'un ton presque rêveur. Il avait clairement l'espoir d'être promu au poste de Kommandoführer dans un futur proche.

— Vous voulez dire comme les bureaux que nous avons déjà ? demanda Dahler d'une voix mielleuse.

Piqué au vif, l'autre lui lança un regard mauvais.

— Emmenez votre foutue juive et retournez dans votre foutu Kanada ! J'aurais dû vous enfermer là-dedans tous les deux, vous feriez moins le malin !

Visiblement enchanté d'avoir touché un point sensible, Dahler rit avec insouciance, puis m'attrapa par le coude pour m'escorter hors de l'antichambre. Son visage ne trahissait aucune émotion. Seule sa main tremblait sur mon bras.

Dehors, le champ couvert de neige chatoyait sous le soleil, qui m'aveugla instantanément. Tout à coup, je me sentis totalement exténuée et me laissai tomber dans la neige presque sans m'en rendre compte.

— Non, non, non, hors de question, Leni !

Dahler me remit aussitôt debout et me secoua légèrement.

— Il faut marcher, petit soldat. Ce n'est pas le moment de dormir, l'ennemi guette.

C'était étrange d'être sur le point de perdre connaissance et de continuer à avancer uniquement du fait d'un ordre donné par un SS. J'avais assisté à ce genre de scène à de nombreuses reprises avec les *musulmans* et désormais, tout comme eux, je me retrouvais à placer un pied devant l'autre alors que mes dernières forces m'avaient abandonnée.

Il me tenait fermement par le bras. N'importe qui nous voyant ainsi aurait cru qu'il me traînait quelque part pour m'administrer une correction alors qu'en réalité, son étreinte de fer était la seule chose qui m'empêchait de m'écrouler.

Mais bientôt, même lui ne parvint plus à avancer au pas de charge. Quand nous nous fûmes suffisamment éloignés du bunker, il marqua un temps d'arrêt.

— Ça ne t'ennuie pas ? J'ai besoin d'une cigarette.

Je tenais à peine debout et pourtant, quand il laissa tomber son briquet dans la neige, je le ramassai comme une automate. Ses mains tremblaient encore plus que les miennes. À la troisième tentative, il parvint à allumer sa cigarette. Il déglutit péniblement à plusieurs reprises.

— Je n'avais jamais vu avant. La procédure, je veux dire.

Il tenta de rire comme pour justifier sa lividité spectrale et les gouttes de sueur qui perlaient à son front en dépit des températures négatives qui régnaient sur le camp. Mais son rire s'évanouit presque aussitôt et il déglutit de nouveau.

— Pendant la formation, les médecins nous ont assuré que les gens mouraient instantanément. Que le gaz paralysait les voies respiratoires en quelques secondes...

Il me fixa, perdu, et ajouta avec une pointe d'angoisse à peine discernable, mais bien présente :

— Peut-être qu'ils n'ont pas mis assez de gaz ? Je parierais qu'il l'a fait exprès. Ce type m'avait l'air d'un véritable enfoiré, tu ne trouves pas ? Quel sale merdeux arrogant à épaulettes ! Faire exprès de saboter une *Aktion* ! Il mériterait que j'écrive un rapport au Kommandant !

J'eus presque de la peine pour lui en voyant son air désespéré. Les gazés criaient toujours. Andrej me l'avait dit.

Dahler le savait, lui aussi. Le problème, c'était que c'était bien trop douloureux de s'avouer à lui-même que ses semblables assassinaient les miens à échelle industrielle, et d'une manière aussi barbare par-dessus le marché. Peut-être avait-il besoin de voir une personne à laquelle il tenait sur le point de subir le même sort pour que cela suscite enfin une réaction chez lui.

Il regarda en direction du bunker avec ce qui ressemblait à de la haine et m'attrapa de nouveau par le bras.

— Allons-y. Inutile de nous attarder ici.

Au prix d'un effort surhumain, j'ouvris la bouche. Tant que je parlerais, tant que je feindrais d'être en pleine possession de mes moyens, je réussirais à marcher.

— Comment avez-vous su, Herr Unterschar führer ?

— Irma, ta doyenne de block, a couru jusqu'à nos baraques dès qu'ils t'ont emmenée.

— Irma ?

C'était une agréable surprise. Elle n'avait pas la réputation d'être particulièrement charitable parmi les détenues, mais peut-être prenait-elle grand soin de ne pas le montrer. Peut-être avait-elle déjà sauvé d'autres vies sans que personne ne soit au courant.

Dahler haussa les épaules.

— Je crois qu'elle sait que je suis amoureux de toi, répondit-il simplement.

La neige crissait sous nos pas tandis que nous avancions côte à côte, tremblant de froid.

— Où m'emmenez-vous, Herr Unterscharführer ? finis-je par demander.

Il tenta de sourire, mais le rictus qui étira ses lèvres était d'une tristesse absolue.

— Au Kanada. Où veux-tu que je t'emmène ?

— Mais j'ai le typhus.

— Je sais. Irma me l'a dit.

Je le fixai, perplexe.

— La baraque tout entière a été placée en quarantaine à cause de moi, insistai-je.

— Oui. C'est le protocole standard afin de s'assurer que la maladie ne se propage pas.

— Mais dans ce cas, où vais-je aller ?

— Officiellement, à l'infirmerie.

— Et officieusement ?

— Tais-toi, nous approchons des grilles.

Je le laissai prendre trois pas d'avance, comme l'exigeait le règlement quand un détenu accompagnait un SS. Le surveillant de garde bâilla, offrit à Dahler un salut peu enthousiaste et nous fit signe de passer sans se donner la peine de demander pourquoi un officier se baladait sans manteau avec une prisonnière sur les talons. Heureusement pour nous, il semblait davantage intéressé par son café du matin que par la discipline du camp. Je suivis l'Unterscharführer Dahler, en faisant de mon mieux pour paraître éclatante de santé.

De loin, nous vîmes que le Rottenführer Gröning était déjà en train de donner des ordres à un nouveau groupe de prisonnières devant le hangar où mon Kommando œuvrait d'habitude. Elles venaient du camp des femmes, pour le plus grand déplaisir de Wolff. Entre deux gorgées de café, il les étudiait d'un œil acerbe, elles et leurs robes rayées, leurs corps cadavériques et leurs crânes rasés sous leurs foulards. Avec ses deux collègues occupés de la sorte, Dahler n'eut aucune difficulté à m'introduire dans son bureau sans qu'on nous remarque.

— Bien. Et à présent...

Il regarda autour de lui, perdu.

Soudain, je compris pourquoi il s'était obstinément refusé à me dire ce qu'il comptait faire de moi. C'était parce qu'il n'en savait rien.

Je le fixai en ayant presque pitié de lui. Il était beaucoup trop impulsif. Certes, il m'avait sauvée de la chambre à gaz, puis il m'avait ramenée ici, mais... et maintenant ? Je n'avais nulle part où aller, pas même ma baraque qui était en cours de désinfection, comme l'exigeait le protocole. L'administration du camp était assez paranoïaque depuis l'épidémie de typhus du précédent mois de juillet, lors de laquelle quelques infortunés SS avaient eu la malchance de l'attraper.

Dahler m'emmena vers son bureau et me montra l'espace entre les deux séries de tiroirs sous sa table de travail.

— Il va falloir que tu restes cachée ici pour l'instant. Je dois aller travailler, mais je serai bientôt de retour avec des couvertures et de quoi manger. As-tu encore ton sirop ?

— Oui.

Je sortis la bouteille à moitié vide de ma poche. J'avais juste envie de m'allonger et qu'on me laisse tranquille.

— Bien. Je tenterai de t'en apporter tout à l'heure. Et…

Il bafouilla, légèrement embarrassé.

— Peux-tu essayer de ne pas faire de bruit pendant que je ne suis pas là ? Couvre-toi la bouche quand tu tousses dès que tu peux, s'il te plaît. Je ne veux pas que quelqu'un s'aperçoive de ta présence ici. Je vais mettre la radio, mais quand même, fais en sorte d'être discrète, d'accord ?

— Bien sûr, Herr Unterscharführer.

Il m'adressa un grand sourire, alluma la radio et partit, verrouillant la porte derrière lui.

Chapitre 20

HELENA

Il revint à l'heure du déjeuner et déposa une montagne de manteaux de fourrure par terre avant de s'agenouiller devant ma cachette.

— Comment vas-tu, petit soldat ? me demanda-t-il en me faisant signe que je pouvais sortir de sous le bureau.

— Bien.

Je rampai sur mes jambes et mes bras tremblants, en sueur sous le coup de ce pourtant simple effort. J'avais une migraine horrible. Mes muscles, raides à force d'être roulée en boule, me faisaient affreusement souffrir. Je tentai néanmoins de lui sourire.

— Je t'ai apporté quelques affaires, annonça Dahler avec fierté.

Il se mit aussitôt en devoir de créer une sorte de coin confortable sous le bureau en empilant plusieurs manteaux de fourrure et autres peaux de mouton. Il avait même réussi à se procurer un petit coussin.

— Voilà. Comme ça, tu n'as pas à dormir à même le sol.

— Merci, Herr Unterscharführer.

Il m'examina plus attentivement.

— Tu as l'air d'avoir de la fièvre, constata-t-il en me tâtant le front. As-tu froid ?

— Un peu.

Je fermai les paupières pour protéger mes yeux de la lumière. Elle était trop éclatante, presque aveuglante. Je voulus retourner me blottir dans ma cachette pour me reposer. Fermer les yeux et ne rien sentir. Mais l'Unterscharführer Dahler protesta aussitôt.

— Pas encore, Leni. Tu dois manger un peu d'abord. Je t'ai apporté du bouillon de poule de la cantine.

Il me tendit une bouteille Thermos.

— J'ai envie de vomir.

— Le médecin, ton compatriote, a dit que tu devais t'alimenter même si tu te sentais nauséeuse.

— Vous lui avez parlé ?

— Bien sûr. Il faut bien que je sache comment te soigner, non ?

Je le fixai avec une infinie gratitude.

— Et si je...

— Et si tu quoi ?

Gênée, je ne parvins pas à finir ma phrase. Il se leva, traversa la pièce et s'empara d'un seau que les détenues utilisaient pour laver le sol.

— Si tu es malade, tu es malade, mais il faut absolument que tu manges, Helena. Le médecin a lourdement insisté.

Je balayai le bureau du regard comme si je voyais la pièce pour la première fois. Soudain, j'étais consciente de ce qui m'entourait : le camp et les barbelés ; les rangées interminables de baraques qui accueillaient bien trop de personnes qui ne faisaient que mourir et mourir et mourir encore et se transformaient en cendres sous lesquelles nous, les survivants, disparaissions jusqu'à ce que vienne notre tour. La terre elle-même était empoisonnée, il y pourrissait trop de corps tués par les mains meurtrières de trop de SS. Ils nous gazaient, nous fusillaient, nous enterraient et nous brûlaient comme s'ils souhaitaient nous effacer purement et simplement de la surface de la Terre en nous assassinant. Tout ici était hostile et traître : les surveillants en uniforme gris et leurs bergers allemands, les *musulmans* qui nous terrifiaient, car ils incarnaient notre avenir de zombies coincés entre la vie et la mort et, pire encore, l'insoutenable solitude au milieu de centaines de milliers d'autres condamnés. Nous étions tous si seuls ici, entassés les uns sur les autres et pourtant désespérément isolés, sans rien ni personne à qui nous fier…

Une vague d'angoisse me submergea. Un SS était assis face à moi. Ses traits se brouillèrent devant mes yeux. *Je ne devrais rien accepter de lui. Ces manteaux appartiennent aux personnes assassinées. La nourriture a été confisquée à des affamés. Je n'ai nullement le droit de profiter de tout cela. Je n'ai nullement le droit de dormir sur le matelas d'un mort. Je n'ai nullement le droit de porter les vêtements d'une morte. Je n'ai nullement le droit de survivre pendant que d'autres périssent par centaines.*

Lentement, avec peine, mais également avec une détermination aussi soudaine que lucide et inébranlable, je poussai la soupe dans sa direction.

Pendant une minute, il se contenta de fixer le récipient sans réagir.

— Que se passe-t-il, Leni ? demanda-t-il enfin. Une révolte ? Du défaitisme dans les rangs ?

Il poussa le Thermos vers moi.

— Bois.

En constatant que je n'esquissais pas un geste, il ouvrit le couvercle et attrapa mes mains pour me le faire tenir de force.

— Est-ce que tu veux sortir d'ici, oui ou non ?

Je le dévisageai avec stupéfaction. *Aucun de mes semblables n'allait sortir d'ici. Il était bien placé pour le savoir.*

— Ça ne se passe pas bien pour nous à Stalingrad, expliqua-t-il. Toute notre armée est en train de se faire encercler en ce moment même. Les Rouges contre-attaquent avec de plus en plus de virulence et les divisions sibériennes viennent s'ajouter au reste de leurs troupes maintenant que les Japonais sont occupés avec les Américains. Qui, au passage, sont entrés dans le conflit et fournissent des avions, des transports, de la nourriture et va savoir quoi d'autre aux Russkofs, ce qui signifie qu'il y a peu de chance que cette affaire se transforme en victoire pour l'Allemagne. Ce n'est qu'une question de temps avant que tes souffrances s'achèvent. Deux ans de plus, trois peut-être... Ne veux-tu pas sortir d'ici et... vivre ? Parce que moi, je veux vraiment que tu vives, Leni.

— Avec vous ?

Pour une raison quelconque, il m'apparut d'une importance cruciale de lui poser la question.

— Voulez-vous que je vive avec vous après la guerre ?

Dahler haussa les épaules.

— Avec moi, sans moi, avec ce porc du Sonderkommando si le cœur t'en dit. Cela n'a pas d'importance. Tout ce que je souhaite, c'est que tu survives, c'est tout.

Tout à coup, je m'étranglai et me persuadai presque que c'était à cause de ma toux. J'avalai le bouillon en luttant contre la nausée. La douleur, la culpabilité que j'éprouvai lorsque je fus réchauffée, grâce à la soupe ou à ses mots, cela non plus n'avait pas d'importance. J'avais atteint un stade où je ne pouvais plus me battre contre lui. Il me regardait avec émerveillement, les yeux débordant de tendresse, et il avait à jamais cessé d'être l'ennemi. Au prix d'un effort surhumain, j'avais cherché au plus profond de moi la force de résister, sans la trouver. J'étais malade et à l'agonie et lui seul faisait barrage entre la mort et moi et je l'aimais pour ça.

Un sourire chaleureux se forma sur ses lèvres.

— Je t'ai aussi amené quelque chose d'un peu plus nourrissant.

Il fouilla dans sa poche et en sortit un épais carré enveloppé de papier journal.

— C'est un sandwich au *Liverwurst*. Du vrai fait en Autriche, pas cette horreur qu'ils préparent ici. Je l'ai apporté avec moi de

Drasenhofen. Ma mère le prépare elle-même, alors tu peux me croire quand je te dis que c'est délicieux... Et tiens, j'ai aussi du miel, pour apaiser ta toux.

Un bocal atterrit entre mes mains déjà pleines.

— Il y a une carafe d'eau sur le rebord de la fenêtre si tu as soif. J'adorerais rester ici avec toi, mais les nouvelles sont désespérantes, si incompétentes que nous devons les surveiller à longueur de journée. Je passerai te voir de temps en temps dès que je le pourrai. Maintenant, repose-toi, d'accord ? Je t'apporterai à manger et des médicaments plus tard. Mange encore un peu. Et c'est un ordre, alors obéis. Je veux que tu aies tout fini quand je reviendrai.

*

* *

Je fus réveillée par quelqu'un qui me secouait par l'épaule et répétait mon nom. Encore alourdie par un sommeil fiévreux, j'ouvris péniblement les yeux et distinguai la silhouette de l'Unterscharführer Dahler dans le faisceau de la lampe torche posée à terre.

— Leni ? Comment te sens-tu ?

L'inquiétude dans son intonation était palpable. Un pathétique filet de voix franchit mes lèvres.

— Je suis vivante.

Il s'esclaffa doucement.

— J'ai dit la même chose au toubib après être revenu en rampant du champ de bataille avec des bouts de mortier dans le genou avant de m'évanouir sur sa table.

Sa paume était fraîche contre mon front brûlant.

— Ta fièvre a empiré.

Je ne répondis pas et regardai autour de moi en quête d'eau. Ma gorge était sèche et râpeuse comme du papier de verre et chaque respiration était un combat. Dahler s'empressa de me tendre un Thermos, plus petit que le précédent.

— Je t'ai fait du *Glühwein*. Cela devrait te réchauffer. Et c'est bon pour ta gorge, aussi.

Je tentai de soulever le récipient à deux mains, mais il me parut aussi lourd qu'un bloc de béton. Dahler le porta à ma bouche et mit une main dans mon dos pour m'aider à me redresser pendant que je buvais.

— Tu es trempée, déclara-t-il. Il te faut des vêtements secs. Je reviens.

Lorsqu'il réapparut avec une tenue de rechange, j'étais si épuisée que j'arrivais à peine à garder les yeux ouverts. Il hésita avant de s'accroupir devant moi.

— Es-tu capable de te changer seule ?

Je ne m'en sentais absolument pas la force, mais je hochai néanmoins la tête. Avec son aide, je me redressai et commençai à déboutonner mon chemisier. Je n'en étais qu'au troisième bouton quand mes mains retombèrent sur mes genoux. J'étais moins exténuée après des journées de douze heures qu'après ces deux premiers boutons.

— Vous auriez dû me laisser là-bas, Herr Unterscharführer, chuchotai-je de ma voix rauque. Vous auriez dû me laisser dans la chambre à gaz. Je ne vais pas m'en sortir de toute façon.

Il prit mon visage dans ses mains.

— Sottises. Tu vas guérir.

Je sentais son souffle chaud sur mes lèvres tandis qu'il parlait.

— Souviens-toi de ce que je t'ai dit ce matin : c'est nous qui décidons combien de temps vous vivez. Tu ne peux pas mourir pour une bonne et simple raison, Leni : je te l'interdis.

Ses mots parvinrent à m'arracher un faible sourire.

— Je doute que ça marche comme ça avec le typhus, Herr Unterscharführer.

— C'est ce que nous allons voir.

Il défit mes boutons un par un. Je tentai de tirer sur mes manches, mais il finit par s'en charger pour moi puis par me retirer le reste de mes vêtements. Mes dessous, trempés de sueur également, rejoignirent le reste de la pile. Je songeai à me couvrir pour préserver un semblant de pudeur. Après tout, c'était inapproprié et surtout immoral de laisser un homme qui n'était pas mon mari me déshabiller et toucher mon corps exposé. Mais j'étais trop faible et délirante de fièvre pour me préoccuper de bagatelles pareilles. De plus, son comportement n'avait rien de sexuel. Au contraire, ses gestes précis et pour ainsi dire cliniques évoquaient davantage un médecin s'occupant d'un patient qu'un soldat tentant de profiter d'une fille nue et sans défense.

Il prit la carafe d'eau, mouilla mon chemisier sale et s'en servit pour tamponner délicatement ma peau couverte de sueur.

— Cela devrait faire baisser un peu la fièvre, commenta-t-il en m'amenant contre sa poitrine pour me rafraîchir le dos.

Je posai la tête sur son épaule. Ma propre respiration irrégulière résonnait dans mes oreilles.

— Vous ne devriez pas vous tenir si près de moi, Herr Unterscharführer. Vous allez tomber malade, vous aussi. C'est très contagieux.

— Ce sont les poux qui transmettent la maladie, pas les personnes. Et arrête de parler, cela ne fait qu'irriter ta gorge.

J'attendis qu'il eût terminé et rassemblai le peu de forces qui me restait pour l'aider à m'enfiler des vêtements secs. Il avait même réussi à se procurer des chaussettes en laine, dans lesquelles il glissa mes pieds avec précaution.

— Vous feriez mieux d'y aller, Herr Unterscharführer. Vos collègues doivent vous chercher.

— Mes collègues sont en train de se saouler comme à chaque fin de rotation. Le camp pourrait prendre feu qu'ils ne s'en rendraient même pas compte.

Il disposa les fourrures afin que je puisse m'étendre de tout mon long pour la nuit, puis il m'allongea. Il prit place près de moi et cala ma tête sur son épaule.

— Et maintenant, dors, Leni. Il faut que tu te reposes.

*
* *

Je me réveillai à plusieurs reprises pendant la nuit. Chaque fois, l'Unterscharführer Dahler me tenait contre lui pendant que je toussais, me donnait de l'eau avec du miel et m'essuyait le front avec un linge humide. Je tentai de lui sourire et de faire bonne figure, mais les maux d'estomac ne tardèrent pas à arriver, aigus et vicieux, comme autant de coups de couteau dans les entrailles. Soudain incapable de me retenir plus longtemps, je me mis à pleurer tandis que je m'agrippai à lui avec l'énergie du désespoir.

— Eh bien, camarade, qu'est-ce que c'est que ces larmes ?

Il tenta de me réconforter en me caressant les cheveux.

— As-tu si mal que ça ? Veux-tu que j'aille chercher de la morphine ?

— Oui… Non. J'ai juste peur…

— De quoi as-tu peur ?

De la mort. N'était-ce pas évident ?

— Je suis là. Tu vas t'en sortir, un point c'est tout.

Il me serra plus fort dans ses bras et étrangement, je me sentis apaisée. À croire que la Grande Faucheuse n'oserait pas me toucher tant que j'étais sous sa protection.

— Je ne veux pas mourir, admis-je enfin, le visage blotti contre sa poitrine.

— Tu ne vas pas mourir.

Il était si calme, si serein, si sûr de lui que je me mis à le croire.

— Il faut que la fièvre retombe, c'est tout. C'est ce que le médecin a dit. Tu te sentiras mieux demain matin. Repose-toi.

— J'ai la sensation que si je m'endors, je mourrai dans mon sommeil. Alors que si je reste éveillée, la maladie ne m'aura pas…

Je recommençai à m'agiter, transpirant de frayeur.

Étonnamment, il ne parut pas trouver ma superstition ridicule. Il me dévisagea avec une infinie patience, comme si j'étais une enfant paniquée en proie à une inquiétude infondée.

— Dans ce cas, allonge-toi et je vais te raconter des histoires pour que tu restes éveillée jusqu'au matin. Qu'est-ce que tu en dis ?

Je n'étais pas convaincue, mais j'acquiesçai. Il ramena une peau de mouton au-dessus de nous et me prit dans ses bras.

— Quel genre d'histoire aimerais-tu entendre ?

Je réfléchis quelques instants.

— Parlez-moi de votre ville natale.

— Drasenhofen ? demanda-t-il avec surprise. Je n'appellerais pas ça une ville. C'est plutôt un village.

Il rit contre mes cheveux.

— C'est en Basse-Autriche, à la frontière de la Tchécoslovaquie.

— C'est vrai ?

— Oui. Nous sommes voisins, camarade.

Fidèle à sa promesse, il ne me lâcha pas une seconde et parla sans discontinuer. À travers mon délire, je l'entendis évoquer sa mère et son père décédé sur le front est, ses amis d'enfance et son amour pour les chevaux, les recruteurs SS qui étaient venus dans son village juste après l'Anschluss autrichien. Il me raconta le front et ses camarades, les steppes ukrainiennes, son chien Prinz qui lui manquait terriblement, la maison dans laquelle nous vivrions après la guerre. Peut-être rêvai-je de cette dernière partie et peut-être ne dit-il rien de cela ; avec la fièvre, on ne pouvait jamais vraiment savoir.

Il touchait mon front de temps en temps et le tamponnait avec le chemisier humide chaque fois que la fièvre grimpait trop à son goût. Enfin, je m'endormis dans ses bras. Le matin, lorsque j'ouvris les yeux au bruit de la fanfare qui sonnait l'appel et voulus me lever, poussée par l'instinct du camp, je me sentais effectivement un peu mieux. Toujours très faible, mais la sensation de vide avait disparu, de même que l'étrange obscurité qui menaçait de me consumer quelques heures plus tôt. Je m'agrippai néanmoins à l'uniforme de Dahler quand il fit mine de se mettre debout, un geste qui sembla le ravir à en juger par l'expression sur son visage. Je l'avais empêché de dormir avec ma toux et toutes ces histoires et pourtant, il souriait comme si cela ne le dérangeait pas le moins du monde.

— Il faut que je sois présent pour l'*appel*, dit-il en écartant délicatement mes doigts de sa manche. Mais je serai bientôt de retour avec le petit déjeuner. Dors encore un peu. C'est le matin. Tu n'as plus de raison d'avoir peur.

Je glissai ma main sous mon chemisier. La déception m'envahit en sentant les vésicules.

— L'éruption est toujours là, annonçai-je.

— Elle va d'abord s'étendre au reste de ton corps avant de disparaître.

Je portai les doigts à mon visage. Mon geste le fit rire.

— Ne t'en fais pas pour ta jolie frimousse. Ce n'est pas la rougeole.

— Vous auriez dû être médecin.

— C'est vrai, concéda-t-il avec une facilité surprenante avant de m'embrasser sur le front. Je t'aime, Leni.

— Je vous aime aussi, Herr Unterscharführer, murmurai-je sans y penser.

— Franz.

— Franz, répétai-je.

Il se leva avec une réticence évidente. Dès que la porte se referma derrière lui, je me rendormis et rêvai du village à la frontière entre l'Autriche et la Tchécoslovaquie, du chien nommé Prinz et de la maison dans laquelle nous vivrions un jour.

Chapitre 21

HELENA

La routine du soir resta inchangée. Il arrivait avec les poches pleines de nourriture obtenue à la cantine SS et allumait la lampe torche qu'il posait par terre sans utiliser le plafonnier, qui aurait attiré l'attention. Il me donna à manger jusqu'à ce que j'eusse repris suffisamment de forces pour tenir ma cuillère moi-même. Assis en tailleur dans la pénombre, il me divertissait avec des anecdotes de l'armée jusqu'à ce que mes paupières deviennent lourdes d'avoir tant mangé et tant bu de thé chaud. Ensuite, il disposait les manteaux de fourrure autour de nous et me serrait contre lui comme pendant la toute première nuit, son souffle délicat envoyant des frissons le long de mon échine.

Une semaine s'écoula, peut-être plus, et je m'étais tant habituée à dormir dans ses bras qu'à partir de ce moment, je ne voulus plus dormir autrement. Avec lui, je ne craignais rien.

— Comment est-ce possible que vos camarades ne se demandent jamais où vous passez vos nuits ? demandai-je alors que nous partagions un souper composé de ragoût fourni par la cantine, avec de la saucisse et du pain.

La bouche de Franz s'étira en un sourire ironique.

— Depuis que l'administration du camp a augmenté les rations de schnaps, ils se saoulent tous les soirs. Je doute qu'ils remarquent mon absence. Parfois, nous regagnons nos quartiers dans un tel état que nous n'arrivons pas à nous lever de nos couchettes pour éteindre, alors nous tirons un coup de pistolet dans l'ampoule.

J'arrêtai de mâcher l'espace d'un instant.

— Vous plaisantez.

— Pas du tout. Personne ne contrôle ce que nous faisons. Nous pouvons donc faire ce qui nous chante le plus souvent. Et cela inclut nos allées et venues la nuit.

— Alors vous n'êtes pas le seul qui s'absente le soir ?

— Oh non. Mais les autres…

Il se tortilla, mal à l'aise.

— Disons que ce n'est pas avec la noble intention de s'occuper d'une amie malade.

Je le fixai jusqu'à ce qu'il grimace, consterné d'avoir à m'expliquer de quoi il retournait.

— Tous ces hommes sont jeunes et il n'y a pas beaucoup de surveillantes femmes ici. Alors ils font irruption dans des baraques, sélectionnent quelques filles de leur choix, et…

Je levai une main en l'air pour qu'il se taise. Soudain, je regrettai d'avoir posé la question.

— Jamais je n'ai fait une chose pareille, s'empressa-t-il d'ajouter.

Je hochai la tête.

— Je suis sérieux. Pas même sur le front.

— Je vous crois. Je n'imagine pas un tel comportement de votre part.

Il garda le silence un moment, plongé dans ses souvenirs.

— Il y avait des types qui faisaient ça, là-bas. Mais notre Untersturmführer était un homme bien et il s'est assuré que ces hommes-là seraient poursuivis pour leurs crimes. Il y avait deux amis dans notre unité, tous les deux originaires de Munich, des fils de fonctionnaires du Parti ou quelque chose de ce genre... Des porcs arrogants comme je n'en avais jamais vu ! Tout le temps saouls, tout le temps en train de concocter des sales coups, mais jamais là lorsqu'il fallait se battre. Un jour, ils ont attrapé une jeune femme, la fille d'un paysan, et... enfin, je t'épargne les détails. Toujours est-il que quand les gens du coin sont venus trouver notre Untersturmführer pour se plaindre, il a ordonné à ces deux grands amis de se fusiller l'un l'autre s'ils ne voulaient pas que ce soit le peloton d'exécution qui s'en charge. Il n'en a rien eu à faire que leurs pères soient des gros bonnets. Mais ils ont fait un foin terrible et notre commandant a vite été transféré ailleurs. J'ignore ce qui lui est arrivé après ça. Celui qui l'a remplacé était un enfoiré. Heureusement, comme j'ai été blessé peu après, je n'ai pas eu à servir sous ses ordres pendant trop longtemps. Chaque homme est différent, je suppose.

Il resta longtemps songeur avant d'ajouter à voix basse :

— Wolff est le parfait exemple. Parfois, il n'a pas envie de s'embêter à aller en ville et payer, alors… il trouve ce qu'il veut ailleurs.

— À Birkenau ?

J'avais du mal à croire à une chose pareille.

Franz secoua lentement la tête.

— Ici, dans notre Kommando, murmura-t-il presque sans remuer les lèvres. Les femmes du Kanada ressemblent encore à de vraies femmes. Elles portent du parfum, ont des cheveux, de la poitrine. Il refuse de toucher celles de Birkenau. Elles le dégoûtent.

Soudain, j'avais perdu tout appétit. Parmi les détenues de mon unité, combien subissaient ces agressions ignobles ? Les corrections, je pouvais comprendre, voire pardonner. Mais là, c'était un tout autre sujet.

— Il n'abuse pas d'elles à proprement parler. Il leur donne de l'argent et leur rend toutes sortes de services en échange, ajouta Dahler, visiblement mal à l'aise. Mais…

— Mais de toute façon, elles ne peuvent pas lui dire non, pas vrai ? finis-je à sa place.

— Je ne sais pas exactement comment il gère ses affaires, répondit-il tout bas, les yeux baissés.

— Pourquoi êtes-vous encore ami avec lui alors que vous êtes au courant de ses agissements ?

— Nous ne sommes pas amis. Nous sommes camarades. C'est différent.

Je faillis rire face à une logique si ridicule.

— En quoi est-ce différent ? demandai-je néanmoins.

— C'est difficile à expliquer.

Il fronça les sourcils tandis qu'il cherchait ses mots. De toute évidence, c'était compliqué de rationaliser un tel état de fait.

— Nous avons été conditionnés de cette façon dès le début. Le Führer et la confrérie des SS sont au-dessus de toute chose. Un SS doit obéir sans jamais rien remettre en cause. C'est notre devoir sacré que de suivre nos dirigeants. La réflexion nous nuit, pour reprendre les mots de l'Obergruppenführer Eicke. Un SS doit se contenter d'obéir aux ordres. Les doutes sont dangereux et il n'y a pas de place pour eux parmi les rangs SS. Nos frères SS sont au-dessus de nos frères de sang. Nos chefs savent ce qui est bon pour nous. Nous leur vouons une loyauté inconditionnelle.

Sa voix gagnait en assurance, comme si elle trouvait une base sur laquelle s'élever, et son regard était fixe et sombre tout à coup. Il ne clignait pas des yeux et parlait comme un automate tandis qu'il récitait tous ces postulats. Tous ces mensonges empoisonnés et haineux, réitérés si souvent, lui venaient bien trop facilement.

Je déglutis avec peine, soudain effrayée à l'idée qu'il soit trop tard pour qu'il délie ces principes de ses propres convictions. Peut-être étaient-ils trop imprégnés en lui.

— Même si vous pensez que c'est en dépit du bon sens ? interrogeai-je avec prudence.

Il se frotta le front.

— Un ordre est un ordre. Le devoir d'un SS est d'obéir sans le remettre en question, répéta-t-il.

Je l'examinai attentivement.

— Même si vous savez que vous faites quelque chose de mal ? Même si cela va à l'encontre de votre bonne conscience ?

Franz grimaça et pressa ses paumes contre ses yeux.

— Les sentiments persistants de compassion sont causés par la supercherie des ennemis de l'État. Ils essaient de susciter notre pitié dans une tentative de mener à bien leurs objectifs malveillants. Si un supérieur donne un ordre, l'ordre est forcément correct, même si nous ne le comprenons pas. Nous ne devons pas remettre en cause l'autorité d'un supérieur. C'est dangereux. C'est une trahison...

— Franz, regardez-moi, s'il vous plaît.

J'écartai ses mains de son visage, qu'il dissimulait à ma vue comme en attendant que l'interrogatoire prenne fin.

— Je suis juive. C'est *moi*, l'ennemie de l'État. Alors, pourquoi m'avoir sortie de la chambre à gaz ? Pourquoi me cacher ? Cela ne va-t-il pas à l'encontre des ordres ?

— Si, mais...

— Mais quoi ?

— Mais... je ne supporterais pas qu'il t'arrive quoi que ce soit, avoua-t-il, au désespoir.

— Mais je suis juive. Vous n'êtes pas censé me protéger.

— Je sais.

— Qu'en est-il de vos ordres sacrés, dans ce cas ?

— Rien. Je t'aime. Je ne peux rien y faire.

Il avait l'air d'être sur le point de pleurer face à cette situation.

Je m'approchai de lui et pris sa main dans la mienne. Cela restait étrange de le toucher spontanément sans lui demander la permission, mais je savais à quel point cela l'enchantait quand je faisais ça.

— Votre Führer est un être détestable, affirmai-je en le regardant droit dans les yeux.

Horrifié, il recula et je le sentis se crisper des pieds à la tête. Cependant, il ne protesta pas et laissa sa main dans la mienne. Certaines personnes se faisaient fusiller pour moins que ça dans ce camp, et j'étais là, à tester sa loyauté envers un homme pour lequel ils avaient tous juré de donner leur vie.

— Mais pas vous. Je sais que non. Je veux que vous soyez un homme bon, pas pour moi ni pour le bien des autres prisonniers, mais pour le vôtre. La haine ne fait que semer la destruction. C'est l'amour qui guérit, qui répare. N'êtes-vous pas plus heureux ici, avec moi, que si vous étiez en train de rouer de coups un malheureux détenu ou de vous saouler avec vos camarades comme vous en aviez l'habitude auparavant ?

Il garda le silence.

— Ne vous êtes-vous pas senti mieux lorsque vous avez sauvé ma sœur de la chambre à gaz que lorsque vous avez entendu ces gens suffoquer à l'intérieur ?

Il hocha la tête. Lentement et avec une grande hésitation, mais il hocha la tête.

— Peut-être parce que dans le fond, vous savez que c'est la bonne chose à faire ? Peut-être est-ce pour cette raison que vous préférez être ami avec le Rottenführer Gröning plutôt qu'avec Wolff, parce que le Rottenführer Gröning ne frappe et ne viole jamais personne et ne demande pas pourquoi vous envoyez un colis à une prisonnière pendant que vous êtes en permission ?

Ses lèvres s'étirèrent lentement en un sourire vacillant.

— Je me sens en sécurité avec vous, Franz. Avec vous, je sais qu'il ne peut rien m'arriver. Peu à peu, j'ai appris à vous faire confiance. Je me suis profondément attachée à vous au cours des deux dernières semaines, et c'est parce que vous m'avez montré votre vrai visage, et pas uniquement cet uniforme que je déteste. Je sais que vous êtes gentil et attentionné et je sais que vous avez du cœur. Tout ce que je vous demande, c'est de l'écouter, au lieu d'écouter ces foutaises dont vos supérieurs vous bourrent le crâne. Quand vous sentez en votre for intérieur que quelque chose n'est pas bien, c'est parce que ce n'est pas bien. Votre boussole morale vous guide. Faites ce qu'elle vous dicte.

Il resta longuement immobile. Soudain, il se pencha en avant et déposa un baiser rapide sur ma joue.

— Elle me dicte que ça, c'est bien.

Un sourire naquit sur mes traits. C'était déjà mieux que l'entendre répéter comme un perroquet toutes ces doctrines nazies insupportables.

— C'est le cas.

Après quelques instants d'hésitation, il approcha son visage plus près. Ne sentant pas de réticence de ma part, il posa ses lèvres au coin des miennes. Je fermai les yeux. Nos genoux se touchaient. Lentement, je posai une main sur sa nuque, à la peau étonnamment douce sous le col raide de son uniforme. Il prit mon visage dans ses mains, couvrit ma bouche de sa bouche et je le laissai m'embrasser pour la première fois.

Quelque part dans un coin de ma tête, la voix de ma mère répétait que mes baisers et mon corps étaient réservés à mon mari et que lui seul devrait recevoir le plus précieux des cadeaux : ma vertu, que je lui offrirais le soir de nos noces et pas avant. Mais le médecin SS s'était déjà approprié ce cadeau lors de mon premier jour ici. Alors, autant donner ce qui restait de mon ancien moi à quelqu'un qui l'apprécierait, au moins.

Je ne lui dis pas d'arrêter quand ses caresses se firent plus insistantes. Je ne repoussai pas ses mains lorsqu'il commença à déboutonner mon chemisier. J'attendis que la honte se manifeste, mais l'émotion que je ressentais était bien différente de ce à quoi je m'étais préparée. Il n'y avait aucune culpabilité quand je le laissai m'allonger et me retirer mon pantalon. Au contraire, c'était comme si ses mains sur ma peau nue étaient à leur place et qu'il ne faisait que prendre possession de ce qui lui appartenait dès le départ.

Ses baisers étaient impatients, tout comme sa manière de toucher ma poitrine, mon ventre, mon entrejambe, et pourtant, il me demanda tout de même si j'avais déjà été avec un homme, car il ne voulait pas me faire mal. Avec un sourire triste, je lui dis de ne pas s'inquiéter pour ça. Le médecin SS m'avait fait mal longtemps auparavant. Et j'avais envie que Franz me fasse oublier tout cela. Et peut-être que je pouvais lui faire oublier son passé, moi aussi.

Chapitre 22

Allemagne, 1947

Le Dr Hoffman regarda Helena Dahler baisser les yeux et sourire doucement.

— Alors oui, comme vous pouvez le constater, tout était totalement consensuel entre nous. Mon mari n'a jamais abusé de moi ni d'aucune autre prisonnière, d'ailleurs. Néanmoins, je comprends ce qui a pu susciter de telles allégations de la part de M. Novák.

Elle contemplait le ciel rougi du crépuscule par la fenêtre afin de ne pas avoir à affronter le regard des juges tandis qu'elle rapportait des faits d'une nature si personnelle. Franz Dahler lui caressait le dos de la main sans sembler en avoir conscience. Ce geste tendre provoqua un sourire chez le Dr Hoffman.

— Comme vous l'avez compris avec l'exemple de Herr Wolff, les détenues n'avaient pas vraiment leur mot à dire lorsqu'il s'agissait des désirs des SS. Il est donc tout naturel que M. Novák ait supposé que mon époux était ce genre d'homme, lui aussi… Le genre d'homme qui abuse des femmes. Je peux vous assurer que Franz n'a jamais rien fait de ce genre ni avec moi ni avec personne d'autre.

Le Slovaque fixait le mur en face de lui, les lèvres serrées. Contrairement à Dahler, qui semblait détendu, bien que peut-être perdu dans ses pensées, Novák était raide comme un piquet.

— Monsieur Novák, avez-vous jamais été *témoin* de relations non consenties entre l'accusé et Mme Dahler ? interrogea le président.

— Non, bien sûr que non. Vous vous doutez bien que les SS tenaient à préserver leur intimité dans ces cas-là. Je ne fais que répéter ce que disaient les autres.

— Et que disaient-ils, exactement ?

— Que l'accusé entretenait des relations avec elle.

— Ces relations étaient-elles consenties ou non ? J'ai besoin que vous soyez plus précis.

Le Slovaque ne répondit pas.

— Monsieur Novák, il faut que vous répondiez à cette question. Dois-je vous rappeler que vous avez prêté serment ?

— C'était sous-entendu ! répliqua Andrej Novák avec agacement. Aucune prisonnière n'aurait couché volontairement avec un SS, vous ne croyez pas ?

— Nous ne sommes pas ici pour donner notre avis, mais pour énoncer des faits, expliqua patiemment le président. En tant que coplaintif, vous avez formulé de graves accusations à l'encontre du prévenu, parmi lesquelles des relations sexuelles forcées avec la témoin, Helena Dahler. Il en va de notre devoir, en tant que cour de justice, d'en établir la véracité ou la fausseté. Jusque-là, tout ce que vous avez déclaré au sujet de ce chef d'accusation se limite à des propos rapportés. Si, en revanche, vous avez personnellement été témoin de ces abus, alors nous sommes face à une situation totalement différente. D'où ma question.

— Non, je n'ai pas été *personnellement témoin* de ces abus, répliqua Novák en masquant à grand-peine sa colère.

— Accusé, dans l'intérêt de la cour, niez-vous avoir jamais abusé de la témoin ? s'enquit le président en désignant Helena du bout de son marteau.

Dahler soupira, comme s'il devait répéter une évidence pour la centième fois.

— Comme ma femme l'a déjà expliqué, je ne l'ai jamais touchée sans son consentement. Alors non, je n'ai jamais abusé d'elle sexuellement, pas plus que je n'ai abusé d'aucune autre prisonnière. Je suis certain que ma belle-sœur Róžínka Feldman sera en mesure d'en attester, bien qu'elle me considère comme un vaurien de manière générale.

De petits gloussements retentirent dans la salle.

— Vous pouvez interroger l'intégralité des survivantes du Kommando du Kanada, toutes prendront ma défense. Le viol est l'une des choses les plus abjectes qu'un homme puisse faire à une femme et j'ai toujours méprisé les moins-que-rien qui s'abaissaient à de telles ignominies. Je serais incapable de me regarder dans la glace si j'avais fait quoi que ce soit de ce genre à ma femme. Je n'ai jamais nié l'avoir frappée, mais ça…

Il secoua la tête avec véhémence.

Le Dr Hoffman le crut.

— Nous interrogerons Różínka Feldman demain, annonça le président. Je suis curieux d'entendre ce qu'elle a à dire sur tout cela.

— Ce sera votre témoin le plus fiable, Monsieur le Juge, assura Dahler sur le même ton badin que lorsqu'il avait précédemment évoqué sa belle-sœur. Elle ne m'aime pas, mais c'est une femme honnête. Elle dira la vérité, sachant que contrairement à ma femme, cela lui est bien égal que je finisse mes jours en prison.

Une fois de plus, des rires parcoururent les rangs de la salle d'audience.

Un jeune homme charmant quand il le désire, songea le Dr Hoffman. Mais ce ne serait pas la première fois, dans le cadre de ses fonctions, qu'il se trouverait face à un criminel rusé comme un renard dès qu'il s'agissait de tromper son monde.

*

* *

Dehors, la pluie tombait sur la ville silencieuse. À l'exception de la lueur jaune occasionnelle d'un lampadaire, les rues étaient plongées dans l'obscurité. Le bitume brillait comme si la cité se lavait de son passé entaché de sang.

Seules les gouttes qui ruisselaient contre la vitre étaient vivantes. Tout le reste était immobile.

Son repas à demi mangé abandonné sur le rebord de la fenêtre (depuis longtemps dans l'armée, il avait perdu l'habitude de prendre ses repas à table, toujours en mouvement, toujours préoccupé par quelque chose d'important), le Dr Hoffman consulta sa montre. Il était bien trop tard pour appeler son collègue, mais il savait qu'il serait incapable de trouver le sommeil s'il ne parlait pas à quelqu'un de sa profession. L'affaire le tourmentait comme un moustique à la tombée de la nuit, les questions sans réponse comme autant de piqûres innombrables qui menaçaient de le rendre fou.

Tout avait semblé si simple au début ! Un ancien nazi amenait sa femme comme témoin afin de sauver sa peau. La version du coplaintif était claire et nette : Dahler était un violeur doublé d'un menteur pathologique, un antisémite pur jus et un impitoyable meurtrier. Et Helena, la pauvre Helena, n'était qu'une victime malchanceuse qui devait supporter ses mauvais traitements depuis le camp, d'abord comme prisonnière puis comme épouse. Les motivations de Dahler étaient claires comme de l'eau de roche. Quoi de mieux sur son nouveau CV qu'un mariage avec une ancienne détenue de camp de concentration ?

Et pourtant, l'infinie tendresse et l'affection si évidente avec lesquelles elle le regardait ne pouvaient pas être feintes sous la menace. Elle aimait son mari, sincèrement et profondément, et c'était ce qui déroutait au plus haut point le

Dr Hoffman. Car… comment le pouvait-elle ? Comment avait-elle pu tomber amoureuse de lui ? Les prémices de leur histoire n'avaient rien eu de réjouissant. Elle-même avait admis n'avoir eu aucune envie de le connaître au début. Elle avait déchiré son mot d'amour. Pendant les semaines suivant leur rencontre, elle avait été persuadée qu'il était incapable d'aimer, qu'il n'avait pas de cœur. Qu'est-ce qui avait changé ?

À la réflexion, il savait pertinemment ce qui avait changé. Helena l'avait raconté en termes assez simples. De petits services, des actes de gentillesse, sa sœur qu'il avait sauvée, puis elle-même. Mais en temps normal, cela aurait fait naître de la gratitude. La logique ne dictait pas de tomber amoureux de quiconque nous sauvait de la noyade. Tout comme on ne tombait pas amoureux d'un geôlier qui nous autorisait à utiliser une seconde couverture pendant la nuit.

Quant à Dahler, il n'avait rien d'un héros. Oui, il avait pris des risques pour elle, mais même cela avait pour but de servir ses propres intérêts. Il souhaitait garder pour lui et pour lui seul la femme qu'il aimait. Helena et sa sœur étaient les seules qu'il avait soustraites à la chambre à gaz. Helena mise à part, il n'en avait probablement rien à faire du sort réservé à tous ces juifs. Par conséquent, comment était-ce possible qu'elle porte un amour sincère à une personne qui avait assassiné ses semblables de sang-froid ? Pas de ses propres mains, certes, mais il n'en restait pas moins un complice indiscutable.

Après avoir regardé dans le vide avec maussaderie pendant un certain temps, le Dr Hoffman consulta de nouveau sa montre et se dirigea à pas déterminés vers le téléphone posé sur son bureau dont il tapota la surface du bout des doigts, impatient, en attendant que la voix familière lui réponde.

Ils étaient quatre diplômés de la même *alma mater* à exercer en tant que psychiatres et à rassembler du matériel pour leurs futurs travaux universitaires. Les professeurs de Stanford encensaient tellement Will Hutson pour sa thèse sur les relations entre geôlier et prisonnier que le choix du Dr Hoffman s'était tout naturellement porté vers lui.

Son visage s'illumina dès que la correspondance s'établit et que le *Dr Hutson à l'appareil* retentit avec son enthousiasme familier.

— Will, c'est Hoffman. Est-ce que je te réveille ?

— Non, je travaillais. Tu as vu cette météo ? Quelle horreur.

— J'aurais quelques questions d'ordre professionnel à te poser si tu as le temps.

— Pour toi, toujours.

Hoffman lâcha le fil du combiné, qu'il avait commencé à entortiller sans s'en rendre compte.

— Tu es sur quelque chose d'intéressant ?

On pouvait dire ça comme ça.

— Tu as interviewé des survivants de camps de concentration, je me trompe ?

— Tu ne te trompes pas, non.

— Cela va peut-être te paraître étrange, mais... as-tu déjà été face à une personne qui serait… tombée amoureuse d'un représentant de l'autorité ?

— Un officier, tu veux dire ?

— Un officier, un surveillant, un Kapo… n'importe qui situé à un échelon hiérarchique supérieur.

— Parles-tu de relations sexuelles en échange de nourriture ?

— Non, je parle d'une véritable relation amoureuse.

Il y eut un long silence. Le Dr Hoffman se mâchouillait la lèvre, s'attendant à entendre un ricanement d'un moment à l'autre.

— Une relation amoureuse ? répéta le Dr Hutson.

— Oui. Ils se sont même mariés.

— Qui donc ?

— Une ancienne détenue et un surveillant.

Une autre longue pause.

— Pour des raisons administratives, j'imagine ?

— Venant de sa part à lui, cela pourrait se comprendre, en effet. Mais je t'assure que sa femme semble éprouver la plus sincère des affections à son égard.

— Hum.

— Je sais. C'est difficile à croire, et pourtant…

— Et elle était dans le même camp que lui ?

— Oui, à Auschwitz. Elle travaillait sous ses ordres dans le Kommando du Kanada. Tu sais, là où ils triaient les affaires.

— Elle a eu de la chance. Un endroit correct, d'après ce que j'ai entendu dire. Comment es-tu tombé sur eux ?

— Il a été cité à comparaître par le tribunal de dénazification. Un autre prisonnier qui était également à Auschwitz jure que ce type est le diable en personne.

— Et sa femme ?

— Elle a l'air d'être véritablement amoureuse de lui.

Un autre *hum* retentit à l'autre bout du fil.

— Que penses-tu de lui ?

— Il n'est pas désagréable. Absolument charmant, même, dès lors qu'il se détend un peu. Au début, il était très froid et j'ai eu toutes les peines du monde à le cerner.

— Dans ma carrière, c'est une première, à n'en pas douter. Certes, ça me rappelle un cas que j'ai traité, mais...

Son confrère hésita. La curiosité du Dr Hoffman fut aussitôt piquée au vif.

— Vas-y, si tu penses qu'il peut y avoir un lien susceptible de m'aider. Tu sais bien que ça restera entre nous.

— C'était un adolescent, commença Hutson avec une réticence notable. Il venait aussi d'Auschwitz, soit dit en passant. C'était l'un de ces malheureux garçons au physique trop avantageux, un *Pipel* dans le jargon des camps. En as-tu déjà entendu parler ?

— Oui. Helena, la femme de l'ancien SS, en a mentionné un au cours de son témoignage.

— Dans ce cas, tu sais comment ça fonctionnait. Le garçon laissait le Kapo lui faire ce qu'il voulait et en échange, il était blanchi, nourri et protégé. En général, le Kapo s'occupait bien de lui.

Hutson marqua une pause.

— Et donc ? encouragea le Dr Hoffman, impatient.

— Pendant notre entretien, il affirmait avec l'obstination la plus incompréhensible qui soit que son agresseur était un grand homme sans lequel il n'aurait pas survécu. Chaque fois que je lui faisais remarquer que le Kapo l'avait utilisé de manière répugnante, il prenait sa défense avec une telle véhémence qu'on aurait pu croire que le Kapo était un véritable héros qui aurait mérité qu'une statue soit érigée en son honneur. Nous avons eu cette conversation à de nombreuses reprises et jamais il n'en a démordu. Sa conviction était inébranlable. Le Kapo était quelqu'un de formidable et il lui devait la vie. Je lui ai demandé s'il était homosexuel et il a répondu que *Non, pas du tout*. Il était très attiré par les femmes et n'avait jamais regardé aucun homme de cette façon. Je l'ai plusieurs fois interrogé sur le Kapo et toujours il a refusé d'entendre raison et a continué à proclamer que le Kapo avait ses travers, mais que c'était quelqu'un de bien, car il lui avait sauvé la vie alors que rien ne l'y obligeait.

Un sourire optimiste se forma sur les lèvres du Dr Hoffman. Le sourire d'un scientifique sur le point d'effectuer une découverte majeure.

— Continue, je t'en prie, murmura-t-il.

— La conclusion du jeune homme était : *Il aurait pu se contenter de m'utiliser et de me tuer, mais il m'a traité du mieux qu'il a pu. Comment pourrais-je lui en vouloir de ses bons soins ? Sans lui, je serais mort. C'est grâce à son affection que j'étais en sécurité. Même les autres détenus n'étaient pas aussi gentils avec moi que lui. Je lui serai à jamais reconnaissant de m'avoir maintenu en vie alors que rien ne l'y obligeait.* Personnellement, la logique m'échappe, mais voilà, tu sais tout.

Hoffman laissa échapper un petit rire.

— Tu sais ce que Helena Dahler a dit à propos de son mari ? Presque la même chose mot pour mot : *C'était la seule personne qui se souciait de moi ; je lui dois la vie,* et autres déclarations du même acabit. Qu'est-ce qui ne va pas chez eux, à ton avis ?

— D'un point de vue psychologique ?

— Oui. Ne crois-tu pas qu'ils souffrent d'un... trouble de la personnalité, ou d'une autre pathologie de ce genre ? Leur réaction est loin d'être normale pour des personnes victimes de mauvais traitements.

— Peut-être s'agit-il d'un mécanisme de protection quelconque ? réfléchit Hutson à voix haute. Une technique inconsciente de survie ? J'ai déjà vu cela chez d'anciens détenus, mais ceux-là... Ils jouent dans une tout autre catégorie. L'idée est la même, néanmoins.

— C'est ma théorie. Mais quelle place occupe dans tout cela le fait de développer l'affection ?

— Peut-être que cela a pour objectif de minimiser le traumatisme ? Ce que je veux dire par là, c'est que contrairement aux prisonniers allemands, les prisonniers juifs, eux, étaient déjà condamnés à mort : même si ce n'était pas instantané, le travail, la maladie ou la faim finiraient forcément par les tuer. Ils en étaient conscients. Ils n'avaient aucun espoir. Dans la plupart des cas, ils avaient perdu leur famille entière à leur arrivée et ils subissaient de mauvais traitements quotidiens. Puis un représentant de l'autorité dont leur vie dépendait s'intéressait soudain à eux. Ils se raccrochaient à ça, car c'était synonyme de survie, qu'importe pendant combien de temps. Ils savaient que ce représentant de l'autorité restait un agresseur, mais ils se mettaient à l'abri de davantage de maltraitances en se soumettant à la volonté de cet agresseur. Et ce faisant, ils voyaient ledit agresseur sous un jour entièrement différent, un sauveur qui les faisait eux-mêmes apparaître sous un meilleur jour.

— Une espèce de trouble dissociatif ?

— Peut-être pas aussi grave qu'un véritable syndrome dissociatif de la personnalité comme la schizophrénie, mais dans le même spectre, je dirais. Ils s'embrouillent volontairement afin de protéger ce qui reste de leur psychisme fragile. En normalisant la relation avec l'agresseur, ils n'étaient pas aussi accablés émotionnellement qu'en ne la normalisant pas. La plupart des victimes de maltraitances s'identifient comme telles et souffrent de psychose, de dépression, de différents types de névrose, de phobies, etc. L'adolescent dont je t'ai parlé, néanmoins, semblait beaucoup plus calme et stable que les victimes de viols en réunion, par exemple. D'où ma conclusion. Qu'en est-il de ton *épouse* ?

— Elle semble calme en présence de son mari. Elle est clairement atteinte de certains troubles apparus à la suite de son incarcération, agoraphobie et phobie sociale pour ne citer que cela, que son mari lui-même reconnaît. Mais oui, en sa compagnie, elle est étonnamment sereine et paisible. D'ordinaire, les victimes s'effondrent pendant leur témoignage. J'ai déjà été face à des personnes qui vont jusqu'à perdre connaissance. Dans le cas présent, tant qu'il lui tient la main, elle va bien. Et tu as raison sur un autre point : elle ne se voit pas comme une victime. Une victime du régime fasciste, oui, mais certainement pas de Dahler, en tout cas.

— Ça m'a tout l'air d'un parfait sujet de recherche !

Le Dr Hoffman rit.

— Il n'y en a pas assez, malheureusement.

— Le procès est-il toujours en cours ?

— Oui. La sœur de Helena témoigne demain.

— J'aimerais être présent, si c'est possible.

Le Dr Hoffman sourit. Il s'était attendu à une telle requête.

— Bien sûr, Will. Et merci pour ton aide.

Chapitre 23

Une lumière terne baignait la salle d'un éclat doré pâle. Les bancs bien cirés grinçaient de concert. Tout le monde était arrivé tôt ce matin-là, bien avant l'heure programmée de début d'audience. Les voix devisaient comme de coutume, mais elles étaient mâtinées d'une intonation subtilement différente, dénuées de l'apathie et du léger agacement habituels. Neuf heures moins dix. Dans son uniforme impeccable, le lieutenant Carter fixait la pendule sans cligner des yeux.

Près de la fenêtre, le Dr Hutson était installé sur un banc vide. Le Dr Hoffman réprima un sourire à la vue de son collègue. L'impatience se lisait sur ses traits. Ce ne fut que quand le président fit son arrivée et annonça que la séance était ouverte qu'il cessa de s'agiter.

Różinka Feldman devait être la première à comparaître à la barre. Dahler était assis à côté de sa femme, sa main couvrant la sienne. Il sourit à sa belle-sœur et la salua lorsqu'elle passa près de lui, ce à quoi elle répondit d'un hochement de tête froid. Le visage de Helena reflétait toutes les émotions qu'elle éprouvait. C'était sans doute une sale affaire que de devoir traîner sa seule parente survivante dans une salle d'audience, mais Helena n'avait pas eu le choix.

À ce stade, le Dr Hoffman savait que Róžínka avait dix ans de plus qu'Helena, mais sans cette information, il l'aurait prise pour sa mère et non pas sa sœur aînée. Pâle et fragile, Helena évoquait une poupée de porcelaine : infiniment délicate et éternellement jeune. Chez Róžínka, les yeux seuls racontaient l'histoire d'une vie qu'elle ne souhaitait à personne. Deux puits de tristesse liquide, quadrillés par des rides et marqués par les ombres qui la hanteraient à jamais, qu'importait combien d'années la sépareraient de ce qu'elle avait été forcée d'endurer. Deux plis profonds et amers entouraient ses lèvres serrées et visiblement peu disposées à parler. Sa chevelure était d'un noir d'ébène, mais le Dr Hoffman soupçonna une teinture qui dissimulait des cheveux en réalité entièrement gris.

Elle fixa la bible d'un air interrogateur, mais elle y apposa tout de même sa main et répéta scrupuleusement le serment. S'ensuivirent les premières questions de routine.

— Veuillez indiquer votre nom à la cour, je vous prie.

— Roza Feldman.

— Votre âge ?

— Trente-cinq ans.

Le Dr Hutson la regarda avec compassion. Elle semblait tellement plus âgée…

— Votre adresse ?

Elle marmonna quelque chose d'incompréhensible en hébreu ou en yiddish. *Palestine* fut le seul mot que le Dr Hoffman reconnut.

— État civil ?

— Veuve.

Le juge lui épargna la question concernant ses enfants et le Dr Hoffman lui en fut reconnaissant. Elle évoqua brièvement sa vie en Slovaquie, l'occupation allemande, la Hlinkova Garda, l'application de nouvelles politiques antisémites, et le jour où elle avait appris que sa sœur était allée se faire enregistrer auprès des Allemands.

— Avant cela, elle vivait avec nos parents. Dès qu'ils entendirent des rumeurs selon lesquelles les Allemands emmenaient les jeunes femmes travailler dans les camps, ils l'ont envoyée vivre chez des amis non juifs. De nombreuses familles en ont fait autant pour protéger leurs enfants, mais…

Róžínka soupira.

— Les Allemands ont commencé à nous terroriser. Des affiches étaient placardées dans tout le pays, proclamant que quiconque se rendrait coupable de cacher des juifs serait poursuivi en justice et déporté dans un camp de concentration. Helena ne voulait pas causer de problème à nos amis, alors elle est allée se signaler. Plus tard, nos amis nous ont donné le mot qu'elle avait écrit avant de s'enfuir avec sa valise. Elle disait aller dans une usine où elle pourrait travailler et contribuer à l'effort de guerre allemand... Tout cela n'était que de la propagande et des mensonges, bien sûr, mais certaines personnes étaient naïves et croyaient tout ce que les Allemands racontaient. Comme tant d'autres, Helena a cru que si elle se portait volontaire, ils laisseraient notre famille tranquille. Personne ne s'imaginait qu'on les emmènerait dans un endroit comme Auschwitz.

Le Dr Hoffman lança un regard en biais à Dahler. L'ancien surveillant caressait distraitement la main de sa femme, les yeux rivés au plancher sans le voir. Il écoutait, c'était certain, mais il semblait perdu dans ses pensées dans le même temps. Le Dr Hoffman aurait payé cher pour savoir ce qui lui passait par la tête.

Une question en particulier le dérangeait au plus haut point. Dahler aurait-il préféré que Helena se cache pendant la guerre et conserve sa liberté, en conséquence de quoi ils ne se seraient jamais rencontrés, ou aurait-il préféré que les choses restent comme elles étaient ? Il mourait d'envie de faire fi du protocole pour le lui demander.

— Quand avez-vous reçu une convocation du gouvernement ? interrogea le président.

— Pendant l'été 1942, quelques mois après la déportation de Helena.

— Cette convocation concernait-elle toute votre famille ?

— Oui. Le gouvernement avait voté la loi selon laquelle les juifs devaient s'enregistrer auprès du bureau en 1941. Alors en 1942, ils ont commencé à envoyer ces convocations à tout le monde. Mon mari, mes enfants et moi en avons reçu chez nous. Mes parents aussi, mais la leur était différente. Après la guerre, j'ai appris qu'ils avaient été déportés à Treblinka au lieu d'Auschwitz et qu'ils avaient été gazés dès leur arrivée.

Różínka retraçait les événements avec une maîtrise d'elle-même admirable. Ses yeux étaient secs, son regard impassible.

— Et vous ? Vous êtes arrivée à Auschwitz avec votre famille ? s'enquit le président.

— Oui. Sur le quai, on nous a tout de suite séparés. Les hommes se tenaient d'un côté et les femmes de l'autre. L'officier chargé de la sélection m'a demandé si je voulais garder mes enfants. J'ai trouvé la question ridicule. Quelle mère n'aurait pas souhaité rester avec ses enfants ?

Son rire, amer et sans joie, résonna dans la salle.

— Plus tard, on m'a expliqué que si j'avais abandonné mes enfants, j'aurais été placée dans la rangée des personnes sélectionnées pour le travail, pas pour la chambre à gaz.

Elle étudia ses ongles pendant quelques instants, pensive.

— Cela n'avait pas vraiment d'importance. Même si je l'avais su à l'époque, j'aurais néanmoins choisi de rester avec mes enfants, que cela me coûte la vie ou non. Si je les ai laissés, c'est seulement parce que…

Ce fut la première fois que sa voix se brisa. Elle porta une main légèrement tremblante à sa bouche dans un effort pour contrôler ses émotions.

— Si je les ai laissés, reprit-elle, c'est seulement parce que je pensais que nous allions prendre une douche. Les SS étaient très convaincants. Ils discutaient le plus naturellement du monde avec nous, nous demandant quelles étaient nos qualifications, expliquant quel genre de travail nous ferions ensuite. Tout était effroyablement plausible ! J'étais en train de déshabiller mon fils quand un officier est entré dans la pièce et a appelé mon nom. Je l'ai rejoint et lui ai indiqué qui j'étais. Il m'a attrapée par le bras et m'a ordonné de le suivre. Je ne parlais pas bien allemand, alors tout ce que j'ai compris, c'est que ma sœur me cherchait et qu'il allait me conduire à elle. J'ai montré mes enfants, mais il m'a répondu de ne pas m'inquiéter. J'ai pensé que je les retrouverais plus tard.

Elle se tapota rapidement les yeux avec un mouchoir. Trop peu de temps s'était écoulé pour qu'elle puisse évoquer le sujet sans pleurer. La blessure était encore à vif.

Le président lui accorda quelques instants afin qu'elle reprenne une contenance, avant de poursuivre.

— Qui était l'officier qui vous a emmenée ?

— Franz Dahler, affirma-t-elle sans hésiter en pointant l'index vers lui.

Son geste avait un aspect accusateur qui dut interpeller le Dr Hutson, car il inscrivit quelque chose dans son carnet. Les victimes désignaient les auteurs d'un crime de la même manière lors de séances d'identification.

— Que s'est-il passé ensuite ?

— J'ai aperçu Helena dehors. Elle pleurait, mais elle avait l'air soulagée de me voir. M. Dahler nous a poussées en avant toutes les deux, assez brusquement je dois dire. Il ne nous a pas permis de nous serrer dans les bras ni même de nous parler tant que nous étions à proximité de la chambre à gaz. Ensuite, Helena m'a pris la main et m'a dit que tout allait bien se passer et que nous allions travailler ensemble. Je lui ai demandé quand je pourrais aller chercher mes enfants. M. Dahler a répondu qu'ils étaient dans un camp spécial pour enfants et qu'on s'occupait bien d'eux. Que je les verrais plus tard.

Au fur et à mesure que sa sœur parlait, Helena Dahler baissait la tête, à tel point que le Dr Hoffman finit par ne plus voir ses yeux. En outre, elle se rapprochait graduellement de son mari, comme en quête d'une protection qu'il ne pouvait pas lui offrir. Il déposa un rapide baiser sur ses jointures avant de couvrir sa main délicate de la sienne. Un geste fugace, mais profondément touchant dans sa sincérité impuissante. Ils étaient tous deux coupables face à Róžínka, de manières différentes, mais coupables tout de même, et ils n'avaient personne vers qui se tourner.

— Est-ce l'accusé qui vous a dit la vérité concernant vos enfants ?

— Non. C'est l'une des Kapos, Maria Krupp. Je ne l'ai pas crue au début, mais ensuite, les autres prisonnières m'ont confirmé qu'elle disait vrai. La dernière personne à avouer a été Helena. Elle m'a expliqué qu'elle avait voulu me protéger pendant le plus longtemps possible pour m'éviter de sombrer dans la folie ou d'attenter à mes jours. Elle était terrifiée à l'idée de se retrouver seule là-bas, alors elle voulait me garder à ses côtés à n'importe quel prix.

— Est-il exact que vous travailliez avec votre sœur sous les ordres de l'accusé ?

— C'est exact, monsieur le Juge.

— Quelle opinion aviez-vous de lui ? Comment interagissait-il avec les détenues ?

Après avoir lancé un regard en direction de Dahler, Róžínka prit un moment pour réfléchir à sa réponse. Le Dr Hoffman tourna la tête vers le Dr Hutson. Ce dernier lui adressa un hochement de tête à peine perceptible, baissa les yeux, puis les releva et haussa les sourcils d'un air éloquent. Hoffman acquiesça. Lui aussi avait remarqué que Dahler gardait les yeux obstinément baissés. Cette fois, son expression était exempte de culpabilité. Seul s'y lisait le souhait de ne pas intimider l'ancienne prisonnière en la regardant frontalement. Malgré lui, le Dr Hoffman éprouva du respect à l'encontre de Dahler. Il était rare de rencontrer des criminels si courtois. D'ordinaire, ils choisissaient d'exercer leur pouvoir sur leurs victimes jusqu'à la victoire finale. Dahler, lui, s'effaçait pour la laisser parler à sa guise et s'exprimer sans réserve.

Une attitude bien différente de celle qu'il affichait en présence de Novák.

— Il était... caractériel. Difficile à cerner, contrairement à d'autres surveillants. Le Rottenführer Wolff, par exemple, était cruel. Personne ne voulait se le mettre à dos. Le Rottenführer Gröning était l'opposé de Wolff. Je ne l'ai jamais vu lever la main sur qui que ce soit. Il passait la plupart de son temps enfermé dans son bureau. Il n'appréciait pas particulièrement le contact des prisonniers et préférait s'acquitter de tâches administratives plutôt que superviser l'entrepôt. Nous l'aimions bien, si je puis dire, car il était relativement facile à vivre. Quant à M. Dahler...

Elle marqua une pause.

— ... il pouvait être l'un ou l'autre. Quand quelque chose le mettait en colère, il valait mieux garder ses distances. Il ne m'a jamais frappée, néanmoins. Il m'a réprimandée à plusieurs reprises, mais il ne m'a jamais touchée.

— Quand vous dites *Il pouvait être l'un ou l'autre*, pourriez-vous être plus précise ?

— Il pouvait se montrer cruel, mais il ne faisait pas la sourde oreille face aux doléances des prisonnières. Il était capable d'être aussi agréable que Gröning quand il le voulait.

— Comme avec vous et votre sœur ?

— Avec ma sœur, ça n'avait rien à voir. Il était amoureux d'elle, alors leur relation n'avait rien en commun avec celles qu'il entretenait avec le reste des détenues. Il était très différent avec elle. Comme si ce n'était pas le même homme.

— Que les choses soient claires : vous êtes donc en train de dire qu'il ne la maltraitait pas physiquement ni sexuellement ?

Le Dr Hoffman guetta la réaction de Novák. Après tout, la question du président découlait de son témoignage. Le Slovaque fixait la nuque de Dahler avec une froideur haineuse.

Róžínka secoua énergiquement la tête.

— Mon Dieu, non. J'ai su qu'il l'avait cravachée le jour de mon arrivée quand elle est revenue des quartiers du médecin et qu'elle me l'a raconté. Mais il n'avait pas le choix. S'il n'avait rien fait, cela aurait éveillé les soupçons de ses supérieurs et allez savoir ce qui se serait passé ensuite. Dans ce cas précis, il ne pouvait pas faire autrement.

— L'a-t-il frappée de nouveau par la suite ?

— Non. Jamais. Et avant non plus, d'après elle. Il était très protecteur vis-à-vis d'elle, à vrai dire.

— Est-ce vrai qu'il l'a sauvée de la chambre à gaz ?

— Oui, à la fin du mois de novembre ou au début du mois de décembre 1942. Je suis navrée, nous n'avions pas de calendrier là-bas alors je ne me souviens pas de la date exacte.

Elle marqua une pause, puis continua.

— Helena avait contracté le typhus. Un médecin SS s'en est rendu compte au cours d'une inspection surprise et lui a ordonné de monter dans le camion. Tout le monde savait où ces camions emmenaient les prisonniers qui ne passaient pas la sélection. Je pensais l'avoir perdue quand M. Dahler est venu me trouver plus tard ce jour-là pour me dire de ne pas m'inquiéter, que Helena était en sécurité. Il ne m'a pas dit où il la cachait, mais il m'a garanti qu'il s'occuperait bien d'elle. Pendant les jours qui ont suivi, il s'arrêtait devant mon poste de travail pour me donner de ses nouvelles. *Helena va bien*, ou *La fièvre de Helena a baissé*. Ça se limitait à quelques mots, mais je lui en étais très reconnaissante. Au moins, je savais que ma sœur était en vie. Elle est revenue après le Nouvel An. Il a raconté une histoire de nouveau vaccin que les médecins SS avaient testé sur elle et tout le monde l'a cru. Ou plutôt, personne n'a commis l'erreur stupide de poser des questions. Ses collègues paraissaient s'en moquer.

— Connaissaient-ils la nature de la relation entre M. et Mme Dahler ?

— Helena m'a confié que le Rottenführer Gröning était au courant et qu'il faisait semblant de ne pas savoir ce qui se passait. Quant à Wolff, je ne crois pas. C'était le genre à signaler tout et n'importe quoi au service politique, alors s'il avait eu des soupçons, il les aurait dénoncés.

— Des rumeurs circulaient selon lesquelles Herr Wolff forçait des prisonnières à avoir des relations sexuelles. Étiez-vous au fait de ces rumeurs ?

Elle sourit brièvement.

— Je l'étais. Mais sa vision divergeait radicalement de celle de Dahler. Wolff trouvait cela parfaitement acceptable d'utiliser les femmes comme bon lui semblait, mais la perspective d'une relation suivie avec l'une d'elles allait à l'encontre de son code moral SS, pour appeler ça comme ça. M. Dahler avait une opinion différente, de toute évidence.

— Quand avez-vous découvert que votre sœur entretenait une relation avec l'accusé ?

— J'ai eu des soupçons dès mon arrivée. Ma sœur avait beaucoup changé au cours de ses premiers mois d'incarcération. J'avais le souvenir d'une Helena joyeuse, insouciante, extravertie, toujours souriante et qui adorait chanter. La Helena d'Auschwitz n'avait rien en commun avec cette fille. Elle était très... renfermée, distante, solitaire. Très vulnérable émotionnellement, aussi. Par exemple, lorsqu'elle a remarqué que je ne mangeais pas, elle est devenue hystérique. J'étais encore profondément déprimée après avoir appris la vérité concernant mes enfants, voyez-vous, et... pour être honnête, elle m'a fait peur ce jour-là. Je reconnais que je songeais au suicide, mais le comportement de Helena m'a terrifiée à tel point que j'ai pensé que si je mourais et qu'elle se retrouvait seule, elle craquerait en quelques jours. Elle était très fragile psychologiquement. Beaucoup de gens l'étaient, mais je ne voulais pas que ma sœur perde la raison comme tant d'autres. Je n'avais plus personne, alors je me suis dit que c'était mon devoir de m'occuper d'elle. Mais avec la meilleure volonté du monde, j'étais incapable de la protéger, alors elle s'est tournée vers une autre personne qui le pouvait.

— Voulez-vous dire qu'elle entretenait avec l'accusé une relation intéressée dans le but d'assurer sa survie ?

— Au début oui, même si je ne crois pas qu'elle en était consciente. Nous étions tous traités comme des chiens là-bas, qu'on rouait de coups de pied en les laissant mourir de faim. Naturellement, dès que quelqu'un nous témoignait la moindre gentillesse, nous nous agrippions à cette personne. Beaucoup de prisonniers entretenaient des relations avec des Kapos ou des vétérans de block dans le but d'améliorer leurs conditions de vie, ne serait-ce qu'un tout petit peu. De jeunes garçons laissaient des Kapos leur prendre leur innocence pour bénéficier de leurs faveurs. Des travailleurs qualifiés soudoyaient les surveillants ; les surveillants favorisaient certains prisonniers qui leur étaient utiles. C'était une hiérarchie très compliquée. Mais Helena était beaucoup trop innocente pour réfléchir de cette manière et elle s'est sincèrement attachée à Dahler. Cependant, après son retour en janvier 1943, j'ai remarqué un changement chez elle. Elle était presque... aveuglée.

— Que voulez-vous dire par là ?

— Elle refusait en bloc de voir la réalité qui l'entourait. Tout ce qui l'intéressait, c'étaient son Franz et ses livres. Cela virait à l'obsession.

— Ses livres ?

— Oui.

L'esquisse d'un sourire triste passa sur les lèvres de Różinka.

— Après sa maladie, elle était encore trop faible pour travailler à temps complet, alors M. Dahler l'emmenait chaque jour dans son bureau et l'y laissait enfermée sous un prétexte ou un autre. Elle faisait le ménage, soi-disant, ou d'autres corvées, mais en réalité, il l'autorisait à rester là pour lui permettre de se reposer et de lire des livres qu'il lui apportait du Kanada au lieu de les brûler. Le soir, lorsque nous retournions dans notre baraque, elle s'allongeait à côté de moi et me racontait à l'oreille les histoires qu'elle lisait. Pendant les premiers jours, j'ai d'abord cru que la poussée de fièvre causée par le typhus l'avait rendue folle. Elle ne voulait plus parler du camp ni de quoi que ce soit d'autre que ses lectures et Franz.

— Que disait-elle à propos de l'accusé ?

Autre semblant de sourire mélancolique.

— Elle évoquait leurs projets d'avenir.

Elle soupira, avant de développer :

— C'était l'une des raisons pour lesquelles j'ai cru qu'elle avait perdu la tête. Un sourire béat terrifiant aux lèvres, elle répétait que Franz souhaitait l'épouser après la guerre et qu'elle avait dit oui. Qu'ils vivraient dans son Autriche natale avec sa mère avant d'acheter leur propre maison. Qu'elle avait hâte de connaître son chien Prinz, parce que *les gentils chiens lui manquaient, pas comme ceux du camp*, et qu'elle était impatiente de démarrer une nouvelle vie avec lui. J'ai pensé qu'elle avait tout inventé. Je savais qu'il l'aimait bien, mais... j'étais incapable d'imaginer un SS tenir un tel discours. Dans mon esprit, c'était inconcevable qu'il envisage ce genre de choses avec une prisonnière. Mais je n'ai pas tardé à comprendre qu'elle ne fabulait pas.

— Qu'est-ce qui vous a fait changer d'avis ?

— Cela sautait aux yeux qu'ils étaient ensemble.

— Comment cela ?

Elle eut un petit haussement d'épaules.

— Il traînait sans arrêt près de son poste de travail. Il lui parlait à la moindre occasion. N'importe où ailleurs, ce serait passé inaperçu, mais à Auschwitz, ils auraient tout aussi bien pu envoyer un faire-part de fiançailles à l'ensemble du camp. En temps normal, jamais un surveillant SS ne se serait entretenu avec une détenue de la qualité du tissu d'une veste. Il trouvait des excuses pour la toucher, pour lui montrer *comment plier ce vêtement correctement*, par exemple. Il était toujours à côté d'elle. Et elle le fixait toujours avec cette expression... Vous savez, les petits regards en coin amourachés et les demi-sourires. Parfois, ils se faisaient passer des mots. Elle restait dehors après l'heure du couvre-feu et il la ramenait à la baraque ensuite. Personne ne demandait où elle était, bien sûr, car tout le monde connaissait la réponse.

— Avez-vous abordé avec elle le sujet de sa relation ?

— J'ai essayé, mais j'ai vite abandonné l'idée. Cela finissait toujours mal.

— Que voulez-vous dire ?

— Dès que j'essayais de lui ouvrir les yeux...

Różínka se frotta le front et poussa un soupir agacé.

— ... elle devenait hystérique. Seigneur, c'était un officier SS et elle, une prisonnière juive. Comprenez-vous à quel point c'était atroce ? Personnellement, cela me faisait l'effet d'une gifle. Il portait l'uniforme des gens qui avaient tué mes enfants. Qui avaient tué toute notre famille ! Et elle était là, à proclamer son amour immortel pour lui. J'avais envie de la secouer jusqu'à ce qu'elle retrouve la raison. Si elle avait fait cela uniquement pour survivre, j'aurais compris, je vous assure. Mais elle était sincèrement amoureuse et cela me dégoûtait.

Elle agita la main avec dédain.

— C'était impossible de lui parler, de toute façon. Chaque fois que je tentais de lui mettre du plomb dans la cervelle, elle m'attaquait. *Comment pouvais-je l'accuser d'aimer la seule personne qui se souciait d'elle ? Comment pouvais-je ne pas vouloir son bonheur, qu'importait avec qui ? Comment pouvais-je ne pas être reconnaissante ? Après tout, c'était uniquement grâce à lui que nous étions en vie.* Ce genre de choses. Elle est devenue dépendante de lui, à tel point que cela a viré à l'obsession. Sans lui, le monde s'écroulait. Et c'est toujours le cas. Elle n'arrive même pas à sortir de chez elle à moins qu'il l'accompagne.

Le regard qu'elle lança à sa sœur, qui gardait la tête baissée, n'avait rien d'accusateur. Il était rempli de chagrin. Elle ressemblait à un parent qui réprimande son enfant d'avoir fait une bêtise. *Ou à un psychiatre plein de regrets compatissants face à un patient qui n'ira jamais mieux*, songea le Dr Hoffman.

Le président rebondit aussitôt :

— Concernant le fait de ne pas sortir seule, est-ce le souhait de votre sœur ou celui de Herr Dahler ?

— C'est uniquement celui de ma sœur. Il a tenté à de nombreuses reprises de l'encourager à aller marcher ou faire les courses ou que sais-je, mais Helena fait des crises d'angoisse en pleine rue. J'ai bien tenté de l'accompagner une fois, mais…

Elle soupira.

— Après quelques minutes, elle paniquait tellement qu'elle est tombée à genoux. Elle n'arrivait plus à respirer. Elle a perdu connaissance et un soldat américain m'a aidée à la porter jusqu'à l'appartement. Je n'ai pas renouvelé l'expérience ensuite. Néanmoins, quand elle est avec son mari, tout va bien. Elle parvient même à aller au cinéma et à regarder un film du début à la fin, mais à condition qu'il lui tienne la main. Elle a besoin de s'assurer en permanence qu'il est près d'elle, autrement, elle perd la tête. Comme je l'ai dit, elle dépend de lui dans des proportions maladives. C'était déjà comme ça dans le camp. J'imagine que leur relation n'était pas une si mauvaise chose que ça, en fin de compte. Lui aussi a commencé à changer, à se montrer beaucoup plus calme avec le temps, plus maître de lui-même. Il ne nous tombait plus dessus avec sa cravache et il est devenu plus sympathique avec les prisonniers.

— De quelle façon ?

— Helena distribuait beaucoup de choses chaque fois qu'elle le pouvait. Étant donné que nous travaillions au Kanada, nous avions accès à tout. Parfois, quand la charge de travail devenait ingérable, ils nous envoyaient des renforts en provenance du camp « normal ». Ces femmes étaient extrêmement mal nourries par rapport à nous et manquaient d'absolument tout. Helena essayait toujours de les aider : elle leur donnait de la nourriture, des sous-vêtements, car elles n'en avaient même pas, des chaussures pour remplacer leurs sabots en bois. Des brosses à dents, des médicaments, de l'argent pour acheter des choses au marché noir, et j'en passe. Le plus souvent, c'était Dahler qui supervisait son secteur, et quand elle mettait des choses de côté pour les distribuer ensuite, il regardait ailleurs. Il savait ce qu'elle tramait et faisait mine de ne rien voir. Lui aussi aidait à sa façon.

— Diriez-vous que l'accusé était antisémite ?

— Je dirais qu'il faisait partie de ces surveillants persuadés que les ordres concernant l'extermination des juifs étaient corrects, même s'ils ne les comprenaient pas. Si leur Führer le disait, alors c'était forcément la bonne chose à faire, et tant pis s'ils avaient des doutes en leur for intérieur. Au fil du temps, cependant, Dahler a commencé à réfléchir par lui-même et même à aider les prisonniers…

— Pensez-vous que c'était dans sa nature de détester les juifs ?

— Non. Je pense qu'il était complètement perdu, mais pas qu'il nous détestait comme Wolff ou Moll ou les autres.

Elle marqua une pause, avant de reprendre :

— Je me dois de lui être reconnaissante d'avoir gardé ma sœur en vie. Il ne l'a pas seulement sauvée sur le plan physique, il l'a aussi épaulée quand elle avait besoin de tout le soutien possible sur le plan mental. J'ai réellement eu peur pour elle lorsqu'ils ont été séparés.

Le lieutenant Carter se pencha en avant et laissa de côté son simple rôle d'observateur l'espace de quelques instants.

— Faites-vous référence à la fois où l'accusé est parti en permission ?

Un vague spectre de sourire apparut sur les lèvres de Różínka. Au premier rang, le Dr Hutson ne perdait pas une miette du témoignage.

— Non, je fais référence aux occasions, en 1943 et au début de l'année 1944, où ils ont été séparés. La première fois, une commission quelconque est arrivée d'Allemagne pour enquêter sur des histoires de corruption et il a été arrêté l'espace de quelques jours. La seconde fois, c'est lorsqu'ils ont été arrêtés tous les deux, mais je pense que ma sœur est mieux placée que moi pour en parler.

— Dans ce cas, nous écouterons Mme Dahler à ce sujet après le déjeuner. La séance est suspendue, annonça le président en donnant un coup de marteau à contrecœur.

Chapitre 24

Helena

Auschwitz-Birkenau, automne 1943

Quelque chose clochait lors de l'*appel* ce matin-là. Seul le Rottenführer Wolff était présent. Je n'arrêtais pas de lancer des regards inquiets en direction du bureau de Franz, qui restait fermé au fur et à mesure que la matinée s'écoulait. À côté de moi, Różínka évoquait les meilleures recettes de la famille. *Quel festin elle préparerait dès que les Alliés nous libéreraient !* Nous n'osions pas encore y croire, mais nous ne pouvions pas nous empêcher d'espérer, de rêver, de chuchoter. Après la défaite allemande à Stalingrad, que tout le camp avait discrètement célébrée, le vent avait tourné pour les Allemands. Des rumeurs toutes plus contradictoires les unes que les autres circulaient. Certaines nous parvenaient par le biais des nouveaux arrivants ; d'autres étaient entendues sur des radios clandestines que certaines baraques avaient réussi à bricoler en assemblant des pièces volées. Tous les occupants des baraques en question auraient été exécutés si les radios avaient été découvertes, mais ils s'en fichaient comme d'une guigne. L'espoir était plus important à nos yeux que la menace constante de la mort. Nous étions habitués à cette menace. Elle faisait partie de nous, aussi réelle et permanente que le numéro tatoué sur notre peau.

— Mais le meilleur, c'est le dessus du gratin de poisson, continua Różínka sans s'occuper de mon humeur ni de mon air inquiet.

Ces derniers temps, ce genre de conversation était devenu notre manière de passer le temps, mais cet après-midi-là, j'entendais à peine ses murmures, les yeux rivés sur la porte close du bureau de Franz. *Où était-il ?*

— Si tu mélanges les oignons et les champignons et que tu ajoutes juste un peu de...

Elle lâcha la robe qu'elle était en train de plier et se mit au garde-à-vous. Je l'imitai, en espérant secrètement que Franz arrive et salue Wolff avec un sourire et son habituel : *Comment ça va, vieille chose ?*

Au lieu de ça, une délégation de plusieurs hommes en uniforme passa entre nos tables et se dirigea vers les bureaux. En reconnaissant le Kommandant Höss et l'Untersturmführer Grabner de la section politique, mon cœur se serra. Quand ils demandèrent au Rottenführer Wolff s'il avait les clés des deux autres bureaux, je fus prise de nausées. Wolff répondit que non et resta près de la porte du sien tandis que les officiers le mettaient sens dessus dessous. De là où je me trouvais, je les voyais sortir les tiroirs, les vider et les tapoter, en quête d'un double-fond. Ils examinaient aussi le plancher. Même les murs n'y échappaient pas. Derrière moi, l'une des détenues murmura :

— Qu'est-ce qui se passe ?

Personne ne semblait le savoir, pas même Wolff, soudain pâle et terrifié à en juger par la pellicule de sueur qui recouvrait son front.

Ce ne fut qu'après avoir entendu le verdict *Alles in Ordnung* qu'il recommença à respirer. Déjà, les SS avaient une autre cible dans leur viseur.

— Qui occupe ces bureaux-là ?

— Le Rottenführer Gröning et l'Unterscharführer Dahler, indiqua aussitôt Wolff. Gröning est notre comptable, il gère l'argent et les objets de valeur. Dahler est le Kommandoführer responsable de toute l'unité, ainsi que de la fabrique de cuir.

Quelqu'un s'était déjà procuré le double des clés, dans une démonstration typique d'efficacité germanique. En quelques minutes, les deux autres pièces furent mises à sac également.

— Que cherchent-ils ? demanda Różínka dans un souffle, alarmée.

— Va savoir.

J'étais incapable de détacher mon regard de ce qui se déroulait. La scène avait quelque chose de sinistre et de désastreux. Nous savions très bien ce que de telles perquisitions signifiaient pour nous, les juifs, mais jusque-là, nous n'avions pas eu conscience que les redoutés SS étaient susceptibles d'être soumis au même traitement, et ce constat nous paralysait tout à coup.

— Où est le Rottenführer Gröning ? demanda Grabner à Wolff quand la délégation en eut fini avec son inspection.

Wolff se redressa.

— Il est à Berlin, Herr Untersturmführer. Il est parti livrer des devises et des objets de valeur à la Reichsbank.

Le Kommandant Höss acquiesça, l'expression impénétrable. Grabner se tourna vers l'homme chargé de superviser la perquisition.

— Herr Obersturmführer, étant donné qu'il n'est pas là, peut-être devrions-nous...

— Quand sera-t-il de retour ?

Non seulement l'Obersturmführer venait d'interrompre Grabner, l'un des hommes les plus craints de tout Auschwitz, mais il l'ignorait avec une nonchalance si stupéfiante qu'il devint évident pour toutes les personnes présentes que c'était lui, le détenteur absolu de l'autorité. Même le Kommandant se tenait un peu en retrait, en apparence impassible et néanmoins aux aguets du moindre mouvement de Herr Obersturmführer.

— Dans quelques jours, il me semble, Herr Obersturmführer.

Wolff lança un regard en direction de Höss. *Aide-moi, tu veux ? C'est toi le responsable, ici. Je n'ai pas la moindre idée de comment m'adresser à ces gens ni de comment répondre pour ne pas tous nous mettre dans le pétrin*, semblaient implorer ses yeux. Le Kommandant feignit de ne rien remarquer.

— Il ne vous a pas informé de la date exacte de son retour ?

— Non, Herr Obersturmführer. Avec les récents bombardements, les voies ferrées...

Wolff se mordit aussitôt la lèvre et pâlit davantage encore face au regard assassin dont l'Obersturmführer le pulvérisa.

— Je veux dire que parfois, les trains sont retardés, alors il n'était pas en mesure de prévoir avec certitude quand il reviendrait, corrigea soigneusement Wolff.

— Depuis combien de temps travaille-t-il ici ?

— Un peu plus d'un an, Herr Obersturmführer.

— Diriez-vous que c'est un employé honnête et consciencieux ?

— Sans le moindre doute, Herr Obersturmführer, affirma Wolff en inclinant la tête comme pour étayer son propos.

— Comment savez-vous qu'il ne vole pas les devises ?

Wolff tressaillit face au caractère inattendu et brutalement direct de la question.

— Comment je le sais ?

— Oui.

— Je... Euh...

Nouveau regard en coin suppliant en direction du Kommandant, qui, une fois de plus, l'ignora totalement.

— C'est techniquement impossible, Herr Obersturmführer. Le processus de collecte et de tri est organisé de telle manière que toute possibilité de s'approprier ne serait-ce qu'un dollar est inexistante.

— Vous pouvez développer ?

— Tous les objets de valeur et les devises que les détenues trouvent durant le tri sont déposés dans une boîte en bois avec une fente, placée au milieu de l'entrepôt. Dès que cette boîte est pleine, la prisonnière de service de boîte ce jour-là l'amène dans le bureau du comptable, à savoir Gröning. Là, elle reste avec lui pendant qu'il compte l'argent, annote la somme exacte dans son registre de comptabilité et fait l'inventaire de tous les objets de valeur dans un autre registre, en prenant note du poids, du type de métal, etc. Puis il rend la boîte à la prisonnière.

L'enquêteur SS pivota soudain sur lui-même pour nous faire face.

— Qui était de service de boîte juste avant le départ de Gröning ?

Mon cœur s'arrêta de battre. Trempée de sueur, je fis un pas en avant.

— Moi, Herr Obersturmführer.

— Nom ?

C'était une drôle de question pour Auschwitz. Normalement, nous n'étions plus des personnes, mais des numéros. Je clignai des yeux une fois, puis deux, avant de lui répondre. Il me fit signe d'approcher.

— Le procédé décrit à l'instant par le Rottenführer Wolff se déroule-t-il toujours de cette manière ?

— Oui, Herr Obersturmführer.

— Et tu n'as jamais vu le Rottenführer Gröning glisser quoi que ce soit dans sa poche ?

Je secouai la tête avec véhémence. Jamais il n'avait fait cela.

L'officier vint plus près, un faible sourire aux lèvres.

— Et il ne t'a jamais proposé d'argent pour que tu la boucles ?

— Non, Herr Obersturmführer ! protestai-je d'une voix plus forte que je l'aurais voulu. Il ne s'abaisserait jamais à cela.

— C'est-à-dire ? demanda-t-il à voix basse.

Son visage était tout proche du mien, désormais.

— Jamais il ne traiterait avec des juifs, répondis-je en baissant instinctivement les yeux.

— Je vois.

Il recula, l'air satisfait.

— Y a-t-il des non-juives ici ?

Quelques femmes s'avancèrent. Toutes étaient polonaises, avec des triangles rouges de prisonnières politiques cousus sur leurs uniformes.

— Vous a-t-on jamais offert un pot-de-vin en échange de votre silence ?

Leurs *nein* retentirent en parfait unisson. Pas étonnant, avec Wolff derrière l'Obersturmführer qui les fixait d'un regard si intense que j'en avais mal au ventre. L'enquêteur devait être conscient de la peur collective qu'il inspirait, car il sourit aimablement.

— Vous n'avez aucun souci à vous faire si vous vous confessez, au contraire. Non seulement vous bénéficierez de ma protection personnelle pour votre participation à l'enquête, mais vous serez récompensées en étant libérées.

Le Kommandant Höss fronça légèrement les sourcils. Il était sur le point d'objecter quand l'Obersturmführer le fusilla du regard. Il recula et afficha la plus neutre des expressions. Mais les prisonniers d'Auschwitz étaient trop bien entraînés pour ne pas reconnaître un mensonge lorsqu'on voulait leur en faire avaler un. Tout le monde garda le silence.

— Si vous avouez, vous serez immédiatement transférées au camp principal et mes officiers signeront votre autorisation de sortie dès que nous aurons fini de consigner votre témoignage, insista l'enquêteur dans une tentative de délier les langues.

Personne ne bougea.

Tous nos superviseurs étaient corrompus, naturellement. Et nous l'étions aussi. La différence, c'était que nous, prisonnières, volions de la nourriture et des vêtements tandis que les surveillants volaient de l'argent et de l'or, mais dans tous les cas, tout le monde faisait semblant de regarder ailleurs. J'avais moi-même cousu quelques pièces d'or, des bracelets en diamants et des dollars dans la doublure de la veste de Wolff avant son départ en permission. C'était une tradition tacite au Kanada, *l'au revoir des prisonnières*, dont les SS feignaient ne pas être au courant, jusqu'à découvrir ces quelques « cadeaux » cachés une fois qu'ils étaient en sécurité en Allemagne. Ils revenaient rayonnants et de bonne humeur, ne nous cognaient plus et nous laissaient manger tout ce que nous dénichions. Tout le monde y trouvait son compte.

Par conséquent, nous n'étions pas stupides au point de les trahir auprès du premier enquêteur venu semer le chaos dans nos vies relativement stables. C'était la corruption de nos responsables qui nous permettait de survivre. Nous dépendions d'eux et étions prêtes à leur fournir de l'argent et tout ce qu'ils voulaient tant qu'ils nous protégeaient et que nous étions en sécurité. Si nous dénoncions nos superviseurs actuels, qui cet Obcrsturmführer risquait-il de nommer à leur place ? Un fanatique qui nous massacrerait par amour de l'idéologie ?

Nous restâmes toutes obstinément muettes et immobiles. Derrière l'Obersturmführer, Wolff réprima un sourire satisfait. La délégation repartit les mains vides, après avoir scellé les bureaux.

Pas un mot ne fut prononcé au sujet de Franz.

— Où est-il, Różínka ? passai-je la journée et la soirée à murmurer.

Chaque fois, elle me répondait la même chose. *Je n'en sais rien, Lena.*

Elle était soulagée qu'il ne soit plus là. Quant à moi, je m'endormis en pleurant, en proie à un sentiment d'abandon et de solitude infini.

Chapitre 25

HELENA

Nouveau convoi, nouvelles valises, nouveaux livres dans une langue étrangère. La porte du bureau de Franz était toujours scellée. Le silence régnait sur l'unité, oppressant et chargé d'une incertitude douloureuse. Pas un mot de qui que ce fût, pas même une rumeur murmurée pour offrir ne fût-ce qu'un pathétique semblant d'espoir. Nous travaillions, muettes, sous les ordres d'un nouveau SS envoyé en renfort pour aider Wolff jusqu'à ce que Franz… Je pressai mes paumes sur mes yeux pour essuyer mes larmes d'angoisse et de désespoir. La vérité, c'était que personne ne savait *quand*, et ni même *si* Franz reviendrait.

— Continue à traîner et je te prive de déjeuner.

La cravache du nouveau surveillant s'abattit sur le dos de ma main. Cela faisait si longtemps que l'on ne m'avait pas frappée que le geste me choqua davantage que la douleur elle-même. Je me frottai à l'endroit du coup avant de me remettre au travail.

Franz n'avait frappé personne depuis des mois.

Franz nous autorisait à manger tout ce que nous trouvions.

Franz nous permettait de garder les gilets et les pulls chauds quand l'automne polonais et sa brume humide nous glaçaient jusqu'aux os.

Franz. Franz. Franz...

L'incertitude, la vue de sa porte scellée, la présence offensante de ce remplaçant, ma solitude me donnaient envie de hurler. J'étais faible, à la merci de n'importe qui.

Une autre nuit. De nouveau, un oreiller trempé de larmes. Franz nous autorisait à prendre des oreillers.

Franz !

*

* *

Un visage familier apparut dans l'entrepôt. Andrej, qui n'avait plus approché notre Kommando depuis l'incident de l'année précédente, se tenait devant mon poste de travail, rayonnant. Il profitait de l'absence de Wolff et de notre nouveau superviseur, qui surveillaient le déchargement des camions. Il tenait un gros morceau de saucisson dans sa paume crasseuse.

— Pour ta sœur et toi. Cache-le vite ! J'ai eu un mal de chien à l'amener jusqu'ici. Mes camarades voulaient tout garder pour eux, mais j'ai réussi à en prendre un bout pour toi.

Je le dévisageai, glacée par l'horreur qui déferlait sur moi en vagues successives. Jamais auparavant je n'avais remarqué l'odeur pestilentielle de chair calcinée accrochée à ses vêtements et à sa peau ; jamais auparavant la vue d'un cadeau aussi généreux que le sien ne m'avait donné la nausée. Malgré moi, mes yeux se remplirent de larmes et je sursautai à son contact quand il glissa le saucisson dans la poche de mon pantalon. Il comprit ma réaction complètement de travers, car il rayonna encore plus.

— Ne pleure pas, Helena, chuchota-t-il. Ce sale chien de fasciste est parti, maintenant. Il ne peut plus te faire de mal.

Il tendit le bras pour essuyer mes larmes et je reculai, horrifiée.

— Ne me touche pas.

Tachés de cendres, ses doigts empestaient la mort.

— Tout va bien, Helena, insista-t-il. Tu n'as plus à avoir peur de lui. Il ne reviendra pas.

Je plaquai une main sur ma bouche pour étouffer le cri prêt à franchir mes lèvres. *Il ne reviendra pas*. Des gouttes de sueur se formèrent dans mon dos. Je discernais à peine ce qu'il disait, le corps secoué par des sanglots.

— Je vais m'occuper de toi, maintenant. Tu ne manqueras de rien, je te le promets. Comme au bon vieux temps. Qu'est-ce que tu en dis ?

Je dégageai mon bras pour me libérer de son contact et m'écartai. Sans lui laisser le temps de réagir, je courus à l'extérieur et suppliai le Rottenführer Wolff de m'autoriser à aller aux latrines. En me voyant si agitée, il me regarda bizarrement, avant de m'offrir sa généreuse permission d'un geste de la main.

Une fois à l'intérieur, je me roulai en boule dans un coin et pleurai, en laissant échapper des gémissements si gutturaux et désespérés que j'en avais mal à la tête et à la gorge.

Il ne reviendra pas.

Dehors, la lumière du jour n'était plus.

*

* *

— Le Rottenführer Gröning est là !

Je fixai Różínka sans comprendre. Elle attendit patiemment que j'assimile son annonce et lui réponde, mais aucun mot ne sortit de ma bouche. Quelque chose s'était brisé en moi quelques jours plus tôt et, désormais, je n'arrivais même plus à réfléchir. Mes pensées avaient laissé place à des mouvements mécaniques d'automate dénué de vie et de sentiment. Lorsqu'on me disait de me mettre en rang pour l'*appel*, je me mettais en rang. Quand Różínka me tirait par le bras pour aller chercher mon ersatz de café le matin, je la suivais. Mais à moins qu'elle portât mon bol à mes lèvres, je ne songeais pas à le boire, tout comme j'oubliais de manger ma soupe ou mon quignon de pain le soir. Le plus étrange, c'était que pour la première fois depuis mon arrivée à Birkenau, je n'avais pas faim. Je ne ressentais plus rien.

— Lena ! As-tu entendu ce que je viens de dire ?

— Oui.

— Et ?

Je reportai mon attention sur ma table et recommençai à plier mécaniquement. Plusieurs heures s'écoulèrent ainsi, jusqu'à ce qu'elle me fourre une boîte en bois sous le nez et me force à la prendre dans mes mains.

— C'est moi qui suis de service aujourd'hui, mais amène-lui, toi. Eh bien, qu'est-ce que tu attends ? Vas-y ! Va lui demander où est ton fichu Dahler. Je ne supporte plus de te voir te traîner comme un zombie.

J'apportai la boîte jusqu'au bureau familier auquel on avait ôté les scellés et frappai à la porte. L'*Entrez* habituel réveilla quelque chose en moi, tel un lointain souvenir associé à une chose infiniment précieuse qui s'était, elle aussi, transformée en souvenir.

Tout dans la pièce était de nouveau parfaitement en ordre. Je m'approchai du bureau et y déposai la collecte. Pas un mot ne fut échangé tandis qu'il effectuait les gestes coutumiers. L'argent d'un côté, les diamants de l'autre. Il n'avait pas de colis au sujet duquel m'interroger, cette fois. Le lien qui nous avait unis à une époque avait disparu.

Il releva la tête quand une larme tomba sur son bureau et me fixa avec surprise. Je portai ma main à mon visage et effleurai ma joue humide, abasourdie. Comment était-ce possible de ne pas remarquer qu'on pleurait ?

— Tu peux retourner travailler, ordonna Gröning tout bas.

Je ne bougeai pas. Je n'avais qu'une seule question à lui poser, mais les mots ne venaient pas, alors je l'observai en silence pendant qu'il comptait l'argent en faisant semblant de ne pas me voir.

— Qu'est-il arrivé au Rottenführer Dahler ?

Caché derrière ses lunettes, ses registres et ses machines, son visage ne laissa rien transparaître.

— Rien. Retourne travailler.

— Est-ce qu'il est parti ?

Il jeta son crayon à papier et me dévisagea, agacé. Puis son expression se radoucit et une émotion inconnue traversa ses yeux bleus. Il avait pitié de moi.

— Il est en prison, ici à Auschwitz. Avec d'autres surveillants. Les SS enquêtent à leur sujet suite à des accusations de corruption.

— Vont-ils les tuer ?

Un rire à peine réprimé agita ses épaules. Ma terreur paraissait presque l'amuser.

— Personne ne va tuer personne. Même Palitzsch, l'ancien Rapportführer, va être déporté dans un camp à Brünn au lieu d'être envoyé au peloton d'exécution, alors qu'il a non seulement été reconnu coupable de s'être joliment enrichi en volant des biens, mais aussi d'avoir pris une maîtresse juive après la mort de sa femme. Dahler avait simplement des articles interdits dans son casier. Quelques dollars et un canif, ou une bêtise du genre. Par conséquent, ça m'étonnerait que sa punition soit plus sévère que celle de Palitzsch. Et maintenant, regagne ton poste. Nous avons une tonne de choses à faire et nous attendons un nouveau convoi plus tard dans la journée.

Je récupérai la boîte vide. Je sentis son bois lisse sous mes doigts, entendis le plancher grincer sous mes pieds. C'était comme si, peu à peu, je distinguais de nouveau le monde qui m'entourait. Je recommençais à respirer avec un soulagement immense, comme si j'émergeais d'une mer trouble dans laquelle j'avais manqué me noyer.

Ce ne fut que quand je le vis de mes yeux, que je reconnus la silhouette familière en manteau gris pendant l'*appel*, la démarche accompagnée d'un boitement que j'étais la seule à remarquer, et ce visage, le plus beau et le plus chéri de tous les visages au monde, que je me sentis revivre. Un sourire imperceptible quand nos regards se croisèrent après une séparation si insoutenable suffit à faire exploser mon cœur de bonheur dans ma poitrine.

Il est revenu.

Il est revenu. Il est revenu. Il est revenu !

— Tu es revenu.

J'effleurai la laine rêche de sa manche sans y croire. Nous étions dans son bureau, où il m'avait convoquée pendant la pause déjeuner. Il glissa dans ma main un sandwich qu'il avait gardé pour moi, mais je ne voulais rien à part le toucher et m'assurer qu'il était bien vivant, de nouveau auprès de moi.

— Bien sûr que je suis revenu. Tu as cru qu'ils me renverraient au front et que tu serais débarrassée de moi, c'est ça ?

Bouleversée par l'émotion, je ne ris pas à sa plaisanterie. Avec la meilleure volonté du monde, il n'aurait pas réussi à desserrer mes doigts refermés sur sa manche. Je m'agrippais à lui comme un chat qui aurait préféré se faire arracher les griffes plutôt que de lâcher prise.

— Leni, s'il te plaît, murmura-t-il sur un ton d'excuse. Les enquêteurs sont encore là. Ils traînent encore dans le camp et entrent où bon leur semble au pire moment. Je n'ai rien contre ton pays natal, mais je n'ai absolument pas envie de monter dans le même train que Palitzsch.

Plus il tentait de me repousser, plus je resserrais mon étreinte et plus je le suppliais. Il finit par soupirer et me prendre dans ses bras, me berçant tandis que je sanglotais sans retenue.

— Promets-moi de ne jamais m'abandonner, répétai-je en boucle en dépit de ses paroles de réconfort.

Il essayait de me rassurer, de faire appel à ma raison et à ma logique, mais c'était inutile. J'étais soudain en proie au sentiment que je me briserais, que je me désintégrerais en minuscules morceaux s'il n'était pas à mes côtés.

— S'il te plaît, ne me laisse plus jamais seule. Je mourrais sans toi.

— Tu ne mourras pas sans moi.

— Je préférerais.

Quelque chose dans ma voix l'incita à me serrer plus fort. Il me caressa les cheveux, l'air sombre.

— Qu'est-ce qui t'est arrivé pendant mon absence, Leni ?

— Je ne me souviens de rien. Le monde a disparu. J'ai travaillé.

Il me dévisagea avec inquiétude, comme si j'étais folle. Peut-être était-ce exactement ce qui m'était arrivé : j'avais perdu la raison sans m'en rendre compte. Mais lui s'en rendit compte à cet instant.

Il m'étreignit de nouveau, tendrement.

— Je ne te quitterai pas, Leni. Je resterai toujours auprès de toi.

— Tu me le promets ?

— Je te le jure. Jusqu'à la fin de mes jours.

Chapitre 26

HELENA

Décembre 1943

Des murmures animés, bien qu'étouffés, insufflaient une bouffée d'air dans l'entrepôt où régnait habituellement un silence de mort. Avec l'affectation d'un nouveau Kommandant (l'Obersturmbannführer Liebehenschel), un semblant de camp de travail plus ou moins tolérable avait remplacé le désespoir suffocant du camp d'extermination. Des rumeurs circulaient toujours quant aux raisons de l'éviction du Kommandant Höss, mais quelle que fût la vérité, tous les prisonniers jusqu'au dernier avaient accueilli à bras ouverts la nouvelle.

Nous avions encore du mal à croire à quel point un homme était capable de générer un tel changement en un si court laps de temps. Un mois à peine s'était écoulé depuis la première ronde du Kommandant Liebehenschel dans le camp. Il avait inspecté les moindres coins et recoins avec une minutie admirable, avait pris la peine de s'adresser aux détenus et avait assidûment pris note de leurs doléances dans son petit carnet. Soudain, les Kapos avaient arrêté de nous frapper sans raison aucune. Le Sonderkommando ne cessait de louer le nouveau système de récompense mis en place afin de les encourager à améliorer la production. Même les SS raillaient les bienheureux Polonais qui constituaient l'équipe, à voix exagérément haute et devant les femmes du Kanada, à propos de leurs visites au tout nouveau bordel.

— Eh, les imbéciles ! C'est vrai que vous avez passé les quinze minutes de bonheur autorisées à *discuter* avec les gonzesses ? Qu'est-ce qui cloche, chez vous ? Vous n'avez pas réussi à bander ou alors vous ne savez plus où la mettre, pauvres cons ?

Les SS s'esclaffèrent bruyamment tandis que les responsables du Sonderkommando baissaient la tête, gênés. C'était un miracle en soi : le fait que les SS daignent plaisanter avec les prisonniers, qu'ils se gaussent, à leurs dépens, certes pas avec eux, mais se gaussent tout de même, au lieu de les abreuver de coups et d'insultes. Les hommes qui déchargeaient les camions étaient plus que satisfaits de cette nouvelle dynamique et ne tardèrent pas à rassembler suffisamment de courage pour, à l'occasion, leur répondre tout bas un *Elle n'était pas si jolie que ça, c'est tout* qui ne manquait jamais de déclencher davantage de rires gras et de tapes dans le dos de la part des surveillants en uniforme.

— Regardez-moi ça ! Foutus Polonais. On leur donne de la chair fraîche et ils se permettent encore de faire les difficiles !

Les SS s'esclaffaient bruyamment et les sourires apparaissaient sur les visages hirsutes des hommes du Sonderkommando. Même nous, nous riions. Pas parce que Birkenau s'était transformé en un endroit tolérable du jour au lendemain, mais à cause de l'exaltation d'avoir *le droit de rire* et d'échanger des remarques et de ne pas être battu à mort par un Kapo enragé. Après avoir été constamment entouré par la mort et la barbarie, j'imagine que l'on apprécie ce genre de petits changements. C'est sans doute pour cette raison que ma suggestion d'organiser une fête de Noël pour le nouveau Kommandant fut accueillie avec un tel enthousiasme de la part des autres détenues.

Juste après le déjeuner, j'allai trouver Franz et lui demandai si, selon lui, cela ferait plaisir au Kommandant Liebehenschel que les prisonniers préparent quelque chose pour lui et ses employés, afin de le remercier de ses bons traitements.

— Je ne vois pas pourquoi il refuserait une offre si généreuse, mais je suppose qu'il vaudrait mieux que nous lui posions la question, répondit Franz.

Il consulta sa montre.

— Il doit être à la Kommandantur à cette heure-ci. Veux-tu aller plaider ta cause en personne ?

— Toute seule ? bafouillai-je, mortifiée.

Le Kommandant Liebehenschel n'avait rien en commun avec Höss, mais me rendre dans un bâtiment rempli de hauts gradés SS ne m'enthousiasmait pas le moins du monde. Franz me couva d'un regard amusé.

— Bien sûr que non. Tu ne peux pas te promener dans le camp sans être munie d'une autorisation en bonne et due forme. Je t'emmène.

Il cria à Wolff qu'il partait voir le Kommandant. Son homologue agita vaguement la main, encore plus détendu et détaché sous le nouveau commandement qu'auparavant. Une seule personne semblait rester insensible à la bonne humeur générale. Andrej, qui avait rejoint le Kommando de livraison chargé des camions pendant l'absence de Franz, nous observa d'un regard d'aigle tandis que nous quittions l'entrepôt. Un masque de haine glaciale recouvrait son visage. Franz avait voulu l'affecter à un autre Kommando dès son retour, mais je l'avais imploré de le laisser tranquille. À coup sûr, personne n'avait envie de passer le reste de sa vie à tondre des cadavres ou à brûler les corps des personnes gazées. Il avait accepté, à contrecœur. J'étais reconnaissante envers Andrej d'avoir l'intelligence de ne pas essayer de me parler en présence de Franz, mais il ne cessait de marmonner des jurons dans sa direction en se demandant *pourquoi la Gestapo n'avait pas réglé son compte à ce porc de SS comme il le méritait*.

Comme lorsque je feignais de ne pas entendre ces insultes, je fis semblant de ne pas remarquer son regard acéré en quittant l'entrepôt.

Dehors, aveuglée par la neige fraîche et en tête à tête avec Franz, j'oubliai aussitôt son existence.

— Qui a eu cette idée de fête ? s'enquit Franz en ajustant son pas sur le mien.

J'étais habituée à marcher derrière les SS, ainsi que derrière les Kapos. Une telle attention de sa part me toucha profondément.

— Moi.

— Je pense que ça lui plaira.

Il jeta un coup d'œil par-dessus son épaule, puis en direction du mirador devant nous pour s'assurer que le surveillant regardait ailleurs, et il attrapa mes doigts dans les siens pendant un bref instant.

Ce geste fugace, mais significatif, cette marque de tendresse, fit battre mon cœur plus vite. Tout autour de nous, la neige tombait en flocons délicats. La poussière blanche étincelante crissait sous nos pieds. Une couche épaisse enveloppait les arbres sous lesquels nous passions. À chaque rafale, des cristaux brillants s'écrasaient sur nos visages. Cela nous était égal. Nous marchions côte à côte dans un silence agréable. Sans les clôtures de barbelés, nous aurions pu croire que nous flânions dans un parc. Si je regardais mes pieds, je pouvais presque m'en convaincre.

— J'adorerais te tenir la main, confessa Franz tout bas, la voix soudain chargée d'émotion.

— Moi aussi.

— Une fois que la guerre sera finie, je la prendrai et je ne la lâcherai jamais.

Alors que nous nous approchions du mirador, je me rendis subitement compte que je souriais et m'empressai de ramener mon écharpe sur ma bouche. Inutile d'éveiller la curiosité en arborant une expression si inhabituelle chez une détenue.

— Crois-tu qu'elle sera bientôt terminée ?

— Un jour ou l'autre, répondit-il, pensif.

— Qui gagne ?

— Pour l'instant, les Russes.

J'acquiesçai en assimilant avidement les miettes d'informations qu'il venait de me fournir. En dépit de nos projets d'avenir, je savais pertinemment l'échec personnel que chaque défaite représentait pour lui. Après tout, c'était son pays qui perdait la guerre. Il avait tous les droits d'être contrarié par la tournure que prenaient les événements.

— Un jour, tout sera fini et nous pourrons partir nous installer à Vienne, comme un homme et une femme libres, chuchota-t-il après un échange rapide de saluts avec le gardien du mirador. Il n'y aura plus de lois de Nuremberg. Nous nous marierons et personne n'aura son mot à dire.

Je tournai la tête vers lui.

— À Vienne ?

Ses yeux regardaient dans le lointain, comme s'il pensait pouvoir visualiser l'avenir s'il se concentrait suffisamment.

— Oui. Je ne t'ai pas dit ? On nous a attribué un appartement là-bas. À ma mère et moi, je veux dire. Elle a déjà emménagé. J'ai reçu une lettre de sa part.

— C'est formidable. Est-ce pour récompenser tes états de service ?

Il garda le silence un moment, avant de secouer lentement la tête.

— Les anciens propriétaires étaient juifs. Ils ont été relogés il y a quelques mois.

— Déportés, murmurai-je.

Je me mordis aussitôt la lèvre.

— Déportés, oui, concéda tout à coup Franz. Mais tu sais comment ça se passe : si je ne l'avais pas pris, quelqu'un d'autre l'aurait fait. C'est une piètre excuse, j'en suis bien conscient, mais au moins, tu pourras y vivre avec moi et j'ai pensé que ça rééquilibrerait les choses, d'une certaine façon. Tu ne crois pas ?

J'acquiesçai, incapable de trouver une bonne réponse à sa question. Y en avait-il seulement une ?

— J'imagine que ta sœur n'aura nulle part où aller non plus après la guerre. Elle pourra habiter avec nous aussi longtemps qu'elle le souhaite.

— Merci, Franz. C'est très généreux de ta part.

— Ce n'est pas de la générosité, argua-t-il. C'est de la…

Il s'interrompit et lança un regard agacé aux personnes qui traînaient les pieds derrière les fils barbelés. Des quasi-cadavres aux membres raides, à moitié gelés. Nous avions atteint le camp principal.

— *Scheiße*, souffla-t-il.

Étrangement, son juron seyait parfaitement à la situation.

Quand nous arrivâmes à la Kommandantur, je marquai une pause devant l'entrée, qui n'était pourtant qu'une simple porte non surveillée.

Franz posa délicatement sa main dans le bas de mon dos en guise d'encouragement silencieux et me poussa en avant.

— Passe en premier, murmurai-je.

Du coin de l'œil, je le vis sourire d'un air amusé.

Je me cachai derrière lui tandis que nous parcourions les couloirs où régnait une odeur de parquet fraîchement ciré. Lorsqu'il entra dans l'antichambre du Kommandant, me laissant seule derrière les doubles portes capitonnées, je fis de mon mieux pour me confondre avec le mur, morte d'angoisse.

Néanmoins, je me tracassais pour rien, car personne ne prêtait attention à ma présence. Deux officiers passèrent à côté de moi en devisant sur le dernier film qu'ils avaient vu au quartier des officiers sans me jeter un regard. Une prisonnière me regarda, en revanche. Une belle femme à l'air très occupée avec une pile de dossiers dans les bras. Je ne lui avais jamais parlé personnellement, mais je savais qui elle était. Elle s'appelait Mala. Une juive venue de Pologne, qui avait un poste privilégié en tant qu'interprète et messagère du fait de son polyglottisme et de son esprit d'analyse affûté. C'était une sorte de légende dans le camp, la seule femme autorisée à garder ses cheveux en dehors de celles du Kommando du Kanada. Elle me salua d'un rapide hochement de tête amical auquel je répondis de la même façon. Bizarrement, sa présence me rassura. Je la suivais encore du regard avec admiration tandis qu'elle marchait avec la tête haute et le dos droit, quand Franz ouvrit la porte et me fit signe d'entrer.

Le Kommandant Liebehenschel nous reçut dans son bureau aux boiseries sombres, qui était simple et accueillant sans le redouté Höss entre ses murs. Le nouveau Kommandant était un homme relativement jeune, avec des yeux marron empreints d'une certaine tristesse, les cheveux foncés et un grand front marqué par des rides prématurées. Ses lèvres fines souriaient avec une surprenante facilité, en tout cas avec Franz. Après les saluts réglementaires, il nous invita à nous approcher. Une fois de plus, Franz me poussa doucement en avant.

— Mon adjudant me dit que vous avez des projets pour Noël, Unterscharführer ?

— *Jawohl, Herr Kommandant*. L'une des filles de mon Kommando a suggéré l'idée d'organiser un spectacle pour les SS et je souhaitais vous demander votre opinion sur le sujet.

Les yeux sombres du Kommandant Liebehenschel passèrent de Franz à moi. Ils étaient inquisiteurs, mais dénués de méchanceté. Je lui souris, prudente.

— Herr Kommandant, nous, prisonnières, aimerions vous remercier, vous et vos employés d'Auschwitz-Birkenau, pour tout ce que vous avez fait pour nous dernièrement. Si cela vous convient, nous voudrions donner une représentation pour vous et les SS dans le cadre des célébrations de Noël…

Ma voix mourut dans ma gorge. Je venais de m'entendre et de prendre conscience de l'étrangeté de tels mots dans la bouche d'une juive.

Il me sourit.

— Je pense que c'est une merveilleuse idée. Quel genre de spectacle avez-vous en tête, exactement ?

— Des chansons. Traditionnelles. Certaines filles sont d'excellentes danseuses…

Je marquai une nouvelle pause. Encouragée par son attitude avenante, je continuai :

— Peut-être une pièce de théâtre ?

— Ça aussi, ce serait parfait. Quel genre de pièce ?

Je me tournai vers Franz, interdite. Voilà de quoi nous aurions dû parler en chemin, au lieu de comment nous nous donnerions la main une fois la guerre terminée. Quels grands organisateurs nous faisions !

— Un classique, peut-être ? improvisa Franz.

Il était plus rapide que moi, sans doute parce qu'il n'avait rien à craindre de l'homme assis à ce bureau. Moi non plus, car il était aux antipodes de Höss, mais avoir peur d'un gradé restait une habitude. Personne ne savait jamais ce qui était susceptible de les mettre en colère.

— Ou mieux encore, une comédie ? Pour remonter le moral des camarades ? Quelque chose avec le Krampus, avec votre permission ? proposa Franz, rayonnant.

— Avec le Krampus ?

Le Kommandant Liebehenschel haussa les sourcils, surpris, avant de s'esclaffer avec le naturel d'un homme qui riait souvent.

— J'en déduis que vous venez d'Autriche. J'aurais dû le deviner à votre accent. De quelle région ?

— De Basse-Autriche, Herr Kommandant. Mais ma famille vit désormais à Vienne.

— Votre femme ?

— Ma mère.

— Vous n'êtes pas marié ?

— Non, Herr Kommandant.

— Tant mieux pour vous. En dépit de toute la propagande, c'est la plus grande erreur qu'un homme puisse commettre.

Un rire silencieux agita Franz.

— Mais pourquoi le Krampus ? continua le Kommandant.

Franz haussa les épaules.

— Il est drôle.

— C'est un démon, pourtant, non ?

— C'est un gentil démon. Il a l'air terrifiant, mais il a bon cœur, en réalité. C'est un incompris, voilà tout.

— Est-ce ainsi que vous le voyez en Autriche ?

— Vous me croirez si vous voulez, mais les enfants l'attendent avec davantage d'impatience que saint Nicolas.

— Il est supposé les fouetter, les mettre dans sa hotte et les emmener en enfer ! Quel genre d'enfants élevez-vous en Autriche pour qu'ils se réjouissent de sa venue ? demanda le Kommandant en riant.

Franz lança un regard en direction du portrait de son compatriote le Führer accroché au mur, puis rétorqua avec un sourire ironique :

— Les futurs courageux dirigeants du Reich, apparemment.

À en juger par l'expression ravie du Kommandant, c'était une bonne réponse.

— Les enfants sont heureux de voir le Krampus, car il ne punit que ceux qui n'ont pas été sages, reprit Franz. De plus, toute cette histoire de fouet, de hotte et d'enfer est une fable et ils le savent. Ils jouent à faire semblant. C'est ce qui fait toute la drôlerie de la tradition. Ils savent que c'est pour de faux.

— Vous m'avez convaincu. Mettez en scène votre Krampus, futur dirigeant du Reich.

— Pas moi, Herr Kommandant. Je n'ai pas les qualités nécessaires. En revanche, écrire une pièce me va à merveille.

Le Kommandant rit de nouveau. Il aimait bien Franz.

— Filez, Shakespeare en herbe ! Et préparez-moi un rapport détaillé avec la date, le lieu et l'heure exacts.

— Pouvons-nous utiliser la cantine des officiers, Herr Kommandant ? Afin de ne pas être dans l'entrepôt…

Franz examina l'élégant uniforme de son supérieur.

— Il me semblerait inconvenant pour vous et les autres officiers d'assister à un spectacle entre deux stations de tri, précisa-t-il.

— Vous avez ma permission.

— Merci, Herr Kommandant.

Dès que nous fûmes ressortis, Franz, dont les idées fusaient, se lança dans un discours emballé sur quels costumes confectionner, comment décorer la scène, avec quoi fabriquer les cornes du Krampus. Tout à coup, il s'interrompit et me dévisagea, perplexe.

— Pourquoi as-tu l'air si contrariée ? Il a dit oui à tout et plus encore. C'est l'idée du Krampus qui te déplaît ? On peut tout aussi bien mettre en scène *Casse-Noisette*, si tu préfères, ça m'est égal. Quel est le problème ?

De fait, nous pouvions discuter ouvertement devant tout le monde, maintenant que nous avions une excuse pour ça. Nous pouvions passer nos journées ensemble sous couvert de préparer le spectacle. Que demander de plus que cette quasi-liberté ?

— J'aime bien l'idée du Krampus, répondis-je tout bas. J'ai adoré ta manière de le décrire. Simplement, ça m'a rappelé que…

— Que quoi ?

Je soupirai.

— J'aimerais bien qu'ici aussi, tout soit pour de faux. Ce serait tellement merveilleux si cet enfer n'était qu'une vaste blague et que toutes les personnes enlevées réapparaissaient tout à coup.

Ce fut son tour de se murer dans le silence. Il semblait aussi contrarié que moi, à présent, si bien que je regrettai presque ma franchise. À quoi bon ?

Nous traversâmes le camp paré d'une blancheur scintillante. Dans cette partie, aux abords les plus reculés d'Auschwitz, les baraques, les prisonniers et même les anciens fours crématoires étaient invisibles. Il n'y avait que de grandes étendues de neige autour de nous, comme dans un conte de fées. Je ralentis l'allure. Je n'étais pas encore prête à retourner à Birkenau. Là-bas, tout allait redevenir réel. La mort, les squelettes ambulants, les cheminées…

Franz s'arrêta au même moment et alluma une cigarette. Il se tenait de telle façon que son corps me protégeait du vent. Il tirait lentement sur sa cigarette en regardant quelque part derrière moi.

— Moi aussi, Leni, avoua-t-il dans un nuage de vapeur. J'adorerais me réveiller et me rendre compte que tout ça n'était qu'un rêve. Mais pas toi. Je mourrais si je me réveillais et que tu n'étais pas là.

Sauf que ma personne et cet endroit étaient connectés de manière si alambiquée qu'il était impossible de les dissocier. Mais je décidai de me mordre la langue pour ne pas le contrarier davantage.

— Je suis là. Je serai toujours là.

Avec une clairvoyance effrayante, je pris soudain conscience que Franz était tout aussi indissociable de ce lieu que moi et que, sans lui, je mourrais aussi. Même si la guerre se terminait, même si je retrouvais ma liberté, je ne pouvais pas m'imaginer faire un pas sans lui à mes côtés. Je serais incapable de franchir une porte sans le contact rassurant de sa main dans le bas de mon dos. Je serais incapable de me soustraire au regard des autres derrière un autre homme que lui. J'avais besoin de lui, bien plus qu'il n'avait besoin de moi. Il avait besoin de moi parce qu'il m'aimait, mais moi, j'avais besoin de lui, car sans lui, je ne survivrais pas.

Il finit sa cigarette et me sourit.

— C'est d'accord pour le Krampus, alors ?

J'acquiesçai immédiatement. Satisfait, il se remit en route et je lui emboîtai le pas sur le chemin qu'il ouvrait devant moi.

Chapitre 27

HELENA

Écrasées sous le poids de tous les costumes, nous attendions devant la cantine des officiers pendant que Franz était à l'intérieur, en train de transmettre les ordres du Kommandant. C'était une terre inconnue, un territoire ennemi gouverné par les SS, et le confort familier de nos entrepôts et de nos baraques nous manquait.

Deux surveillantes SS sortirent du bâtiment et s'arrêtèrent net en apercevant notre pathétique petit groupe qui se dandinait d'un pied sur l'autre. Le camp des femmes de Birkenau était leur domaine. Lorsque Wolff parlait d'elles, c'était le plus souvent par le biais de sous-entendus salaces. La fois où j'avais interrogé Franz à leur sujet, il avait uniquement mentionné qu'elles étaient les rebuts de Ravensbrück et qu'il était plus sage de ne pas s'y frotter.

Elles se tenaient devant nous, belles et dédaigneuses, leurs jolis visages arrondis couverts d'un masque de mépris glacial et cruel.

— Qu'est-ce que c'est que ce groupe de gitanes ? demanda l'une d'elles.

Ses cheveux brillaient d'un éclat platine sous le froid soleil d'hiver. Son uniforme gris épousait parfaitement sa silhouette fine sous sa cape déboutonnée.

— Une surveillante SS vient de vous poser une question, lança la seconde en se redressant.

Sa chevelure aux boucles superbement dessinées était de la même couleur d'onyx que ses bottes impeccablement cirées. Nous fixions toutes le bout de nos chaussures, effrayées à l'idée de relever la tête et de croiser leurs regards aussi moqueurs qu'inquisiteurs.

— Vous voulez que je vous aide à trouver votre langue ?

— Elles sont ici sur ordre du Kommandant Liebehenschel.

Nous poussâmes toutes un imperceptible soupir de soulagement en voyant notre Kommandoführer, qui venait de sortir du bâtiment avec deux hommes sur les talons. La surveillante blonde se tourna vers lui.

— Vous installez un nouveau camp de gitans dans nos propres quartiers, maintenant ?

Elle pencha la tête sur le côté, un sourire faussement pudique aux lèvres.

— Nous préparons une pièce de théâtre pour Herr Kommandant et ses employés à l'occasion des fêtes de Noël.

— Ne devraient-elles pas être en train de travailler, plutôt ?

— Et vous, ne devriez-vous pas vous mêler de vos affaires au lieu de fourrer votre nez dans celles de vos supérieurs ? rétorqua-t-il avec une impolitesse intentionnelle.

Nous retînmes toutes notre souffle. Parler de la sorte à des surveillantes SS devant un groupe de détenues ! Mais Franz était un homme et n'en avait que faire de vexer ses homologues féminines. Sans plus leur prêter la moindre attention, il nous fit calmement signe d'entrer et ordonna aux hommes qui l'accompagnaient de nous débarrasser des piles de vêtements que nous transportions.

Ils avaient déjà fait de la place pour la scène et disposé les chaises en rangées bien nettes. Des prisonniers travaillaient là en tant que serveurs, un autre poste également très convoité et privilégié, que n'importe qui à Auschwitz aurait tué pour décrocher. Tout en travaillant, ils nous demandèrent tout bas si nous voulions qu'ils nous « organisent » quoi que ce soit en provenance de la cantine. Nous les remerciâmes vivement et acceptâmes tout ce qu'ils glissèrent dans nos poches avec gratitude, pas pour nous-mêmes, mais dans le but de partager ce butin plus tard avec les filles de Birkenau qui nous remplaçaient à l'entrepôt. Toutes venaient du camp des femmes et n'avaient que la peau sur les os sous leurs robes rayées. Aucune n'avait l'audace de prendre quoi que ce soit parmi les abondantes richesses du Kanada, certaines par principe, d'autres par peur de subir la caresse d'une cravache de Kapo. Même avec le nouveau Kommandant, elles recevaient des coups beaucoup plus souvent que nous.

Alors qu'il glissait du fromage dans la poche d'une des filles, l'un des serveurs se figea lorsque Franz se tourna inopinément et le surprit en flagrant délit. Le détenu retint son souffle et s'écarta lentement de la jeune femme, prêt à recevoir une correction d'un instant à l'autre.

— Que fais-tu ? demanda Franz d'un ton mesuré. Tu distribues les ressources du Reich ?

L'homme cligna des yeux une fois, puis deux. C'était davantage un tic nerveux qu'un battement de cils normal. Que répondre à une question pareille ? Avant qu'il ouvre la bouche et aggrave son cas, le SS reprit la parole.

— Fais en sorte que je ne voie plus jamais ça, ordonna-t-il avant de tourner le dos aux coupables.

Faites ce que vous voulez, mais pas sous mon nez. Je n'ai aucune envie de devoir m'expliquer auprès de la section politique, et ce même si Grabner n'est plus à sa tête.

Le front couvert d'une pellicule de sueur, le serveur s'appliqua pour décorer au mieux la scène et parvint même à se procurer de la laine de verre (sans doute dans la toiture de la cantine). *Pour que la neige sous le sapin de Herr Unterscharführer ait l'air plus épaisse.*

Ce dernier haussa un sourcil sceptique face à l'isolant jaunâtre.

— Je remettrai tout en place une fois le spectacle terminé, Herr Unterscharführer, assura le serveur à son nouveau supérieur préféré. Personne ne remarquera quoi que ce soit.

— Il n'y a pas intérêt. C'est moi le responsable de tout cela. S'il y a le moindre problème...

— Il n'y en aura pas. Je vous le jure sur la tombe de ma mère, Herr Unterscharführer.

Le prisonnier porta même une main à son cœur pour renforcer ses propos.

Les gardiens SS (des hommes pour la plupart, mais aussi quelques surveillantes) allaient et venaient, marquant invariablement un temps d'arrêt au niveau de notre estrade improvisée avant de se faire chasser par Franz dès lors qu'ils étaient d'un grade égal ou inférieur. Il conservait jalousement le secret du contenu de la pièce, comme un dramaturge à la veille d'une avant-première.

— Arrêtez d'espionner, bande de voyous ! leur criait-il, à moitié sérieux. Autrement, je vous signale à votre Kommandant pour ingérence dans les affaires officielles des SS !

— Vous avez une bonne planque, avec votre histoire d'affaires officielles ! plaisanta un surveillant en réponse.

— Il vous faut davantage d'acteurs dans votre troupe ? s'enquit un autre.

— Oui, j'ai besoin de davantage de figurants pour jouer les vagabonds et je pense que le rôle vous irait à la perfection ! rétorqua Franz avec un sourire carnassier. Allez enfiler un costume et montez sur scène, mes filles vous remplaceront pendant ce temps-là. Elles sont sûrement plus qualifiées que vous, dans tous les cas. Et beaucoup plus agréables à regarder que vous, avec vos sales têtes ! acheva Franz avec un sourire aussi charmant que sarcastique.

Au milieu des plaisanteries et des éclats de rire, nous étions là, souriantes dans nos costumes. Nous comptions deux hommes parmi nous : un immense Polonais aux yeux noirs féroces et à la carrure impressionnante, que Franz avait emprunté au Sonderkommando pour interpréter le Krampus, et un autre pour incarner saint Nicolas. Le second avait d'ailleurs été à l'origine d'une sérieuse dispute entre Wolff et Franz quand ce dernier avait convoqué le prisonnier pour l'informer de sa participation.

— Dayen ? s'était étonné Wolff en fixant l'ancien rabbin d'un air incrédule.

— Oui, j'ai besoin de quelqu'un pour jouer saint Nicolas.

— Faut-il vraiment que ce soit lui ?

Franz avait haussé les épaules.

— Je suis sûr qu'on peut trouver quelqu'un d'autre capable de brûler les livres et les documents à sa place.

Wolff avait attendu la chute, pensant qu'il s'agissait d'une blague. En constatant que ce n'était pas le cas, il s'était éclairci la gorge.

— Mais il est juif.

Franz avait dévisagé son collègue comme s'il venait de dire quelque chose d'incroyablement stupide. Il estimait tout simplement que cela ne posait pas de problème qu'un juif doublé d'un rabbin incarne saint Nicolas.

— Au cas où tu ne l'aurais pas encore remarqué, ils le sont tous. Veux-tu demander aux SS de se porter volontaires pour jouer dans la pièce de Noël afin que le spectacle soit suffisamment aryen à ton goût ? Ou préférerais-tu jouer le rôle de saint Nicolas toi-même ? Personnellement, ça m'est égal. Tu n'as qu'un mot à dire pour que je te fasse enfiler un manteau rouge et que je te colle une barbe en coton sur la figure.

Scandalisé, Wolff avait ouvert la bouche pour répondre, avant de se rendre compte qu'il ne savait pas quoi dire. À ses yeux, les mots de Franz revêtaient un caractère perfide indubitable, un air vague et imperceptible de trahison. Pourtant, Franz n'avait rien dit d'ouvertement hostile envers le régime, les SS ou même la théorie raciale. Mais Wolff n'avait pu s'empêcher d'afficher un air répugné. Franz était beaucoup trop proche de ces juifs. Ils le collaient comme des moutons à leur chien de troupeau. Une telle confiance dégoûtait Wolff. La façon dont ces juifs regardaient Franz ne lui plaisait pas du tout. Et le fait que Franz les autorise à le regarder de la sorte ne lui plaisait pas du tout non plus.

— Fais ce que tu as à faire, finit-il néanmoins par concéder.

Après tout, c'était le responsable du spectacle. Le nouveau Kommandant lui avait accordé le droit de faire comme bon lui semblait. Et si le Kommandant du parti de Wolff était d'accord, alors il n'allait pas remettre en cause les ordres d'un supérieur. La loyauté avant tout.

Cependant, à partir de ce jour-là, quelque chose changea dans leur relation. Un fossé se creusa. À la manière d'Andrej, Wolff se mit lui aussi à suivre Franz des yeux avec le même air scrutateur de renard aux aguets.

*
* *

Elza avait rejoint notre Kommando depuis peu. Elle était originaire de Slovaquie et toute sa famille avait été gazée à son arrivée, ses parents parce qu'ils étaient trop vieux et trop fragiles et ses sœurs parce qu'elles étaient trop jeunes. De ce fait, elle en voulait à quiconque avait encore un parent en vie. C'était difficile de la blâmer. Face à un chagrin d'une telle ampleur, chacun réagit différemment. Certaines perdaient l'esprit, comme Zosia, qui commença à crier un jour d'août 1942 et continua jusqu'à ce que Wolff la traîne à l'extérieur de la baraque et lui tire une balle dans la tête. Certaines devenaient des *musulmanes* en dépit de leur bonne fortune d'avoir atterri au Kanada, où les chances de survie étaient bien plus élevées que partout ailleurs dans le camp. Elles arrêtaient tout bonnement de s'alimenter, comme Różínka à l'annonce de la mort de ses enfants, et elles dépérissaient lentement, s'étiolaient en l'absence de quelqu'un pour s'occuper d'elles ou de quelqu'un pour qui se battre.

Puis il y avait les personnes comme Elza, qui vivaient obsédées par la haine qu'elles vouaient à des gens comme Różínka et moi simplement parce que nous avions encore quelqu'un alors qu'elle n'avait plus personne.

Elle fut la première à se moquer de mon idée d'organiser un spectacle pour la nouvelle administration avant même que j'aborde le sujet avec Franz. Néanmoins, son mépris ne tarda pas à se transformer en quelque chose de beaucoup plus sombre lorsqu'elle nous voyait, le Kommando du théâtre, apparaître juste avant l'*appel* du soir et discuter entre nous avec enthousiasme. Elle nous observait en silence tandis que nous nous mettions en rangs à côté des filles du camp des femmes et que nous glissions discrètement nos rations journalières dans les poches de leurs robes rayées. Elle nous regardait pendant que nous répétions dans la baraque après le dîner. Elle nous regardait rire et déclamer nos répliques et enrouler nos couvertures autour de nous comme s'il s'agissait de capes. Jusqu'à finir par en avoir assez de toute cette joie.

— N'avez-vous pas honte ?

Son cri coupa le fil de notre conversation comme un couteau aiguisé aurait tranché du beurre. Le silence s'abattit sur la baraque, aussi dense que lorsque les médecins SS arrivaient pour l'inspection.

— Vous pavaner de la sorte comme un tas de traînées…, continua-t-elle, satisfaite de l'effet de ses mots. Êtes-vous vraiment excitées à ce point à l'idée de flatter vos maîtres SS ? Vous n'avez donc plus aucune fierté ? Vous déguiser et sauter partout comme des singes dans un cirque pour leur bon plaisir ! Quelle vocation réellement honorable ! Rien à dire !

J'avais de la peine pour elle. J'en avais toujours eu, mais pour une raison quelconque, ses accusations, qu'elle proférait contre nous toutes, déclenchèrent chez moi une réaction que je ne m'expliquai pas. J'allai me planter devant elle.

— Épargne-nous tes ressentis nous concernant. À quand remonte la dernière fois que nous avons fait quelque chose qui nous donnait le sourire ? Une occasion s'offre à nous de faire quelque chose d'autre que passer nos journées à fouiller dans les affaires de personnes assassinées et tu y trouves quelque chose à redire ? Tu n'as pas le droit ! Tu n'as pas le droit, tu m'entends ?

Un sentiment auparavant inconnu, une rage sombre et incontrôlable, montait en moi. Rugissante, elle me poussa à crier en dépit du règlement.

— Certaines d'entre nous sont ici depuis des années. Nous avons tout vu : la mort, les passages à tabac, la maladie, les sélections, et selon toi, nous devrions nous empêcher de croire, l'espace de quelques minutes, qu'il existe autre chose que ça dans ce monde ? Tu nous en veux de souhaiter nous rappeler ce que sont les émotions humaines ? Tu nous en veux d'avoir envie de nous déguiser et de faire semblant d'être quelqu'un d'autre pour échapper à l'horreur de cet endroit pendant un court instant ? Tu n'es pas la seule à avoir tout perdu, Elza. Tu n'es pas la seule dont les sentiments méritent d'être pris en compte. Nous avons envie de vivre et tu n'as pas le droit de vouloir nous l'interdire !

Elle m'attrapa par le bras et m'entraîna, toujours enveloppée dans ma couverture colorée, vers la porte de la baraque. Elle l'ouvrit et me poussa dehors. Une rafale de neige me fouetta le visage. Ses mots s'apprêtaient à en faire autant.

— Je n'ai pas le droit ?! Regarde !

Elle saisit mon menton et, d'une poigne de fer, me força à tourner la tête en direction du crématorium. Nous étions en décembre et pourtant, personne ne me cria de fermer la porte comme n'importe qui l'aurait fait en temps normal.

— Regarde, pauvre idiote ! Des gens sont en train d'être incinérés en ce moment même ! Tous les jours, nos familles, notre peuple se font exterminer, et tu veux fêter ça en dansant et en chantant ? Tu veux remercier ce brave Herr Kommandant de si bien nous traiter ? Tu veux remercier les SS de faire preuve d'une telle bienveillance ?

— Ça va mieux depuis l'arrivée du Kommandant Liebehenschel, me défendis-je. Tu n'étais pas là avant, quand c'était Höss aux commandes. Tu n'as pas la moindre idée de l'horreur que c'était à l'époque. Alors si nous pouvons faire quoi que ce soit pour rester dans les bonnes grâces du Kommandant Liebehenschel...

— Tout comme tu restes dans les bonnes grâces de Dahler ?

La lumière du poêle dans la baraque projetait des ombres sur son visage, qui le déformaient et le tordaient en un masque grotesque.

Je ne répondis rien à cela. Je n'avais rien à répondre à cela.

— Tu dis que je n'ai pas le droit ? Et moi je dis que c'est *toi* qui n'as pas le droit. Tu n'as pas le droit de te qualifier de juive après ce que tu as fait. Tu es une honte pour tous nos ancêtres qui ont souffert, mais ont résisté au nom de Dieu. Tu es une honte pour notre histoire. Tu n'es rien d'autre qu'une sale traînée qui s'est vendue aux SS.

Son visage touchait presque le mien.

— Sa-le traî-née, répéta-t-elle en détachant chaque syllabe.

Ses mots brûlaient davantage que la gifle qu'elle me décocha d'un revers de main. Je la sentis arriver, mais je ne tournai pas la tête. Je ne tentai pas de l'éviter.

Elle avait raison. J'étais une sale traînée et je méritais ses coups et ses insultes.

Je restai longtemps seule dehors après le départ d'Elza, entre l'ombre et la lumière, entre la folie et la raison, entre la vie de la baraque et la mort de la cheminée qui crachait des nuages rougeâtres en direction du ciel indifférent. Ce fut Różínka qui finit par me ramener à l'intérieur du bâtiment soudain silencieux et me murmura à l'oreille la seule consolation qu'elle pouvait m'offrir.

— Elle n'a pas à te dire comment survivre. Elle t'en veut parce que tu as encore ta sœur, c'est tout. Ne le prends pas personnellement.

Elza continua à me fusiller du regard pendant toute la matinée avant l'appel, guettant presque avidement le visage de Franz, qui s'obscurcit à la seconde où il m'aperçut. Du coin de l'œil, je vis Elza se redresser, arborant une émotion indéfinissable. Elle voulait se prouver quelque chose ce matin-là. Elle tenait à ce que tout le monde voie jusqu'où j'étais prête à me rabaisser, elle voulait que je la montre du doigt à la seconde où Franz me poserait la question à laquelle je m'attendais.

— Qu'est-ce qui t'est arrivée ? s'enquit-il en observant l'hématome au coin de ma bouche.

Je fixai un point derrière lui et répondis tout bas :

— J'ai glissé et je suis tombée, Herr Unterscharführer.

Il se rapprocha, me forçant à le regarder dans les yeux.

— Qui t'a frappée ? insista-t-il, faisant exprès de reformuler sa question.

— Personne, Herr Unterscharführer. J'ai glissé et je suis tombée, répétai-je d'une voix plus forte.

Tout à coup, la voix abrupte de Wolff retentit dans son dos.

— Cette gourde t'a dit quinze fois qu'elle était tombée, bordel ! On peut continuer l'appel ou tu veux faire venir un médecin ?

Franz le fusilla des yeux avec tout le courroux du monde, pour finalement tourner les talons sans un mot de plus.

Chapitre 28

Allemagne, 1947

Après son témoignage, Helena resta pensive pendant un moment. Respectueux, le président ne la pressa pas.

— Comme vous pouvez le voir, bien trop de gens étaient au courant de notre relation, finit-elle par reprendre. Puis à Noël, après le spectacle, Franz a commis l'erreur de me remercier un peu trop chaleureusement devant le Kommandant et les officiers… Sa réaction n'avait rien de spécial, en réalité, c'était juste une réaction naturelle ; il tenait à me féliciter d'avoir eu une idée qui lui avait valu les éloges de son supérieur et… Le Kommandant Liebehenschel s'est contenté de prendre les choses avec humour et d'en plaisanter, mais plusieurs membres de son équipe ont commencé à soupçonner Franz à partir de ce moment-là. Lorsque le Kommandant Höss est revenu en mai 1944 pour reprendre la tête des opérations, tout le camp soupçonnait qu'il se passait quelque chose entre nous.

Elle soupira.

— Quelqu'un nous a dénoncés. Je n'ai jamais su qui.

Elle redevint pensive, des souvenirs plein les yeux qu'elle gardait rivés au sol, où elle répandait l'histoire de sa vie. Elle avait les mains mollement posées sur les genoux. Le Dr Hoffman la trouvait étrangement sereine, béatement perdue dans son monde, un monde auquel il n'avait pas accès.

Le président s'éclaircit la gorge.

— Que s'est-il passé ensuite, madame Dahler ? l'encouragea-t-il d'une voix douce.

Helena releva péniblement la tête. Elle semblait hébétée, comme si elle s'attendait à être dans un tout autre endroit que dans cette salle d'audience.

— Un jour, alors que notre Kommando était en train de regagner la baraque après le travail, un Kapo que je ne connaissais pas s'est approché de moi et m'a ordonné de le suivre. J'ignorais de quoi il s'agissait jusqu'à ce qu'il m'amène au Block 11, le block des punitions. L'un des officiers SS de la section politique m'a escortée jusqu'à une cellule et a fermé la porte à clé sans un mot. Le Kommandant Liebehenschel s'était débarrassé des « cellules debout », mais depuis le retour du Kommandant Höss, les cellules noires étaient de nouveau utilisées. Il s'agissait de réduits en béton sans fenêtre et sans aucune lumière, avec seulement un seau dans un coin. Parfois, on nous donnait de l'eau. Très rarement, de la soupe.

Helena fixait l'ourlet de sa jupe, qu'elle tortillait mécaniquement entre ses doigts. Le Dr Hoffman la vit se débattre pour reconstituer un souvenir qu'elle avait sans doute tenté d'occulter depuis la libération du camp. Personne n'avait envie de revivre son expérience avec la Gestapo d'Auschwitz.

— Ils nous gardaient enfermés là pendant un certain temps avant de procéder au premier interrogatoire. C'était un moyen de nous torturer psychologiquement.

Helena parlait avec calme, en sélectionnant avec soin les mots qu'elle assemblait pour former des phrases logiques.

— Au début, on ne s'en rend pas compte, mais au bout de plusieurs heures, l'obscurité et le silence commencent à rendre fou. Le pire, c'était l'impossibilité de déterminer si c'était le jour ou la nuit. On n'entendait même pas l'appel de la fanfare. Il faisait noir, froid, comme dans une cave où l'on tombe et où l'on meurt. Avec le temps, on avait peu à peu le sentiment que la lumière ne reviendrait jamais.

Un papier glissa des genoux de Franz Dahler et atterrit délicatement sur le sol sans qu'il le remarque. Le Dr Hoffman constata qu'il arborait une expression tourmentée. Le psychiatre se pencha en avant.

— Étiez-vous emprisonné dans le même bunker, monsieur Dahler ?

L'ancien SS releva brusquement la tête en entendant son nom, animé d'un instinct purement militaire. Il s'autorisa un bref sourire, comme pour s'excuser d'être distrait, avant de confirmer les soupçons du Dr Hoffman d'un *oui* à peine audible.

— J'en ai l'attestation ici, continua-t-il.

Pas tout à fait de retour dans la salle d'audience, encore un peu perdu dans la noirceur de sa cellule, Dahler se mit à chercher le document.

Un huissier de justice s'avança et ramassa le papier pour le lui rendre. Dahler bafouilla ses remerciements avec un autre sourire emprunté – *Je vous prie de me pardonner, je ne suis pas moi-même aujourd'hui* – et agita timidement la feuille à l'attention du Dr Hoffman. L'huissier s'en empara et la tendit au psychiatre. Le Dr Hoffman l'examina brièvement et la fit passer au président et au lieutenant Carter. Rédigée en allemand accompagnée de sa traduction assermentée, l'attestation énumérait des informations simples avec la méticulosité allemande habituelle. *Nom, grade, date de détention, motif, libération du fait d'un manque de preuves.*

Ce papier était un bon élément pour la défense de Dahler : *Arrêté pour être soupçonné d'entretenir des relations sexuelles consenties avec une détenue de race juive, consenties* souligné en rouge par un membre de la section politique d'Auschwitz. Voilà qui avait dû constituer une accusation particulièrement honteuse. Des cas de viol avaient été classés chaque jour, punis d'une simple remontrance. Cela, le Dr Hoffman le savait déjà. Mais des relations *consenties*, c'était comme une trahison de son propre sang, une trahison de tous les idéaux que le Reich allemand et les SS prônaient, qui avait valu à Franz et Helena près d'une semaine d'interrogatoires dans l'espoir que l'un des deux finisse par craquer.

Oui, le document était utile si Dahler avait besoin de persuader la cour que ses sentiments envers sa femme étaient sincères et non pas un subterfuge pour obtenir une décision favorable du tribunal. Mais le Dr Hoffman avait la sensation que les personnes présentes avaient depuis longtemps cessé d'en douter.

— Ils m'ont gardée là pendant presque une semaine... je crois, reprit Helena, les sourcils froncés par l'incertitude.

Contrairement à son mari, elle ne disposait d'aucun certificat récupéré dans les archives de la Gestapo. Personne n'enregistrait ce genre d'information à propos des prisonniers. Aux yeux de l'administration, ces derniers étaient jetables. Techniquement, ce n'étaient même pas des êtres humains.

— Tous les jours, ils me faisaient sortir de ma cellule et me demandaient de signer un papier, d'avouer qu'un certain SS, l'Unterscharführer Dahler, avait des relations avec moi. Je m'évertuais à répéter qu'il n'y avait rien entre nous et plus j'insistais, plus ils s'énervaient. Bientôt, Schurz en personne, nommé à la place de Grabner, est venu m'interroger. Cette fois, lui et ses hommes m'ont conduite dehors, jusqu'au mur de la mort. C'était là qu'ils avaient l'habitude de fusiller les prisonniers pendant un temps.

Elle renifla discrètement. Néanmoins, ses yeux étaient secs.

— Ils m'ont dit que si je n'avouais pas, ils me tueraient.

Une autre longue pause. Même s'il connaissait l'issue de l'interrogatoire, même si Helena était bien vivante devant lui, le Dr Hoffman retint son souffle. La tension était palpable, sombre.

— Je leur ai répondu de faire ce que bon leur semblait. Que je n'avais rien d'autre à leur dire !

Elle fixa le jury et le Dr Hoffman se demanda d'où venait la subite résolution qui brillait dans ses yeux noirs. Elle avait dû dévisager Schurz de la même manière, presque avec rage, rendue plus déterminée par la force qu'elle trouvait soudain en elle-même. C'était peut-être une martyre protectrice qui pardonnait tout, mais ce n'était certainement plus une victime.

— Je ne sais toujours pas pourquoi ils m'ont relâchée. J'aurais dû mourir, coupable ou pas, conclut-elle avec les sourcils froncés, comme si l'issue continuait de la troubler.

Dahler tendit la main vers la sienne et la serra d'un geste nerveux, comme un homme qui attraperait son portefeuille abritant un chèque avec les économies de toute sa vie. *Toujours là. Pas perdu.* Les traits de Dahler se détendirent visiblement. Il s'autorisa à se laisser aller contre le dossier de sa chaise et offrit un nouveau sourire d'excuses à peine perceptible au Dr Hoffman. Il n'était pas en forme aujourd'hui. Il avait perdu toute maîtrise de lui-même à présent qu'il ne se défendait plus et ne faisait plus qu'écouter son histoire, avec la femme qui l'avait partagée avec lui. Le Dr Hoffman se surprit à penser à quel point son visage était encore jeune, et à quel point la culpabilité alourdissait son regard... Il serait déclaré non coupable en raison de sa date de naissance et de son grade peu élevé (*suiviste typique du Reich*, d'après la catégorisation imaginée par la cour de dénazification pour classer les anciens nazis) et il le savait sûrement. Pourtant, Dahler le scrutait d'un air inquisiteur, comme s'il tenait désespérément à lui communiquer quelque chose, à lui faire comprendre un sentiment qu'il était uniquement possible d'éprouver au fond de son cœur, un sentiment absolument impossible à exprimer avec des mots.

*
* *

— Je continue à insister pour que vous vous entreteniez avec Helena Dahler en privé, assena Andrej Novák pendant la suspension d'audience. Lui-même vient de reconnaître qu'il était doué pour raconter des histoires. Il lui a fait jouer la comédie devant ses supérieurs et il continue devant la cour. Et vous, vous avalez tout et vous en demandez encore.

— Je ne crois pas que...

Novák interrompit aussitôt le Dr Hoffman.

— En tant que coplaintif, je vous demande de la séparer de Dahler afin de lui parler sans qu'il soit présent. Et je souhaite assister à cette conversation.

Le Dr Hoffman échangea un regard avec le Dr Hutson.

— Après tout ce qu'elle vient de dire, la séparer de son mari pour lui faire subir ce qui, techniquement, pourrait être considéré comme un interrogatoire, serait susceptible de créer un traumatisme, commença le Dr Hutson d'un ton hésitant.

Il lança un regard en direction du lieutenant Carter. Ce dernier ne put que hausser les épaules, impuissant. Si le coplaintif souhaitait que le témoin soit interrogé séparément, il ne pouvait rien y faire. *La loi, c'est la loi.* Le Dr Hutson reporta son attention sur le Slovaque avec un air réprobateur.

— Je respecte vos droits en qualité de survivant et de coplaintif dans cette affaire. Mais je voudrais que vous pensiez à la victime et…

— Justement, je pense à la victime, coupa abruptement Novák, les yeux brillants. De fait, j'ai le sentiment d'être la seule personne à agir dans son intérêt. La laisser raconter son histoire sans la présence oppressante de son mari va l'aider, pas la traumatiser. Elle sera enfin apte à s'exprimer librement.

Les psychiatres échangèrent des regards contrariés, mais ils ne pouvaient rien faire pour remédier à la situation.

— Comme vous voudrez, monsieur Novák. Nous demanderons au président de nous accorder un entretien séparé et vous informerons de l'endroit où il se tiendra.

*

* *

— Désirez-vous du café ? Du thé ? De l'eau, peut-être ?

Armé de son plus beau sourire dans la catégorie *Je suis ici pour vous aider,* le Dr Hoffman positionna sa chaise de telle sorte qu'Helena n'ait pas l'impression qu'il envahissait son espace.

Le Dr Hutson s'installa dans un coin et se fit aussi immobile qu'une statue à la seconde où il fut assis. En dépit de ces mesures de précaution, tous deux remarquèrent aussitôt le changement de contenance chez Helena dès que la porte se referma sur elle, laissant son mari à l'extérieur. Le Dr Hoffman lui était reconnaissant de leur faciliter la tâche autant que possible compte tenu des circonstances. *Je serai juste là, Leni, dans le couloir,* avait-il assuré d'une voix douce et réconfortante, ses mains posées sur ses épaules pour l'apaiser. *Si tu as besoin de moi, le Dr Hoffman viendra me chercher tout de suite.* Elle s'était contentée de hocher la tête, aussi méfiante qu'un animal que l'on conduisait à l'abattoir.

— Non, merci. J'aimerais en finir au plus vite.

Helena tira si brusquement sur le devant de sa jupe que le Dr Hoffman crut qu'elle allait déchirer le tissu.

— Nous allons simplement vous poser quelques questions...

— Je ne comprends pas en quoi tous ces secrets sont nécessaires. J'ai déjà tout dit devant la cour.

Elle évitait de le regarder, et lançait à la place de brefs coups d'œil en direction de la porte close. Cela n'allait pas bien se passer. Le Dr Hoffman se frotta le front et rentra la tête dans les épaules, gêné de s'apprêter à jouer les interrogateurs contre son gré. Au moins, Novák n'était pas encore là.

— C'est Herr Novák qui a fait la demande de cet entretien. En tant que coplaintif, il en a le droit.

Pour une raison quelconque, il trouva plus facile de lui mettre cette accusation sur le dos.

Helena hocha lentement la tête. Sa jambe droite frémissait légèrement. Le Dr Hoffman n'arrivait pas à se débarrasser de l'image d'un animal sauvage encerclé par des humains. Elle avait envie de sortir de là, cela ne faisait aucun doute.

À cet instant, Novák fit son entrée. Il sourit joyeusement à Helena et ne parut pas remarquer sa posture tendue. Elle ne le vit même pas, occupée à tenter de regarder dans le couloir avant qu'il referme la porte derrière lui.

— Pouvons-nous commencer ? demanda le Dr Hoffman en ouvrant son carnet.

— Je suis prêt, annonça le Slovaque d'un air beaucoup trop enthousiaste au goût du psychiatre, qui lui lança un regard désapprobateur.

— Madame Dahler ? s'enquit le Dr Hoffman.

Pour la première fois, elle planta son regard dans le sien. Il baissa les yeux, incapable de l'affronter.

— Depuis combien de temps êtes-vous mariée avec M. Dahler ?

— Depuis le mois de décembre 1945. Nous nous sommes mariés aussitôt après sa libération du camp de prisonniers de guerre.

— Sur l'initiative de qui ?

— La mienne.

Sa voix ferme résonnait presque comme un défi.

— À la fin du conflit, je me suis sauvée du foyer de la Croix-Rouge pour personnes déplacées et je suis partie à sa recherche. Je l'ai retrouvé en septembre par le biais de la Croix-Rouge. Je vivais dans les quartiers des officiers américains à côté du camp de prisonniers ; ils avaient fini par me donner un travail, car je refusais de m'en aller. Au début, je dormais d'un côté de la clôture et Franz dormait de l'autre. Nous nous donnions la main à travers les barbelés. Les surveillants ont essayé de me chasser, mais quand je leur ai raconté mon histoire et montré mon tatouage ainsi que les papiers de la Croix-Rouge, ils m'ont prise en pitié. De plus, ils ont dû transférer Franz dans des installations séparées, avec des criminels de haut rang.

C'était l'un des points que Novák ne cessait de remettre sur la table, impliquant que les Américains traitaient l'enquête sur Dahler comme s'il était un criminel de guerre et qu'ils l'avaient relâché uniquement à cause d'un manque de preuves.

— Pourquoi ce transfert ? demanda le Dr Hoffman.

Helena haussa les épaules.

— Ses propres camarades SS se sont retournés contre lui dès qu'ils ont appris la vérité à mon sujet. Ils l'ont passé à tabac, tant et si bien qu'ils ont failli le tuer. Les Américains sont intervenus et l'ont mis à l'isolement afin de le séparer des autres. Franz a en sa possession un document d'un colonel américain responsable du camp de prisonniers de guerre qui le confirme. Vous n'avez qu'à lui demander de vous le montrer.

Le Dr Hoffman hocha la tête.

— Madame Dahler...

Il s'éclaircit la gorge.

— Je suis fort mal à l'aise de devoir vous poser cette question, mais ma qualité d'expert psychiatre auprès de cette cour l'exige. Votre mari a-t-il jamais abusé de vous ?

Helena le dévisagea comme s'il venait de dire une idiotie colossale.

— Bien sûr que non, rétorqua-t-elle. Il n'a jamais levé la main sur moi.

— À l'exception de cette fois-là dans le camp, intervint Novák avec fiel.

Le Dr Hoffman dut se retenir pour ne pas grimacer ouvertement.

— Je crois avoir déjà expliqué les circonstances de cet incident devant la cour, répondit Helena à voix basse.

Novák croisa les bras sur sa poitrine.

— Circonstances spéciales ou non, c'est un homme violent. Il t'a rouée de coups ce jour-là. Il t'a traitée de tous les noms.

L'expression de Helena était indéchiffrable. Cependant, elle referma ses poings sur le tissu de sa jupe et serra si fort que ses jointures devinrent blanches.

— Tu n'as pas besoin de le protéger devant cette cour, Helena, continua le Slovaque d'une voix radoucie.

Il s'approcha d'elle comme s'il voulait lui prendre la main, mais le Dr Hoffman le retint par la manche en voyant le visage pâle de Helena se crisper davantage encore.

— Je sais qu'il t'a forcée dans toute cette affaire. Tu penses qu'étant donné qu'il te tient depuis Auschwitz, il ne te lâchera jamais, mais ce n'est pas une fatalité. Les choses peuvent se passer autrement. Dis la vérité à ces hommes et ton calvaire sera fini. Tu dois retrouver ta liberté. Te libérer de lui, pour toujours...

— Il suffit, monsieur Novák, intervint Hutson depuis son recoin obscur. Influence indue sur le témoin.

— J'essaie seulement de l'aider à briser ce cercle vicieux de maltraitance, argua Novák. Vous êtes psychiatres. Vous savez sûrement à quel point il est difficile pour les victimes d'affronter ouvertement leurs agresseurs. Certaines personnes ne parviennent même pas à témoigner en raison de la peur encore trop grande qui les habite. J'ai déjà vu ça pendant des audiences. Une femme s'est évanouie quand...

— Avec tout le respect que je vous dois, vous êtes ici uniquement en tant que témoin, interrompit le Dr Hoffman, peu enclin à écouter ses discours. Veuillez nous laisser mener à bien cet interrogatoire, comme l'a ordonné le président.

Il observa Helena Dahler avec inquiétude. Sa respiration était saccadée et elle avait une main plaquée sur la bouche. Mais ce qui le préoccupait le plus, c'était son regard. Ses yeux étaient remplis de larmes et d'effroi. Il tendit la main vers elle aussi lentement que possible.

— Madame Dahler, êtes-vous en mesure de poursuivre ?

Elle pinça encore plus les lèvres, un geste auquel Novák donna sa propre interprétation.

— Dis-leur tout, Helena. N'aie pas peur. Il ne pourra plus te faire de mal.

Elle le dévisagea d'un air horrifié.

— Pourquoi fais-tu ça ? s'écria-t-elle tout à coup d'une voix rauque.

— Pour te protéger, bien sûr ! Comme lorsque je l'ai dénoncé à la Gestapo, d'abord pour vol et ensuite pour avoir abusé de toi. Je voulais qu'il se fasse arrêter, fusiller, n'importe quoi tant que cela l'éloignait de toi.

Helena laissa échapper une plainte traduisant un profond sentiment de trahison. Des sanglots se mirent à agiter ses épaules.

— Tu n'as qu'un mot à dire, Helena. Dis simplement à ces hommes que...

— Qu'est-ce que je t'ai fait ? cria-t-elle de nouveau.

Elle tremblait de tous ses membres.

— Pourquoi fais-tu ça ? Tu veux que je meure ?

L'expression de Novák s'assombrit. Il secoua la tête avec véhémence.

— Si tu dis la vérité à ces hommes, il ne pourra rien te faire, il ne pourra pas se venger de toi. Ne t'inquiète pas, il n'est pas derrière la porte. Il est enfermé dans une autre pièce sous la surveillance d'huissiers. Si tu témoignes maintenant, tu n'auras même pas à le revoir...

Le Dr Hutson bondit sur ses pieds.

— Ça suffit !

Le Dr Hoffman lui fit signe de se rasseoir.

— Pour l'amour du ciel, arrêtez de crier ! siffla-t-il à l'attention des deux hommes. Ne voyez-vous pas ce que vous faites ?

Néanmoins, c'était trop tard. Dès que le Slovaque eut annoncé que Dahler, le seul capable de la rassurer, était hors de portée, Helena ne tint plus. Elle poussa un tel gémissement de détresse que le cœur du Dr Hoffman se serra. Elle se plia en deux et enfouit sa tête entre ses genoux. Il l'attrapa par les épaules et demanda au Dr Hutson d'aller chercher de l'eau et un calmant. Il était coutumier de ce genre de crise. Sans médicaments, elles étaient quasiment impossibles à gérer.

Novák était accroupi près d'elle, les mains de la jeune femme dans les siennes, et lui parlait dans leur langue natale. Elle cria encore plus fort en guise de réponse, d'horribles hurlements perçants de quelqu'un que l'on dépeçait vivant.

— Sortez d'ici ! Immédiatement ! cria à l'homme le Dr Hoffman en le poussant plus vivement qu'il ne l'avait prévu. Vous ne comprenez donc pas que vous ne faites qu'empirer la situation ?

Le Slovaque le regarda, ahuri. Le psychiatre poussa un soupir exaspéré.

— S'il vous plaît, sortez, monsieur Novák, répéta-t-il en anglais d'un ton un peu moins abrupt face à l'expression peinée du coplaintif.

Le Dr Hutson réapparut avec de l'eau et une seringue. Sans hésiter, il injecta le sédatif dans l'avant-bras de Helena à travers sa manche, comme en temps de guerre. Une hâte dont le Dr Hoffman ne lui tint pas rigueur. Vu à quel point Helena était incontrôlable, ce n'était clairement pas le moment de lui retirer délicatement sa veste.

Le calmant mit plus longtemps que de coutume à faire effet. En temps normal, la dose administrée par son collègue aurait endormi un cheval, mais Helena était encore bien éveillée. Elle ne criait plus, mais elle se balançait d'avant en arrière et répétait en boucle *Je veux mon mari*, comme un disque rayé possédé.

C'était incroyable qu'elle parvienne à se maintenir éveillée et à répéter ces mots dans l'attente que son souhait soit exaucé. Les deux médecins échangèrent un regard. *Et si on essayait ?*

Un éclat de curiosité toute scientifique brillait dans les yeux du Dr Hutson.

— Je vais le chercher, madame Dahler.

Le Dr Hoffman resta seul avec elle, sans savoir si elle avait bien entendu ce que Hutson venait de dire étant donné qu'elle continuait de réciter le même mantra entre ses dents. Un voile recouvrait son regard et pourtant, elle se refusait à s'endormir en présence d'un inconnu. Le Dr Hoffman observait le triste exploit en se demandant quel était le degré de gravité de son traumatisme et si la scène à laquelle il assistait en était le résultat.

Il se sentait infiniment coupable d'éprouver un intérêt psychiatrique semblable à celui qui brillait dans les yeux de son homologue ; coupable d'avoir envie de voir comment elle réagirait en présence de Dahler alors qu'elle était en proie à une détresse si évidente. C'était précisément le type de situation dans laquelle personne ne pouvait jouer la comédie. La scène, d'une dureté absolue, était impossible à manigancer même avec la meilleure volonté du monde.

Dahler entra dans la pièce, suivi du Dr Hutson. La panique se lut un instant sur ses traits quand il vit dans quel état se trouvait sa femme. Le Dr Hoffman eut presque envie d'applaudir la capacité du jeune homme à contrôler aussitôt ses émotions. Dahler rejoignit Helena à pas mesurés, s'accroupit devant elle et posa délicatement ses mains sur ses poings fermés.

— Leni, *Liebchen*, comment te sens-tu ?

En dépit d'un léger tremblement, sa voix était douce et tendre.

Le regard trouble de Helena zooma sur le visage de son mari. Le Dr Hoffman expira (et se rendit compte par la même occasion qu'il retenait son souffle) lorsqu'elle cessa de remuer les lèvres et d'osciller d'avant en arrière. Les épaules crispées de Helena s'affaissèrent visiblement et un faible sourire flotta sur ses traits livides et couverts de sueur.

— Veux-tu que je te serre dans mes bras, *Liebchen* ? s'enquit Dahler sur le même ton.

Il resta accroupi jusqu'à ce qu'elle hoche la tête en signe d'assentiment, les paupières alourdies par le sommeil.

Il attrapa une chaise et installa sans effort Helena sur ses genoux, la berçant comme il l'aurait fait avec une enfant malade, lui chuchotant à l'oreille des choses en allemand. Elle appuya sa tête contre son épaule et soupira, de contentement cette fois. Bientôt, elle ferma les yeux et ne tarda pas à s'endormir. Le Dr Hutson secoua la tête et laissa échapper un petit rire incrédule face à une transformation aussi instantanée.

— Incroyable, murmura-t-il.

Franz Dahler se tourna vers les deux psychiatres, avec de nouveau son fameux sourire contrit aux lèvres.

— Je suis navré, commença-t-il d'une voix basse. J'aurais dû vous prévenir qu'elle était susceptible de réagir de la sorte. Ma femme est très malade, voyez-vous…

Le Dr Hoffman lui rendit son sourire.

— Vous nous aviez prévenus. C'est nous qui devrions vous présenter des excuses. La situation a dégénéré alors qu'il en allait de notre responsabilité de nous assurer que cela ne se produise pas.

Il ne put s'empêcher de remarquer que Dahler ne demandait pas ce qui avait provoqué une telle réaction, ou ce que Helena leur avait raconté. Son sourire s'agrandit.

Hutson s'avança. Scientifique pur jus, il souhaitait mettre à profit cette occasion pour éliminer des doutes potentiels, non pas que le Dr Hoffman en avait encore.

— Votre femme est *très* malade, monsieur Dahler, commença le Dr Hutson.

Il baissa les yeux avec regret. *Un spécialiste inquiet, surtout pas un espion à la solde de la cour.* Le Dr Hoffman faillit secouer la tête en reconnaissant la tactique qu'il avait lui-même utilisée à plusieurs reprises par le passé.

— Je ne devrais pas vous dire cela, alors j'espère que cela restera entre nous. Il est très probable que vous soyez relâché aujourd'hui. Peut-être devrez-vous respecter certaines restrictions : pas de poste dans la fonction publique pendant quelque temps ni dans la presse ou l'éducation, ce genre de choses... Mais pour le reste, vous devriez ressortir en homme libre.

Le Dr Hutson marqua ensuite une pause lourde de sens. L'ancien SS restait impassible, mais Hoffman constata qu'il écoutait avec la plus grande attention.

— C'est admirable que vous vous occupiez si bien de votre femme. Mais n'avez-vous pas le sentiment qu'elle serait mieux entre les mains de personnes réellement capables de l'aider ? Il existe d'excellentes institutions aux États-Unis et je pourrais la faire admettre dans la plus moderne et la plus réputée des cliniques, où exercent mes collègues les plus estimés.

Je vous assure qu'elle recevrait les meilleurs soins et…

— Faire hospitaliser ma femme ?

Sous le choc, Dahler parlait avec indignation, comme s'il n'arrivait pas à croire que l'on puisse lui suggérer une telle atrocité.

— Jamais je ne ferais une chose pareille !

Il attira Helena plus près de lui, dans un geste protecteur qui semblait si instinctif et si sincère que la gorge du Dr Hoffman se noua.

— Helena est peut-être malade, mais elle n'est pas…

Il s'interrompit, incapable de trouver les bons mots.

— Tout ce qu'il lui faut, c'est mener une vie normale, aller au parc, au cinéma, au café, et que quelqu'un soit avec elle. C'est tout. Elle n'a pas besoin d'une foule de médecins l'examinant sous toutes les coutures chaque jour avec toutes sortes d'instruments et d'aiguilles et la gavant de toutes sortes de comprimés. Elle a seulement besoin de quelqu'un qui l'aime, conclut-il d'un air accusateur, sa voix soudain étranglée.

Ses yeux étaient brillants de larmes. Il les frotta rapidement, peu désireux de se montrer si faible devant les autres.

— C'est ma faute si elle va aussi mal.

Le Dr Hoffman eut le réflexe de se redresser.

— C'est ma faute, car j'appartenais au régime qui lui a fait ça. C'est ma faute, car je portais l'uniforme de ceux décidés à annihiler sa race tout entière. C'est ma faute, car je n'ai rien fait de plus pour elle. Je n'ai rien fait du tout pour elle, en réalité. J'aurais pu faire tellement plus…

Le Dr Hoffman fixa le bout de ses chaussures, incapable à cet instant d'affronter le regard d'un homme infiniment coupable qui faisait de son mieux pour recoller ce que son pays avait brisé en minuscules morceaux. Le visage de l'Autrichien était baigné de larmes. Il se raccrochait au corps de sa femme comme quelqu'un l'aurait fait avec le cadavre d'un être très cher mort bien trop tôt.

— Je veux qu'elle soit heureuse, tout simplement, dit-il tout bas. Elle le mérite après tout ce qu'elle a traversé, ne croyez-vous pas ? Je vous suis reconnaissant de votre offre généreuse, mais jamais je n'autoriserai son internement. Même si j'allais en prison, Różínka resterait avec elle et prendrait soin d'elle pendant mon absence. Je refuse de laisser ma femme enfermée dans un hôpital, aussi excellent soit-il. C'est à moi de m'occuper d'elle. Je sais comment faire.

Il plissa les lèvres d'un air de défi.

Le Dr Hoffman sourit de nouveau et ne discuta pas. *Dahler savait comment faire.* Il en avait été témoin personnellement.

Par la porte entrouverte, il vit Andrej Novák qui observait le couple d'un air étrangement mélancolique. Lentement, comme au prix d'un effort, il détacha son regard de Dahler qui étreignait sa femme et regarda le psychiatre. Le Dr Hoffman fit mine de le rejoindre, mais le Slovaque secoua légèrement la tête, lui offrit un sourire d'excuse, tourna les talons et s'empressa de s'éloigner.

Chapitre 29

Un nuage gris de fumée de cigarette enveloppait la salle de conférence. Le Dr Hoffman ouvrit la fenêtre et resta là quelques instants, appuyé sur le rebord. Bientôt, Will Hutson le rejoignit. Accoudé près de son collègue, lui aussi regardait dans le vide. Pendant un moment, tous deux observèrent les femmes (c'étaient presque toujours des femmes à présent) explorer les gravats d'un immeuble d'habitation en ruine de l'autre côté de la rue, collectant les morceaux de leurs anciennes vies, brisées par leurs propres hommes.

— Que prévois-tu de dire à la cour ? s'enquit le Dr Hutson tout bas.

Le Dr Hoffman haussa les épaules.

— La vérité. La témoin est en pleine possession de ses capacités et n'est en aucun cas manipulée ou forcée à témoigner par son mari.

Un silence s'étira entre eux.

— Penses-tu que Dahler devrait s'en tirer en tant que simple *suiviste* ? interrogea Hutson en utilisant le terme officiel qui avait permis à beaucoup trop de coupables de ressortir libres.

Peu à peu, les tribunaux allemands de dénazification remplaçaient les tribunaux militaires américains. Ils étaient toujours supervisés, bien sûr, mais les Américains avaient l'intime conviction qu'encore plus d'anciens nazis s'en tireraient avec un verdict d'acquittement une fois que le changement serait pleinement opérationnel. En dépit du fait que les nouveaux juges allemands étaient presque tous d'anciens socio-démocrates, voire des communistes, presque tout le monde dans le pays avait perdu quelqu'un au front, avait vu partir un parent mobilisé contre son gré, comptait un membre de sa famille complice des mêmes crimes collectifs que ceux qu'ils devaient juger. De plus, le sentiment de rejet à l'encontre de la justice du vainqueur grandissait de plus en plus avec le temps, ridiculisant parfois ouvertement le système américain de dénazification.

Le Dr Hoffman tourna le dos à la rue et fixa le mur opposé, comme si la bonne réponse s'y trouvait inscrite. Une trace carrée que la lumière du soleil n'avait pas délavée était encore discernable. Il se demanda si c'était un portrait de Hitler qui était auparavant accroché là. Probablement. C'était même certain. Pendant douze ans, c'était lui qui avait représenté la justice pour les Allemands. La cour de justice avait cessé d'exister, remplacée par un tribunal populaire, sorte d'Inquisition espagnole dans l'Allemagne nazie. Cela prendrait du temps pour que la population se réhabitue aux véritables lois. Le Dr Hoffman poussa un soupir et tira sur sa cigarette. Il l'avait oubliée entre ses doigts et elle s'était presque entièrement consumée.

— Les choses se présentent bien pour lui. S'il parvient à démontrer aujourd'hui qu'il ne travaillait pas activement sur le quai pendant l'*Aktion* hongroise, il sera déclaré non-coupable. S'il n'est pas en mesure de le prouver ou si le ministère public appelle un témoin ou produit un document qui atteste de son implication, il sera jugé coupable, mais étant donné que le Gouvernement militaire a accordé l'amnistie à toute personne née après le 1er janvier 1919, il s'en sortira tout de même sans condamnation grâce à ça. Tu sais comment ceux de son âge sont considérés : *des enfants du Reich à qui on a lavé le cerveau* et tout le cirque. Systématiquement non coupables, à moins d'avoir personnellement torturé ou tué des centaines de civils quelque part en Europe de l'Est dans le cadre d'un *Einsatzgruppe* ou d'un autre. Ceux qui ont effectivement éliminé des centaines ou des milliers d'individus écopent de cinq ans, peut-être dix, et ressortent après avoir effectué seulement trois ans de détention. En outre, contrairement aux autres, et j'en ai vu beaucoup trop dans le cadre de mon travail ici, Dahler est le premier à exprimer ouvertement qu'il regrette ses actes. De plus, les nazis pur jus ne tombent pas amoureux de prisonnières juives, n'est-ce pas ?

— Il l'aime, dit le Dr Hutson avec un sourire.

C'était une affirmation, cette fois. Pas une question.

Le Dr Hoffman hocha la tête et plissa les yeux, fixés une fois de plus sur le carré au mur.

— Le système de dénazification tout entier est imparfait, cela ne fait aucun doute. Ils devraient tous effectuer une peine de prison. Tous les criminels de bas étage qui ont déjà été exonérés, les *mineurs* à qui on a accordé l'amnistie, les *simples surveillants* qui n'ont tué personne de leurs mains... comme Dahler.

Un triste sourire étira ses lèvres.

— Mais malheureusement, toutes les prisons d'Europe ne suffiraient pas pour tous les enfermer. Il y a un tel retard accumulé avec tous les prisonniers de guerre qui sont encore dans des camps dans l'attente d'être jugés qu'il faudra des années avant qu'ils passent tous devant une cour de justice. En attendant, il faut les nourrir, les vêtir, les soigner. Bien sûr que le Gouvernement militaire a sommairement décidé de libérer tous les officiers de bas rang. Bien sûr qu'ils ne se donnent pas la peine d'enquêter sur un *simple surveillant*. Bien sûr qu'une procédure standard de dénazification ne prend que quelques heures. Le procès de Dahler est digne de celui d'un gradé de haut rang avec ses deux jours de gloire.

Il laissa échapper un petit rire sardonique.

— Et bien sûr, il y a quatre-vingt-dix-neuf pour cent de chance qu'il ressorte d'ici en homme libre après l'audience d'aujourd'hui. Mais tu sais quoi ? Si je suis tout à fait honnête avec toi, j'ai le sentiment qu'après avoir acquitté ou amnistié tellement de criminels jeter en prison le seul qui ait exprimé des remords serait le comble de l'hypocrisie. Il reste coupable à mes yeux. N'importe qui ayant porté cet uniforme ou mis un pied dans les camps l'est, qu'importe qu'ils aient tué quelqu'un ou non. Mais je suis convaincu qu'il passera sa vie à tenter de racheter ses péchés, ne serait-ce qu'en restant auprès de sa femme jusqu'à la fin.

— La pauvre. C'est tout de même dommage qu'il ait refusé de manière si catégorique de la faire interner.

— Oh, arrête ton char. Tu es simplement déçu de ne pas avoir une patiente sur qui conduire tes recherches.

Le Dr Hutson rit, mais son sourire était hésitant cette fois.

— À vrai dire, je ne sais pas comment je l'aurais traitée quand bien même j'en aurais eu la possibilité. Dans le sens où je ne suis même pas sûr qu'il faille la traiter. Elle semble très bien aller dès lors qu'elle est en présence de Dahler. Peut-être qu'il a raison et qu'elle a uniquement besoin d'amour.

— As-tu remarqué à quel point il est toujours parfaitement maître de lui-même en sa présence ? Et ce alors que tout le monde a décrit Dahler comme étant extrêmement imprévisible et lunatique dans le camp. C'est comme s'il savait que seul l'un des deux pouvait se permettre d'être émotif et qu'il faisait exprès de rester constamment dans le contrôle, afin qu'elle ait une personne stable sur laquelle se reposer, quelqu'un qui l'apaise chaque fois qu'elle panique.

Tous deux gardèrent le silence un moment, perdus dans leurs pensées, jusqu'à ce que le Dr Hutson se tourne vers son collègue.

— Puis-je voir tes notes ?

— Mes notes ?

— Celles que tu as prises sur elle.

Un sourire apparut sur les traits du Dr Hoffman.

— Pourquoi ? Tu veux comparer ?

— Pourquoi ? l'imita le Dr Hutson. As-tu peur que je me rende compte que ton diagnostic est inexact ?

— C'est toi le spécialiste de ce genre de cas, ici. Toutes tes critiques sont les bienvenues.

Le Dr Hutson ouvrit le carnet de son homologue en se mordillant la lèvre.

— *Un trouble de la personnalité (?) caractérisé par un lien irrationnellement étroit entre un agresseur et une victime semble exiger les conditions suivantes pour se manifester,* commença-t-il à voix haute. *Pas de relation préexistante entre l'agresseur et la victime. Un espace relativement clos au sein duquel les interactions entre victime et agresseur sont inévitables. Un risque constant pour la vie de la victime, qui semble transformer la rancœur en un sentiment positif envers l'agresseur (mais uniquement l'agresseur qui a fait preuve d'une certaine bienveillance envers la victime en question). Le développement graduel d'une sympathie à l'égard de l'agresseur comme un moyen de survie et le désir de plaire au(x) agresseur(s) (spectacle de Noël).*

Le Dr Hutson releva le nez et sourit.

— Impossible de te contredire là-dessus.

Après avoir reçu un sourire en retour de la part du Dr Hoffman, il reprit sa lecture.

— *Une sympathie et des sentiments généralement positifs envers l'agresseur semblent se transformer en une dépendance pathologique dans le cas où une menace extrême pèse sur la vie de la victime (typhus, chambre à gaz).* Là encore, ça paraît logique, commenta Hutson avec un hochement de tête approbateur. *Des effets physiques et psychologiques supplémentaires paraissent se manifester de la manière suivante : état de confusion post-traumatique, crises d'angoisse, flash-back. En captivité : avec les autres détenues, agressivité, peur, manque de confiance, refus de se ranger à leur opinion (Elza, Andrej), ce qui semble générer une dépendance accrue vis-à-vis de l'agresseur. Anxiété sociale, éloignement (y compris avec membres de la famille – Różínka), extrême méfiance envers son environnement, possible claustrophobie agoraphobe (pas assez d'éléments permettant un diagnostic). Refus d'accepter la réalité des événements.*

Le Dr Hutson haussa les sourcils après avoir lu la dernière phrase. Le Dr Hoffman fronça les siens.

— Quoi ? Crois-tu que je me trompe concernant la perception de la réalité ?

— Non, non, je n'ai rien dit de tel. Mais… si elle ne perçoit pas la réalité telle qu'elle est, cela la rend-elle apte à témoigner devant la cour ?

— Elle la perçoit différemment, mais cela ne signifie pas qu'elle la déforme pour les autres.

Elle voit simplement Dahler comme un homme meilleur que ce qu'il est vraiment. *Un sauveur, un défenseur.*

Il sourit en reprenant les termes employés par Helena.

— Elle l'a défendu quand il l'a cravachée, sans toutefois jamais nier l'existence de l'accident. Elle ne ment pas sur les faits eux-mêmes, mais se contente de les exposer à travers son propre prisme. Alors oui, je pense qu'elle est apte à témoigner. De plus, comment pourrais-je affirmer le contraire ? D'un point de vue clinique, elle n'est pas folle. Et ce trouble qu'elle présente… cela ne figure dans aucun manuel. Personne n'y a jamais été confronté. Ou personne ne s'est donné la peine de l'observer et de le consigner correctement, en tout cas. La psychiatrie elle-même est une science relativement nouvelle. Peut-être que ce phénomène portera un nom un jour.

— Le syndrome de Hoffman, répondit le Dr Hutson en souriant.

Le Dr Hoffman secoua la tête.

— Si ça ne te fait rien, je ne tiens absolument pas à ce que mon nom soit associé à ça de près ou de loin. La suspension est presque terminée. Finissons-en, veux-tu ?

*

* *

Franz Dahler s'assit face à la cour et lança un bref regard en direction du Dr Hoffman. Ce dernier lui offrit un sourire rassurant. Son collègue le Dr Hutson était resté avec Helena, toujours sédatée. Dahler avait refusé la proposition de reporter l'audience au lendemain.

— Mieux vaut en finir le plus tôt possible, avait-il argué. De plus, je préfère que ma femme n'assiste pas à ce témoignage en particulier. Même *moi*, j'en fais encore des cauchemars, alors vu l'état dans lequel elle se trouve déjà...

Il n'eut pas besoin de terminer sa phrase pour que le Dr Hoffman comprenne ce qu'il sous-entendait.

Le président parcourut la pile de documents sur son bureau. Le greffier plia et déplia les doigts. Une fois de plus, le silence s'abattit sur l'assemblée et le président commença son interrogatoire.

— Accusé, étiez-vous dans le camp pendant ce qui a été appelé l'*Aktion* hongroise ?

— Oui.

— Quelles étaient vos responsabilités au cours du printemps et de l'été de l'année 1944 ?

— Les mêmes qu'auparavant. J'étais le Kommandoführer de l'unité du Kanada.

— Étiez-vous au courant de l'opération à venir contre les juifs hongrois ?

— Oui, je l'étais. Nos supérieurs nous ont rassemblés aussitôt après l'arrivée du Kommandant Höss pour nous annoncer que nous devrions effectuer des doubles rotations du fait de l'afflux croissant de nouveaux arrivants.

— Étiez-vous au courant que la plupart de ces arrivants seraient gazés immédiatement après leur admission dans le camp ?

Dahler marqua une pause. Sans qu'il puisse s'expliquer pourquoi, le Dr Hoffman retint son souffle. Il aurait presque souhaité que l'Autrichien mente.

— D'une certaine façon, finit par répondre ce dernier.

Il s'éclaircit la gorge.

— Ils ne nous ont pas exposé leurs plans ouvertement, mais l'administration avait pris certaines mesures qui... avaient éveillé les soupçons, disons.

— De quel genre de mesures s'agissait-il ?

Dahler fronça les sourcils, pensif.

— Si la cour m'y autorise, je commencerai par la construction des fosses.

Il inclina légèrement la tête sur le côté, dans l'attente de la permission du président. Celui-ci lui fit signe de poursuivre.

— Nous avons deviné que quelque chose se tramait quand le Kommandant Höss a de nouveau remplacé le Kommandant Liebehenschel. J'imagine qu'ils trouvaient Liebehenschel trop... gentil pour le genre de projets qu'ils avaient en tête. Après que Liebehenschel s'est opposé à Berlin avec ses tentatives d'empêcher de nouveaux convois d'être gazés, il est tombé en disgrâce auprès des supérieurs là-bas. Des rumeurs racontaient que c'était le Reichsführer Himmler lui-même qui avait demandé son transfert. Dans tous les cas, Höss est revenu. Aussitôt, il a désigné l'Hauptscharführer Moll comme responsable des préparatifs. Sans doute parce qu'il n'existait aucun être humain capable de rivaliser avec lui en termes de sadisme et de cruauté. C'était un fanatique assoiffé de sang, rageusement déterminé à mettre en œuvre l'idée que Höss avait en tête.

C'était étrange d'entendre un SS proférer de telles paroles à propos de l'un de ses supérieurs, surtout lorsqu'elles étaient prononcées avec un dégoût et une révulsion si ouvertement affichés. Le Dr Hoffman sourit. C'était rafraîchissant comparé à l'excuse habituelle *Nous ne faisions que suivre les ordres* qu'il avait entendue un nombre incalculable de fois dans les cours de dénazification et à Nuremberg.

— J'ai remarqué que quelque chose clochait le jour où les hommes du Sonderkommando ne se sont pas présentés à mon unité de travail. C'était le 12 mai, je crois. D'habitude, c'étaient eux qui conduisaient les camions chargés de tous les vêtements et effets en provenance des fours crématoires et les vidaient devant l'entrepôt afin que les femmes du Kanada trient le tout. En ne les voyant pas, je suis allé trouver leur Kommandoführer, l'Oberscharführer Voss. Là, j'ai appris qu'il avait été relevé de ses fonctions au profit de l'Hauptscharführer Moll. C'était pour la même raison qu'avec Liebehenschel : il était trop gentil avec ses subalternes pour rester dans les bonnes grâces du Kommandant Höss. Contrairement à Moll, Voss était de nature joviale, toujours heureux de boire un verre, connu pour l'indulgence dont il faisait preuve à l'égard de ses hommes. Souvent, il riait, plaisantait, parlait de la pluie et du beau temps avec les membres du Sonderkommando, parmi lesquels il avait bonne réputation. Vous pouvez poser la question à M. Novák. Je suis certain qu'il confirmera mes dires.

Étrangement, le Slovaque baissa les yeux en signe d'assentiment. C'était la première fois qu'il ne s'opposait pas vertement à Dahler.

— Voss était corrompu et facile à soudoyer. L'or volé aux morts et l'alcool ne manquaient jamais de le mettre de bonne humeur, commenta l'ancien membre du Sonderkommando. C'est vrai que parmi les dirigeants SS responsables des fours crématoires, c'était celui que nous considérions comme le moins inhumain.

Dahler hocha la tête. Enfin, ils tombaient d'accord sur quelque chose.

— Moll a modifié toute la chaîne de commandement au sein du service crématoire, continua l'Autrichien. Il a substitué toute personne coupable, du moins à ses yeux, du péché mortel de ne pas être un esclavagiste brutal avec les prisonniers, par les hommes les plus insensibles et impitoyables. L'Unterscharführer Steinberg a été promu à la tête des Crématoires 2 et 3. Néanmoins, il n'a pas tardé à paraître insuffisamment despotique aux yeux de Moll, qui l'a remplacé par l'Oberscharführer Muhsfeldt, récemment transféré depuis Majdanek. Muhsfeldt a à son tour choisi le Rottenführer Holländer et le Rottenführer Eidenmüller pour travailler sous ses ordres. L'Unterscharführer Eckardt a été nommé responsable du Bunker 5 et il y avait une raison à cela, que nous avons vite découverte. Eckardt était né en Hongrie et parlait le hongrois aussi parfaitement que l'allemand. Avec son camarade Kell, qui venait de Lodz et parlait non seulement allemand, mais aussi polonais et yiddish, ils ont reçu l'ordre de la part de Moll d'écouter attentivement ce que les gens disaient sur le chemin des installations de gazage. Du fait de la quantité de nouveaux arrivants et du nombre insuffisant de SS pour les surveiller, Moll tenait à s'assurer qu'il serait prévenu au moindre signe indicateur de révolte ou d'insubordination. Deux SS supplémentaires, l'Unterscharführer Seitz et le Sturmmann Kurschus, ont été assignés aux Crématoires 4 et 5 pour renforcer les effectifs. Mais avant cela, les fours crématoires étaient uniquement gérés par l'Unterscharführer Gorges et le Sturmmann Kurschus. Tous ces changements étaient les premiers indices annonciateurs d'un événement majeur sur le point de commencer. De fait, Moll n'a pas tardé à agrandir le Sonderkommando pour en faire une équipe de quatre cent cinquante personnes.

Il marqua une pause, avant d'ajouter :

— Un effectif qu'il a rapidement doublé, car les hommes ne parvenaient pas à gérer le nombre de cadavres.

Un frisson parcourut le Dr Hoffman. Il aurait pu jurer que la température avait chuté de quelques degrés après les derniers mots glaçants de Dahler. Novák se rembrunit visiblement. Il revivait aussi tout cela à travers le témoignage de Dahler.

— Mais c'est lorsqu'ils ont commencé à creuser les fosses que nous avons su que l'horreur guettait. Et nous avions raison. *L'Enfer* de Dante n'a pas tardé à ressembler à un jeu d'enfant comparé à ce que Moll préparait. Le Sonderkommando a travaillé par tous les temps, jusqu'à obtenir neuf fosses de cinquante mètres de long, huit mètres de large et deux mètres de profondeur, à côté du Bunker 5. À l'intérieur, Moll avait fait construire une sorte de mécanisme censé récupérer le gras qui s'égouttait des corps en train de brûler pour qu'il serve de combustible, afin d'assurer un fonctionnement efficace et ininterrompu.

Le Dr Hoffman déglutit. Ce n'était pas le premier témoignage de SS qu'il entendait. Il avait assisté aux procès de Nuremberg. Il avait été présent à celui d'Otto Ohlendorf en personne. Néanmoins, tout à coup, il eut envie que Dahler se taise, qu'il cesse de parler avant que l'image s'imprime à jamais dans son esprit. Pas étonnant que Dahler ait préféré que Helena n'assiste pas à cela. Le psychiatre lui-même se demandait s'il était capable d'en tolérer davantage.

— En association avec les fours crématoires, ces fosses offraient théoriquement la possibilité de brûler une quantité illimitée de corps sans jamais s'arrêter ; chaque jour, des doubles rotations, jour et nuit.

Le lieutenant Carter s'éclaircit bruyamment la gorge et s'empara d'un verre d'eau qu'il faillit renverser. Dahler voulut lui sourire, mais ses traits étaient si crispés que ce qu'il obtint ressemblait davantage à une grimace.

— Nous avons eu exactement la même réaction quand nous avons eu les fosses sous les yeux.

Soudain, il se tourna vers Novák et lui adressa un regard appuyé. Le Slovaque soutint son regard et hocha lentement la tête. Quelque chose passa entre eux à cet instant. Quelque chose de profond et de significatif, tout en restant indéchiffrable pour toute personne n'étant pas liée par l'horreur commune qu'ils avaient tous deux traversée, l'un coupable et l'autre victime.

— Lorsque vous dites *Nous avons eu exactement la même réaction*, à qui faites-vous référence, accusé ?

— Au Rottenführer Gröning, le comptable du Kanada. Il ne m'a pas cru quand je lui ai parlé des fosses. Il voulait les voir par lui-même. Nous y sommes allés un soir, à travers champs. Il n'y avait que des fleurs partout et pendant un moment, j'ai moi-même commencé à douter de ce que je lui avais rapporté.

Il se tut un instant, puis reprit la parole.

— Mais nous avons fini par apercevoir les fosses, illuminées par des projecteurs. Nous avions tous les deux passé trop de temps à Auschwitz pour ne pas comprendre la signification de tous ces préparatifs. Le lendemain, Gröning a demandé à être envoyé au front.

— Et vous ?

— J'ai failli l'imiter. J'en avais envie, en tout cas.

— Pourquoi ne pas l'avoir fait ?

Dahler eut un faible haussement d'épaules, suivi d'un sourire coupable.

— Je ne pouvais pas laisser Helena là toute seule. Comment savoir ce que Höss et Moll prévoyaient ensuite ? Nous perdions la guerre.

Les Rouges venaient juste de libérer Majdanek. Et si Höss donnait l'ordre de liquider tous les prisonniers après en avoir fini avec les Hongrois ?

— Et qu'aviez-vous prévu de faire si tel avait été le cas ? demanda le président.

Nouveau haussement d'épaules.

— Tenter de prendre la fuite, j'imagine. Quelques évasions avaient réussi auparavant... Je ne sais pas. Je n'avais pas de plan, pour être tout à fait honnête avec vous. J'ignore ce que j'aurais fait si un tel ordre avait été donné. J'aurais été incapable de la protéger, de toute façon. Je voulais simplement rester avec elle, je suppose.

Hoffman sourit. La sincérité de Dahler était presque touchante.

— Quand les transports ont-ils commencé à arriver ? demanda le président.

— Le premier est arrivé le 16 mai.

— Étiez-vous de service sur le quai à ce moment-là ?

— Non. J'aurais dû l'être, mais j'ai réussi à y échapper, admit Dahler avec un sourire.

— Vous avez pourtant affirmé qu'il était impossible de ne pas obéir aux ordres directs sous le commandement de Höss.

— C'est vrai. Mais je n'ai pas ouvertement désobéi aux ordres. J'ai simplement volé des objets au Kanada puis me suis assuré de me faire prendre sur le fait afin que la section politique m'envoie au bunker pendant un mois. J'ai soumis à la cour un document qui le confirme.

Hoffman se surprit à sourire à son tour. Le président lut ledit papier. Il secoua la tête, mais un discret sourire dansait aussi sur ses lèvres.

— Malin, commenta-t-il entre ses dents, mais suffisamment fort pour que le Dr Hoffman l'entende et s'esclaffe tout bas.

— Vous avez été relâché à la fin du mois de juin, c'est bien ça ?

— C'est bien ça. Mais j'ai continué à être interdit de quai pendant tout le mois de juillet. Ils ne me faisaient pas confiance avec les affaires des Hongrois, disaient-ils. Ce qui était exactement ce que j'espérais. Néanmoins, je n'ai que ma parole pour vous affirmer que je n'ai pas travaillé sur le quai. Je ne dispose d'aucun témoin susceptible de corroborer mes dires à ce sujet.

— Si, vous en avez un, intervint soudain Novák. Monsieur le Juge, je peux vous confirmer qu'il n'a pas travaillé sur la rampe en juillet. J'y étais chaque jour, pour escorter les gens jusqu'aux installations de gazage. Je n'y ai jamais vu M. Dahler. Pas une fois.

Chapitre 30

FRANZ

Auschwitz, été 1944

Les colonnes de fumée allaient jusqu'à obscurcir le ciel lui-même. Suffoqué par les nuages rougeâtres, le soleil pâle peinait à percer avant de mourir en atteignant l'ouest. On ne le voyait presque plus, ces jours-ci. Nous devenions une nation de crépuscule.

Cela faisait désormais deux mois que les bûchers funéraires brûlaient de jour comme de nuit. Moll avait instauré des doubles rotations pour assurer une opération ininterrompue. *Un génie d'ingénierie, ni plus ni moins.* Les rumeurs disaient que le vieux Höss le promouvrait bientôt pour le récompenser de son efficacité et de son inventivité. *Qui d'autre aurait bien pu penser à se servir de la graisse humaine comme d'un combustible ?*

Je bus une autre gorgée au goulot de ma flasque. Le brandy confisqué me fit grimacer. Il y avait donc encore du brandy dans le monde, s'ils continuaient à en apporter. Il devait donc aussi encore exister un monde extérieur, d'où ils venaient, où les gens mangeaient un petit déjeuner qui n'avait pas le goût de chair calcinée et allaient travailler en empruntant des rues qui n'étaient pas délimitées par des barbelés et surveillées par des miradors équipés de mitraillettes. Je fixai le sandwich que j'avais pris au réfectoire ce matin-là, après avoir joué distraitement avec mon petit déjeuner du bout de ma fourchette, incapable d'avaler quoi que ce soit. Je le portai à ma bouche, mais ne parvins pas à me résoudre à mordre dedans. À la place, je le jetai à mon berger allemand, qui le dévora en deux bouchées.

Ce n'était pas vraiment le mien. Il appartenait à l'un des maîtres-chiens, en réalité. Mais le type avait atterri à l'infirmerie quelques jours plus tôt, officiellement atteint de grippe. Officieusement, il était victime d'hallucinations : à bout de nerfs, il avait commencé à voir des morts debout près de sa couchette la nuit, puis à en voir aussi à côté de lui pendant la journée. Et étant donné que j'avais le même genre de chien à la maison, cette pauvre bête m'avait été assignée, car je savais comment m'en occuper.

Langue pendante, Rolf m'observait de ses yeux ambre, reconnaissant pour cette friandise inattendue. Je le grattai derrière l'oreille en faisant comme si c'était mon Prinz. *Avec un peu de chance, je ne terminerai pas comme ton maître*, songeai-je en m'allongeant près du chien. Je n'avais pas encore vu de macchabées, mais je n'avais plus le moindre appétit et les médecins SS murmuraient entre eux qu'il s'agissait de *l'un des premiers signes*. Là encore, officieusement. Officiellement, les SS, chevaliers teutons endurcis, ne souffraient pas de crises de nerfs provoquées par la vision infernale de montagnes de cadavres humains. Ils étaient blessés par des éclats d'obus et des bombes ennemies, mais jamais atteints dans leurs sentiments. C'était la ligne officielle du Parti. Quant à l'officieuse... Passons... À quoi bon se plonger dans de telles considérations philosophiques ?

Je pris une autre gorgée. Dans la chaleur de juillet et sans la moindre nourriture dans l'estomac, l'alcool me monta aussitôt à la tête. Je m'en réjouis. Cela valait bien mieux que d'être sobre, ces temps-ci.

— Couché, ordonnai-je.

Rolf obéit en une fraction de seconde. C'était un bon chien, bien entraîné et intelligent, avec un dos puissant et des flancs musclés, sur lesquels il m'autorisa à appuyer ma tête. Avec un brin d'herbe à la bouche au lieu d'une cigarette (ils avaient encore réduit nos rations), je pouvais fermer les yeux et feindre que j'étais à quinze minutes à pied d'ici, là où l'enfer ne se déchaînait pas. Près du sol, l'odeur de chair carbonisée n'était pas si forte et écœurante. Elle donnait un peu moins envie de vomir. Nos uniformes empestaient. Nos cheveux empestaient, même après un bon shampoing. La nourriture empestait. La fourrure du chien aussi. J'avais les yeux rouges à cause de la fumée. Officiellement, les chevaliers teutons ne versaient pas de larmes sur leurs ennemis et ne s'apitoyaient pas sur leur propre sort.

Le problème, c'était que j'avais mis bien trop longtemps à me rendre compte que je n'étais pas l'un d'entre eux.

— Dahler ! Je savais que je te trouverais endormi ici, misérable rêveur !

Gröning. L'insulte me fit ricaner doucement. Je me redressai sur mes coudes. Il arborait le sourire crétin qui ne décollait plus de sa face depuis que sa demande de transfert avait été acceptée. Dans deux semaines tout au plus, ce veinard partirait en direction du front ouest.

— Qu'est-ce que je pourrais bien faire d'autre ? marmonnai-je, rendu paresseux par le soleil et le brandy.

— Travailler.

— Mais je travaille. Je surveille le périmètre.

— Ne devrais-tu pas être debout avec ton fusil à l'épaule comme un bon soldat, au lieu de ronfler comme un salopard ?

— Pour quoi faire ? J'ai Rolf pour m'alerter si quelqu'un approche.

— Sauf que lui aussi ronflait comme un salopard quand je suis arrivé.

— Il est entraîné pour aboyer contre les prisonniers, pas contre les officiers.

Gröning se contenta de secouer la tête. Nous avions tous toujours été un peu jaloux de l'équipe des maîtres-chiens. Ils pouvaient se prélasser au soleil et faire la sieste à longueur de journée, ou jouer avec leurs cabots sans se préoccuper de quoi que ce soit. Ce n'était que lorsque les convois arrivaient qu'ils lissaient leurs uniformes et affichaient un air sérieux tandis que leurs chiens tiraient sur leurs laisses et montraient les dents aux nouveaux arrivants. Dès que le quai était vide, ils reprenaient leurs jeux et leurs siestes. Il y avait bien quelques dégénérés qui s'amusaient à lancer leurs bergers allemands sur les prisonniers pour le plaisir, mais heureusement, ce n'était qu'une minorité. La plupart voulaient seulement dormir et fuir leurs responsabilités.

— Alors ? Tu as déjà fait ta valise ? le taquinai-je avec un hochement de tête reconnaissant pour la cigarette qu'il m'offrit.

Nous nous assîmes côte à côte, face au camp. Dans notre dos, d'épaisses colonnes de fumée noire montaient des fosses. Devant nous, des colonnes de fumée plus petites s'élevaient des quatre fours crématoires, qui engloutissaient leurs victimes avec une avidité insatiable de bêtes immondes avant de les recracher vers le dôme bleu du ciel. Pendant un moment, nous fumâmes en silence, empoisonnant l'air avec notre propre fumée. C'était comme si le monde entier était en feu ces jours-ci.

— Je ne regretterai pas cet endroit, déclara enfin Gröning.

Il avait mis le temps. Pourtant, il savait pertinemment que je serais la dernière personne au monde à le signaler pour tenir de tels propos à voix haute. Il avait le même âge que moi, vingt-deux ans, et une partie de notre génération ne savait pas trop quoi faire au vu des récents événements. Pour les idiots, c'était facile ; ils levaient le bras avec enthousiasme et vigueur pour effectuer des saluts – *Heil Hitler, petit soldat ! Pas de défaitisme parmi les rangs allemands !* – et marchaient droit vers les tanks soviétiques avec deux grenades dans chaque main. C'était aussi plus simple pour les brutes insensibles, qui pendaient ceux qui commençaient à penser par eux-mêmes à des arbres et à des lampadaires et écrivaient *J'ai trahi le Reich* sur des pancartes en carton accrochées autour du cou de leurs anciens camarades.

C'était pour nous que c'était le plus difficile, nous qui avions grandi dans un monde peuplé d'une seule race maîtresse. Un monde qui nous avait martelé depuis l'enfance que nos vies appartenaient au Führer et à la nation ; un monde où il ne fallait jamais remettre les ordres en cause, où notre loyauté était notre honneur et notre honneur notre loyauté, et d'autres conneries du même genre… Jusqu'au jour où nous avions regardé autour de nous et vu ce que nous avions fait. Soudain, ce que nous étions devenus nous terrifiait à un tel point qu'aucun mot ne parvenait à décrire l'horreur glacée qui occupait désormais nos cœurs, des cœurs dont nous n'étions même pas censés être pourvus au départ. À l'instar de nos vies, ils appartenaient à la mère patrie. Ils n'avaient le droit de battre que pour elle ; toute autre raison était une trahison.

— Tu regretteras cet endroit dès que tu verras le front de tes propres yeux. Quoique, dans ton cas…

Dans une tentative de faire de l'humour, je m'emparai de ses lunettes, mais ma plaisanterie n'eut pas le moindre succès. Je les lui rendis dans un soupir.

— Tu connais déjà le front, reprit-il. Ne préférerais-tu pas y retourner plutôt que de rester ici ?

— J'ai demandé un transfert en 1942, et ma requête a été refusée.

Il balaya mon objection d'un geste de la main.

— La mienne aussi, mais c'était il y a deux ans. On gagnait la guerre, à l'époque. À présent, ils ne peuvent plus se permettre de faire les difficiles. Si tu redemandes aujourd'hui, je te garantis que le Vieux en personne signera ton formulaire, même avec ta blessure au genou. Ils vont dans les rangs des Jeunesses hitlériennes pour recruter des gamins de treize ans qui ont encore la morve au nez, et ils acceptent des grands-pères assez vieux pour s'être battus pour le Kaiser dans les années 1870. Ils te diraient oui sans hésiter, encore plus avec ton expérience au combat.

— Pas besoin d'avoir de l'expérience pour se prendre une balle dans le ventre, répliquai-je d'un ton dénué d'émotion.

Il ignora mes paroles traîtres.

— Raison de plus ! Va à la Kommandantur. Je te remplace pendant ce temps-là. Et ensuite, on partira au front ensemble !

Immobile, je fixai un point droit devant moi. *Il faudrait que j'y aille,* me raisonnai-je. *Il le faudrait vraiment... Si je fais ça, alors tout sera fini dans quelques jours. Dans quelques jours, je serai assis dans un train à côté de Gröning ;*

lui sera plongé dans un livre ou un autre pendant que je regarderai par la fenêtre. Je verrai des personnes vivantes et non pas des squelettes sur pattes quasiment affamés à mort par nos soins. Je verrai aussi des champs où ne brûlent pas des feux dans des bûchers à ciel ouvert.

Je fixai mes ongles, la pelouse autour de moi, tout ce qui me permettait d'éviter le regard accusateur de Gröning.

— Tu ne vas pas y aller, je me trompe ?

Lentement, je secouai la tête. Il soupira comme il l'aurait fait avec un enfant têtu, mais il ne me posa aucune question à propos de Helena. Jamais il ne m'avait ouvertement interrogé sur elle, préférant désapprouver notre relation en silence.

— Quel est ton plan, dans ce cas ? demanda-t-il.

À croire qu'il espérait que cette question logique me mette du plomb dans la cervelle. Gröning était très *logique*, alors que moi, à en croire ses dires, j'étais *sentimental*.

— Je reste ici.

— Jusqu'au bout ?

— Jusqu'au bout.

— Je pense que tu commets une erreur.

Je souris, presque amusé.

— Tu sais quoi ? Pour la première fois de ma vie, j'ai la certitude que non. Pour la première fois, j'ai l'impression de faire ce qu'il faut.

— Faire ce qu'il faut t'a déjà valu deux passages au bunker au cours des derniers mois.

Je haussai les épaules.

— Ça m'est égal. Il fait frais là-bas, c'est calme et ça ne sent pas mauvais.

— Essaie au moins de ne pas te faire fusiller pour une bêtise, tu veux bien ?

Il se remit debout et épousseta les brins d'herbe de son uniforme.

— Ce serait vraiment idiot et inutile de mourir maintenant, alors que nous en avons presque fini avec tout ce merdier.

— Dans ce cas, si nous avons perdu la guerre de toute façon, quel est le sens de tout ça ? N'est-ce pas idiot et inutile de continuer à assassiner tous ces gens ?

Il s'éloigna avant que je prononce des mots encore plus traîtres pour lesquels il ne m'aurait pas dénoncé, mais qu'il n'avait pour le moins pas envie d'entendre.

Gröning était un homme de logique. Ce n'était pas un antisémite vicieux comme Moll et il n'approuvait pas ces tueries brutales, mais il voulait sauver sa peau et personne ne pouvait l'en blâmer. Je le regardai partir, en proie à une infinie nostalgie de l'époque où je ne pensais qu'à moi, où le monde était tout blanc ou tout noir, où les juifs étaient l'ennemi, quand mon uniforme n'empestait pas la fumée et la mort.

Chapitre 31

Franz

Le nouveau avait à peine dix-huit ans. Ses joues n'avaient presque jamais vu la lame du rasoir. Dégingandé et patriotique, il avait été envoyé ici sitôt sa formation terminée, depuis Munich, disait-il, et il s'attela à la tâche avec la ferveur de l'idiot qui venait de se faire laver le cerveau. À midi, j'avais déjà mal à la tête à force de l'entendre crier et de le voir courir dans l'entrepôt avec l'agitation d'un poulet sans tête. De plus en plus agacé, je lui fis signe de me rejoindre.

Il s'exécuta et alla jusqu'à me saluer de ce salut tout frais sorti de l'école. Dernièrement, nous, anciens surveillants, nous donnions tout juste la peine de plier le coude. Notre *Heil Hitler* avait perdu de son enthousiasme depuis un moment, lui aussi. Contrairement à cette jeune pousse, nous le grommelions avec indifférence et en gardions sur les lèvres un goût rance et moisi.

— Qu'est-ce que tu fabriques avec ces pauvres malheureuses, au juste ?

Je hochai la tête en direction des prisonnières. Perplexes et légèrement alarmées, elles ne cessaient de regarder vers moi et même vers Wolff avec nervosité, ne sachant trop comment réagir face à cette nouvelle déferlante de cris.

— Nous avons tant de choses à trier avec tous ces convois, Herr Unterscharführer, commença-t-il avec un geste d'impuissance. Je ne fais que les encourager à travailler plus vite afin que nous respections les délais du plan de Herr Kommandant…

Je ricanai doucement. J'avais l'intime conviction que l'unique plan que fomentait Herr Kommandant était de se procurer un passeport avec une nouvelle identité et d'abandonner sa propriété et tous les biens qu'il avait volés avant l'arrivée des Alliés. Je faillis en informer le bleu, avant de remarquer qu'il portait fièrement un insigne de *Hitlerjugend Sieg Rune* sur sa poche de poitrine. Cette marque de distinction et l'expression candide de loyauté envers le Parti dans son regard m'en dissuadèrent et je me ravisai sagement.

Néanmoins, ce *Pimpf* ingénu avait raison sur un point : des montagnes d'effets personnels grandissaient autour des différents entrepôts, certaines s'élevant jusqu'aux toitures. À l'intérieur, il ne restait que des passages étroits entre les piles de valises et de poussettes. L'un des hangars avait été aménagé en espace permanent de stockage ; les camions qui, auparavant, transportaient les affaires triées en direction de l'Allemagne avec une efficacité louable avaient pour la plupart été réquisitionnés ; il y avait une pénurie de carburant et l'Allemagne elle-même était bombardée à une telle fréquence que le pays avait davantage besoin de matériel médical ou de cercueils que de tous ces vêtements.

— Toutes travaillent dans ce Kommando depuis des années maintenant. Elles ont leur propre système auquel elles sont habituées et tu ne fais que les contrarier avec tes cris incessants d'esclavagiste. Elles n'iront pas plus vite que leurs dix doigts le leur permettent. Laisse-les tranquilles.

Il ouvrit la bouche pour assener un argument ou un autre, peut-être pour citer un de ces insupportables postulats (on l'avait sans doute informé de mon manque de fiabilité politique dès son arrivée), mais son regard se posa ensuite sur l'insigne des blessés que j'avais rapporté du front et il se contenta de me saluer de nouveau. À ce stade de sa carrière, l'expérience acquise au combat forçait encore le respect. Sans cela, ce sale morveux aurait atterri dans le bureau du Vieux dans l'heure afin d'y rédiger un rapport. Et en dépit des propos que j'avais tenus à Gröning, je n'avais pas la moindre envie de me retourner au Bunker 11. Certes, la fraîcheur et la tranquillité y régnaient et j'y mangeais à ma faim, mais rien que la perspective de ne pas voir Helena me glaçait d'horreur.

Elle me lança un regard depuis son poste de travail et je surpris sur ses traits une esquisse de sourire (sans doute de gratitude pour avoir réfréné l'enthousiasme du nouveau venu), qui disparut avant que sa chaleur puisse me réchauffer. Nous gardions nos distances depuis notre arrestation au mois de mai, du moins autant que cela nous était supportable. Je ne la faisais plus venir dans mon bureau et elle ne me parlait plus à moins que je ne m'adresse à elle en premier. Avant de me libérer, Schurz avait grogné quelque chose comme quoi *il aurait mieux fait de fusiller cette garce au lieu de la relâcher*, ce qui avait soudain coupé court à mon envie de tester les limites de sa tolérance en défiant plus avant les lois raciales. Par conséquent, toute interaction entre nous avait cessé, à l'exception de rares regards échangés lorsque personne ne nous voyait et de *Je t'aime* encore plus rares murmurés en passant.

Rolf devint donc l'objet de mon affection et ne tarda pas à devenir paresseux et tendre sous l'effet de tant de caresses, de gratouilles derrière les oreilles, sans compter la moitié de mes rations qui finissaient dans son estomac. C'était comme mon chien à présent. Son ancien maître n'était pas près de revenir, apparemment. J'avais entendu dire qu'il était dans une bonne clinique dans les Alpes.

— Herr Unterscharführer !

Encore le blanc-bec. Je me tournai vers lui et lui offris un sourire d'ennui poli. Il était rouge, mais pas essoufflé après sa course. De toute évidence, il méritait son *Sieg Rune* et son badge de sport.

— Le Dr Mengele vous demande. Il dit qu'il a besoin de vous sur le quai. Le nouveau convoi vient juste d'arriver et il n'y a pas assez de SS.

Dehors, la chaleur de juillet faisait rage et pourtant, j'étais soudain glacé, au bord des tremblements à la mention de ce nom détestable.

— Je ne suis pas autorisé à officier sur le quai, avançai-je pour tenter d'échapper à une obligation dont je n'avais pas la moindre envie de m'acquitter.

Peut-être aurais-je dû lui faire la blague du Vieux et de son nouveau passeport. Peut-être le bunker n'était-il pas une si mauvaise option, en fin de compte.

— Vous l'êtes, à présent. Il m'a envoyé vous chercher tout spécialement.

— Pourquoi moi ?

Il hésita avant de répondre.

— Il a dit qu'il avait beaucoup de bétail et que vous étiez doué pour manier la cravache.

Il me sourit. Il trouvait certainement la plaisanterie amusante. Il m'aimait bien, désormais. Un respect tout neuf se lisait dans ses yeux.

Je me mis en route avant de répliquer quelque chose que je regretterais plus tard. Je devais m'occuper de Helena et que cela me plaise ou non, m'attirer des problèmes avec les autorités ne m'aiderait pas le moins du monde.

La plus grande des confusions régnait sur le quai. Il grouillait de monde. Un océan de corps gémissants et trempés de sueur qui restaient collés les uns aux autres, même face aux aboiements vicieux des chiens. *Ils n'avaient pas bu une goutte d'eau depuis des jours,* imploraient-ils. *Les enfants avaient besoin de nourriture.* Les personnes âgées étaient assises à même le sol, résignées et presque déjà mortes. Moll n'était pas là. Il n'y avait que le Dr Mengele, vêtu comme de coutume de son uniforme immaculé, ses cheveux noirs brillant sous les rayons du soleil telle la couronne d'onyx d'un dieu des Enfers, les yeux fixés sur la foule qu'il scrutait en quête des jumeaux ou nains habituels, à tous les coups. Je fis un pas vers lui, mais à mon grand soulagement, il me congédia d'un geste de la main.

— J'ai la situation en main. J'ai simplement besoin que vous escortiez ces gens jusqu'aux douches. Je n'ai que les hommes du Sonderkommando avec moi pour les superviser et pas d'officiers. Moll est censé être là, mais comme vous pouvez le constater, il est absent.

Je regardai droit devant moi, faisant fi des gémissements et des supplications de la foule. Les *douches*, également connues sous le nom de *Four crématoire 5*, que Mengele désignait gracieusement de la pointe de sa cravache, se dressaient sous le ciel obstrué de fumée. Le type du Sonderkommando, les manches relevées, me lança un coup d'œil interrogatif. Je savais que c'était le moment où je devais m'adresser aux gens, leur raconter des bobards destinés à les apaiser, leur promettre du café ou du thé après une bonne douche rafraîchissante, leur mentir avec conviction à propos du camp pour enfants afin qu'ils déshabillent leur progéniture plus vite, les baigner dans une ignorance bénie pour qu'ils avancent de leur plein gré sans crier ni nous implorer de leur laisser la vie sauve. Mais même avec la meilleure volonté du monde, j'étais incapable d'ouvrir la bouche. Silencieux et morose, je fis signe au groupe, condamné d'un simple mouvement de la main de Mengele, de me suivre.

Les murmures ne tardèrent pas à devenir de plus en plus bruyants derrière moi. Quelqu'un trouva même le courage de poser une question concernant la fumée qui sortait des douches. *Les douches n'avaient pas besoin d'être équipées de fours, si ?*

Néanmoins, je continuai à avancer avec une détermination obstinée. *Qu'ils se révoltent. Qu'ils sachent où nous les emmenons. Qu'ils nous piétinent et nous massacrent tous. En ce qui me concernait, nous pouvions bien aller au diable. Aucun de nous n'allait quitter cet endroit en vie, alors autant en finir tout de suite.*

Alarmés par le malaise grandissant parmi la foule et par mon silence persistant, les hommes du Sonderkommando entreprirent de rassurer eux-mêmes le groupe.

— La fumée est générée par le système de chauffage, mon brave.

C'était parti pour la fable habituelle.

— L'eau provient directement des puits et je peux vous garantir qu'elle est sacrément froide ! Vous n'avez pas envie que les personnes âgées et les enfants se retrouvent sous un jet glacé, si ? Ils risqueraient d'attraper un rhume à cause du brusque changement de température et c'est dangereux à leur âge. Faire brûler vifs des gens dans les champs ? Qui vous a raconté une sottise pareille, ma bonne dame ? Ce sont des feux de marécages ! Ne voyez-vous pas comme la fumée est épaisse ? Et cette odeur, ce sont les marécages aussi ! Il y en a tout un tas en Pologne. Vous n'avez pas ce genre de choses en Hongrie, je sais. C'est l'odeur typique des marais. Ils prennent feu tous les étés. Nous sommes habitués, à présent. On ne le remarque presque plus.

Un vilain rictus naquit sur mes lèvres. Ça, au moins, c'était la vérité. L'Unterscharführer Gorges, Kommandoführer du Four crématoire 5, me retrouva devant le bâtiment avec un sourire et une poignée de main amicale.

— Ah ! Les renforts ! s'enthousiasma-t-il.

Il rayonnait. Il était bronzé et resplendissant de santé.

— Pourriez-vous me rendre un dernier petit service ? Comme vous le voyez, nous manquons cruellement de personnel.

— Oui, Mengele m'en a fait part et vous avez toute ma sympathie, mais je dois regagner le Kanada au plus vite.

Je fis mine de partir, mais il me rattrapa par ma manche de chemise.

— Rien ne presse. Le camion à destination de votre entrepôt est en train d'être chargé en ce moment même, me rassura-t-il.

De fait, un camion de la Croix-Rouge (une vision sécurisante aux yeux des nouveaux arrivants) était soigneusement garé tout contre la porte à double battant qui ouvrait sur les vestiaires. De cette façon, personne ne voyait exactement ce qui était placé dans le camion, à savoir les affaires de ceux qui venaient juste d'être gazés et se faisaient incinérer à cet instant précis dans le crématorium, au sein du même bâtiment. *Système de chauffage, mon œil.*

— Cela ne prendra que dix minutes de votre temps précieux et le chauffeur du camion pourra vous conduire jusqu'à l'entrepôt, et je vous serais éternellement redevable.

La main de Gorges effleura imperceptiblement ma poche. Habitué à ces pratiques, je me demandai avec un désintérêt blasé ce qu'il y avait déposé exactement ; de l'or, des diamants ou des dollars. Je faillis lui rendre aussi sec ce qu'il venait de me donner, mais avec la fin qui était proche, ce n'était pas malin de se faire des ennemis et à l'inverse de Moll, Gorges n'était pas une brute. C'était possible de négocier avec lui quand la situation l'exigeait. *Et merde, je devenais aussi logique que Gröning.*

Je me forçai à sourire et à lui faire un clin d'œil de conspirateur.

— Je n'ai pas besoin de pot-de-vin pour aider un camarade dans le besoin, mais j'accepterai votre offre un jour. Peut-être serez-vous en mesure de m'aider à votre tour.

— Vous n'aurez qu'un mot à dire, Dahler.

— Et je le ferai. Que puis-je faire pour vous ?

Plusieurs personnes s'écartèrent de la formation pour boire dans des flaques à même le sol. Ces flaques provenaient des tuyaux d'arrosage avec lesquels le Sonderkommando nettoyait la salive, le sang, l'urine et les matières fécales qui souillaient les cadavres à l'intérieur des chambres à gaz. Ils arrosaient constamment, de telle sorte que le sol autour du crématorium était détrempé et que l'on pataugeait dans l'eau. Gorges leur accorda cette dernière faveur pitoyable et ne leur ordonna même pas de se remettre en rangs.

Les personnes âgées s'asseyèrent dans l'herbe, s'abritant du soleil avec leurs sacs à main ou des journaux. Ils avaient emporté des journaux... Ils étaient hongrois, citadins pour la plupart. Ç'aurait très bien pu être des Reichsdeutsche : ils avaient exactement la même apparence, bien élevés, bien habillés, beaucoup trop timides pour commencer la moindre révolte. À présent, je comprenais pourquoi Gorges n'était pas inquiet à leur sujet. Il en avait gazé bien assez depuis le mois de mai pour savoir que ces gens ne lui causeraient pas d'ennuis. Ils avançaient paisiblement vers la mort, tranquillisés par les explications raisonnables que leur offraient les sympathiques membres du Sonderkommando et les SS. Il sourit de nouveau, très content de lui.

— Un dernier service.

Il se rapprocha de moi et me parla à l'oreille afin que personne d'autre ne l'entende.

— Les six fours sont pleins, mais il y a encore une fournée de macchabées à brûler et nous devons faire entrer ces gens avant qu'ils comprennent ce qui se passe. Les laisser s'asseoir dans le gazon et réfléchir ne va pas arranger nos affaires, pas vrai ? Le Kommando a déjà nettoyé la chambre et empilé tous les cadavres dehors, derrière le paravent. Pendant qu'ils finissent de mettre leurs affaires dans le camion, escortez les hommes chargés de transporter les macchabées restants jusqu'à l'unité de Moll, voulez-vous ? Je suis un peu débordé ici et c'est contre le règlement de les laisser seuls sans qu'un SS les supervise.

— Naturellement, répondis-je d'un ton neutre.

— Le règlement, c'est le règlement.

Il écarta les bras dans un geste d'impuissance et d'excuses avant de me décocher un nouveau sourire éclatant.

— Et les ordres sont les ordres, grommelai-je.

Je tournai les talons et me dirigeai vers l'arrière du crématorium. J'eus le temps de voir son sourire s'évanouir.

Les grands paravents de trois mètres de haut, qui épargnaient aux nouveaux arrivants ingénus la vision épouvantable des fosses à ciel ouvert situées à cent mètres de là à peine, étaient également une invention de Moll. Tout comme les fleurs qu'il avait fait planter devant les fours crématoires avant que débute l'*Aktion* hongroise. À la manière de décorations bon marché, ils révélaient l'affreuse vérité dès qu'on les contournait pour passer en coulisses et se retrouver alors face à face avec la Grande Faucheuse en personne. Au vu de la quantité de cadavres, sa présence dans les parages ne faisait aucun doute. Certains étaient déjà empilés les uns sur les autres, d'autres soigneusement alignés pour que les dentistes puissent arracher leurs couronnes en or. Trois hommes du Sonderkommando étaient si absorbés par la tonte des cheveux des mortes qu'ils ne remarquèrent pas que j'étais là, pas plus que ceux accroupis auprès des dépouilles pour fouiller leurs orifices en quête d'objets de valeur cachés.

Les convoyeurs de cadavres du Kommando, assis à terre près des corps « nettoyés », cigarette à la bouche, bondirent sur leurs pieds en me voyant et retirèrent leur casquette rayée avant de se mettre au garde-à-vous. À côté d'eux se trouvaient des chariots à bras, dont je devinai qu'ils servaient à transporter les corps.

Mais ce ne fut pas le spectacle des bras et des jambes qui pendaient sur les côtés des piles qui me coupa le souffle. Trois jeunes femmes, aussi nues que lors de leur venue au monde, étaient blotties les unes contre les autres derrière le dos des hommes du Sonderkommando.

— Qu'est-ce que ça veut dire ? criai-je, en proie à une soudaine colère.

Rolf grogna et tira sur sa laisse, que je tenais fermement. Un désir brut de destruction monta en moi, accompagné de celui de lâcher le chien sur ces enfoirés.

Ils échangèrent des regards alarmés, battirent des cils sans comprendre. Puis, comme s'ils se rappelaient soudain la présence des jeunes femmes, ils se mirent à parler tous en même temps.

— Ce n'est pas notre faute, Herr Unterscharführer.

— C'étaient les ordres du Hauptscharführer Moll !

— Il était là juste avant le dernier gazage et…

— Ces trois-là l'ont supplié de les laisser mourir ensemble…

— Il a ordonné de ne pas les gazer...

— Il a ordonné de les conduire jusqu'à son unité dès que nous aurions fini...

— C'est lui qui les a fait se déshabiller pour ne pas abîmer leurs vêtements...

— Nous ne les avons pas touchées, Herr Unterscharführer ! Demandez-leur vous-même...

— Nous attentions simplement que quelqu'un arrive pour nous escorter, Herr Unterscharführer...

Mon expression avait dû se radoucir, car ils se turent et tentèrent de reprendre leur souffle.

— Je suis là maintenant, alors allons-y, grommelai-je.

Les convoyeurs attrapèrent les poignées des chariots et les femmes empruntèrent à contrecœur le chemin que j'indiquai. Notre procession macabre se mit en route vers l'enfer qui faisait rage.

Dante manquait vraiment d'imagination en décrivant le sien, je vous assure. Des cratères de lave bouillante avec des démons qui poussaient les pécheurs à l'intérieur à coups de fourche ? C'était d'une fantaisie aussi grotesque qu'improbable, d'un gothique presque superbe qui inspirait la crainte de Dieu.

Ici, le diable portait un uniforme d'été blanc orné d'une croix avec des glaives – *pour service rendu au Reich*, rien que ça – et vociférait des insultes aux fossoyeurs qui n'alimentaient pas les flammes en cadavres suffisamment vite à son goût. Sous les regards affligés des hommes âgés qui tenaient les miradors (je me demandais encore ce qu'ils pensaient de tout cela, amenés dans cet enfer non pas par conviction, mais par conscription ; d'anciens fermiers, pour la plupart, ou des soldats blessés au front comme moi, tous de l'âge de mon père), Moll paradait le long des bûchers avec son berger allemand sur les talons et donnait des ordres aux juifs afin qu'ils incinèrent leurs semblables plus efficacement.

La chaleur émanant des feux qui faisaient rage m'effleurait déjà les joues alors que nous n'étions qu'à mi-chemin. Les jeunes femmes durent la sentir également, ou commencer à comprendre que ce n'était pas du bois, mais des corps que les SS faisaient brûler dans ces étranges fosses. L'un des convoyeurs poussa doucement les filles dans le dos pour les encourager à avancer. Elles les ralentissaient et ils n'avaient pas la moindre envie d'essuyer l'ire de Moll. Des rumeurs racontaient qu'il avait déjà jeté quelqu'un qui l'avait mis en colère dans une fosse, et ce alors que la personne était en vie. Personne ne connaissait la fin de l'histoire avec certitude, mais depuis, personne ne voulait être dans le collimateur de Moll.

J'essuyai mon front couvert de sueur, provoquée soit par la chaleur de plus en plus intolérable à chaque pas, soit par les nausées qui me retournaient l'estomac. Je n'arrêtais pas de déglutir avec difficulté, mais ma gorge restait sèche, comme si on l'avait frottée au papier de verre. Les femmes se figèrent tout à coup, décidées à ne pas faire un pas de plus. Je ne m'occupai pas d'elles.

À présent, je n'ai plus qu'à avancer jusqu'à cette fosse, signaler à Moll que ses convoyeurs et les femmes sont ici, tourner le dos et le laisser faire ce que bon lui semble.

J'aurais dû partir sur le front avec Gröning.

J'aurais dû prendre cet éclat d'obus dans le bide et pas dans mon foutu genou et mourir en héros au lieu de...

— Herr Hauptscharführer !

Le calme contenu dans ma voix me surprit moi-même, de même que le salut vif et impeccable que j'effectuai à la seconde où Moll pivota vers moi. Il hocha la tête d'un air approbateur face à de si excellentes manières militaires, comme il appelait cela. Son visage parsemé de taches de rousseur était rose et brillant sous l'effet de la chaleur. Le bleu et le rouge des flammes se reflétaient dans son œil de verre et dansaient joyeusement à sa surface aveugle. Son œil valide, lui, m'observait avec malice.

— Permettez-moi de venir au rapport : les convoyeurs sont ici avec les corps prêts pour la crémation. Les autres seront escortés par l'Unterscharführer Gorges dès qu'il en aura fini avec l'admission des nouveaux arrivants.

Il opposa un hochement de tête satisfait. Il fixait désormais Rolf, assis patiemment à mes pieds. C'était la copie conforme du berger allemand de Moll.

— Belle bête.

— Merci, Herr Hauptscharführer. C'est un très bon chien.

— Comment est-il avec les prisonniers ?

Incertain quant à ce qu'il souhaitait entendre, j'hésitai avant de répondre.

— Il... les met au pas, Herr Hauptscharführer.

Il sourit sournoisement. La fixité de son iris en verre commençait à me rendre nerveux. Pour échapper à son observation constante, je tentai de regarder derrière lui, mais j'aperçus alors les piles indénombrables de cadavres, et j'eus le tournis. J'avalai de nouveau ma salive et sentis de la bile qui remontait dans ma gorge. Je fermai les yeux (je me fichais bien de ce qu'il pouvait dire), mais ils étaient toujours là, devant mes paupières closes, leurs corps bougeant et virevoltant comme s'ils prenaient vie dès que les flammes les touchaient.

— Eh bien, vous m'avez l'air pâlot, Herr Unterscharführer.

La voix amusée et un tantinet moqueuse de Moll s'insinua dans mon cauchemar.

— Est-ce que tout va bien ?

Je me forçai à ouvrir les yeux. Ma main effleura instinctivement ma poche. Une flasque y était cachée, si près et si hors d'atteinte.

— J'ai un peu chaud, Herr Hauptscharführer.

— Je veux bien vous croire.

Son rire de hyène était plus tonitruant encore que le bourdonnement dans mes oreilles.

L'un des fossoyeurs plongea son regard dans le mien. En dépit des vagues de nausées qui troublaient ma vision, je le reconnus. Andrej Novák. Avec une lenteur délibérée, il se mit à pousser les corps amoncelés du bout d'une pique pour les retourner. Le grésillement de leurs ventres qui explosaient, les mouvements épouvantables de leurs bras calcinés qui se dressaient tout seuls comme pour effectuer un dernier salut moqueur tandis que les muscles se raidissaient sous l'effet de la chaleur ; leur peau couverte de cloques qui crevaient et d'où s'écoulait du gras humain qui alimentait le feu et le teintait de blanc... Il voulait que je voie tout cela, que je sache exactement ce que mes semblables infligeaient aux siens.

Des cris déchirants retentirent autour de nous. Des SS poussaient les femmes vers la fosse en enfonçant brusquement le bout de leurs mitraillettes dans leurs dos. Encouragés par les ricanements de Moll (personne n'ignorait qu'il se délectait de ce genre d'atrocités), ses subalternes se mirent à les bousculer avec encore plus d'enthousiasme jusqu'à ce que les pauvres créatures partent en courant telles des biches terrifiées, en direction des barbelés qui entouraient le périmètre.

— Pas si vite, mes petites poulettes ! cria Moll.

Le feu qui se reflétait auparavant dans son œil de verre dansait à présent dans son œil valide.

— Va, mon chien ! Attaque ! Vas-y !

Son berger allemand rattrapa les femmes avant qu'elles atteignent la clôture. Ses dents se refermèrent sur leurs talons et s'enfoncèrent dans leur chair. Il les encercla comme un chien de berger avec son troupeau afin de les ramener à son maître. À côté de moi, Rolf poussa un gémissement aigu. Il se dandinait d'une patte sur l'autre, en proie à une agitation visible.

— Lâchez-le ! encouragea Moll avec un rire démoniaque. Qu'il s'amuse, lui aussi !

Avant que je me rende compte de ce que je faisais, ma main resserra son étreinte sur la laisse. Je ne sentais plus mon corps. Tout à coup, il était si léger que le vent aurait pu l'emporter au loin. Le sifflement dans mes oreilles était si assourdissant que je discernais à peine les cris des femmes. Collées les unes aux autres, elles saignaient et tremblaient de tous leurs membres en dépit de la chaleur suffocante qui régnait autour de nous.

Moll s'humecta les lèvres tandis qu'il fixait leurs visages baignés de larmes. Lentement, il attrapa son arme et tira sur le pantalon de son uniforme pour dissimuler la bosse au niveau de son entrejambe. Il avait la respiration entrecoupée par l'excitation.

— Regardez ! Regardez bien ! Dans un moment, vous brûlerez exactement comme eux ! cria-t-il avec force postillons.

Enfin, au son des rires de ses hommes, il prit les filles en pitié et les tua d'une balle une par une, avant de les pousser du pied dans la fosse. Je me détournai et vomis sur le sol et le bout de mes bottes, puis je tombai à genoux. Toujours aussi agité, Rolf ne cessait de me lécher le visage et les mains en geignant et en faisant les cent pas autour de moi. À l'exception de ses plaintes et du crépitement du feu, il n'y avait pas un bruit. Soudain, le monde entier se tut. Je m'essuyai la bouche d'un revers de main et relevai la tête. Au-dessus de moi, des visages hostiles et dédaigneux me fixaient.

— Vous faites honte à votre uniforme, commenta tranquillement Moll, comme s'il énonçait un simple fait. Je pensais que vous aviez l'estomac mieux accroché que ça, pour quelqu'un qui a combattu sur le front.

L'estomac mieux accroché que quoi ? La mort ? Le meurtre ? eus-je envie de lui demander, mais j'étais soudain muet.

Moll appela un de ses subalternes.

— Emmenez-moi cette pathétique mauviette loin d'ici et assurez-vous qu'il ne revienne pas.

Des mains me relevèrent avec une étonnante délicatesse. Je reconnus le médecin slovaque. En silence, il m'escorta hors de cet enfer jusqu'au crématorium. Je chancelais comme le dernier des ivrognes. Rolf marchait à côté de moi, sa laisse traînant à terre. De temps en temps, il me donnait un coup de truffe humide dans la paume. Du même geste répétitif, je ne cessai d'essuyer furieusement mon visage couvert de sueur. De sueur et de larmes...

Le médecin disposait de son propre accès au four crématoire, une entrée située sur le côté du bâtiment. Apparemment, le Dr Mengele avait installé ici sa nouvelle salle de dissection. Il me fit asseoir sur l'une des tables d'autopsie et me demanda poliment d'attendre. J'étais allongé lorsqu'il revint avec une seringue.

— Qu'est-ce que c'est ? Du phénol ? plaisantai-je sinistrement.

— Aimeriez-vous que ça le soit ? rétorqua-t-il sans s'émouvoir.

Il releva ma manche. Rolf observait ses moindres faits et gestes, suspicieux. De ma main libre, je le grattai derrière l'oreille jusqu'à ce qu'il se tranquillise.

— Et vous ? tentai-je d'un ton qui se voulait moqueur, mais s'avéra surtout pathétique.

Le pathologiste me regarda d'un air de reproche et désinfecta le creux de mon coude avant de me faire plier le bras.

— Serrez le poing.

— Vous ne m'avez pas répondu.

Il soupira.

— Non, je n'aimerais pas que ce soit du phénol.

La pièce avait quelque chose d'étrangement apaisant. Le cliquetis des instruments sur la surface métallique, peut-être, ou l'odeur de propreté stérile du désinfectant. Je fermai de nouveau les yeux. Le sommeil alourdissait mes membres, ainsi que mes paupières.

— J'ai prêté serment à Hippocrate. Jamais je ne ferais de mal à un être vivant.

— Que faisiez-vous là ? marmonnai-je.

— Je cherche certaines difformités susceptibles d'intéresser Herr Doktor.

Inutile de préciser de qui il s'agissait.

— Il aime que des autopsies soient effectuées sur ce genre de cas. Parfois, il envoie ceux qu'il estime particulièrement intéressants à des instituts scientifiques en Allemagne.

— Pour quoi faire ?

— Pour prouver à quel point la race juive est dégénérée et inférieure comparée à la race aryenne.

— Est-ce vrai ?

— Bien sûr que non. Il s'agit de difformités communes qui affectent toutes les races.

— C'est bien ce que je pensais. La science est truquée. Tout comme la presse, l'histoire... Nous ne pouvons plus nous fier à rien. Tout n'est que mensonges.

— Taisez-vous, je vous prie, implora-t-il en posant une main sur mon épaule.

De fait, je disais tout un tas de choses que je n'aurais pas dû dire. Son attitude soudain protectrice m'aurait amusé si je n'avais pas été si apathique. L'injection était en train de faire effet. Il me pressa légèrement l'épaule.

— Cette jeune femme que vous avez amenée ici il y a deux ans et qui a eu le typhus par la suite... est-elle toujours en vie ?

Je souris doucement.

— Oui. Bien sûr qu'elle est en vie. Je ne laisserais jamais rien lui arriver.

— Alors il y a encore de l'espoir pour vous, jeune homme.

Je n'étais pas certain de l'avoir entendu dire cela ou de l'avoir rêvé.

*

* *

Janvier 1945

Les formations étaient prêtes à partir pour leur dernier voyage. Le vrombissement de l'artillerie soviétique à l'approche s'était tu. Il était plus sage d'abandonner le camp sous couvert de la nuit.

Le Kommandant Höss avait été le premier à prendre la poudre d'escampette, et ce dès le début du mois de juillet. Il avait fait évacuer sa maison de campagne, où sa famille vivait dans le plus grand des luxes. Il avait fallu deux wagons entiers pour expédier vers l'Allemagne toute cette opulence pillée.

Les trois crématoriums avaient été démolis aux explosifs en novembre. Le Sonderkommando s'était occupé du quatrième en le brûlant lors de leur soulèvement contre les SS plus tôt ce mois-là. La plupart d'entre eux avaient été fusillés en représailles, mais certains étaient toujours vivants et bien décidés à le rester. Aucun d'entre eux ne s'était identifié comme ancien membre du Sonderkommando lors du dernier appel qui avait eu lieu moins de deux heures auparavant. Les hommes n'étaient pas idiots. Ils savaient le sort qu'on leur réserverait s'ils se signalaient. Ce qui restait de l'administration du camp avait été très clair quant à la question des « preuves ». Il fallait tout brûler et tout enterrer. D'abord, les papiers. Ensuite, les témoins.

Avec deux paires de bottes fourrées soigneusement dissimulées sous mon manteau, je continuais à scruter la formation à la recherche de Helena et de sa sœur. Les premières rangées s'étaient déjà mises en branle. Enfin, je les repérai, ou plutôt, ce fut Helena qui me trouva. Elle s'accrocha à ma manche et refusa catégoriquement de me lâcher. Je doute qu'elle m'entendît quand je lui ordonnai de chausser les bottes avant de prendre la route, car il serait trop tard ensuite. Les instructions étaient claires : les SS qui escortaient les prisonniers avaient pour consigne de tuer quiconque prenait du retard sur les autres, sans distinction.

— Je reste ici avec toi.

Elle répétait cela en boucle, avec l'obstination d'une folle, pendant que Różínka lui enfilait les bottes comme elle l'aurait fait avec une enfant incapable de se débrouiller seule.

— Leni, je ne reste pas ici.

Je tentai de détacher ses doigts gelés de mon manteau, en vain. Elle continuait de s'agripper à moi avec l'énergie du désespoir. Au moins, les détenus qui nous entouraient avaient l'intelligence de regarder ailleurs, feignant de ne rien voir de la scène qui se déroulait sous leurs yeux.

— Je pars au front avec la nouvelle division. Aucun SS ne reste ici.

— Alors, emmène-moi avec toi.

— Au front ? demandai-je avec un sourire qui ressemblait sans doute davantage à une grimace déformée.

— Je peux aider. Je peux soigner les blessés…

Il n'y aura pas de blessés là où je vais. Que des cadavres. J'eus envie de le lui dire, mais cela n'aurait fait qu'empirer la situation.

— Helena, voici l'adresse de ma mère à Vienne.

Je fourrai le papier dans la main de Różínka. Sa sœur était dans un bien meilleur état qu'elle.

— Dès que vous sortirez d'ici, l'Unterscharführer Gorges vous conduira jusqu'à un village. Nous avons déjà tout prévu. Il vous laissera là-bas en attendant l'arrivée des Soviets. Ils devraient mettre un jour ou deux, peut-être même moins. Dès qu'ils seront là, montrez-leur vos tatouages et dites-leur que vous êtes des détenues qui se sont enfuies. Ils vous emmèneront à la Croix-Rouge, ou alors leurs infirmières vous prendront sous leur aile... Dans tous les cas, on s'occupera de vous. Puis, une fois que toute cette affaire sera finie, vous irez trouver ma mère. Elle vous accueillera toutes les deux. Elle vous attend. Et quand la guerre sera terminée, je te rejoindrai. Le temps va passer à une vitesse folle, tu verras.

Je lui caressai la joue une dernière fois. Le moment était venu pour moi de partir, mais elle s'arrimait toujours à moi et pleurait en me suppliant de l'emmener, comme si elle n'avait pas entendu un mot de ce que je venais de lui dire. Heureusement, Gorges apparut et l'arracha à moi un peu trop brusquement.

— Vous tiendrez parole, n'est-ce pas ? lui demandai-je.

Il hocha la tête d'un air solennel.

Je savais qu'il respecterait notre accord, et ce même pas à cause de l'énorme pot-de-vin que j'avais glissé dans la doublure de sa poche. La guerre était pour ainsi dire perdue et avoir mis deux juives à l'abri serait du plus bel effet sur son futur CV de prisonnier de guerre.

La formation s'éloigna. Helena continua de se tortiller sous la poigne de Gorges et de me regarder jusqu'à ce qu'ils soient engloutis par l'obscurité, ne laissant derrière eux que de la neige aplatie et un cadavre de-ci, de-là.

Immobile, je les suivis des yeux jusqu'à ce qu'un coup de sifflet retentisse pour rassembler le nouveau « régiment » des derniers défenseurs du Reich. Vingt hommes contre l'armée russe qui avançait.

Chapitre 32

Allemagne, 1947

L'audience était terminée. Le Dr Hoffman, le Dr Hutson et Andrej Novák fumaient une cigarette devant le bâtiment des magistrats. Le soleil couchant projetait un éclat doré sur les ruines étalées sous leurs yeux. Parmi elles se dressaient les ombres des morts.

Le Dr Hoffman se tourna vers le Slovaque.

— Puis-je vous poser une question ?

Novák sourit.

— J'imagine que vous en avez plusieurs.

Le psychiatre songea que c'était la première fois qu'il le voyait sourire.

— Pourquoi avez-vous retiré votre plainte ?

Pendant un moment, Novák fuma en silence, les yeux plissés face au crépuscule.

— J'ai changé d'avis, finit-il par répondre avec une nonchalance stupéfiante.

— Concernant les accusations ?

— Concernant Dahler. Il m'a vu au milieu de la formation quand nous étions sur le point de quitter Auschwitz. Il m'a reconnu et néanmoins, il ne m'a pas dénoncé à ses camarades SS, alors qu'un ordre spécial circulait pour les anciens membres du Sonderkommando. Il n'en a pas parlé pendant l'audience. Je me demande encore pourquoi.

— Il ne voulait pas avoir l'air d'un autre Gorges ? suggéra le Dr Hutson.

— Peut-être, concéda le Slovaque avec un petit haussement d'épaules.

Son regard se perdit dans le lointain.

— Je ne l'ai jamais connu en tant qu'homme. Seulement en tant que SS en uniforme, et à nos yeux, ils étaient tous pareils. Des assassins. Des tortionnaires. Des enfoirés sans cœur, de manière générale.

Il marqua une pause, l'air songeur.

— Ce jour-là, quand il s'est donné en spectacle devant Moll, j'ai supposé qu'il était tout simplement ivre mort. Bourré au point de ne même pas réussir à tenir debout. Les SS buvaient beaucoup, voyez-vous. C'était l'un de leurs passe-temps préférés. J'ai pensé que c'était l'alcool qui l'avait mis dans cet état.

Le Dr Hutson plissa les yeux et un sourire ironique étira ses lèvres.

— Alors vous ne croyez pas qu'il ait menti à la cour en décrivant les événements de ce jour-là ?

Novák agita la main.

— Je me souviens parfaitement de ce que j'ai dit au début. Que c'était un fieffé menteur et qu'il était prêt à tout pour sauver sa peau. Je ne savais pas si c'était un menteur ou non et je n'avais pas envie de le savoir. Je n'avais pas envie de *le connaître en tant que personne*. Je voulais juste que vous le colliez en prison pour la plus longue peine possible.

— Êtes-vous satisfait du verdict ?

— Disons que je ne suis pas étonné. Je savais qu'il serait probablement acquitté du fait de son grade peu élevé, de l'amnistie due à sa date de naissance et de sa non-participation directe aux crimes. J'ai persisté à vouloir porter plainte parce que… j'avais envie qu'il paye. Ça ne fait pas vraiment de moi un citoyen exemplaire, j'imagine.

— Vous avez toutes les raisons du monde de souhaiter cela, tempéra le Dr Hoffman.

— Oui, mais… c'est justement là qu'est le problème. Si je ne vois en lui qu'un uniforme, en quoi suis-je différent de lui, qui nous considérait tous comme de la vermine jusqu'à ce qu'une personne lui ouvre enfin les yeux ? Je suppose que j'avais besoin d'ouvrir les yeux, moi aussi, pour mettre un terme à ce cercle vicieux de haine. Nous devons tous devenir des hommes meilleurs. Il a fait un premier pas quand il a sauvé Helena et quand il ne m'a pas signalé aux autres SS. À mon tour de faire un pas. L'état de santé de sa femme est une punition suffisante. C'est lui qui va devoir s'occuper d'elle chaque jour et affronter les conséquences de ce que ses semblables ont infligé aux nôtres.

— Il prendra bien soin d'elle, dit doucement le Dr Hoffman.

— Je le sais, concéda le Slovaque avec une facilité étonnante. J'ai vu comment il se comportait avec elle et je suis certain qu'il ne l'abandonnera pas. C'est l'une des raisons qui font que j'ai changé d'avis le concernant. Même si je dois bien avouer que ce n'est jamais facile de changer d'avis.

— Ça ne l'est pas, en effet.

La porte du bureau du magistrat s'ouvrit et Franz Dahler sortit, suivi de sa femme. Encore un peu pâle, mais néanmoins rayonnante, elle le dépassa, un dossier serré contre sa poitrine.

Le Dr Hoffman sourit au couple malgré lui.

— Avez-vous obtenu votre certificat de dénazification ?

L'Autrichien hocha la tête et hésita avant de tendre la main aux psychiatres, qui la lui serrèrent. Il laissa retomber son bras ensuite, comme par respect pour le Slovaque. Ce dernier afficha un petit sourire et offrit sa main en premier. Dahler la prit aussitôt et la serra avec effusion.

— Je ne sais pas comment vous remercier, Herr Novák.

— C'est inutile.

— S'il vous plaît, permettez-moi au moins de vous demander pardon. Je n'ai pas eu l'occasion de le faire correctement pendant l'audience… Je suis réellement, sincèrement désolé pour tout ce que je vous ai fait, à vous et à toutes les personnes à qui j'ai causé du tort. Je sais que ce ne sont que des mots et qu'ils viennent bien trop tard et qu'ils ne feront revenir personne…

— C'est tout ce que je voulais entendre, l'interrompit Novák. Cela veut dire beaucoup, croyez-moi. Cela ne change rien au passé, mais modifie grandement le cours de l'avenir.

— Puis-je faire quelque chose, peut-être ? N'importe quoi…

— Oui. Si, à l'avenir, vous entendez une personne proférer une insulte raciste, interpellez-la et expliquez-lui où vous avez officié et comment de telles insultes ont mené au massacre de millions d'innocents. Si vous tombez sur un article de journal qui nie l'existence des crimes nazis, écrivez-en un autre pour le réfuter et raconter ce que vous avez vu. La haine, le racisme et la xénophobie n'ont pas miraculeusement disparu en même temps que Hitler. Ces fléaux sont toujours présents et il en va de notre responsabilité de les combattre. Si vous voulez faire quelque chose pour les victimes, je vous en prie, ne vous taisez pas. Parlez aux gens, aux jeunes surtout, et dites-leur la vérité telle que vous l'avez vue de vos yeux. Parlez aussi souvent et aussi fort que possible. De nombreuses personnes nieront la véracité de ce que nous, victimes, avons vécu. Elles affirmeront que nous avons tout inventé dans notre propre intérêt ou quelque chose de ce genre. Elles nieront l'existence des chambres à gaz et des fours crématoires. Elles nieront nos propres souvenirs. Mais elles écouteront un ancien SS.

Dahler sourit tristement.

— Je doute que le profil de personne que vous avez à l'esprit désire écouter un SS qui a trahi les siens, en tout cas de leur point de vue.

— N'empêche, Herr Dahler. Parlez. Qu'ils vous écoutent ou non, ne vous taisez pas. Aucun de nous ne devrait faire face à l'injustice. Les victimes ont besoin de voix s'exprimant en leurs noms. Autrement, il est bien trop facile de prétendre qu'elles n'ont jamais existé.

Dahler hocha la tête, lent et solennel.

— Je le ferai. Je parlerai, Herr Novák. Je souhaite m'inscrire à l'université afin de faire enfin des études. Si je suis admis et si l'administration m'y autorise, je m'adresserai aux étudiants. J'écrirai aux journaux. Vous entendrez de nouveau parler de moi, je vous le promets. Je parlerai jusqu'à vous en fatiguer les oreilles.

Novák laissa échapper un petit rire et lui tapota maladroitement l'épaule. Le regard de l'ancien SS était légèrement embué. Le Dr Hutson donna une bourrade discrète à son collègue.

Helena vint se placer à côté de son mari.

— Merci pour tout, Andrej.

Elle confia les dossiers à son époux et prit son compatriote dans ses bras pour une étreinte inattendue.

— Je suis navré que l'audience ait duré si longtemps par ma faute, dit Novák en rougissant. Je t'assure que je voulais simplement aider.

— Je le sais. Et c'est ce que tu as fait. Mais pas de la façon que tu avais imaginée, voilà tout, répondit-elle avec un sourire radieux.

— Est-ce que ça va aller pour toi ?

— Ça va très bien aller. Nous comptons nous inscrire dans la même université. Moi aussi, je vais beaucoup écrire.

— Toi, à l'université ? s'étonna le Slovaque d'un air incrédule.

— Tant que Franz m'accompagne, il ne devrait pas y avoir de problème. Ce sera une bonne chose pour nous deux de faire des études.

Elle hésita avant de demander :

— Pourrais-je avoir ton adresse, si tu es d'accord ? J'aimerais beaucoup que nous restions en contact.

Novák se tourna vers Dahler, dans l'expectative. Ce dernier sourit.

— Ne me regardez pas comme ça. Je ne suis pas là pour donner mon autorisation. Tout ce que Leni fait seule est bon pour elle, y compris écrire des lettres à des amis.

Le Dr Hoffman était on ne peut plus d'accord.

— Vous devriez vous inscrire en psychiatrie, dit-il à Dahler. Vous feriez un brillant thérapeute.

Franz balaya son commentaire d'un revers de main.

— Je ne suis pas assez intelligent pour ça.

— Vous semblez doté d'un excellent instinct. Pensez-y, au moins.

— Je vais y réfléchir.

Les lampadaires survivants s'éveillèrent et ouvrirent leurs yeux jaunes. Le ciel était tranquille, sans bombardiers qui le traversaient. Parmi les décombres, des enfants s'appelaient et interpellaient les GI américains pour leur demander s'ils avaient des chewing-gums.

Un sourire chaleureux éclaira le visage de Franz Dahler.

— Quelle belle soirée !

— N'oublions pas la chance que nous avons d'être en vie pour en profiter, fit remarquer Novák d'une voix douce.

Helena acquiesça avec solennité.

— Oui. N'oublions jamais. N'oublions rien.

Note concernant l'histoire

Merci beaucoup d'avoir lu *La fille à la robe rayée*. Même s'il s'agit d'une œuvre de fiction, elle s'inspire en grande partie d'une histoire vraie. Helena Citrónová (Kleinová dans ce roman) est bel et bien arrivée à Auschwitz avec l'un des premiers convois en provenance de Slovaquie et a été assignée à l'unité de travail du Kanada par son Kommandoführer Franz Wunsch (Dahler dans le récit). Elle y est restée jusqu'à la libération du camp en janvier 1945. Les circonstances de la rencontre de mes deux personnages sont fidèles à la réalité ; Helena Citrónová devait effectivement mourir le lendemain et c'est le simple fait de chanter une chanson d'anniversaire à Franz qui lui a sauvé la vie. Sa voix l'a tellement touché qu'il a aussitôt ordonné son retrait de la liste des « sélectionnées » et l'a affectée à son Kommando à la place. L'évolution de la relation de mes personnages est fondée sur les entretiens qu'ont accordés Helena et Franz à la BBC, ainsi que sur leurs témoignages durant le procès de Franz :

le mot d'amour qu'il lui a donné et qu'elle a détruit ; la scène lors de laquelle elle refuse de lui faire les ongles et où il menace de la tuer ; le fait qu'il a sauvé la sœur de Helena de la chambre à gaz ; le fait d'avoir caché Helena dans l'entrepôt du Kanada quand elle avait le typhus et de s'être occupé d'elle jusqu'à ce qu'elle aille mieux ; les colis qu'il lui faisait parvenir par le biais de surveillants compatissants et de *Pipels* ; l'arrestation de Helena et Franz après leur dénonciation à la Gestapo du camp ; la scène finale lorsqu'il leur donne à sa sœur et elle des bottes chaudes et leur explique comment retrouver sa mère en Autriche. L'histoire de la vie de Franz, son service pendant la guerre, son transfert à Auschwitz après sa blessure sont également véridiques. Ces éléments sont mentionnés dans l'étude de H. Langbein, *Hommes et femmes à Auschwitz, op. cit.*, et celle de L. Rees, *Holocauste : une nouvelle histoire*, Albin Michel, 2018.

L'Holocauste est un sujet extrêmement sensible. J'ai donc tenté de coller autant que possible à la réalité pendant l'écriture de ce roman, ne prenant de libertés créatives que là où je ne disposais d'aucun témoignage de survivants et où je devais avoir recours à mon imagination d'autrice pour combler les vides. La chronologie des événements, la plupart des figures historiques, la hiérarchie complexe du camp et le fonctionnement des différentes unités de travail sont tous fidèles à la réalité et les descriptions fondées sur les Mémoires des survivants et les études historiques.

Le tribunal de dénazification (sa structure, ses membres, ses origines, ses procédures) s'inspire également de faits historiques. Le processus en lui-même était d'une grande complexité et a connu de nombreux changements au fil des années. Les tribunaux allemands ont effectivement commencé à remplacer les tribunaux militaires américains à partir de la fin 1946 et du début 1947, les Américains faisant seulement office de superviseurs à partir de cette date. Le retard accumulé dans le traitement des dossiers était tel que de nombreux prisonniers de guerre et anciens nazis ont échappé à la justice, s'en tirant sans verdict de culpabilité et uniquement avec quelques restrictions imposées quant à leur profession (pas de poste de fonctionnaire, interdiction d'exercer dans le domaine de l'éducation et de la presse pendant un temps donné, etc.). Il est possible d'en lire davantage sur le programme et la manière dont étaient conduits les procès de dénazification dans l'étude de Spayd et Insanally, *Bayerlein: The Denazification Trial of Rommel's Chief-of-Staff, and Panzer Lehr Division Commander Generalleutnant Fritz Bayerlein*, ainsi que dans l'étude de F. Taylor, *Exorcising Hitler*.

La plupart des figures historiques mentionnées dans le roman s'inspirent également de survivants d'Auschwitz et de SS qui y ont exercé. R. Höss, considéré comme *le* Kommandant d'Auschwitz en dépit des interruptions de son service au sein du camp, a effectivement été relevé de ses fonctions pendant l'enquête sur la corruption menée à Auschwitz par le Dr Konrad Morgen et son équipe en 1943, comme décrit dans le livre, et remplacé par le Kommandant Liebehenschel. La personnalité de ce dernier et les changements qu'il a aussitôt instaurés (il a bel et bien effectué le tour du camp après sa nomination, parlé aux détenus, strictement interdit aux Kapos et aux officiers de les maltraiter, supprimé les « cellules debout » qu'utilisait la Gestapo d'Auschwitz sous le commandement de Höss et mis en place un nouveau système de récompenses pour les prisonniers) sont basés sur des Mémoires de détenus. H. Langbein, ancien prisonnier politique autrichien et historien, consacre dans son livre un chapitre entier à la comparaison des deux Kommandanten. Höss et Liebehenschel ont tous deux été jugés à Cracovie après la guerre et condamnés à mort par pendaison pour crimes contre l'humanité. Concernant la personnalité de Höss, je me suis également inspirée de ce que j'ai lu sur lui dans ses propres Mémoires écrits en captivité : *Le commandant d'Auschwitz parle* (La Découverte, 2005).

Le camarade de Franz, Oskar Gröning (son nom n'a pas été modifié), a bel et bien travaillé comme comptable au sein de l'unité du Kanada jusqu'à ce que sa demande de transfert au front soit enfin acceptée en 1944. Il était arrivé à Auschwitz en 1942 et avait souhaité être envoyé au front immédiatement après avoir vu de ses propres yeux la cruauté qui régentait le camp, mais sa requête avait été rejetée. C'était un bureaucrate qui n'a jamais été accusé du moindre acte de brutalité envers les détenus. Néanmoins, il a tout de même été jugé pour complicité d'assassinat en juillet 2015, déclaré coupable d'avoir facilité l'organisation de meurtres de masse et condamné à quatre ans d'emprisonnement, mais il est mort le 9 mars 2018, avant d'avoir commencé à purger sa peine. Il a accordé de nombreux entretiens à la BBC, dont certains ont donné lieu à des documentaires tels que *The Accountant of Auschwitz*, *Auschwitz: the Nazis and the Final Solution* ou encore *The Last Nazis*.

Premier Rapportführer d'Auschwitz, Gerhard Palitzsch a réellement été accusé de s'approprier les objets de valeur de prisonniers et d'avoir des relations sexuelles avec une détenue non aryenne dans le cadre de l'enquête de 1943, à la suite de laquelle il a été transféré à Brünn pour finalement être renvoyé des SS en juin 1944. Bien que son sort reste incertain, on suppose qu'il est tombé lors de la bataille de Budapest.

Aumeier, Hössler, Moll, Voss, Gorges et Grabner furent tous de véritables officiers qui ont servi en tant que SS à Auschwitz pendant l'incarcération de Helena. Hössler, surnommé « Moïse le Menteur » par la population du camp, était tristement célèbre pour ses excellentes manières avec les nouveaux arrivants et les histoires qu'il leur racontait afin de les tranquilliser. Pour écrire ses discours de « bienvenue », je me suis surtout appuyée sur les mémoires de l'un des survivants du Sonderkommando, Filip Müller (*Trois ans dans une chambre à gaz d'Auschwitz*, Pygmalion, 1995), qui a lui-même assisté à ces tirades.

L'Unterscharführer Gorges, qui était le Kommandoführer du Crématorium 5, et l'Oberscharführer Voss, responsable de l'ensemble des fours crématoires avant que Moll le remplace sur ordre de Höss juste avant le début de l'*Aktion* hongroise, sont également décrits tels que les présente Müller dans ses Mémoires.

Otto Moll, dont les prisonniers et les SS se souviennent tous unanimement comme d'un esclavagiste violent et fanatique, un tortionnaire, un sadique et un assassin, a été placé à la tête de l'*Aktion* hongroise par le Kommandant Höss, revenu à Auschwitz en mai 1944. Les changements de commandement dans le crématorium, la construction des fosses, les paravents de camouflage, la scène avec les trois femmes qu'il a brutalement exécutées de ses mains, ainsi que son apparence et sa personnalité, sont tous tirés de Mémoires de survivants du Sonderkommando qui travaillaient sous ses ordres. Moll a bien été l'une des rares personnes que Himmler a récompensées de la croix du Mérite pour services rendus au Reich. Après la guerre, il a été jugé à Cracovie et condamné à mort par pendaison.

Maximilian Grabner était bien le chef de la Gestapo d'Auschwitz et a par la suite été jugé à Weimar pour corruption et assassinat de prisonniers audit « mur noir » (le mur devant lequel de nombreux détenus furent fusillés par un peloton sur les ordres de Grabner). Il était situé près du Block 11, qui était le block des châtiments. Après la guerre, Grabner a été jugé pour crimes contre l'humanité, déclaré coupable et pendu en janvier 1948.

Concernant les prisonniers, certains ont véritablement existé (comme Mala Zimetbaum, qui travaillait en tant qu'interprète et messagère à Auschwitz avant son évasion avec son aimé, Edward Galiński, que vous pouvez retrouver dans mon roman *La fille qui s'échappa d'Auschwitz* (J'ai lu, 2023), ainsi que Dayen, dont on disait que c'était un ancien rabbin et qui était chargé de brûler les livres et les documents que les nouveaux arrivants laissaient derrière eux). D'autres sont des personnages fictifs inspirés de personnes réelles. Par exemple, le médecin slovaque qui vient en aide à Helena s'inspire du Dr Miklós Nyiszli, un détenu pathologiste qui travaillait pour le Dr Mengele. Les descriptions de ses quartiers et responsabilités sont tirés des Mémoires du Dr Nyiszli, *Médecin à Auschwitz* (J'ai lu, 1971).

L'unité du Kanada, sa structure, son organisation et ses fonctions sont décrites d'après les Mémoires des survivants. C'était indubitablement le Kommando le plus convoité, étant donné que ses employés y bénéficiaient de conditions de vie supportables en comparaison. Ils vivaient dans le complexe lui-même et étaient autorisés à avoir un matelas, un oreiller, des couvertures, etc. Ils avaient le droit de prendre des douches quotidiennes, elles-mêmes installées près de l'entrepôt, ainsi que celui de garder leurs cheveux et de porter des tenues de ville. Sous la supervision de surveillants SS de sexe masculin, des détenus des deux sexes travaillaient ensemble, ce qui n'était pas le cas dans le camp « normal » de Birkenau, où les femmes étaient supervisées par des surveillantes SS (dont la plupart ont commencé à arriver au printemps 1942, avec les premiers transports de femmes en provenance de Slovaquie). L'idée de nommer des prisonnières allemandes « antisociales » (ce qui, le plus souvent, était synonyme de prostituées) au rang de Kapos provenait de Himmler, qui a ordonné au Kommandant Höss de la mettre en vigueur immédiatement. Maria Krupp incarne l'exemple par excellence de ces Kapos. C'étaient en majorité des femmes qui constituaient le Kommando sous les ordres de Franz Wunsch (Dahler).

Le Sonderkommando (les prisonniers qui travaillaient dans les chambres à gaz, les fours crématoires et les fosses communes) était également considéré comme un Kommando « d'élite », étant donné que ses membres, à l'instar de ceux du Kanada, jouissaient de certains privilèges. Eux aussi vivaient dans des quartiers séparés du reste de la population générale, avec laquelle ils avaient plus ou moins l'interdiction d'interagir, car les SS ne voulaient pas laisser filtrer le moindre détail concernant le fonctionnement des crématoriums. Leurs couchages étaient relativement confortables et ils avaient à boire et à manger en abondance dans leurs quartiers. Plus tard, le chef de camp Aumeier les présenterait comme « des prisonniers imposants et bien nourris ». Tadeusz Joachimowski, secrétaire d'appel dans l'une des sections de Birkenau, a effectué la description suivante : « Quand je me suis rendu au Block 3 et que je suis entré dans la pièce occupée par le vétéran et le Kapo, j'ai vu une grande table couverte d'une nappe blanche autour de laquelle étaient assis une vingtaine de juifs du Sonderkommando. Karl Seefeld a disposé des plateaux avec du jambon, de la saucisse, du poisson et d'autres mets de qualité sur la table et ceux qui étaient présents se sont régalés. Les friandises d'après-dîner incluaient du chocolat et un assortiment de fruits » (H. Langbein, *Hommes et femmes à Auschwitz, op. cit.*). Ils pouvaient porter des vestes de ville, et parfois même des pantalons de ville. Personne ne voulait faire ce travail et les SS avaient donc le sentiment de devoir un tant soit peu compenser pour ces hommes les horreurs de leur profession. C'est pourquoi ils toléraient que les membres du Kommando s'approprient la nourriture des morts, leur alcool et parfois même leurs objets de valeur. La différence entre le Kanada et le Sonderkommando était que les membres de ce dernier étaient sommairement liquidés tous les quatre à cinq mois, à l'exception de quelques-uns, et remplacés par une nouvelle équipe, afin que les témoins ne restent pas en vie trop longtemps.

La description des cinq fours crématoires s'inspire de témoignages de survivants et de sources historiques. L'éboulement incessant des murs du Crématoire 1, situé à Auschwitz, a été la raison pour laquelle les corps ont tout d'abord été enterrés dans le champ derrière les

Bunkers 1 et 2 (surnommés « petite maison blanche » et « petite maison rouge » et qui servaient de chambres à gaz). Les Crématoires 2, 3, 4 et 5 ont été érigés plus tard dans l'enceinte de Birkenau. Ils combinaient les installations d'un crématorium, la chambre à gaz, les quartiers du Sonderkommando et le bureau du Kommandoführer et sont devenus le siège principal de l'extermination à partir de 1943. Le Bunker 1 et le Bunker 2 étaient d'anciennes fermes qui avaient été transformées en chambres à gaz avant la construction des quatre crématoriums. De dimensions beaucoup plus réduites, ils ne disposaient que d'un petit vestiaire et de trappes dans la toiture de la chambre à gaz elle-même, par lesquelles les médecins SS diffusaient le gaz. Les nouveaux crématoriums étaient bien plus complexes, avec des vestiaires beaucoup plus grands et de multiples pancartes en plusieurs langues disposées dans le but d'apaiser les nouveaux arrivants et de les convaincre qu'ils s'apprêtaient à prendre une simple douche. À l'intérieur, les chambres à gaz étaient équipées de « colonnes à gaz » dans lesquelles le médecin SS introduisait le zyklon B. Des ascenseurs permettaient d'acheminer les corps plus vite depuis le sous-sol jusqu'au four crématoire situé à l'étage du dessus. Vous pouvez en lire davantage sur ce sujet dans les Mémoires de F. Müller, *Trois ans dans une chambre à gaz d'Auschwitz*, *op. cit.*, qui comprennent également des plans détaillés.

Des camions ornés du logo de la Croix-Rouge servaient bel et bien à apporter le gaz aux bunkers et à transporter les prisonniers qui ne passaient pas la sélection. Les membres du Sonderkommando devaient aussi tondre les cadavres et extraire leurs couronnes en or, ensuite fondues sous la forme de lingots qui prenaient le chemin des coffres de la Reichsbank. Les cheveux étaient utilisés pour les chaussettes et les ceintures de la Kriegsmarine, pour fourrer des bottes ou encore rembourrer des matelas.

Les charniers derrière les bunkers ont bien dû être vidés et les corps incinérés pendant le printemps 1942, car la décomposition des cadavres a empoisonné la terre et commencé à contaminer les nappes phréatiques environnantes. Plus tard, dans le même champ, les fosses ont été utilisées pour brûler les corps pendant l'*Aktion* hongroise, comme décrit dans le roman.

La nourriture servie aux prisonniers (y compris le bromure ajouté au thé et au café), la procédure de « désinfection » mensuelle (y compris la solution utilisée pour les cheveux des prisonniers), les vêtements que les détenus portaient (y compris les différences entre la soi-disant « élite » et le reste de la population) sont fidèles aux Mémoires de survivants. Vous pouvez en lire davantage à ce sujet dans l'étude de H. Langbein, *Hommes et femmes à Auschwitz, op. cit.*, et dans les Mémoires de R. Gelissen, *Rena's Promise: A Story of Sisters in Auschwitz*.

La description de ceux que l'on surnommait les *Muselmänner* (des prisonniers émaciés à l'extrême qui semblaient avoir perdu tout désir de vivre) et la scène avec leur sélection par les médecins SS se basent sur les Mémoires de H. Langbein.

Les passages sur l'orchestre du camp et son apparence sont également tirés de témoignages de survivants.

Ceux sur les Témoins de Jéhovah et leur refus de s'acquitter de la moindre tâche militaire s'inspirent de faits réels, tout comme ceux sur les *Pipels* et leurs relations (ce terme étant ici usité très librement) avec les Kapos homosexuels.

Les prisonniers ont bel et bien commencé à recevoir des colis de la Croix-Rouge (comme le mentionne Helena) à partir de l'automne 1942. D'abord les aryens, puis les juifs ont obtenu l'autorisation de se faire envoyer des paquets de la part de l'association humanitaire et de leurs familles. Néanmoins, les paquets étaient ouverts au bureau de poste du camp et certaines choses étaient confisquées avant d'atteindre leurs destinataires. Les détenus avaient le droit (et même l'obligation) d'écrire des cartes postales à l'attention de leurs familles et amis, vraisemblablement dans le but d'enrichir davantage les SS quand un prisonnier demandait à se faire envoyer un colis ou, plus sinistre encore, de faire venir leurs proches de leur plein gré à Auschwitz. De fait, Auschwitz s'appelait Waldsee sur les cartes postales datées de 1944.

Une partie du Sonderkommando a organisé une révolte en octobre 1944, faisant exploser le Crématorium 4 et brûlant vif un SS dans un four (comme le décrit Franz Dahler dans ce roman). Le soulèvement a été réprimé et 451 hommes du Sonderkommando ont été fusillés en représailles. Filip Müller, qui a eu la chance de survivre, a par la suite narré cet épisode dans ses Mémoires.

*

* *

Chaque survivant a fait une expérience différente d'Auschwitz, mais tous en ont gardé des cicatrices, dans des proportions variables. Toutes les personnes qui ont eu la chance de quitter le camp en vie ont emporté avec elles des traumatismes psychologiques qui les ont accompagnées pour le restant de leur existence. Parmi ces traumatismes, le syndrome de Stockholm (encore inconnu en 1947, bien que décrit avec plus ou moins d'exactitude par le Dr Hoffman) a occupé une place prépondérante. Emprisonnés dans un rôle d'esclave, les détenus se tournaient souvent vers quiconque occupait une place de pouvoir et pouvait leur venir en aide dans le cas où leur vie serait en danger. Il était tout naturel que des liens commencent à se tisser entre agresseurs et victimes, si désespérées qu'elles étaient prêtes à tout pour s'attirer les faveurs de l'agresseur dans le but de survivre.

Que la relation entre Helena et Franz soit un cas réel de syndrome de Stockholm ou qu'elle soit bel et bien tombée amoureuse de lui reste un mystère. Dans le contexte de la brutalité générale du camp, ils constituent certainement une exception à la règle. Néanmoins, le fait qu'un SS soit capable, sous l'influence de l'objet de son affection, de passer d'antisémitené (comme décrit par l'un des survivants) à quelqu'un qui aide les prisonniers et tente d'éviter par tous les moyens possibles d'officier sur le quai (la scène lors de laquelle il vomit alors qu'il escorte les gens vers la mort s'inspire également du témoignage du survivant Ernst Müller) prouve que l'amour est toujours plus fort que la haine. Même dans les pires situations, une personne peut connaître le plus drastique des changements si elle choisit la bonté plutôt que la violence, un choix qui s'effectue toujours de manière consciente. En tant qu'autrice, ce sont les histoires que je préfère, plus particulièrement dans notre société actuelle où nous avons plus que jamais besoin de compassion et de gentillesse. J'espère que l'histoire de Helena et Franz vous a touché·e autant que moi lorsque je l'ai découverte. Merci de l'avoir lue !

Si vous avez encore des questions ou aimeriez approfondir vos lectures sur le sujet, n'hésitez pas à me contacter via Goodreads ou Facebook. Je serais ravie de vous offrir des réponses et des conseils de lecture !

Une lettre de la part d'Ellie

Cher·ère lecteur·rice,

J'aimerais vous remercier de tout cœur d'avoir choisi de lire *La fille à la robe rayée*. Si vous souhaitez être informé·e de mes dernières publications, inscrivez-vous au moyen du lien suivant. Votre adresse e-mail ne sera jamais communiquée à des tiers et vous pouvez vous désabonner à tout moment.

www.bookouture.com/ellie-midwood

Merci d'avoir lu l'histoire de cette femme absolument remarquable. Si elle vous a plu, je vous serais très reconnaissante de bien vouloir rédiger un avis. J'adorerais connaître votre avis, qui permettra également à de nouveaux·elles lecteurs·rices de découvrir mon travail.

J'adore que mes lecteurs·rices m'écrivent. Vous pouvez me contacter sur ma page Facebook, via Goodreads ou sur mon site internet.

Avec tous mes remerciements,
Ellie

Remerciements

En tout premier lieu, je tiens à remercier la merveilleuse famille de Bookouture de m'avoir aidée à mettre au jour l'histoire de Helena et Franz. Cela n'aurait pas été possible sans le concours et les conseils de mon incroyable éditrice Christina Demosthenous, dont les idées permettent réellement de donner vie à mes personnages et dont le soutien et les encouragements me donnent envie de travailler encore plus dur sur mes romans et de devenir une meilleure écrivaine. Kim Nash, Noelle Holten, Ruth Tross et Peta Nightingale : merci pour votre aide et merci de m'avoir accueillie si chaleureusement au sein de votre formidable équipe éditoriale. Ç'a été un véritable plaisir de travailler avec vous toutes et j'ai déjà hâte que nous donnions naissance à d'autres projets ensemble.

Maman, Mamie, merci de toujours me demander comment avance mon roman et de m'encourager à chaque étape. Votre soutien et la foi que vous placez en moi rendent cette aventure beaucoup plus facile, car je sais que vous m'appuyez et que vous serez toujours mes plus grandes fans. Merci pour tout votre amour. Je vous aime plus que tout.

Ronnie, mon amour : rien de tout cela ne serait possible sans toi. Chaque fois que tu rencontres quelqu'un, la première chose que tu dis est : « Ma fiancée est une romancière extraordinaire, vous devez absolument lire ses livres ! » Je grommelle toujours que tu me mets mal à l'aise en me mettant ainsi au centre de l'attention, mais dans mon for intérieur, je te suis extrêmement reconnaissante d'être si fier de moi. Merci de me soutenir et de composer avec mes dates butoirs et toutes les informations et recherches sous lesquelles je te noie. Tu es mon idole.

Je tiens particulièrement à remercier mes deux meilleures amies, Vladlena et Anastasia, pour leur amour et leur soutien ; à tous mes camarades auteurs·rices que j'ai rencontrés·ées via Facebook et qui sont devenus mes amis·ies très proches : vous êtes tous·tes une intarissable source d'inspiration ! Je vous considère comme ma famille.

Et bien sûr, un immense merci à mes lecteurs·rices d'attendre patiemment les nouvelles publications, de fêter avec moi les annonces de couvertures, de lire les premiers jets et de m'envoyer ces messages absolument fantastiques : « Je suis resté·e debout jusqu'à 3 heures du matin, car votre livre est génial et je devais absolument le terminer. » Merci pour vos critiques qui illuminent toujours ma journée, et merci de tomber amoureux·ses de mes personnages autant que moi. Vous êtes la raison pour laquelle j'écris. Merci infiniment de lire mes histoires.

Et enfin, je dois mes plus grands remerciements à tous les êtres courageux qui continuent à inspirer mes romans. Certains·nes d'entre vous ont survécu à l'Holocauste, certains·nes d'entre vous ont péri, mais c'est votre incroyable courage, votre résistance et votre abnégation qui continuent à vivre dans nos cœurs. Votre exemple nous incitera toujours à vouloir devenir meilleurs·es, à nous battre pour ce qui est juste, à donner une voix à ceux et celles qui ont été réduits·es au silence, à protéger ceux et celles qui ne sont pas en mesure de se protéger eux·elles-mêmes. Vous êtes tous·tes de véritables héros·ïnes. Merci.

14194

Composition
NORD COMPO

Achevé d'imprimer à Barcelone
par CPI Black Print
le 18 août 2024

Dépôt légal : août 2024
EAN 9782290408360
OTP L21EPLN003755-635949

ÉDITIONS J'AI LU
82, rue Saint-Lazare, 75009 Paris

Diffusion France et étranger : Flammarion